你的生命如此多情

海岩 著

浙江人民出版社

图书在版编目（CIP）数据

你的生命如此多情 / 海岩著. -- 杭州：浙江人民出版社，2017.3

ISBN 978-7-213-07970-2

Ⅰ. ①你… Ⅱ. ①海… Ⅲ. ①长篇小说 - 中国 - 当代 Ⅳ. ①I247.5

中国版本图书馆CIP数据核字（2017）第065801号

你的生命如此多情

海岩 著

出版发行 浙江人民出版社（杭州市体育场路347号 邮编310006）

责任编辑 徐 婷 陈巧丽

责任校对 俞建英

封面设计 蔡小波

电脑制版 书情文化

印 刷 河北鹏润印刷有限公司

开 本 700毫米×980毫米 1/16

印 张 22

字 数 297千字

版 次 2017年6月第1版

印 次 2017年6月第1次印刷

书 号 ISBN 978-7-213-07970-2

定 价 48.00元

心中的梦想
——代总序

我二十多岁时开始进行业余文学创作，断断续续，全凭兴之所至。有时三五个月写一个长篇，一蹴而就；有时数年投笔，不着一字。概括来看，我的写作不过是为丰富个人业余生活且偶尔为之的一种自娱自乐，因此连“业余作家”的称号都有些愧不敢当。我经历中的正式职业是士兵、警察、企业干部和其他，这些职业提供给我的环境，与文学相去甚远。多年以来，我身边甚至连一个够得上文学爱好者的同事都没有。如果在办公室里突然和人谈论一下文学，你自己都会觉得酸腐和神经，至少不像谈足球什么的那么自然。

文学确实越来越曲高和寡了。在20世纪50、60、70年代曾经延续或爆发过的那种对小说、散文和诗歌的狂热，以及由这狂热所虚构的文学的崇高地位，已是依稀旧事。大众获得知识和信息的渠道，早被电视、电影、电脑之类的时髦传媒统治起来，便捷得令人瞠目。埋头读书不仅枯燥乏味，而且简直有些呆傻的嫌疑。社会与时代愈演愈烈的物质化和功利化倾向，也促使许多人渐渐远离了自己的精神家园。有多少人还在固执地爱着文学呢?

因此，也很少有像我一样在企业界做到高职还在为没能圆了作家梦而时时遗憾的人了。当个职业作家是我自小的志愿。不仅这个志愿没有实现，而且自小学四年级因故辍学后，我就几乎再也没有进过任何一间课堂，也未再参加过任何系统的学习。一个现代都市人连小学毕业的文凭都没有，一直令我为之汗颜。前些年，知识界有几位前辈对作家中的非学者化现象发出批评，更使我掩面过市，真的怀疑自己在作家和企业家这一文一武两个行列中，都是个滥竽充数者。

没受过多少教育也能混入文学界，是我多年以前偶然发现的秘密。把个人的见闻、经验、阅历，甚至道听途说，敷衍成章，稍稍绘形绘色，便成了小说。再把人物的内心独白变成动作和表情，重新分分场景和章节，小说又成了剧本，似乎一切都那么简便易行。文学固然神秘，但薄得就像一层窗户纸，一捅就破，一破就变得任人亲近。尽管我是一个俗务缠身的人，在众人眼里，几乎没有思考和写作的时间，但这些年，连小说带剧本，居然能完成近三百万字的作品。有人不免惊讶和疑心，或恭我废寝忘食、艰辛刻苦，或贬我用秘书捉刀代笔。他们都不知道，文学对我来说，其实犹如思想和呼吸那样自然、随意和快乐。

当然，文学是有优劣文野之分的。像我这样从自己的精神需要出发，依据生活印象和想象妄自涂抹的小说，当然不可能成为上品和精品。何况有些作品明显沾染了当代人流行的浮躁，一看就知道是速成的东西。我所占的便宜，是从小喜欢听故事，听罢又喜欢卖弄给别人，经此锻炼，摸到了几处推波助澜、一唱三叹的窍门。可惜我的性子有些急，所以小说里的那些故事常进展得太过仓促，以致不能尽情展开人物的面貌和情致，当然更谈不上文笔的灵性和深奥。而我的写作又多是于每晚睡前，书成之后，不免总能让人看到字里行间的困乏潦草，如此我也就不敢在文学上有什么目标和抱负，在文学圈里则把自己归为“票友”，聊以自嘲。

读者当然能看到，我的目光总是留恋着那个激情时代，青春的纯情、浪漫、率真、挚爱、狂放不羁，甚至苦难，都是我倾心向往却终不可得的。因为我们被太多现实的烦恼纠缠着，有时会忘记了人的本质。烦恼皆由欲望产生。和我的成长年代相比，20 世纪 90 年代的各种物质欲望实在是太泛滥了，令人在精神上感到无尽的失落。而我抵抗这种失落的武器，就是让笔下的人物充满人文主义的情感，他们的错误，也因他们的单纯而变得美丽！于是，这些作品的风格貌似写实、贴近生活，实际上都是些幻想和童话，读者喜爱的人物几乎都理想得无法存在。而以我的成见，文学既可以是生活实景的逼真描摹，也可以把生活瞬间地理想化，诱发人们内心深处的梦想。有许多在现实中得不到的感受、做不到的事情，却常常令我们憧憬一生。也恰恰是那些无法身体力行的境界，才最让人激动！

在这些作品中，警察是我最热衷表现的人物。与其说是缘于我对警察生活的熟悉，不如说是我对这个职业的迷恋。在和平年代，很少能找到另一种职业比它更酷！这个职业就像一个引力强大的“场”，有一种深刻的向心力在凝聚着你，使你即使远离了它也依旧恋恋不舍地想再贡献点什么。

谨为序。

海　岩

一

千年之交带来许多千年难遇的话题，最宏观的莫过于宇宙中九大行星的十字排列。关于灭绝的猜想一直是人类一个永恒的恐惧，连最无畏的人也免不了偶尔思索一下世界的末日和死亡的七月，预言中的灭顶之灾使杞人忧天成了世纪末很常见的心情。但若不是对吴长天的采访，也许林星至今也不知道，在中国的整个文化中，发达最早的，其实就是天文。古人划分的三垣二十八宿，与现代天文学的经纬度，在概念上已极类似。

不过中国人眼中的天体，一向与人间的神话相连，自始至终带着拟人化的色彩。如果按照吴长天的说法，中国的人伦，反过来也引申了星辰之间的关系，大到国家，小到部族，再小到家庭，都要围绕一个中心，一个领袖，一个具体的个人，如群星之于北斗。领袖岿然不动，只需发号施令，众人便会随了他的方向，斗转星移。这个自然宇宙的规律已经万古不变，难道两千年最后的一个盛夏七月，真会飞来某颗触犯天条的流星，让整个人类生死不明？

如果说银河系里将要发生的异动，对于自然规律来说是一种偶然的话，那么此时林星眼前的这位吴长天，对于拥有十八万员工，八十万万资产的著名的长天企业集团来说，依旧是一个必然稳定的中心。从他这间宽大的办公室里打出的每一个电话，发出的每一道指令，都将有效地运转起成千上万的人力和成千上万的资金，如同一个神秘的三军枢纽，让林星甫一涉足便禁不住肃然起敬。

这间办公室是一个装有落地玻璃隔断的巨大的套间，外屋的电话声此起彼伏，有一个看上去极为精干的秘书班子在应付着这些声音，那激动人心的嘈杂只是在大玻璃门偶然开启、有人走进来时才能传到里间。里间则摆放了巨型的写字台和宽大的皮沙发，还有水晶般晶莹明亮的玻璃书柜，以及镶满雪白大理石的卫生间。林星独自坐在长形沙发的一角，不免有几分渺小的感觉，而吴长天则被人伺候着，在卫生间进进出出，行色匆匆地梳头、打领带，同时回答她的提问。

这是林星第一次坐在这么气派和贵重的沙发上，以至于她不得不随时注意着自己的姿势。

她和她的杂志社，大概都想不到她大学毕业后的第一次单独采访，就如此轻而易举地打进了长天集团总裁的办公室。这当然得益于她的自信，她的自信来自于她有一张不仅青春而且相当耐看的脸。这是一个十分简单的因果关系，在大学里搞实习采访时她不止一次运用过自己的这个条件，无往不胜。今天她自报家门不速而来，从这幢大楼的门卫开始，过五关斩六将地一路往里闯，终于踏进了这道高深莫测的门槛。当外间的那几位秘书在简单盘问之后正要把林星“请”出去的瞬间，他出来了。

他很专注地在她脸上看了一眼，叫住了秘书。

他说：“我只有五分钟。”

她说："我只有一个问题。"

于是，她就进入了这个泰坦尼克式的巨型企业的心脏。那一组美式的大皮沙发上，有了她一个短暂的位置。

她本来是打算对整个儿长天企业集团做一次系列的采访，搞出一个全面反映长天集团创业发展过程的调查报告，以折射出中国改革开放二十年的时代变迁。题材已经报到社里，尚未得到支持与否的答复。也许在那些老资格记者的心目中，她报出的这个计划使她一下子成了一个好大喜功的典型，这一点从室主任的表情上，已经可以看出一二。正是这个表情，才激将着她今天单枪匹马跑到长天集团北京分部的大楼里来撞一个运气。能见到这位靠五千元起家终成巨富的传奇人物，对林星来说，其实是个意外。

尽管吴长天答应给她的时间只有区区的五分钟，但他进了里屋却没有半分钟空闲。不断有秘书进来让他接听一些电话、请他批文件、帮他穿衣服、告诉他车已备好……林星在一边静静地观察，从报纸上她知道吴长天今年刚满五十周岁，但此时的疲惫使他显得比实际年龄苍老许多。也许她这种二十岁出头的小孩子是容易把中年人看老的。

她坐在沙发上，并不急着插进去提问，直到吴长天在忙碌的间隙用目光示意，她才把一个临时确定的题目拿出来。

"吴总，我很想知道，一个企业的领导者，比如说您，人们应该怎样描述您在企业中所处的位置呢？"

吴长天一边签着文件、打着领带，一边稳健地答道："你知道北斗七星吗？就在现代天文学所指的大小熊星座一带。我们的老祖宗把北斗七星当作指引方向的坐标，因为它们的方向最稳定，光芒最闪耀。企业的领导者就应该是北斗，他的光芒应该能够笼罩他的部属，把他们聚拢在自己的周围。"

"请问什么是一个企业家的光芒呢？"林星问。

"你这算第二个问题了吧？"吴长天以问作答。

“不，还是第一个。您刚刚说了光芒，我想知道是指什么。是指领导者的知识和才能吗？”

吴长天穿上西服，摇头：“那不是主要的。”

“是权力吗？”

“权力很容易遭到背叛。”

“那是什么？”

吴长天已经举步向门口走去，林星也不得不站起来追随，她期待着吴长天最后的回答不要太简单，可吴长天偏偏只答了三个字：“是品德。”

话音未落，人已出门，林星紧跟了几步，两人一同来到走廊上，身后簇拥着吴长天的几个部从。吴长天用一丝笑容作为采访的结束：“你满意了吗？”他问。

可林星没有报以微笑，她把一个仓促间在头脑中闪过的问题仓促地问了出来：“请问吴总，对云南红塔集团的褚时健您怎么看呢，有人说褚时健现象在中国企业家中有一定典型性，您认为呢？”

这个问题显然太唐突了，连林星自己都愣得停住了脚步。吴长天也停下了，但刚才的笑容还自然地留在脸上。身后的工作人员上前礼貌地替他摆脱：“对不起，吴总还有急事……”可这时吴长天用回答打断了他们。

他的回答是：“我们说好只问一个问题的。”

林星压住尴尬，说：“对不起，您刚才，刚才提到了品德这个词，所以……”

吴长天淡淡地笑一下，继续往楼下走，也终于继续了和林星的交谈：“你看过《曾国藩家书》没有？”他问。林星如实说没有，他说：“可以看看。”一个工作人员递上一只刚刚叫响的手持电话，打断他们的交谈。吴长天在电话中不知和什么人讨论着一个林星完全听不懂的问题。直到他们走出楼门，在上车前，吴长天才关掉电话，回身对林星说道：“你知道过去盛粮食的一种量器叫‘斗’吗，粮食要是装得满出来了，就要用一只小木片把它刮平，这个木片就叫作‘概’。人也是一样，各种好处要是满出来的话，就会有人来铲平你。曾文正公曰：天不概之人概之。天也是借人之手概之。我是学了曾国藩的办法——自概之。所以我不会当褚时健。”

日后林星反复回想，在这次意外而短暂的采访中，吴长天的每一句话，都有些深意似的。她按照大学心理学课程中关于人的性格分类的方法，回想着他的口气、气度、动作和表情，一会儿觉得他显然属于那种“驱赶类型”的人，具有高度的专断和高度的情感控制能力，与人交谈要的是结果，要求对方简洁，过度的解释和重复肯定会使他失去耐心。可一会儿她又觉得他对采访者需求的同情和给予的满足，他的敏锐和洞悉对方心理的能力，又像一个“亲切类型”的人。碰巧那天晚上她在她的男朋友刘文庆家里发现了一套束之高阁尘封已久的《曾国藩家书》，便拿来查看，在里边果然查到了吴长天所引的那段高论：“管子云：斗斛满则人概之，人满则天概之。余谓天之概无形，仍假人手概之。霍氏盈满，魏相概之，宣帝概之；诸葛恪盈满，孙峻概之，吴主概之。待他人之来概而后悔之，则已晚矣。吾家方丰盈之际，不待天之来概、人之来概，吾与诸弟当设法先自概之。”

林星有了些兴趣，于是往下继续领教曾文正公的“自概”之论，原来只有“清、勤、谦”三个字而已。望文生义，不外是清廉、勤奋、待人谦恭。看罢此论，林星竟从吴长天那只言片语的深意中，隐隐生出一丝敬意来。看来舆论界对吴长天的诸如“学者企业家”“当代儒商”“半部‘论语’治长天”之类的美誉，并非全是吹捧之词。

林星把这部三卷本的《曾国藩家书》全部借了回去。刘文庆当初买下此书不过是为了响应那一阵的时髦而已，并无开卷阅读的打算。自他辞去那份国营小厂的公职，专门干起个体股票经纪人的行当以后，就冷淡了其他一切。和股票经纪人相爱是一件很苦闷的事，因为你始终会觉得股票要比爱情来得更强大、更刺激、更戏剧性。尽管刘文庆常常美其名曰："我炒股也是为了你呀。"这可说服不了林星，爱情本身是一种精神活动，谁能相信一个那么爱钱的人还会去爱别人。对林星此论刘文庆总是报以冷笑：别忘了对咱们这种人来说，生存永远是第一位的，生存都没有了，哪儿还有什么爱情？在现在这个社会上，没有钱哪儿还有生存！以前刘文庆的雄辩常常会使林星语塞，但在采访了吴长天之后她有了新的感慨：人家吴长天可算得上应有尽有了吧，可人家还是把道德人品当作人生最大的财富。每个人都要生存，可生存也要讲境界！刘文庆听罢面色阴冷，看破尘缘地说自古以来认为道德价值千金而富贵一钱不值的人，大都是已经富得流油的家伙！

但是，对于林星说到的吴长天，强烈的鄙夷并不减低刘文庆对这位名人的关注。按照目前西方学界最流行的分类，林星觉得刘文庆属于典型的左脑上区和右脑上区结合类型的人，这种人既喜欢冒险，又工于心计，对任何事都习惯于不带半点儿情感色彩的冷酷分析，对于自己喜爱的东西会陷入永无止境的追求。当他听说林星居然和目前在市场上炙手可热的长天实业股的后台老板有过一次单独的交谈时，立即表现出一种强烈的兴趣，仔细询问了他们谈话的每一个细节，包括林星对长天北京分公司大楼内部环境气氛的描述，似乎也能成为推断长天实业股票底气和升值潜力的线索。他说现在很多人都在观察长天实业的走势。尽管其股价已经居高不下，但如果近期能发布一点儿利好的消息，估计还可破位上扬。如果他们的董事会今年能用送股的方式来回报投资者，那股价的进一步飙升就更加势在必行。他最遗憾的就是在林星与吴长天的谈话中，哪怕是间接的只言片语，竟没能涉及一点点这方面的内容。

"他哪儿会跟我谈这些。"林星觉得刘文庆简直有点儿走火入魔。

当然，林星也承认，从常理上说，无论你做什么，都应当执着其事。但她一向反对像刘文庆这样过分的执着，有时为了达到一个目的，几乎到了不择手段的程度。男人做事通常只看重结果，所以过分的执着便成了男人的通病。而女人则更重视过程，女人能够通过享受过程而得到满足，有时甚至干脆把过程就当作了目的。自刘文庆迷上炒股之后，林星就和他辩论过不知多少次——人生的意义究竟在于追逐成功还是发掘快乐，人生的快乐究竟在于实现最终目的还是人生整个过程的美好。一谈到这个问题，刘文庆的脸上总是那种不屑一辩的样子，眼神和微笑都强调出明显的讥讽：这还用说吗，折腾了半天达不到目的还能有什么快乐？

而林星则认为生命的真理无疑就在于生命过程的本身。如果你活了八十岁，为了达到目的，八十年都活得心情紧张、生拼死扛、一点儿快乐也没有，那么到死的一天即使实现了目标又有什么用？

每次争论都没有胜方。林星并不奢望说服他，因为她知道追逐成功就是男人的本性。

关于钱的争执也是两人之间的一个龃龉。刘文庆从不避讳他对钱的观念：没有钱便没有一切，包括爱情。刘文庆的说法让林星完全找不到她所需要的寄托。她只能赞赏他的坦诚，一个直率的男人比一个虚伪的男人更安全。刘文庆就算是表白他挣钱是为了她，也并非属于花言巧语，那只是在论述他的关于金钱与爱情的逻辑关系罢了。其实林星的消费需求并不高，她爱吃点儿好的但并不上瘾；她爱穿得漂亮但不非要名牌；出门能打个的最好，不着急时坐公共汽车也行；化妆品只用合资或国产的那种；和同学朋友聚会一般都是 AA 制。她的衣食住行和零花钱都有保障。她父母去世后，北京姥姥家有套三室一厅的单元房一直由她使用，她把其中的两间租给了艾丽和阿欣，这两个哈尔滨女孩儿每个月付给她的房租在她没毕业分到杂志社领上工资之前，就足够她的一切开销了。

和她相比，艾丽和阿欣属于更加大手大脚的女孩儿。她们在北京已经住了两三年，换着不同的公司做着一些说有也无的工作，因为她们经常更换的男朋友就是那些公司的老板，你想她们还能没钱吗？有钱的女人每天晚上都是在酒吧或夜总会消磨时间的，她们白天睡觉，晚上和各种各样的朋友去过夜生活，唱歌、跳舞、聊天、吃夜宵，常常要玩儿到第二天凌晨三四点钟或者更晚。她们喜欢这种生活，一到夜幕降临就容光焕发。林星也喜欢去酒吧或夜总会坐坐，但通常只能安排在周末，因为第二天可以晚起。她最近比较喜欢去一个叫“天堂”的酒吧，那儿的装修特别别致，每一个角落无论明暗，都能有一些让您意外的装点：古老的曼陀罗，斑驳的铜号，以及翻拍了再用茶水做旧的老照片，和几张说不清年代的外国音乐海报，都恰到好处地避免了常见的做作，也不是俗套或似曾相识。林星爱去那里还因为那里的音乐，虽不那么热烈，但能把忧伤二字演绎得出神入化。林星不清楚散落在北京街头的这些年轻人聚会的酒吧里，有多少这种不入正流但很有修养的乐队。“天堂”酒吧的乐队名叫“天堂”乐队，和酒吧一样用了这个阳光灿烂的名字。可演奏时的舞台上却只有一束薄光幽幽的投射，钢琴和吉他配合着一只楚楚动听的萨克斯管，让每一支曲子都深刻得穿透灵魂。

吹萨克斯管的是乐队中年纪最小的一位，走近去看，你会发现那张脸孔标致得像是日本卡通片《灌篮高手》中的英俊少年流川枫。这么小的年纪居然能把每支曲子都诠释得让你为之动情，令林星不由倍感惊奇。有一次她碰上艾丽和她新认识的一个很绅士的加拿大老头儿去“天堂”酒吧，两人语言不通，却混得厮熟。艾丽见到林星便拉她充当翻译，因为老头儿一进酒吧便大侃音乐。他很入神地听了那男孩的萨克斯管，曲毕很礼貌地鼓掌，鼓完掌却说：“他们的演奏很专业，但这是一支送葬曲，是不适宜在这种地方演奏的。”艾丽马上跑过去把老外权威的批评告诉那位萨克斯少年，并且借了几分酒劲儿嘲笑了他们，弄得男孩和他的同伴面面相觑。乐队的钢琴师马上走过来向外国老头儿请教，说我们只知道这支曲子的名字叫《天堂之约》，在学校里都是把它当练习曲的，它的出处和用途倒确实不知其详。

林星没有理会他们的探讨，她很喜欢这支曲子，喜欢它的深沉有致，它使她想到了某种心酸的情感和高尚的苦难，她几乎为它感动流泪。

后来再到“天堂”时，乐队已经换了，听说是因为酒吧的老板换了。新的乐队用一种敲敲打打的浮躁，取代了原来深刻古老的爵士气氛。音乐一变，整个酒吧的感觉都变了，让人觉得没有了灵魂。

后来林星就不再去了。也因为那时她突然不再有闲，在她采访了吴长天之后，社里理所当然地认可了她的选题计划。她开始忙起来，每天要深入长天集团在北京的各个企业和企业中的各个阶层，收集她所需要的各种素材。这是她参加工作后事业上的第一个挑战，所以必须专心致志，没有机会再去泡吧。而与那些具体务实的企业干部和职工们的接触，也使她立即感受到与酒吧和夜生活截然相反的另一种生存氛围，有了些回归主流的感觉。她甚至还在长天集团北京公司所属的京天娱乐城体验了几天生活，分别体验了服务员、清洁工和收款员的责任与甘苦，并且在这里交了一些年纪比她大得多的朋友，其中有不少是原来国有工业企业的下岗职工，他们几乎每个人对长天集团都抱有一种发自内心的感动。在林星未来的调查报告中，长天大量吸纳下岗职工再就业的行为，也被列为吴长天的企业道德构建的一个实例。

在京天娱乐城她还有一个邂逅，就是遇见了那位不知去向的萨克斯少年。有一阵他几乎天天来这里打台球，一言不发地和素不相识的客人靠输赢赌些小钱。这小子的穿着打扮简单明快、不事声张，但相当讲究。与林星印象中那些音乐人放浪形骸邋遢怪异的嬉皮形象相去甚远。但是看一个人光看外表是最靠不住的，凭着他用大量时间与一些看上去挺低档的社会青年赌台球这一点，也足以使林星对他的感觉大打折扣，那种失望甚至多少破坏了她对“天堂”酒吧，对那里深沉感人的音乐的美好的留恋。

后来还有令她更加大跌眼镜的事。是日她正巧在保龄球厅替人值班，中午的盒饭是一位职工帮她领上来的。就在她去洗手间洗匙子的片刻，放在门外领位台上的盒饭不翼而飞。她正在疑惑，无意间发现在保龄球厅斜对面的台球室里，那吹萨克斯的男孩正捧着她的盒饭大嚼大咽，而且就在她呆愣得手足无措、不知该做何反应之际，她的午餐转眼已被吞食干净。她大步走过去，将扔在记分牌下小桌上的空饭盒捡起，一边恶狠狠地塞进垃圾桶，一边冷冷地问他："吃好啦？"

"啊。"男孩抬头看她，面不改色，口气上居然还有点儿爱搭不理。

"香吗？"

男孩反倒疑惑地看着她，毫无羞耻地答："还行。"然后故意不再理她，目光移到挂在墙角的电视机上，去看那群魔乱舞的MTV了。要不是保龄球厅接班的人过来喊她，林星真想把这小子好好羞辱一下，你装什么傻呀！

林星事后想想，这小子的脸皮倒是厚到了可爱的程度，他似乎没有一点儿歉疚和遮掩，居然大大方方，自然而然。那天晚上林星下工时，艾丽因为单元门的钥匙锁在屋里所以跑到京天娱乐城来找她，两人就在娱乐城的餐厅里吃了一顿上海菜。饭罢还是艾丽请客，她们在娱乐城的歌舞厅里轻松地玩儿了一个晚上，直到有个半醉的客人将林星当成坐台的小姐上来纠缠，她才拉着艾丽退场。此时已是深夜，娱乐城的门前居然找不到一辆出租车，已经有几个人焦急地站到了马路的当中。她们等了足有十分钟才拦到一部夏利，却又有一个男孩跑过来和她们抢。林星一看，正是那吹萨克斯管的少年，不由怒从中来，吼了一声："嘿！你讲不讲理！"那男孩的无赖比中午抢饭来得更加自然，他说这么晚了能不能捎上我呀，先送你们还不行吗，今天这车我请客。林星报复地想说不行，不料艾丽被他的"恳切"打动，抢先说当然行啦，没问题，上车吧。男孩说声谢谢，竟然比林星她们还快地坐进了车子的前座。

车刚一开起来，男孩就仰着头睡着了，车开到林星家，艾丽推醒他，他擦着口水睡意未消地问多少钱呀？艾丽笑道：算了，钱我都付了。林星一言不发地下车，男孩跟她说再见她也没应。艾丽下车就问林星：怎么认识的，他们乐队去哪儿了？林星说：你自己问他去。她知道艾丽的男朋友全是年纪在三四“张”以上的大款，但艾丽内心真正喜欢的，还是这种又年轻又酷的帅哥类型，萨克斯少年的这张流川枫式的脸，当然对艾丽有着绝对的杀伤力。林星的话音未落，那男孩就像是听见什么似的，已经开出十多米远的出租车又停下来，他下了车直冲她们跑回来。艾丽兴奋地问他怎么啦？男孩说：借我一点儿钱行吗？说得艾丽都愣住了：你是谁呀我借你钱？男孩转而对林星说：你不是京天娱乐城的吗，我忘带钱了，有二十块就行。明天就还你。林星顾面子掏了钱，她有张伍拾圆的票子，给了他。她想这男孩准是让他周围的人，包括一些女孩子宠惯了，以致如此好意思。其实漂亮男孩林星不是没见过，她知道男孩越漂亮越没信用。果然，第二天那男孩就根本不在京天娱乐城露面了，第三天，林星就结束了在那儿的采访转到长天超市公司去了。她一点儿也不稀奇——被宠坏的男孩对用别人的钱肯定已经习以为常，当初他嘴里的那个“借”字，不过是个礼貌而已。

这事也仅仅让林星心里轻微地恶心了一下，然后压根就不再去想了。关于长天集团系列报道的第一篇稿子，她已经搞出来交了上去。心情上的疲劳顿时缓解了许多。要不是和刘文庆的一场争吵，她几乎想买张火车票去吉海市玩儿上几天。吉海不仅有著名的国家级森林公园和度假疗养的胜地，而且还是长天集团的发祥地。

她最近已经和刘文庆吵了两次架，都是在电话里。那天刘文庆来电话约她晚上和他出去吃饭，倒不是因为他们有近两个星期没见过面，而是刘文庆这个晚上有一个重要的饭局。是他的一个朋友做东，在“阿伊鲍鱼”酒家租了个单间，据说请的人都是些大公司的老板和文艺界的“腕儿”。刘文庆不知托了什么门路，硬是挤进了这次高层次的聚会。他在电话里的口气很急切："今天真的很重要，你知道谁来吗，长天实业开发公司的老总，他们也请了。"林星觉得很奇怪："爱谁来谁来，跟我有什么关系，你自己去不就完了。我最讨厌和一帮不认识的人坐在一起吃饭了。"

刘文庆在电话的那一头不知是板着脸还是在笑："你不知道，他们说那开发公司的老总特别色，你要是去了，跟他聊聊长天实业股票的走势，他保证话多。你问，我在旁边听，我能听出来。他们长天实业董事会什么时候开，今年分红方案怎么定，他是直属公司的老总，肯定了解些内幕。"

林星马上拒绝，不但拒绝，而且痛斥："你拿我当什么啦，当色情间谍吗？"

"就是吃一顿饭，而且都是有层次的人，又不会干别的。"

"你干吗不到街上现拉一个小姐去，那些大饭店的门口，有得是。"

"这是什么话，我是带我女朋友去，名正言顺，你别闹了好不好？"

"人家又没请我，我自己去难受不难受呀。"

刘文庆笑道："这种场合，漂亮女孩永远是最受欢迎的人，多多益善。"

"好！"林星说，"那我带一个排去。"

"行啊，只要好看。"刘文庆笑了一下，及时收住，说，"别闹了别闹了，我这也不光为了我自己呀，挣了钱还不是为你。"

"好啊，既然这样，我宣布我从今以后绝不再花你一分钱，你以后也别再说什么为了我。"

刘文庆几乎是求情的口气："好好好，就算为我，好不好？今天晚上六点半，'阿伊鲍鱼'酒家，劳驾您老人家为我吃个鲍鱼，行吗？"

电话突然不通了，不知是他的手机没电了还是信号不好，林星还能断断续续听见刘文庆在那边大呼小叫："喂，喂喂，你听见吗，晚上六点半……"

她没有再把电话打过去，晚上她反正不打算去的。刘文庆公然拿自己女朋友的脸盘去做生意场上的诱饵，这种行径林星怎么也不能接受。她最初认识刘文庆时他还在那个空调机厂当工程师，她家空调坏了，他带工人来修。后来又坏了，她呼他，他又来修。一来二去，她对这位身材魁梧、精通技术、会谈人生的年轻人有了好感。刘文庆那时候也热衷于赚钱，但只热在口头。在林星的观念上，年轻人会赚钱是一种本事。只要“君子爱财，取之有道”，就非但不是缺点，还是成就事业的动力。但刘文庆现在的样子，好像有些让人讨厌了，林星在他那里越来越找不到自己的位置。有好几次了，林星想试着跟他告吹，看看他做何反应。她估计不出他会痛不欲生还是爱谁谁。

晚上五点钟从社里下了班，林星当然没去什么“阿伊鲍鱼”，而是直接骑车回了家，路上盘算着是随便在外面吃点儿什么还是回家自己煮面。权衡不定时已经到了家门口。低头锁车时忽听有人在她身后叫：“哎！”回头一看，原来是那位瘦瘦的萨克斯男孩。她见到他不知为什么挺高兴，也许是因为她猜想他是专门来还钱的，这一来她对他的看法稍稍好了一点儿。

果然，男孩说：“我还以为你是京天娱乐城的呢，结果一问，说你是个记者。我欠你的车钱还没还呢。”

林星说：“咳，我都忘了。”虽然她并没有忘，但她觉得该这么说。

男孩把五十块钱递过来，问：“要付利息吗？”

林星并不想马上结束谈话，于是说：“那看你了。”

男孩有些嘴笨似的，迟疑了一下才说：“那，什么时候有空，我请你吃顿饭吧。”

说到吃饭，林星突然灵机一动：“吃饭免了，求你帮忙办个事，行不行？”

男孩说：“行。”

林星欲言又止，笑笑，说：“算了，说了你该生气了。”

男孩口虽拙，态度看得出是认真的：“没事……”

林星还是笑：“真不生气？”

男孩说：“真不生气。”

林星说：“你不会把我当疯子吧？”

男孩笑笑摇头。

林星说：“那我就不客气了，你愿意帮就帮，不愿意就算了，反正我也无所谓。”

男孩再次说：“行。”

林星说：“你陪我吃顿饭去吧。”

男孩说：“我不就说要请你吃饭吗。”

林星说：“不用你请，有人请。你陪我去，得装作是我的男朋友，行吗？”林星看他一愣的样子，连忙用笑来松弛他，“没把你吓着吧？”

男孩显然感到意外，但故意镇定地说：“没有没有。”

林星说：“就一顿饭，你就吃你的，不用说什么，我说什么你应和一下就行了。”

男孩大概认为拒绝女孩子的这种请求是胆怯和小气的表现，所以大方地说：“行啊，没问题。”

林星抬手看一下表，说：“走！”

于是他们就站在了路口，抬着两只胳膊拦出租车。林星问男孩：“我叫林星，你叫什么？”

男孩说：“我叫吴晓，口天吴，拂晓的晓。”

林星交代：“吃饭的时候要是有人问你，你就说咱们认识有一阵了，是你追我。行吗？不委屈你吧？你今年多大了？”

吴晓说：“二十二了。”

“二十二？”林星歪头看他，“看不出你比我还大一岁啊。”

吴晓说：“能告诉我为什么让我装你男朋友吗？”

林星笑一下：“放心，不是什么违法犯罪的事，今天吃饭的人里，有个人想追我，我拉你去让他看看，气气他。”

吴晓也笑笑：“噢。”紧接着居然厚道地问，“那会不会太伤害他？”

林星说：“放心，不会出人命的。”

两人在路边刚刚燃亮的路灯下，既仓促简短像串供似的统一了口径，又进行了“政策交底”和“减轻思想负担”的工作。车很快来了，但路上很堵，他们赶到位于长安街东头的“阿伊鲍鱼”酒家时，那一桌主客已经喝过了第一轮酒。刘文庆几乎顾不上抱怨她的姗姗来迟，便把眼睛盯上了吴晓：“他谁呀？”他第一句便这样低声地问她。桌上有人叫：“啊，小刘，这是你女朋友吧？来晚了要罚三杯！”刘文庆才笑着为她介绍：“噢，快来，我给你介绍，这位是马总，是我的恩师。这位是黄总，北京城搞证券的没有不知道黄总大名的。这位是贺主任，这是今天这桌上真正的政府领导……这是金总，我跟你说过的，金总是长天实业开发公司的老总……”他把今天心目中的主角儿放到最后介绍，而且口气上也有些微妙的加强。而那位马总，大概是今天的主人，热情地张罗服务员过来加座位加餐具，把林星的座位加在了刘文庆旁边，还一个劲儿地说：“我跟小刘认识好多年了，到现在他才让我见他女朋友，厉害厉害。”林星也不知道他说的厉害是指什么。她推着刘文庆叫他去那边坐，把吴晓拉到了刘文庆的座位上，和她挨着坐。她半笑不笑地回应着那位马总：“我和刘文庆是过去的事了，这位是我现在的朋友。”她公然向大家介绍吴晓，然后又说：“不过刘文庆还不错，有这种吃饭之类的好事总还不忘了我。”

大家都有点儿愣，有人偷偷看刘文庆，刘文庆脸上已经挂起青皮，但还笑着，他看出来林星今天是闹事来的。林星也是算准了他不可能在今天这种场合下跟她吵，因为男人是绝不会为了男女私事而不顾自己的面子和事业的。何况关于钱和爱情孰为第一的问题，在刘文庆的观念上早有定论。

刘文庆干笑着举了杯，自我解嘲地对众人说：“大家别理她，她就这脾气，我也没辙。来，金总，我敬你……”

大家举杯喝酒，男人们对这类事不敏感，无所谓，大面儿过得去就行，桌面上又恢复了应有的气氛。林星只是气气刘文庆，目的达到，也并不想撒泼，也就跟着喝酒。对刘文庆爱搭不理，对其他人笑脸相迎，有问必答。更多的，是给吴晓夹菜，两人频频碰杯自饮。吴晓不会喝酒，但她还是和他碰杯，都是抿一口而已，做做样子，目的还是给刘文庆看。吴晓一言不发，听别人说话，吃自己的菜。既不像那天偷吃林星盒饭那般狼吞虎咽，也没有丝毫扭捏局促。林星以前是常被人拉到这种高级酒楼和大饭店里吃饭的。在男人的饭局上，漂亮女人永远是一道不可缺少的风景。但吴晓这种半大男孩显然没有这种机会，所以林星对他的从容不迫深感惊讶。这小子吃饭的姿态居然很绅士，很讲规矩，而且并不刻意，一举一动都很自然。真不知道他这点修养是与生俱来，还是在什么地方练过。

这顿饭对林星来说，不知是胜利还是失败。她后来甚至说不清她是把刘文庆气了，还是把自己气了。因为刘文庆并没有像她期待的那样尴尬恼火以至一蹶不振，酒过三巡他竟像没事儿人那样轻松自如地进入主题。他说金总正好您今天来了我还想问您呢，我手上压了不少长实的股票，不知道今年董事会的分红方案怎么定，有没有什么利好的消息透露透露，反正今天也没外人。那金总喝得面色微红，反问说你们希望是什么方案？刘文庆说：“长实股是多年的绩优股，现在又是牛气冲天，当然是送股的方案好，哪怕是十送一呢。我们现在主要担心别定个现金分红的方案，那非跌不可，那我们还不如现在就抛了呢，现在还算是高位。”刘文庆说这话吸引了桌上大多数人的注意力，其他话题一时暂停，大家都看那位金总，不知他的嘴里含的究竟是利好还是利空。但见酒酣耳热的金总微微一笑，目光并不去看刘文庆，却清楚地说了一句：“你先留着吧。”

刘文庆是聪明人，不再多问，满面春风地吆喝敬酒。看见刘文庆的目的达到，林星便觉得自己的目的近乎破产，原有的一丝快意，到散席时也荡然无存。大家在“阿伊鲍鱼”酒家门口告别时，刘文庆甚至没有邀她同走，一句话都没跟她说就和那姓马的搭一辆车扬长而去。倒是有其他人要用车送她，她谢了说不用。一声声车门砰砰地关闭之后，一辆辆轿车鱼贯而走，似乎只有一瞬间的工夫，只留下她和吴晓孤零零地站在路边。

吴晓说咱们叫出租吧，你回家吗?

林星没搭话，情绪索然。她说：你先叫车走吧。我一个人待一会儿。

一辆红色夏利停下来，司机在车里看他们。吴晓拉开车门，说：走吧，先送你回家。

她没动，挥挥手：你先走吧。

吴晓说：你没事吧?

她说：没事，你走吧，今天谢谢你了，后会有期。

吴晓钻进车子，车开走了。林星在路边发了好一阵儿呆，才慢慢向灯火阑珊的前方走去。刘文庆分手时的表现让她在最后一刻痛感到自己实际上远远不是他的对手；让她想到她的失败不仅于今晚——她一向自以为谨慎呢，在她认识的所有男人中，刘文庆是第一个让她信任的，他的智慧和胆识，他的强壮的外表，都表现出一种男子汉的坚实。现在她明白了信任一个人事实上有多么危险，它会让你觉得受了愚弄，让你发现你的信任不过是基于一种幻想，你不过是拿信任这种精神需求去做了一次赌注。而你偏偏是，一个注定要输的人。

二

人与人之间的彻底信任往往是最难的，至少需要漫长的时间。许多人因此终其一生也未能真正信任过任何人，尤其是那些显赫一时的成功者，总会有比常人更多的猜忌和多疑，这不能说不是一种权势的悲哀。单从这一点看，最值得长天集团总裁吴长天庆幸的，恰恰就是在他功成名就之后，仍然能够在自己周围的众多同事中，享受到互不设防的轻松和愉快。也许是作为对他情义待人本性的回报，在他的企业王国里，多年以来，确实从未发生过任何一次哪怕是微不足道的背叛与哗变。

从创业的角度上看，他确实是个成功者。从二十年前他辞去吉海市环卫局科技处处长职务，承包了吉卫塑料制品厂的那一天开始，靠仅有的五千元流动资金，就把一个原来仅仅生产一种低质垃圾袋的百人小厂，变成了拥有几十家分支控股企业和近二十万名职工的泰坦尼克式的长天集团。特别是在大前年集团的骨干企业长天实业股份公司成功上市之后，吴长天多年以来的宏图大略，基本上算是梦想成真。

当一个人的权力、名誉、地位和利益应有尽有的时候，他最害怕什么呢？那就是伴随而来的孤独。好在吴长天在集团里的地位，虽然算得上唯我独尊，但属下并非敬而远之。他以自己二十年一贯的人品、信用、作风和善待所有职工的道德信条，赢得了集团内许许多多职工的崇拜和爱戴，以及比崇拜和爱戴更重要、更难得的亲近。他们对他的唯命是从，皆发自内心。如果说吴长天是长天集团的一个精神领袖的话，他完全可以当之无愧，尽管他从未发动过任何形式上的造神运动。

下午，吴长天吩咐集团行政部经理李大功想办法把已经四五天没有回家的儿子吴晓找来。虽然这是他的私事，但李大功调动了集团北京公司十几名干部、六七辆汽车，分成若干小组，几乎找遍了京城每一个可能找到吴晓的角落，电话也打了不下几十个。每一个人都是认真的，认真得诚心诚意。李大功从吉卫塑料制品厂的后勤组长开始，已经鞍前马后跟了吴长天二十年。从吴长天的口气上，他当然听得出，这位很少操心家事的父亲与自己的独生儿子吴晓，一定是有要事相见。

整个下午吴长天一直待在他的京西别墅的书房里，眉头不展，集团的副总裁郑百祥已经来过电话，告诉他长天实业最后一名赶到北京的董事刚刚下了飞机，正在赶往长城饭店的路上，晚上的董事会可以按时召开了。这是一个好消息，因为今晚的董事会要做出一个重大的决定，到会的董事必须符合法定的人数。否则，一切精心的策划都将因之延缓，而时机已经不容再缓。《中华人民共和国证券法》已经公布，将在七月实施，那是被数百年前的预言家称之为死亡之门的七月。他要在自己的上市股票中凑足坐庄的筹码，就必须在三月之前完成打压、吸进、拉高、派发的战役全程，而且不露人为的痕迹，因此时不我待，须早早发动，才能既坚决果断，又自然而然。

他知道此时郑百祥正在分别和每一位已经到京的董事进行着紧张的会

晤沟通，以便将他的计划先在私下里征求意见，吹风通气。现在只有极少数人知道长天集团正处在历史上一个最关键的时期，而郑百祥便是其中的一个。作为当年吉卫塑料制品厂的党支部副书记，郑百祥也算是集团的一位创始者，多年来一直是吴长天核心班底的主要成员。吴长天的高明就高明在用人之道，他对部下和伙伴从不求全责备，每人都能因才适用。譬如同样都是在部队当过兵的，郑百祥与李大功就是截然不同的两种人。李大功忠诚有余、智慧不足，敢拼敢闯、却失之匹夫之勇。郑百祥则上过大学，喜欢看书，能言善论，但多少有点儿自私，为自己算计过多而为他人奉献太少，和李大功相比，义气上显然差了一些，这也是由文化的差异所致。

吴长天自己算是个知识分子，可不知怎么就相信那句民间的老话："仗义每从屠狗辈，负心多是读书人。"连这两类人物的社会交往，也明显地体现出物以类聚、人以群分的规律。郑百祥在"吉塑"当小干部的时代，就喜欢往记者、律师、作家这类社会精英堆儿里扎；李大功如今当上了集团的行政部老总，还依然和不少"引车卖浆者流"酒肉来往，接触认识的人不免太杂。你要是让他给你找两包白粉一把手枪来，他也保准能在第二天的一大早就送到你的办公桌上。前两年就因为他喝醉了酒向别人妄自夸口，说自己"黑道白道，路路皆熟"，被人告状到吴长天处，被吴长天叫到家里，好一顿批评。人到了什么层次就要说什么话，当了集团部室一级的干部还做如此低档的吹嘘，特别是一位长天企业的元老，总裁的"近臣"，很容易对吴长天本人的形象造成负面影响。但吴长天有时又想，作为一个团体，毕竟也少不了要有一两个这种"李逵"式的人物。郑百祥固然有谋略可以代吴长天在军前运筹帷幄，而吴长天自己家里的事，吃苦受累或不宜与外人道的事，还非得这个一脑袋愚忠的李大功不可。

整整一个下午，吴长天始终沉着脸处理秘书送来的各种文件。在看了房地产公司的月度报表之后，还打电话到沈阳，把正在工地上开现场办公会的公司经理叫来狠批了一通。他很少这样在电话里发脾气的。只是随后在与深圳一家建筑公司的董事长约好的短暂会面中，他才有了十分钟交际场上常规的笑容。那家建筑公司希望能在长天集团正在开发的一些工程项目中得到一点儿生意，已对集团有关部门做了不少公关工作。自长天企业成立集团公司后，吴长天就从不与这种小客户直接见面了，但今天这个人是经了一位上层人物口气十分认真的介绍，所以在面子上，他不得不见。

但即便是在与深圳那位建筑商会面时，他脑子里所想的，依然是今晚的董事会。长天实业股份公司的董事会共有九名成员，除了他本人今晚“因病缺席”之外，八人中须拉到五票同意现金分红的方案，他的计划才有可能实现。长天集团是长天实业的大股东，在董事会内拥有五席多数。以吴长天的判断，除他本人之外，郑百祥今晚至少可以拉到六票。如果一切顺利的话，分红方案公布后的三天内，成千上万希望落空的股民们就该看着长天实业的股价大幅下跌而溃不成军了。等长天集团自己的公司用低价“通吃通赔”地吸足了筹码，他再以长天掌门人的身份出山“拨乱反正”，改分红为送股，将股价重新拉高，打完由他自己发动的长天实业股战的最后一役，得一张末班的船票，带着饱满的果实扬帆而去，也算是他对得起长天集团十八万弟兄了。此后，一定金盆洗手，再不沾股市中的尔虞我诈。他本来就对空手炒股这种事一直缺乏心理适应，太多的市场机谋与竞争的残忍，让他的良心总是负担着某种重压。他还是老老实实搞他的实业，搞他的产品经营为好，这样活得比较轻松。以他的处世哲学，他是极不忍心以强凌弱，让自己的双手沾上那么多无辜散户的鲜血的。那些散户的悲剧就在于：他们总是打尽最后一颗子弹而壮烈牺牲，却并不知道自己是跟谁在打。

送走了深圳的客人，他请秘书为他重新泡了一杯浓浓的君山银针。他看着杯中浮藻般的银针压着水的热气，显得厚重而又阴沉。这种茶看上去身长叶厚，不易泡开，需要静心等候。秘书又抱进一摞待批的文件，放在宽大的写字台上，他没有动。秘书揣摩着他的脸色，小心翼翼地汇报了几个下午接到的电话，请示他如何答复。他似听未听，答非所问地说：

“李大功要是回来，马上告诉我。”

“噢，李总还没有回来呢，可能还在和他们一起找吴晓吧。”秘书答道。

吴长天只问这一句话，便又沉默了，秘书不再等什么答复，退了出来。吴长天看着窗外的夕阳，心里在想另一件事，这是比今晚的董事会还要重要得多的头等大事，是关系到他未来的全部安排，关系到他整个事业，也关系到……照他看来也是关系到整个长天集团未来命运的头等大事。

这件事就是：他的身份，长天集团的身份，他和长天集团，算是什么关系。

二十年前他接手吉卫塑料制品厂的时候，这家债务累累的小厂的净资产还是负数。那时候的吉卫，是个谁都不要的死孩子，从财务概念看，已经是个事实上的破产企业，只是当时全国都还没有一家破产的实例操作而已。是他吴长天把这个死孩子弄活，长成了今天的巨人。在社会发展的今天，以实业立身的三大要素恰恰就是当今这个时代三种最吸引人的东西：科技、资本和权力！只有这三者的紧密结合，才能产生伟大的业绩。而过去一向被吴长天引为骄傲的，正是他自以为已经拥有了这种结合。长天企业靠科技翻身，靠科技完成了资本的原始积累。在而后的二十年中，集团迅速扩张起来的资本，几乎为吴长天想做的任何事提供了坚实的基础。至于权力，难道他没有权力吗？在长天集团说吴长天没权纯粹是一种低级的幽默。他的功劳、气魄、能力和为人，使他在自己的王国里，成了一个毛泽东式的领袖，拥有绝对的权威和崇拜。当他的下属们学着当年林彪“紧跟”毛泽东的口气说：对吴总的指示，理解的要执行，不理解的也要执行，在执行中加深理解时，当然就不是幽默，而是一种真诚的拥护了。谁也没想到在长天企业二十年发展的今天，吴长天竟突然发觉他的权力，不过是眼前雄伟壮观的一片海市蜃楼，是随着太阳的升沉移动而忽大忽小或有或无的一片倒影罢了。

事情的起因要从20世纪80年代的中期说起，在他以长天为名组建起长天企业的基础公司——长天实业总公司的时候，为了得到吉海经济开发区税收政策的优惠，他把长天实业挂靠在了开发区的财政局。反正财政局每年只收些管理费，并不过问他的经营活动，也不过问他的人财物的调动，企业内一切行为均由他自己做主。尽管长天企业下属的公司和工厂遍布北京、上海、广东和东北很多城市，但他顺理成章地把企业的总部注册在开发区之内，这些年所享受的政策优惠何止千万计。现在，中央决定政府部门一律不能再附属企业，几周前开发区财政局突然跑来和他商量，准备把长天集团的关系转到开发区招商总公司去，当时他愣了半天竟没有说出话来。长天是他的，政府没投一分钱，是他白手起家平地造楼，一天天拉扯起来的，他不需要转到什么招商总公司去，他难道还得有个婆婆来管着他？得有个上级单位来任命他？过几年再安排他体面地退休？当他拿着那一点儿退休金走出他含辛茹苦亲手建立起来的王国并和它再也没有多大关系的时候，他是一个高尚的伟人，还是一个历史的傻瓜？

是的，他和政府只是挂靠关系，长天企业的发展历程很清楚地说明了这几十亿的资产是如何一点儿一点儿积累出来的。但郑百祥说得没错，天下是我们打的，但打天下时我们都忘记了竖起自己的旗帜了。我们自己搞来了贷款，找来了钱，但没有办理任何个人资本投入的手续。所以在法律上，长天企业的每一块砖、每一台机器、每一分钱，都归国有。而你，长天集团的创造者，终将面临一个上级单位来接收财产、考查干部、组织政治学习、进行各种监督。你的每一分钱收入都要如实报告，每一平方米住房都要丈量登记，超过规定要照章退出；用车、打电话都要实行公费包干的制度，超支自理，等等。但这些都不重要，也许你从接手吉卫这个破厂那一天起就从没打算过享受，重要的是，长天企业所有经营活动的决策从今以后都要集体讨论，逐级请示；你对企业干部的调配与任免、奖励与处罚，都要受到另一种规则的限制。一切都不能再随机而变，不能迅速及时地自行决定。你不能整天只想着经营和生产、销售和技术，而必须拿出一半以上的精力，做出各种紧跟形势的姿态，为自己制造各种思想和行为的面具；你必须和每一位婆婆，那些一时都难以数清的主管部门——组织部门、宣传部门、计划部门、纪检部门、劳资部门，以及工会、妇联、共青团等，广结善缘……总之，你已经不再是一个独立的企业决策者和指挥者，而只不过是一个需要随时随地观察上级脸色的，唯命是从的，被任命的干部。这一切结果都出自同一个原因，那就是，长天的资产，在法律上，不是你的。

吴长天是从这种体制中走出来的人，他已经很难再习惯它的特点和规则。他想，如果他从此无权再决定什么的话，甚至还要和上级派来掺沙子的书记和副手在来来往往的内耗中消磨精力的话，那他就完了，长天集团也就完了。

他似乎必须马上行动，来捍卫自己的胜利果实。开始，他策划了一个将集团进一步股份化的方案：除了将长天实业股份公司的执股权大批转售外，再把集团内其他几个骨干企业也对外招资纳股，办成由多家股东组成的有限责任公司，以增加这些公司的社会性色彩，摆脱什么招商总公司对长天集团的独家控制。但这个方案操作起来十分复杂，而且需要时间。而且，说到底仍然没有他个人的股份。这些年他虽然拥有公司的一切权力，却从来没有在个人发财致富方面动过什么脑筋，他的清廉是上下公认的。公司的财务、审计和各种人财物的往来收付，也完全是照章办事、从严控制、公平公开的。像云南红塔集团的褚时健那样穷凶极恶地中饱私囊，他想都没有想过。一来，是他品性不齿于此；二来，也许是他没有想到某年某月某日会有一家国营的招商总公司从天而降，突然凌驾在他的头上，成了他的资产的法定主人。现在存在他个人银行户头下的，仅仅是他的亡妻去世前卖掉她自己辛辛苦苦办的那家很不错的服装厂所得的八百多万块钱。这钱在情理上说，应该属于他们的独生儿子吴晓，这是他母亲最后留给他的一份遗产。吴长天本来以为这并不算是一笔大钱，他本来以为到他闭眼的时候，他留给儿子的，将是一个市值几十亿甚至上百亿的庞大家产。他过去一直忧心忡忡的，是儿子突然在某一天不知怎么迷上了一把萨克斯管，从此听不进他的任何诱导和规劝，对学习企业管理失去了全部的兴趣，能不能子承父业几乎成了这几年父子之间争争吵吵的主要内容。一年前吴晓在事先不征求意见也不通知的情况下，突然从工业大学退学参加了一支只能在酒吧里吹吹打打的小资产阶级格调的乐队，父子之间的冲突几乎到了沸点。吴长天可以在企业界叱咤风云，指挥千军万马，唯独管不了自己的儿子，尤其是在他母亲病逝之后，他对儿子的心，就怎么也硬不起来了。

他曾经仔细梳理过自己的想法，他自认为自己并未有一丝封建农民的意识，非要给子孙留下什么金银财宝、田产屋舍才能闭眼。他现在在各地住的几处房子，和公司的其他财产一样，都没有办理过向个人过户的手续，在职时可住，退休时要交。他也从未给过儿子的乐队一分钱的帮助——除了痛恨这个抢走了他儿子的乐队之外，他在观念上也不主张儿子在事业方面不劳而获，坐享父母的荫泽，因为那样对他的成长反而不利。他现在想方设法避免使公司回到国有体制上去，也不光是为了他自己，也是为了公司里那几个多年跟着他风雨同舟的弟兄。他不能让大家脱下干部装赤条条地下了海，闯过惊涛骇浪之后又赤条条地上岸穿回那身旧衣服，那样的话又何必死去活来地滚这一身水呢？

在他这次回北京以前，他在吉海特意把市委书记梅启良和他的夫人，一起约出来吃了一顿饭。他和梅启良一家人都很熟，席间可以用闲话闲说的方式，从他今后的发展战略谈起，慢慢把话题绕到长天集团关系挂靠的问题上来。梅启良是吉海市的老人，吴长天从环卫局辞职下海的时候，他是市工交党委的宣传部长，和吴长天的年龄、级别都差不多。对吴长天下海办厂以及后来长天企业在开发区财政局挂靠的大致过程，都还清楚。这些年，长天集团在吉海是数一数二的利税大户，吴长天又与梅启良私交不错，所以梅启良对长天集团在吉海的事情还是比较支持的。那天在餐桌上谈到长天集团的归属，梅启良倒是非常开明的态度。

“首先要听你的意见，”他对吴长天说，“长天集团是你一手搞起来的，你觉得什么样的体制更适合它，你最有发言权。”

梅启良的诚恳和通达，对吴长天的内心起到了一点儿撩拨的作用。又仗着喝了几杯热酒，一向谨慎的吴长天不知怎么竟把一句还不到火候的话冲口而出：“梅书记你最清楚，长天集团是我一点一滴弄出来的，挂在财政局是当时国家计划经济体制的需要，现在怎么假戏真做就成了国有资产了呢，公司的账上可是没有国家一分钱的投资啊。”

话一出口，他马上后悔，因为梅启良面色暧昧，沉思着未开口，这使他的酒劲立刻退了下去。他试图着往回收：“当然，这么多年我把公司的老营扎在吉海，始终没动，也是因为市委、市政府给我这么大的支持，我得为吉海做点儿贡献。梅书记你是知道的，市里要我出钱出人，让我办什么事，我们长天公司什么时候没有遵命？企业的资产无论属于什么性质，我吴长天对市委、对市政府，这个组织原则我还是坚定不移的。”

梅启良这才点头："你是吉海的利税大户嘛，市委、市政府当然要支持你。长天的总部不离开吉海是正确的，吉海给你的条件和政策，去别的地方你不一定拿得到。至于说，长天的企业性质、历史过程，大家都知道，但是看法恐怕不会那么一致。你们不靠政府投资，白手起家，艰苦创业，这个精神，这个历史，大家都承认。但当时毕竟算是市环卫局下属单位，后来又挂在开发区财政局下面，算局属企业。政府虽然没有资金投入，但当时给你们的政策，对你们的扶持，可是完全按国有企业对待的。当然，从资金投入的角度，搞清楚长天集团有哪些资产应该算你有份，这当然也不是没有一定道理。十五大以后，中央也提倡明确企业产权关系，提倡企业走股份制道路。你吴长天如果能占长天集团的部分股份，这对调动你的积极性，对长天集团今后的发展，也有一定好处。但是，认定股份是个复杂的问题，要有法律的依据。总归这个事我个人意见不是不能讨论，啊，不是不能讨论。"

对梅启良的这番若明若暗，左右逢源，既不失原则，又变通灵活的表态，吴长天翻来覆去，揣摩良久。一会儿觉得山重水复，一会儿觉得柳暗花明；猛然一想似觉暗含机锋，细一分析又不得要领。唯一给他留下一线光明的，是结尾那句连续说了两遍的"不是不能讨论"的话。只有此言，为他的希望留下了一个相对实在的活口，虽然梅启良并没有明说这个可以讨论的空间究竟有多大。

和梅启良吃过这顿饭以后，吴长天匆匆回到北京，人们以为他是为筹划长天实业股份公司的董事会而来，其实不然。董事会的事他几乎全部交由郑百祥暗箱操作，他只在幕后对个别关键环节进行遥控。这些天来除了刚刚和那位有点儿来头的深圳建筑商见了短短的一面之外，他一直闭门谢客。今晚的董事会也称病不出。他一天到晚只和集团的财务总监、法律部的主任和有时由他们带来的几位国务院有关部委的干部，关在他的书房里开小会。既然梅启良表态长天集团的股权认定要有法律依据，他就不能不有所准备。法律的、政策的、财务的、理论的、历史过程的依据，都要准备。这件事在全集团除了几个参加研究的财务和法律干部之外，只有副总裁郑百祥和行政部经理李大功知情。对郑百祥，吴长天私下里许给了他百分之十的股份。李大功和其他几位长天的老人，尽管没有得到具体的许诺，但心里都清楚他吴长天的人品。他与他们，有福同享、有难同当，一损俱损、一荣俱荣。不会亏了他们。

这件头等大事，存亡所系的大事，就在这个世纪最后的一个隆冬，在吴长天的小小的书房里，悄悄地启动了。也许吴长天这种急迫的心态也是世纪末情绪的一种，他心里总是觉得一个时代的期限将近，很想在新世纪开篇之前把这等生前身后的大事一揽子了结。知情的人中，只有李大功一个人不需要参加具体的研究和操作，他负责搞好这些人的生活食宿和车辆的安排，以及一切行政后勤的事务，包括今天用整整一下午的时间去寻找吴长天的儿子吴晓。

吴晓是晚上快九点钟了才出现在他演出的那家酒吧的，李大功把他带回京西别墅时，几乎快要夜深人静。吴长天从内心的最深处，是非常非常疼爱这个儿子的，其情之切甚至难以形诸言语。他时常会在日理万机之时，不期然地想起他来。儿子似乎成了他对家庭、对亡妻的爱心和怀念的唯一实实在在的对象，尽管父子间并没有什么共同语言，在日常生活中的距离也有点儿疏远。

儿子躺在自己卧室的床上，床和屋子都很干净。虽然吴长天从不让保姆替儿子收拾房间，但儿子的这间卧室和他自己的穿扮一样，总是整整齐齐一尘不染。这种生活上的讲究倒是和那些流行乐手的流行习惯相去甚远。见父亲进来，他坐起了身子，还是那副永远长不大的表情。吴长天想把儿子叫到客厅里去谈，犹豫了一下还是算了。他把儿子放在沙发上的乐器盒子往旁边挪了挪，就地坐了下来。

“这几天还在搞你们那个乐队吗？”他问。

“啊。”儿子拿起床头柜上的一瓶矿泉水，仰着头喝。

“拍 MTV 的事，找到资助了？”

“正找呢。”

吴长天沉默下去，不知后面的话该如何开口。倒是儿子问：“爸，你找我有什么事啊？”

和儿子说话，吴长天的口气照例是威严的，只是习惯而已，其实他面对儿子时，内心是充满慈爱的。他问：“最近你见到梅珊了吗？你去找过她吗？”

儿子反问：“我去找她干吗？”

吴长天说：“上次你和她，还有她妈妈，一起去香港旅游，你们不是处得挺好吗。怎么，现在不来往啦？”

儿子的目光有些疑惑，不是因为他问的这个问题，而是因为他问这个问题时脸上那异乎寻常的温和。儿子说：“来往过，不过很少。”

吴长天点了点头，说：“我这次离开吉海前，请梅珊的爸爸妈妈吃了一顿饭。她妈妈跟我说梅珊很喜欢你，不知道你对她印象怎么样。梅珊现在也到北京要和一家模特公司签约了，我看你们可以多接触接触嘛。她妈妈很希望你在北京能够帮她照顾一下梅珊。”

他的意思是明白无误的，但儿子不知是因为天真的本性还是故意装傻，无动于衷地答道：“没问题，你跟他们说，梅珊有什么事可以找我，我一定会帮忙的。”

吴长天想了半天，不知该怎么再把话说得更明白，他今天必须拿到儿子的一个明确的态度，他不得不露骨地追问了一句：“梅珊……你对她印象到底怎么样啊，啊？”

儿子未及答言，他又说：“在香港我就看出梅珊对你挺有好感。她妈妈说，她这次一个人孤身到北京来考模特，很大程度上就是为了你。这种事本来应该你妈妈来管，可现在，我是既要当爹又要当妈。不能不为你操这个心。”

尽管后面这句话暗含了些伤感，但儿子听了依然是那种平静如水的目光，语言却是他嘴里从未有过的尖刻：“爸爸，是不是杨白劳借了黄世仁的印子钱，得拿喜儿去顶债啊？”

三

在“阿伊鲍鱼”与刘文庆较完劲儿之后，林星仅仅在心里别扭了一个晚上，第二天一早就神清气定，自我解脱了。她马上就到二十一岁了，对一般女孩子来说，正好是个青黄不接的年龄。她那些同学都是这样的：想装扮成熟又放弃不了幻想；渴望独立自主又实际上依赖他人；尝到了现实的平庸又期待着突逢奇遇……这时候的女孩子比男孩子更加摇摆不定。但二十一岁的林星似乎早就定格了，她早就认为自己已经是一个既充满朝气又老练自持的成年人。

她的朝气表现在对任何想做的事都敢去做，对任何去做的事都满怀信心，她的老练表现在对未来从不热衷细节的规划和具体的憧憬。未来究竟会走到哪一步天才晓得呢。最重要的是把握现在的生活态度，并做好眼前的每件事情。她的生活态度是坚强如铁和相信自己，而且还必须保留那么一点儿基本的道义。她拥有的优势是：习惯孤独。

因为她没有父母，没有兄弟姐妹，甚至没有一个日常有来有往的亲戚。

尽管许多同龄人还在拼命挣脱家长的管束、讨厌父母的关怀呢，但有和没有还是不同的，因为父母和家庭永远都会是你精神上一个潜在的支柱。

在大学里，同学和老师对林星都不错，她有数不清的朋友。可朋友是什么？君子之交淡如水罢了，最后你依然要自己面对一切，这时候，孤独就成了你的财富。

经历和环境养成了她的这种理性心态，也让她在大学的全部课程里，对心理学一直情有独钟。心理学不像宗教那样让人的灵魂盲目地净化或麻痹，而是使人的内心充满了科学思辨的光辉。心理学对孤独的评价也是令人振奋的，比如它认为孤独的人往往专注于事业，这博得了林星极大的认同。在这个时代里，像她一样埋头读书和踏实上班的漂亮女孩儿真是越来越少了。和刘文庆一吵架，她更觉得只有工作着才是美丽的。所以在“阿伊鲍鱼”吃完那顿饭的第二天，她就向社里主动请缨，买了去吉海的火车票。虽然只买到了硬座，但她还是兴致勃勃整装待发。按照计划，她将在吉海完成整个儿采访的材料框架，因为那里是长天集团的总部和它的发祥地。

从退守孤独转化为对事业的专注，既可谓失之东隅收之桑榆，又是典型的坏事变好事。

所以当第二天中午刘文庆又开始呼她的时候，她几乎分不清这对她来说究竟算好事还是坏事。她没有回，呼了她一整天，她都忍着不回。但忍着忍着就有些忍不了，到了傍晚刘文庆终于跑来敲响了她家的房门，她才意识到孤独也是很容易被瓦解的。

林星拉开门，她几乎不敢与他对视，她不知他的一个眼神是否就足以令她弃守。刘文庆走进来，像什么事都没有发生过，先是自己给自己倒水喝，继而拉开冰箱在里边找着什么。

林星板着脸回身到桌前整理着台面，心里已经有点儿软，但她还是想等刘文庆先开口。

刘文庆关上冰箱门，砰的一声打开一罐可乐，说："你知道我今天干吗了吗？我今天到证券市场过了一回大户瘾，我下了二百万的单！"

尽管这是林星目前最厌烦的话题，但刘文庆的口气还是把她惊住了。

"二百万？"

"一百五十万是客户的，五十万是我自己的。"

"你哪儿来的这么多钱，没把我也卖了吧？"

"瞧你说的，卖谁也不能卖你呀。钱是我借的。我妈给了我五万，我哥拿了八万，我嫂子他们家出了十万，再加上从几个朋友那儿凑了点儿。我一个朋友正好要买车，我让他晚几天再买，再加上我自己的钱。这是一个好机会，一般人都以为长天实业的股价已经这么高了，都不敢再收，我是摸准了消息下单子。做股就是靠消息。那帮小股民老是盯着哪个公司的业绩好，哪个股票的价位低。那些大炒家光是琢磨哪个庄家有实力，就知道闭着眼睛跟庄跑。我呢，我是一不买公司，二不买庄家，我买的是趋势！"

刘文庆踌躇满志之态，溢于言表。林星冷笑："看来你昨天那顿饭没白吃。"

说到吃饭刘文庆的得意更进了一步："长天实业开发公司的那位金总，我今天早上跟他通了电话，我本来想谢谢他，结果他还真跟我聊了会儿，还要请我吃饭呢。"

刘文庆的神态简直有点儿小人得志的味道。把林星与之交谈的兴趣搞得荡然无存。她甚至有点儿后悔开门让他进来。她满怀恶意地说："是吗，看来我还是离开你好，我一离开你，你就时来运转了。"

对林星的态度，刘文庆以一种不与之计较的豁达笑了笑："你现在的脾气可是越来越坏了啊，老这么阴阳怪气干什么。哎，我告诉你，明天晚上七点，在亚洲大酒店老船坞餐厅，金总说他去订一条船，让我带你一起去，就单请咱们俩。"

这下林星明白那位金姓老总为何要请刘文庆吃饭了，按这个进展速度说不定三天后就该单请她了。她不知道刘文庆是真糊涂还是揣着明白装糊涂。她与他冷眼相对，狠狠地说：

“对不起，我明天要到吉海出差，恕不奉陪了。”

“出差？真的假的，你帮帮忙别闹了好不好。”

“你要看看我的火车票吗？”

刘文庆急了：“我可以帮你把车票退了，你晚一天再走怕什么。人家金总特别忙，平常很难抽出时间来。而且我都答应人家了，和这种老总打交道，信用是很重要的……”

林星忍无可忍：“你告诉那姓金的，那个什么狗屁金总，你告诉他，我有男朋友了！”

见刘文庆刚要开口，她又厉声打断他：“不是你！”

说到男朋友，刘文庆的愤怒终于倾泻出来：“对了，我还没问你呢，昨天你到底想干什么？啊！那小白脸是干什么的？啊！不会是你在街上现找的‘鸭’吧！”

话说得这么难听，争吵于是不可避免地升级。“刘文庆，你怎么说这么不要脸的话！”

“我要脸，你给我脸吗？你昨天当着那么多人的面，你给我留了一点儿脸面吗？你带那么个小白脸去，大庭广众之下你们亲亲热热那德行，你要脸吗！”

林星全身发抖，竭力压制住自己，她只是拉开门。刘文庆也克制住了，不再叫嚷。他面色凶狠地走出去，走出去之前没有忘了说：“我给你时间，你好好想想你都他妈干了些什么！”

林星在他身后用劲儿摔上门。

客厅里安静下来，艾丽和阿欣探头探脑，分别从自己的房间钻出来，做惊恐状地问道：“怎么啦你们俩，他怎么对你那么凶呀？”

林星当然无法和她们解释，她重重地吐口气，努力让自己平静下来，她说：“没事。这么晚了，你们怎么还不出去？今天没有约会吗？”

艾丽说：“正要去呢，你们在客厅吵架，我们都不敢出来了。”

林星苦笑着挥了一下手，像是个抱歉的表示，又像是一种解嘲。艾丽和阿欣一边行色匆匆地描眉画眼穿衣打扮，一边说着刘文庆的坏话，以示对这位房东的声援。

这时房门又响了，林星一听就知道又是刘文庆。她咚咚咚地走回自己的卧房，砰的一声反锁了房门。她甚至懒得去留意客厅里的动静，懒得去听艾丽阿欣怎样和刘文庆周旋。好一会儿，有人在敲她卧室的房门，随后是艾丽的声音。

“嘿，出来吧，林妹妹，这是另一个宝哥哥。”

林星打开门，没想到，客厅里站着的，是那个衣着笔挺、干干净净的吹萨克斯管的男孩，吴晓。

“你怎么来了？”

男孩不知该如何说似的：“啊？”

“你怎么找到这儿的？”

“跟周围邻居打听来着。”

“噢，你有事吗？”

“有点儿事。”

林星把阿欣摊在沙发上的衣服卷起来扔给她，对吴晓示意：“坐吧。”然后又去厨房给他倒水。艾丽神秘兮兮地跟进来，小声调笑：“嘿，你要真是对钱无所谓的话，这个可比刘文庆强多了，长得多精神啊，很配你的。”

林星瞪眼：“我跟刘文庆又不是图他有钱，再说他有什么钱呀！”可艾丽的话又使她多了一个心——艾丽和阿欣马上就要出去玩了，如果这栋房间里只剩下她和吴晓两个人的话，在艾丽的狗脑子里，肯定会把他俩干柴烈火地胡想一气。于是她索性不再为吴晓沏茶倒水，而是走到客厅，当着艾丽和阿欣的面，对沙发上那位不速之客说道："我得出去吃晚饭，然后还要去见个朋友，你要有事的话咱们可以边走边谈。"她这么做至少可以避免艾丽的臭嘴，将来在刘文庆的面前搬弄是非。

于是她和吴晓先于艾丽和阿欣下了楼。吴晓也没吃饭，他们就在街对面的一间小小的咖啡店里坐下来吃意大利面和汉堡包。吴晓说昨天就是在这儿盯着她的楼门口等她的。林星说是吗，为五十块钱不值得。吴晓说五十块钱也没白送，还吃了一顿鲍鱼呢。林星说那有什么，那是你帮我的忙。你今天找我不是有事吗，怎么不说呀？吴晓突然脸涨红，说：我想请你也帮我个忙。林星说：什么忙？吴晓说：我想请你也装一回我的女朋友。

林星吓了一跳！可随即她又笑了，没想到居然和一位素不相识的小伙子还有这样一种礼尚往来，既荒唐又好玩儿。

"你也想气气你女朋友？"她问。

"不是，是我爸要给我介绍个女朋友。我不太喜欢她，可我爸非让我和她接触接触不可。"

"你爸是干吗的？什么时代了还父母之命、媒妁之言，包办代替呀。你不愿意谁还能强迫你。"

吴晓不言。半天才说："我妈不在了，我爸的话我也不能老不听，我因为工作的事就和我爸闹翻过。有半年他都没和我说话。现在我也大了，也不想总和他吵架，我告诉他我已经有个女朋友了，而且感情还特别好……"

"噢，我懂了。"林星打断他，冲他点点头。看在昨天吴晓帮忙的面子上，她显然不能拒绝这个任务。

"你说吧，需要我怎么着。"

"我爸不信，所以过两天我想带你去见见他。"

"没问题，我的表演水平不会比你差。明天我要去吉海市出差，等我回来吧，你呼我就行。"

吴晓有些意外地说："你要去吉海吗？我爸今天也去了吉海，那我们可以去吉海见他。你是坐哪班飞机？"

林星也觉得巧，似乎事情的进程已有点儿接近于一个故事的结构了。她说："我坐火车。"她说了她的车次，突然意识到旅途不免枯燥，找个人结伴同行不失为一件快事。但她没想到吴晓竟是一副如此大方的口气：

"我最讨厌坐火车了，时间太长，我们还是坐飞机吧，我去搞飞机票。"

为这事花这么多钱坐飞机，林星觉得似乎有点儿过于挥霍了，见一面做场戏至于如此破费吗？但是吴晓的态度看上去颇为认真，而且断断没有一点儿舍不得或者不划算的意思。林星想，既然这小子肯冒傻气替她出这张机票，而且自己也不算是无功受禄，何乐而不为呢？

林星过去是坐过两次飞机的，一次是小时候，一位在空军工作的叔叔带她坐过一次运输机。那飞机又老又旧，飞起来沉浮不定，别人吐了她没吐。飞机上的解放军叔叔都夸她，从此培养了她坐飞机的自信。第二次是她大前年大学放假时，到宁夏银川父母那里过春节，因为买不到回北京的火车票，怕耽误开学，所以父母给她买了飞机票。这是她第一次坐民用的客机，虽然是那种小飞机，但感觉还是挺过瘾。那张机票她一直珍藏着，因为三个月后她的父母在一次车祸中一同遇难，这张机票就成了他们生前送给她的最后一个礼物。

在与吴晓达成结伴而行的协议之后，与上次林星请吴晓帮忙时一样，两人又开始设立攻守同盟。吴晓说你一定要跟我爸说咱们俩认识很久了，而且你还得是特别爱我，一旦失恋准得自杀那种。林星笑道："我可不爱你，你以为长得漂亮的男孩对女孩就一定有吸引力吗？那你错了。"吴晓说："这不是让你帮忙吗，帮忙帮到底。"林星说："那你就得把你们家的情况告诉我，免得我说漏了馅儿。”吴晓的表情像一个特务头子交代任务似的，严肃得有点滑稽：“你就知道我妈已经病故了，我是靠我爸养大的。我们老家就在吉海。别的你一概不清楚。”停了一下，又补充道，“过去是我爸养我，现在我自己养自己。”林星问：“你生在北京还是生在吉海？”吴晓答：“生在吉海。我后来到北京工业大学上学，后来退学了。”林星没想到这小子还上过大学，万分惊讶：“为什么退学了？”吴晓平平常常地答道：“因为我有别的爱好。我爱好音乐。”林星点着头，两手做了个吹喇叭的动作，说：“噢，对了，我知道你是吹‘响器’的。谁家办丧事，你去吹‘送葬曲’。”这回吴晓脸上挂出几分惊讶：“你怎么知道的？”马上又释然，“噢，肯定是你同屋那女的告诉你的，她以前看过我演出。”林星故意贬低说：“什么演出，别说得那么正经好不好，小心吓着我。不就是在街上的酒吧吹吹吗。喝酒的人听着你们的音乐聊天，也就是当个背景图个热闹罢了。”吴晓也不恼，还是用平平常常的神态说：“世界上很多伟大的音乐家都在酒吧间演出过。再说迷恋音乐的人并不在乎有没有知音。”林星没再争论，她只是觉得打击打击他挺好玩儿的。她也知道他的萨克斯管吹得相当不错，那首《天堂之约》几乎赚到了她从不轻弹的眼泪。

吃完饭吴晓不像以前那么赖了，抢着付账，林星不让，坚持AA制。当晚他们在那间咖啡厅分手，一夜无话。第二天一早林星就爬起来去退火车票，然后又赶回家收拾行李，又匆匆忙忙地给自己下了点儿面。她和吴晓约好了中午十二点半他来接她。

十二点半吴晓准时来了，从这一刻开始，林星便发现一切都变得不可思议。首先是吴晓坐了一部宽大豪华崭新锃亮的奔驰轿车来到她的楼下，随车而来的除司机外还有一位四十来岁西服革履看上去有头有脸的人物。那汽车和静源里简陋破旧的居民楼相比，显得庞大得不可一世。要不是吴晓打开车窗高声叫她，她绝不会想到这又黑又亮的车子和自己有什么关系。她满腹狐疑地坐进车子，问吴晓这是谁的车，你真有办法。吴晓说这是我爸他们单位的。林星对前座上的那位中年男子笑笑，沾光似的连连道谢。那人报以礼貌的微笑，说不用谢不用谢。到了机场，林星看见那中年人跑在前面殷勤地替他们办了登机牌，然后交给吴晓，和颜悦色地交代几句与他告辞，不禁大惑不解，她拽拽吴晓问：“他不一起走吗？”吴晓反问：“谁？”林星指指那人背影，吴晓说：“啊，他不走，他是来送咱们的。”

林星再次吓了一跳，有这样体面的车和这样体面的人专程送行，就像他们是相当于哪一级干部似的。而且，上了飞机林星才知道，他们坐的是头等舱。他们为何能有如此的派头?

头等舱的服务小姐极尽周到客气之能事，使林星恍若到了另一个世界。她问吴晓，坐头等舱去吉海要花多少钱？吴晓说，管他呢，我爸爸他们公司和航空公司有机票合同，用不完的话过期作废，所以不坐白不坐。

吴晓的解释使林星稍稍松了一口气，但依然疑窦未消。直到他们到达吉海，一走下飞机就被一辆等候在停机坪边上的加长型凯迪拉克轿车直接接出机场，气宇轩昂地开往市区的时候，林星才不得不深信，这位曾经偷吃她的盒饭并向她讨借过区区五十元车钱的萨克斯少年，无疑是一个超级巨富的纨绔子弟。

凯迪拉克穿过吉海繁华的市区，继续向黄昏的郊外开去，不久开进了一处茂密优美的森林。林星看到大片成材的柏树环抱着一湾碧水幽潭，也环抱着几幢淡黄色的小楼。楼前的空地上，停了不少豪华轿车，一群司机聚在一起窃窃私语。看到凯迪拉克在楼前戛然而止便不约而同地引颈张望。随车的工作人员为他们引路，走进小楼，走过了数不清几道门槛几条走廊几个拐弯，终于将他们领进一间如同五星级饭店总统套房一样宽大奢华的套间，让他们稍事休息。他们刚刚坐下就有服务小姐送上茶水和滚烫的毛巾。吴晓显然对此处已极谙熟，自己跑到卫生间里去洗脸梳头。从那时林星就开始注意到吴晓的这个习惯，以前她仅仅知道他多数时间沉默寡言、不喜交际，却不知他竟如此注意打扮，不仅每次见他都是衣冠楚楚，而且一旦遇有镜子，必是左顾右盼。因为报纸上说这些年从幼儿园到中小学教育的弊端之一就是使男孩都有点儿女性化，所以林星也不把吴晓的臭美视为怪事。

吴晓在卫生间里磨蹭个没完，林星坐得无聊便信步从客厅走到门前的回廊，四面张望。

回廊外是满眼整齐鲜嫩的绿地，虽然时令未出四九，但仍绿得赏心悦目。林星有心踏青一游，又不知此地有无“不得入内”的规定，只能叹为观止。绿地周围，几幢形状相似的黄色小楼错落有致、接踵连肩，天上洒下的一层薄薄的暮霭，统一了小楼与草地的色调，并且将一种水彩画似的精致与朦胧，表现得恰到好处。天地间与夕阳下悬浮着的清新空气，也是污染的北京所没有的，引得林星贪婪地大口呼吸。正在心旷神怡之际，忽闻身后回廊上响起一片杂沓的脚步，几个服务人员神态慌张地匆匆跑过。在片刻的寂静之后，人声又起，一群干部模样的人簇拥着一个面目威严的领导从回廊的一端逶迤而来。那人不断大声地批评着某人某事。究竟何人何事林星不甚了了，但听得出大约是指责这里和那里都是一团糟糕。“郑总陪外宾马上就要到了，你们到现在也没有布置完。外事无小事，我以前不知强调过多少遍了，结果还这么一大堆事没弄好……”周围的人唯唯诺诺：“对对，李总是强调过很多遍了，我们下午查得不细，查得不细……”一群人谁也没有注意到草地边上的林星，前呼后拥地围着那位头头，消失在回廊的另一个出口。

她退回到客厅，吴晓也终于梳洗完毕，容光焕发地从卫生间出来了。林星笑道：“大姑娘上轿呀？”吴晓辩解：“坐飞机可脏呢，你不洗洗？”那位去机场接他们的人走进来，招呼他们去吃晚饭，他们就跟着他往餐厅走。一路上林星从一些敞开的房门里，看到一间间气派非凡的会议厅、会客厅和宴会厅。时值晚餐时分，几间宴会厅都已灯火辉煌，服务人员正一一布置着场面。路过一个宽大的过厅时，林星看见这里所有的人皆忙碌着把几个黄头发蓝眼睛的外国人迎到里边去。和那几位老外一路谈笑风生的，是一个学者模样的中国人，所有人见了都躬身让路并加问候，毕恭毕敬地称他为“郑总”。

林星和吴晓被领进一间小宴会厅，在这里安安静静地吃了晚饭。饭后他们被告知吴晓的父亲因公务缠身，今晚不能赶过来，见面只能明天再说。

林星马上对吴晓说：“明天要是再见不到可恕不奉陪了。我还有采访任务呢。”

吴晓一脸对不起的样子，说明天肯定能见着。

林星话虽如此说，心里却是打算了帮忙帮到底的。这天晚上工作人员就安排他们在这楼里分别休息。第二天早饭之后，有人备了车子，将他们从这里接走，沿着郊区公路走了二十多分钟。在穿过几幢漂亮的乡间别墅之后，林星看到大片绿色的丘陵和林木，看到点缀其间的镜子一样的袖珍湖泊。依据以前在画报上得到的印象，她知道他们已经进入了一座高尔夫球场。

汽车在草坪边上停下，有人领着他们踏着青嫩的草地向球场腹地走去。林星看见昨天在小楼里见到的那几位老外，正围在一位老板模样的中国人身后，看他操杆击球。那一杆老鹰球看来打得不错，很高、很远。老外们都语气夸张地报以喝彩。一位工作人员走来在那老板耳边低语几句，那老板将球杆交给球童，和老外们说了句什么便向林星他们走来。吴晓叫了一声爸，林星正欲进入角色做羞涩状，忽然咣的一下愣了神，她惊讶地看到走到他们面前的这个人，原来就是长天集团的总裁吴长天！

吴长天也是一怔，但只是瞬息之间，面目马上恢复了平和，问吴晓：“这是你的朋友吗？”

吴晓说是啊。吴长天伸出手与林星握了一下，表情说不清是冷淡还是严肃，他问：“你不是因为吴晓才去采访我的吧？”

林星几乎不知该如何说明自己，如何描述整个事情的始末。她甚至不知道此刻该怎么称呼吴长天，是叫叔叔还是叫吴总。她慌慌张张地说："对不起……吴总，我不知道是您。"

吴长天向近处一辆电瓶车走去，从上面取了矿泉水喝，然后看一眼身后的林星和吴晓，又问："他没告诉你吗？"

林星努力克服着突如其来的尴尬，答道："没有，他只说他爸爸在一家公司工作，我确实不知道是您，我可以发誓！"

吴长天淡淡地说："噢，那倒是真巧。"

最吃惊的倒是吴晓，他疑惑地看看父亲又看看林星，几乎不敢相信地问："你们认识吗？"

"认识！"吴长天很干脆地回答儿子。

这个场面对林星而言，似乎很难进退了。吴长天是她采访的对象，也是她新近崇拜的人物，她不应该，也没有必要去充当一个"骗子"的角色。但这场戏又必须继续演下去，因为她不可能中途退场，背叛自己同龄的朋友，背弃自己原来的承诺。所以，当吴长天问她你和吴晓认识多久了的时候，她只能硬着头皮，继续按原订的计划编造：

"两年了。"

"那时候你还在上大学吧？"

她点头称是。

"你对吴晓看法怎么样？"

吴晓马上抗议："爸，你问这个干什么，她对我的看法还能不好吗。"

吴长天理也不理自己的儿子，眼睛只看着林星："你实事求是地回答。"

林星已经镇定下来，她镇定如常时的口才是充满自信的："你说吴晓吗，他不爱说话，人挺不错，萨克斯管吹得很好，挺有艺术天分的……"

"你和他交朋友就是因为他有艺术天分吗？"

"不是，我是觉得他挺像流川枫的。"

“什么？”

吴晓和他父亲几乎是同声疑问，他们都不知道流川枫是谁。林星这么说多少有点儿调侃的性质，她不想把这种游戏玩儿得太过正经。

“那是日本动画片里的人，一个打篮球的高中生，长得和吴晓一样，女孩子现在都迷上他了。”

吴长天也许听不出林星口气中的游戏心理，但至少把她的回答当作了女孩儿的一种风趣。他笑了一下，问：

“你了解吴晓都有什么缺点吗？”

“呃——了解，有时有点儿幼稚吧。呃，还有……他太爱打扮了，我觉得男孩子不应该太注重打扮自己。”

对林星的回答，看不出吴长天脸上一丝认同与否的反应，他又问：“你们两个，是你追他，还是他追你？”

林星本想说，没有谁追谁，都是互相的。但一念之间，却转而说道：“是他追我，从来都是男的追女的，女的可很少追男的。”她觉得这本来就是吴晓求她帮忙的事，她不能再扮演低人一等的角色，尤其是在吴长天这种大人物面前，犯不着自找卑微。

吴长天的问话至此告一段落。而林星用这句话作为这场“相亲”的收尾，使她隐隐觉得占了上风，脸上也就有了几分轻松。吴长天说：“你们玩儿吧。”便离开他们向他的客人们走去，他也许没想到林星会大胆地在身后叫住他。

“请等一等，吴总！”

吴长天站住，回身看她。林星说：“吴总，我这次到吉海来，其实主要是为了继续采访长天集团的企业的。您能给我一些支持吗？”

吴长天问：“你需要我做什么？”

林星说：“如果您能对下面发个话，也许我会顺利些。”

吴长天想都没想便答复道：“我会派人派车陪你到下面企业去的。你会顺利的。”

这是林星此行的真正目的，能有如此安排，真是一个意外之喜。她高兴得几乎忘记了身边的吴晓和自己此时的角色，兴高采烈地向吴长天连声致谢。她的兴奋让吴长天再次停下脚步，侧身看她，意味深长地问道：

“你真的想谢我吗？”

林星笑道：“当然，我真心实意。”

吴长天点了一下头：“会有机会的。”

吴长天回到客人身边，既亲热又不失派头地用英文和那些洋人大声说笑，然后一起坐上电瓶车，向球的落点开去。林星和吴晓望着远去的车子，都呆呆的，站着没动。不知过了多久，还是林星先松了口气，摊开两手对吴晓笑道：“行了吧，我完成任务了。”

吴晓冲她感激地笑笑，情绪却一点儿都不快乐，他闷闷地说：“行，谢谢你了。”

从这一天下午开始，林星就忙碌在她计划中的一系列采访工作里，不再理会吴晓了。在整个长天集团，吴长天的每一道指令，都是神圣的，都会得到一丝不苟的贯彻执行。当林星从高尔夫球场回到小黄楼，马上就有一位集团总部的工作人员找到她，说是奉了总裁办公室的指令，负责陪同和协助她这几天在吉海的采访，并且果然安排了一辆专车给她使用。原本估计会困难重重的采访一下子变得极其顺利和轻易，几乎让林星觉得这实在是一种运气。

负责陪同她的，是一位文质彬彬的年轻人，名叫夏卫华，年纪大约二十七八岁。他每天早上随车来小黄楼接上林星，然后按照她的要求，带她去想去的企业，帮她找想找的人。在林星采访时他总是陪在一边默默地听着他们交谈，偶尔也插一两句话对某件事加以说明和补充。后来和林星熟了，她谈话时他便偷闲躲在不远的地方背外语，准备着马上就要参加的什么考试。中午，他会安排好林星的午饭，一般是采访到哪家企业就在哪家的食堂吃。他比较健谈，吃饭时喜欢和林星聊天，谈企业的情况，谈社会新闻，谈自己。他说他来长天集团已有六年，先在总务部后到人力资源部最近又调到创建精神文明办公室。林星很奇怪在如此著名的大企业里工作的这位文质彬彬的年轻白领，竟然从来没有上过正规的大学，是到了长天集团之后才攻读了夜大，现在又在补习英语。而夏卫华对此毫无愧色，他说我们吴总裁说过：日本的商界天皇、西武集团的老板堤义明就用了很多学历不高的人，因为很多太有学问的人常常不愿意为了区区一点儿企业的利润而默默操劳一辈子。干企业是很辛苦的。夏卫华不无自豪地说："我们吴总裁每天都要工作十几个小时，我们也一样。我们这儿不执行劳动法，四十小时工作制在我们这儿行不通。"夏卫华的自豪也感染了林星，几天来她在这些企业中交谈过的每一个人，几乎都对长天集团和这集团的领袖充满自豪。

每天的晚饭照例是回小黄楼吃的，那里就是长天集团的总部机关。陪她吃饭的当然不再是这位精神文明办公室的夏卫华，而是她的"男朋友"吴晓。晚饭时吴晓总是默默地听她讲述是日采访的所见所闻，有时也惜文吝字地回答她提出的一些关于长天集团和他父亲的问题。林星问他这几天都干些什么。他说没事就睡觉。林星说你没事干吗不回北京去，你们那个伟大的乐队缺了你行吗？

林星一问这个吴晓就更加沉默，半天才反问一句："你什么时候回去？"林星说："我早着呢，我在这儿有正事。"吴晓说："那我等你办完事一起回去。"林星笑道："那何必，你的事我都帮你办完了，你走你的，我忙我的，我可以自己坐火车回去。"吴晓压着声音说："你还得继续当我的女朋友！就这么匆匆忙忙见一面然后各走各的，别让我爸看出假来！"

林星眨着眼愣了半天，嘴里呆呆地嚼着米饭，她问："你这事，到底有完没完？”

吴晓无以为答，看上去他也说不出什么时候算完：“你不是说帮忙帮到底吗？”

林星诡笑一下，调侃道：“咱们不是真谈上恋爱了吧？”

吴晓说：“不是啊。”

林星说：“那就好，我可不想找你这样的啊。”

这话让吴晓脸色不好看，他问：“我这样的怎么啦？”

林星说：“有钱人的孩子，我都不沾。”

吴晓说：“我又没钱，我爸又不给我钱，我是靠我自己。”

林星做个鬼脸，表示不信：“靠你自己能坐上头等舱还有凯迪拉克？”

吴晓说：“那是我爸要见你。你忘了？以前我坐个夏利还是跟你借的钱。”

林星不想和他争这个，于是换了个理由：“我也不喜欢搞音乐的，搞音乐的人只爱音乐。一个人要是过分迷恋一个东西就不懂得爱别人了。”

吴晓说：“世界上很多杰出的音乐家，都浪漫着呢，音乐和爱情是相通的。你干吗对我们搞音乐的那么偏见。”

林星也不想在这个问题上恋战：“行行行，但愿你不同。将来你要找个女孩子，一定要好好爱她，听见吗？”

吴晓被她的态度激怒，撇嘴说：“我也讨厌你们当记者的，你们都是油子，一点儿真感情也不露，谁要爱上你们才叫倒霉呢。”

林星嘴不饶人地回击道：“好好好，那太好了，咱们互相讨厌，正好谁也别理谁，好不好？”

吴晓真的生气了，板脸说了句：“不理就不理。”站起来就走了。

看着他气呼呼的背影，林星反倒不生气了，她和一切人都是如此，只要她一得胜，马上就会饶恕甚至同情对方。她觉得吴晓生气的样子还挺可爱。

第二天早上吃早饭，吴晓来了，也不主动和她说话。她问：“哟，还生气哪？”吴晓说：“谁生气啦？”面色缓和下来。昨天的龃龉顿时冰释。

在出去采访的路上，夏卫华突然问林星：“吴晓是你男朋友吧？”

林星反问：“谁说的？”

夏卫华说：“我听总裁办的人说的。”

林星笑笑：“你觉得像吗？”

夏卫华笑笑：“我觉得也不像。”

林星本想解释，但夏卫华这样一说，她倒要问了：“为什么不像？”

“吴晓……怎么说呢，你们好像不太配吧。”

“是我配不上他？”

“不是，不是，虽然人人都说他长得漂亮，又有个好爸爸。可你没听说吗，自古出将入相的人物，子孙后代很少有特别出息的。我们吴总那么能干，又有思想、又有修养，可他这个儿子好像有点儿不务正业。我觉得现在像你这样的知识女性，不一定喜欢找这种男人。”

“那我应该找哪种男人？”

“至少，得有共同语言吧，特别是找一个男人做你的终身伴侣，他总得有点儿事业吧。”

“吴晓在北京搞音乐，不是也不错吗。”

“你说他吹的那个什么管子呀，咳，年轻人的一种爱好罢了。我都工作了，还用业余时间上着大学呢，他放着大学不上，跑出去玩音乐……咳，人各有志吧。”

林星沉默了一会儿，像是在想什么，其实什么也没想，她只是说：“不过吴晓这样的，还是挺招女的喜欢的。”

夏卫华说：“你真是他女朋友呀？”

林星说：“我是泛指。你看过日本动画片《灌篮高手》吗？”

夏卫华说：“没有，你还看卡通片呀？”

林星说："对呀，外国很多成人都看动画片的。像《狮子王》《埃及王子》《花木兰》《蚁哥正传》什么的，都是成人动画。还有《灌篮高手》。《灌篮高手》里有个叫流川枫的，长得和吴晓一样。而且，小心眼，不爱说话，特爱睡觉，都和吴晓一样。还有个一样，他们都对女孩子不屑一顾。"

夏卫华对什么流川枫不感兴趣，讪讪地笑笑："看来你还真喜欢他。"

林星搞不清楚他指的是吴晓还是指流川枫，便也模棱两可地说："你不知道，现在北京那些女中学生，就迷这样的。"

"你又不是女中学生。"

林星愣一下，解释地一笑："我不是说我。"

但是吴晓对她怎么想呢，林星一点儿也不知道。她在吉海的采访进行了一个星期，吴晓也就无所事事地等了她一个星期。除了每天早、晚和她一起吃吃饭，陪她偶尔去了一两次城里的迪斯科夜总会之外，两人白天几乎没有共处的机会。她不知道吴晓留在这里陪她是为了继续做戏给他爸爸看还是真有兴趣，因为他太内向了，所以别人难以猜到他的心思。林星想，如果他不是这种几近自闭的性格妨碍的话，身边恐怕早已倒下无数个痴情傻恋的女孩子了。

四

在林星即将结束采访、准备离开吉海的前一天下午，陪同她的夏卫华突然接到总裁办公室的一个电话，询问林星此时在什么地方，并告之：集团总裁吴长天希望在她离开吉海之前，和她碰一个面。

于是，林星早早地结束了这天下午的访问，随夏卫华一起乘车返回集团总部。当她走进吴长天的办公室时天已黄昏，暗下来的光线使屋子里的色调有几分厚重。这屋子很大，外面还连着一个更大的会议室。但装潢和摆设都远不及林星在北京去过的那间办公室豪华。好在宽大的落地窗可以让你看到开阔的草坪和远处的湖水，那湖水在斜阳夕照中呈现出让人心驰神往的光辉。吴长天背向窗外，脸被阴影笼罩，而林星的全身却暴露在橘红色的落日余晖之中。面对这位她越来越崇拜的企业家，她很想跟他说说这几天采访给她的感觉，她甚至想到不如趁此机会对长天集团这位掌门人再进行一次事先并未约定的追访。可惜，吴长天对她的采访看上去并无兴趣，几乎一句没问，但他问了吴晓。他问了她和吴晓这几天都去了哪里，问吴晓是不是带她去过吉海的那些耳熟能详的名胜古迹。林星回答说没有，我白天出去采访，吴晓在家睡觉，我们几乎哪儿都没去。

吴长天在阴影里沉默着，突然问道：“你们到底认识多久了？”

林星在残阳中微笑着，徐徐回答：“两年了，上次我跟您说过的。”

吴长天说：“可我看你们不过是刚刚认识罢了。你是记者，记者的职业个性就是刨根问底，你不可能相处两年了没有问清他的家庭。我想你没有必要骗我。”

林星的笑一时收束不及，有点儿张口结舌。

吴长天没有等待她的解释，他看上去根本不需要她的什么解释。他接下去问道：“上次你还说是他主动追你，恐怕也不完全是事实吧？”

林星不得不考虑如何退却了：“这我可以向您保证，我确实没有追他，是他主动找的我，您想知道这件事的过程吗？”

林星这一刻几乎打算彻底坦白了，继续瞒下去不仅肯定会遭到吴长天的反感，而且对吴晓的父子关系也未必有好处，毕竟这只是一场少年的游戏，应该适可而止。可吴长天并没有重视她的这句话，他说：“我并不想听你们认识的过程，我不过是对我的儿子比较了解罢了。他很内向，对女孩子很少主动，包括和你一样漂亮的女孩子。他拉你来做他的女朋友并不是爱上你了，而是为了做给我看。这个内幕你并不清楚。现在，我只想问你一句话，我希望你能够诚实地回答。”

林星看着吴长天，她的目光表示她已接受了这个要求。于是吴长天问：“你到底爱不爱他？”

林星不知该怎么妥善地陈清她和吴晓的来龙去脉而又不算是出卖朋友。她出语迟疑地答道：“我说过，不是我追他的，是他……”吴长天打断她：“假如他并不是真心追你，你会爱他吗？”

林星迟钝了一下，答：“我想，不会吧。”

连她自己都隐隐听出她语气中的犹豫，但吴长天看上去是满意的。他的声音放得非常和缓，和缓得几乎是一种循循善诱：“我很了解我这个儿子。他喜欢的是音乐，对女孩子不那么感兴趣，他要是真的对一个女孩子感兴趣了，那也会让人受不了的。因为他一旦迷上了什么就太认真，就会把别的东西都抛弃！这种性格已经害过他了。我是说，他现在的这个年龄，这种性格上的毛病，还不适合去谈恋爱。搞不好会害了他，也害了你。你懂我的意思吗？”

如果从自己对男人的观念出发，林星是肯定不会找吴晓这种半大小伙子做男朋友的。但从她内心的感受上，和吴晓几天的相处却有种从未体验过的轻松与和谐，既不用矜持也无须设防，与对刘文庆的感觉截然不同。也许这恰恰是因为她没把他当作一个可以恋爱的对象所致。吴长天的告诫适时地让她把这些盲目的感觉清理了一下，还有谁比父亲更了解自己的儿子呢？于是她说：“吴总，我懂你的意思。可这件事确实是吴晓主动的，你最好去和他谈谈。其实我也是刚刚参加工作，所以现在真的对恋爱没有兴趣。”她只说了她刚刚参加工作，却没有说她也刚刚经历了一场失败的恋爱。

吴长天说：“正因为我很可能不宜和他谈这种事，所以我今天才把你找来。我看你是一个比较成熟的年轻人，所以希望你能理解我这个做家长的，我们看得比你们更远一些。”

林星一时不知是被吴长天诚恳的语气所感，还是对吴长天的名气、地位和丰富人生经验的信任，她开始为自己轻率地卷入这场玩笑而感到自责和后悔。可转念间又突然想到：吴长天既然认为儿子还不适合去谈恋爱，为何还要给他介绍对象呢？他是不是只想让儿子与他指定的人相爱呢？如此一想，她心里又有一种被玩弄和受轻视的感觉，吴长天对儿子的拳拳之心立刻显得不无虚伪了。她不再多想，担心多想会使刚刚建立起的那点儿个人崇拜为这些完全无法确定或者确定了也难以评判的家庭私事而变得褪色。而她和吴晓的这出游戏的收场，似乎也没有了半点儿喜剧的成分，好像两个孩子玩儿得正热闹时突然被大人喝断一样无趣。她情绪索然地说：

“吴总，我明天就回北京去，您可以告诉吴晓，叫他以后别再来找我了。”

她说完便转身离开了这间办公室，冷淡得甚至遗忘了告别时应有的礼貌。这间屋子留给她的最后印象，是地板上就要消失的一抹夕阳。

整整一顿晚饭她闷闷不语，反倒是习惯于沉默的吴晓，主动询问她的脸色。她冷冷地对他答道：“今天是最后一天，你这个忙我算是帮完了。以后最好别再拿这种事来烦我。”吴晓有些愣愣的，不知她的冷淡所为何来。所为何来呢？林星自己也不知道。她原本是来玩闹一场的，并没想和吴晓谈什么恋爱，但吴长天这样严肃地、正式地、直言不讳地拒绝儿子的“恋爱关系”，倒让林星受了一回没被相中的屈辱。漂亮女孩儿的自尊心都是不能刺伤的。

吴长天的话听时语重心长，听后则不能细想，一想她便说不出有多窝囊！所以她的不快才显得毫无来由。

第二天，夏卫华用那辆凯迪拉克接他们去了机场，一路上她也不和吴晓说话。上飞机前她倒是感谢了夏卫华，因为有了他的协助才使吉海之行的正事办得这么圆满。夏卫华给她留了自己的电话，并且表示了今后如到北京还能再见的愿望。林星略加犹豫，但还是把自己的呼机号码写给了他。当然两个人互留电话的举动是在吴晓不在场的情况下进行的。

回到北京有车来机场接他们。林星坚决不坐吴晓的车，至此吴晓对林星从昨晚就开始的别扭采取了坚决追问的态度，并且挥手放走了那辆来接他们的奔驰。他坚决追问，林星坚决不说。林星排队等出租车他就跟在她后面，林星上了一辆出租他也往上挤，跟着她一路板着脸到了家。林星下了车，抢先付了车费，然后对吴晓说："再见吧。"便转身上楼，吴晓一声不响地跟了上来，一直跟到了她的客厅，皱着眉大声地问她：

"你说清楚好不好，我到底怎么惹你了？"

林星给自己倒水喝。喝完才开口，她问："咱们不是真谈恋爱吧？"

吴晓说："你要愿意谈也行啊。"

林星说："你爸不是给你找了个对象吗。想跟你谈恋爱的太多了，我才不愿意凑这个热闹呢。你是不是要多几个人追你才过瘾？"

吴晓说："我不是说了我不喜欢我爸介绍的吗。"

林星问："长相不合你的口味？"

吴晓说："长得还行，有点儿娇气。"

林星说："这女孩儿到底是何方的仙女啊，弄得你爸那么重视？"

吴晓说："是我们吉海市市委书记的女儿。"

原来是市委书记的千金，林星心里一暗，皱了眉："你爸怎么这么势利！"

吴晓看见林星脸上的鄙夷，似乎想替父亲解释："我爸可能也是为了他们公司……"

林星说："对，你爸一手拉起来的公司，它是你爸的一切，也是你未来的一切。你爸做得对，你还是乖乖听他的话，离开这儿去找那个市委书记的女儿吧。真的，我是说心里话，你爸真是为你考虑长远利益。再说，咱们俩本来就是互相利用，逢场作戏。"

吴晓低了头。他坐在沙发上低头无语，林星看着都觉得有点儿可怜。他喃喃地说："可我不爱她。"林星知道他此时的心情大概糟糕透顶，便闭了自己那张连讽刺带挖苦的嘴。可她不得不告诉吴晓："你知道吗，你爸在我心目中是个英雄，我不想介入你们家的私事，一谈私事就人人都俗不可耐了。我不想毁了你爸在我心目中的形象！"

吴晓抬头，说：“所以你觉得还不如毁了我！”

林星说：“这事原来就和我没关系，现在也和我没关系。你这么大了你自己还处理不了自己的事？”

这句话大概刺伤了吴晓，他站起来，眼睛有点儿红，生气了要走：“对，和你没关系，是我死赖着你来着。”他拉开门，往外走了几步又回来，气呼呼地拿走了放在沙发上的背包。

林星想叫住他，却没有开口。

吴晓走了，林星听着楼梯上那愤愤然的脚步声转眼消失，心里也有些空空的感觉。说心里话，她是挺喜欢吴晓的，她以前没以为自己能喜欢上这个吹萨克斯管的男孩。他最早给人的印象是一个无依无靠无人教育的漂泊少年，但很乖。对钱和名利都是远远的、可有可无的样子，这样的人现在可是很少很少了。还有他那种流川枫式的酷和沉默；还有，年轻一辈音乐人大概很少像他这样不带一点儿朋克式的邋遢，他的衣冠楚楚在音乐青年中反而成了一种独特。也许这些都微妙地暗合了林星的心意，而这心意是她以前不自知的。她一向认为自己只会喜欢那种才华毕露的强人或者斯文一派的知识分子呢。她没想到自己内心深处的某些方面，还能和吴晓这样简单的人产生一种甜美的协调。也许这恰恰是因为吴晓在她的生活现实中是一个有明显距离感的另类。她现实的朋友中，每一个人都擅长于掩饰、客套、伪装、迎合、标榜、炫耀和虚情假意。林星一直认为这原本就是一个面具的时代。

但吴晓毕竟是她的一个偶然遭遇，他毕竟不是她一直在心里为自己描绘的那种男人。而且，还有一个因素值得警惕，她此时突然喜欢吴晓很可能是因为他与刘文庆的反差。在厌恶了刘文庆的势利、心计和喋喋不休之后，她很容易被一种单纯、本真和沉默寡言所吸引，而这些也许并不一定是她从今往后永远都会喜爱的东西。

所以她应该继续像她前几天所做的那样，和吴晓保持距离。此外，她也很认同吴长天对自己儿子的那个评价——他是一个过于痴迷的人，一旦喜欢上某个女人，就会像喜欢上他的萨克斯管那样，把别的一切统统抛弃。这不是林星对待生活的原则。她很清楚跟上这种冲动的男人也许可以拥有一段毕生难忘的激情，但几乎肯定也会把未来的生活弄得死去活来、一塌糊涂。

吴晓走了。第二、第三天，一个星期过去了，没再回来。自然而然地，林星的心也就慢慢地平静下来，她想这不过是一场无意间邂逅的梦幻。流光溢彩的黑夜一旦过去，每天的太阳照常升起。

艾丽和阿欣也有好几天没有回家了，在一个晚上她们不知从哪个夜总会里给林星打来电话，咯咯咯地笑着说林星你猜我们在这儿看见谁了？看见你喜欢的那个男孩儿了，他现在正在这儿吹呢。林星知道她们说谁，反驳道：我什么时候说喜欢他了！她把那个他字说得很刻薄，很不屑。艾丽说你不是说特喜欢他吹的那首《天堂之约》吗？怎么又不承认啦！林星从声音上断定艾丽醉了，只说了句："我喜欢《天堂之约》又不是喜欢他！"便挂了电话。

此时她正一个人躲在屋里写那篇关于长天集团改革开放之路的报告文学，已经连续几天足不出户、茶饭无定。她不打算让那个吴晓再搅进自己的生活，她不想再去琢磨他那喜怒不形于色的沉默。听到这个消息她甚至还有了几分轻松，庆幸吴晓又回到了他的音乐中。她想艾丽的电话就算是传达了一个可有可无的新闻吧，听听也就是听听。她继续全身心地投入了她的写作，要不是某一天突然听到一阵激烈的敲门声，她几乎都不知道门外已是几度晨昏。

敲门的人是刘文庆。

刘文庆站在楼道的黑暗中，从客厅里射出的灯光明晃晃地照在他的脸上，那脸上无可救药的颓废让人看了触目惊心！

林星忘了多少天没有见到他了，她想不到刘文庆也会把自己弄成这副德行。死灰的面孔、满脸的胡楂、那不知穿了多少天没洗的外套，还有一身的酒气……她吓得几乎不敢让他进屋。但是他一步就进来了，还没容林星说话就扑通一声在她面前跪了下去。还没容林星说话他已泪流满面。这是刘文庆吗？她傻傻地站着，不知该跑开还是该上去扶他。这是她过去的恋人吗？是那个曾经满怀自信、足智多谋、内心强大的刘文庆吗？无论如何，刘文庆长跪不起的凄惨给了林星片刻的感动。看来男人的无情仅仅是一种表象，刘文庆失恋的样子竟然比女人还要可怜。林星想，就算是刘文庆把她甩了她也不会让自己弄出这种狼狈不堪的表情。所以心理学关于男人比女人实际上脆弱的说法完全经得起实证。看清了男人的脆弱也就意识到自己的坚强，林星宽宏大度地伸出手去，想要扶起刘文庆。她问："你怎么了？"刘文庆没有起来，他仰脸看她，眼里充满了哀求："林星，你救救我成吗，救救我成吗？"林星心里突然有点儿害怕，她真不知道他这是怎么了。

刘文庆说："林星，我完了，我输光了！我的钱、我妈的、我哥哥的、我嫂子的、我哥们儿的钱，全套进去了。他们都要把我吃了，我真的没路可走啦！"

林星这才听明白了，悄悄柔软了片刻的心，一下子又变得僵硬起来。她什么都明白了，可她还是下意识地又问了一句：

"到底怎么了？"

"长天实业，已经狂跌三天了，今天还在往下跌。我下了二百多万的单，一眨眼一大半都没了。你知道的，这些钱都是我借的，都是我借的！"

"长天公司那个姓金的没跟你说吗，你不是跟他挺不错吗？"

林星的语气里，已经多半是嘲讽。但精神近于崩溃的刘文庆，对什么话都听不出好赖了。

"金总也持了不少长天的股，他也被套住了，他也觉得他们的董事会全疯了。不光否了送股配股的计划，几个大股东又一齐大量抛出套现。再跌下去长天集团就该垮了，长天实业可是长天集团的命根子。可人家金总又不急着套现，人家把股票放在那儿等着以后慢慢升，我可不行啊，我的钱都是借的，我不能等啊。林星，你不是认识吴长天吗，你能不能去找找他，你帮我打听打听到底是怎么了。这一周他的股能不能见底呀，他还打算不打算站出来护盘了。林星，我只有这一周的时间了，大伙儿都限我这一周内还钱呢。你就问问他，我到底抛不抛，我已经没了一半的钱，我不能再亏下去了。”

林星的牙根都冷透了，她相信自己是最后一次地觉悟到钱这东西的强大无比，它可以让你对最熟悉、最亲密的人都不敢相认。她也最后一次觉悟到，是和刘文庆彻底分手的时候了，必须义无反顾！她想到这里几乎要哭出来。不是留恋，但这毕竟是她的初恋！虽说她并没有失去什么，她和他最多只发展到亲吻和搂抱，还没有让他真正得手过一次，但她觉得自己将因此而永远失去了一种感觉，一种对爱、对男人的感觉。

她的情绪因此而愤怒起来，她怒不可遏！她想打他一个耳光，但没有抬手，她不习惯那样。她只是喊了一声：“你出去！”可刘文庆没有出去，他甚至爬起来想要抱她，她把他用力推开。她哆嗦着穿上外衣：“你不走我走！”刘文庆冲上来，往下扯她的衣服，酒气冲天的嘴里不停地发出哀求：“林星，林星，你不要走，你听我说，你……你他妈见死不救吗？”林星用力甩开他，衣冠不整地夺门而出。刘文庆追出来，他们在楼梯上发生厮打。刘文庆吼叫：“你给我回来！”她一声不响但拼尽全力地想要挣脱。楼道里没有灯，有一两家邻居打开门缝向外张望，但没有人敢走出门来“见义勇为”。林星一脚踏空，身体失重，顺着楼梯摔了下去。在她的后背触地的刹那她失去了知觉，眼前一片漆黑，耳朵里只听见很大的一个响声，便一无所知了。

再睁开眼时，她看到刘文庆正在摇她，见她醒来，才如释重负地一屁股坐在楼梯上，说：“你没事吧？你说你非得跟我打什么呀你，差点儿没摔死。”林星的肢体感觉在一点点地恢复。黑暗中她看不清刘文庆的脸，也许他吓坏了，也许是担心林星会跳起来责骂，所以便先发制人地喋喋不休：“我算是认识你了林星，我真想不到你那么自私，还真见死不救，他妈的要真摔死你也是报应。我对你这么好，我这一年多也没少为你花钱……”林星流着泪，拼命地想爬起来。她本不想哭，可泪水还是自己往下流。她爬起来扶着墙一步一缓地往楼下走，刘文庆没跟过来，但嘴巴上的歇斯底里并未停止：“嘿，林星，从今以后我还不求你了，我明天就把那些烂股抛出去，我不陪他们玩儿了，不就是那么点儿钱吗，我刘文庆顶得住！你告诉那吴长天，他那鸡巴集团垮了我们都不买他的股了，让他去死吧！”

林星把那些带着酒气的诅咒抛在身后，她终于走出楼门，仰脸看到满天星斗。风刮得比往常猛烈。她挣扎着往前走，像逃命似的盼着离刘文庆越远越好。她走过那间和吴晓订定“攻守同盟”的咖啡店，窗里的灯光在她眼里一片模糊。她想进去，她觉得胃里翻江倒海，有什么东西在不断往上顶，尽管她从中午到现在什么也没吃但还是吐了。吐了一肚子的苦水。

这一吐把她吐得精疲力尽，她靠最后一点儿力量推门进去，趺趺撞撞地扑在门边的一张咖啡桌上，脸贴着冰凉的塑料桌布，再也无力抬起。

一个服务员过来问了一句什么，又喊来了老板。老板见她是个熟脸，问她是不是病了，要不要替她叫谁来。她的肠胃抽搐得难以名状，四肢和后背疼痛无比，但意识还是清醒的。

她的脑子清清楚楚但想不起能够叫谁来。她没有父母、没有亲人，同学毕了业都不来往，同事刚认识还不熟悉。艾丽和阿欣这会儿也不知在哪里灯红酒绿。在这个人口密集的大都市里，她其实是一个离群索居的人。她的年轻和事业心常常让她忽略了孤独这个生命中的现实，甚至以孤独为荣。但此时，孤独却显示出它能给你的那种深刻的包围、重压和不动声色的杀伤。

她勉强地抬起头，她真不想让这些陌生人围着。她哆嗦着在自己身上寻找电话本，并且在那电话本上找到一个墨迹新鲜的号码，然后指给咖啡店的老板看。老板看着电话本，做着核实：

“吴晓，对吗？”

记不清多久，也许很快，也许很慢，咖啡店老板才又踱回来，把电话本还给她，说：

“他马上就过来。”

“他马上就过来。”这句话让林星的身体忽地暖了一下。四肢凭空有了一丝力气，呼吸也渐渐顺畅起来。老板看看她的脸色，问：“喝点什么吗？”她才猛醒电话费可能是免了，可坐在这儿是要收钱的。于是，她要了一杯热红茶，等着吴晓来。她也不知道等他来干什么，可还是那样聚精会神地等着他。

吴晓终于来了，又高又瘦的身子带着一阵风破门而入。林星站起来，腿一软几乎又摔倒。吴晓一把抱住她，在众目睽睽之下，那么自然地用温暖的怀抱支撑着她虚弱的身体，还用自己的脸去试她额头上的热度。这是林星第一次接触他的肌肤，此前他们连握手的经历都未曾有过。她一直的印象里吴晓是一个瘦弱的豆芽菜，但贴近之后才发觉他的双肩是那么结实和宽阔。

他说：“你发烧啦，得去医院。”

她没有反对，一声不响地让他替自己付了茶钱，又乖乖地被他拥在怀里走出咖啡店。他搂着她在风中等出租车的样子，在路人眼里无疑是一道热恋的风景。

林星从小到大，似乎从未进过正规的医院。医院的夜门诊部里此时已经人满为患，嘈杂的气氛和古怪的气味都使她感到紧张和不适。吴晓扶着她经过了楼上楼下一连串的诊断和化验之后，终于在一间治疗室里的输液床上为她找到了一个可以躺下来的位置。虽然这间小屋子同样人来人往不得安静，但也许有某种镇定的药液混进盐水注入了她的血管，让她在不知不觉中昏昏睡去。

醒来时天已经蒙蒙亮了。手臂上的输液管不知何时已经拔掉。屋里屋外所有的人都尽行散去，整个医院静得没有了声息。吴晓背着晨光站在她的床前，她这才发现这里连一条凳子都没有。难道他站了一夜吗？她心里充满歉意。她冲他微笑，问他："我是不是伤着哪儿了？"吴晓俯下身，压着粗粗的嗓子告诉她："得等几天化验结果出来了才知道呢，不过估计没什么大事。"

太阳升起来的时候吴晓送她回到了家里，她毫无食欲但没有反对吴晓帮她去厨房煮面。她说没想到你还会做饭呢。吴晓说我们乐队住在一起都是自己做饭，我挺喜欢做饭的。

躺在床上看着一个男人为自己进进出出地忙碌感觉真好，让人的心境一下子安宁下来。而且吴晓做的面非常好吃，清清爽爽，简简单单，但非常好吃。林星没有胃口但还是吃了一半，并且把汤都喝了。吃完之后她觉得有了力气，把枕头垫高坐在床上，她冲吴晓笑，她说吴晓你今后要是娶个老婆，你老婆一定是最享福的。吴晓忙着收拾碗筷，他没有笑，只是很当真地点了下头说："绝对"。

坐在床上，林星无意中瞥见了摆在床头柜上的那份关于长天集团的即将杀青的稿子，眼前的吴晓使她想到了一个困惑已久的疑问："吴晓，我一直想问你一个问题，不知道你愿不愿意告诉我。"吴晓正在低头扫地，他抬起头问："什么？"林星说："我想知道你对你爸的看法，你是他从小带大的，我想知道你怎么看他。"

吴晓停下手中的扫帚，问："这是采访吗？"

林星想了一下，摇头："不，是闲聊，朋友之间的闲聊。"

吴晓又低头扫地，像是不知从何说起似的："我觉得他没什么，很多人怕他，崇拜他，我想他可能挺有能力吧。"

林星问："你有这么杰出的父亲，感到骄傲吗？"

吴晓点头，但马上又说："不过他是他我是我。"

林星问："照你看，你爸是怎么成功的呢？"

吴晓有点儿茫然："艰苦奋斗吧……"

林星用一种半开玩笑的口吻说："在现在这种社会大环境中，你爸发了那么大的财，把企业搞得那么大，恐怕也少不了偷税漏税、行贿受贿吧？"

吴晓未答，他站直了身子看她，说："我知道，你不太喜欢他。"

林星连忙解释："不不，我只是想了解，在现在这个社会里，成功的企业是不是都因为他们恰巧有一个能干的好人来领导，而亏损的企业，是不是都被蛀虫或笨蛋把持着。"

吴晓问："这就是你这次采访的主题吗？"

林星笑笑，先是点头，继而摇头。"不是不是，"她说，"我是在写长天集团改革开放二十年的报道而已，可你爸这个人特别让我感兴趣。现在很多年轻人都会有和我一样的好奇。当他们看到一个企业家成功了，看到他在激烈的竞争中浴血奋战最后登上了胜利的高地，他们倒并不一定想知道他究竟取得了什么丰功伟绩，但他们都想知道，这个英雄仅仅凭着自己的奋斗、智慧和真诚，就能拥有这一切吗？他不需要狡诈吗？不需要残忍吗？不需要欺骗和伪装吗？不需要说假话吗？他是一个为达目的不择手段的人吗？这并不是我采访的主题，而是我内心想要窥探的秘密。我想知道，在这个没有英雄的时代里如果出了一个英雄，那他会是个什么样的人物！"

五

在吴长天看来，人类历史上的每一次世纪之交，都是一个英雄辈出的时代。仅在他个人的耳闻目见中，就有多少叱咤风云的人物可以历历数来。也许很多人至今还习惯于把英雄归类为过去硝烟战场的烈士，而实际上，现实中的英雄豪杰当首推那些有能力在中国的经济版图上纶巾羽扇泣血搏杀的智者。他自己是否堪当此誉呢？相信世人自有评说，他目前还不到华山论剑自我标榜的时候。且看眼下的这场长天股战吧，还未战到最后一刻，他已坐拥三军，胜券在握了。只待长天实业的董事会胜利召开，他的股市大盘便可汽笛长鸣，梦幻启航，驶向他早已在心中预抵的彼岸了。

根据他的计划，即将召开的长天实业股份公司董事会把会期定在了月底，地点定在了吉海。但在距离开会仅剩下最后几天的时候，他作为这次会议的一个最核心的人物，却突然放下了会前紧张繁杂的筹备工作，行色匆匆地赶回北京来了。

也许是因为董事会的准备工作已经完全可以放心地交给集团的副总裁郑百祥全权处理，他才可以走得这样轻易。上一次董事会在他有意缺席的情况下，就是由郑百祥出面操纵，达成了长天实业现金分红的决议。决议方案公布后，正如吴长天预料的那样，由于打破了股民们翘首以待的送股幻想，长天股价立即呈现跌势。吴长天借势指挥主力股东一连十五个交易日雪崩式地大出货，以这场突如其来的死亡游戏，迫使所有散户弃守而逃。他们眼睁睁地看着昨天还被炒得热火朝天的绩优股转眼之间变成了名副其实的垃圾股，人人像拿着烫手的山芋那样唯恐抛之不及。吴长天仍然意犹未尽，他天天看盘子，眼看着长天实业一路崩盘狂跌。从每股二十五元直跌到每股九点九元，惨不忍睹。尽管他也曾有过就此罢手的念头，可他知道 1999 年的 7 月，《证券法》就要付诸实施，此战是长天实业最后的机会。而且他当初决定做这次暗庄时定下的原则就是少赢为输。他不能不继续咬紧牙关打压震仓，将长天实业所属的三个小厂停工等待转产的消息见诸报端，导致股价再度溃不成军，在每股六点一五元的价位上，终于见了底。这一周来，吴长天坐怀不乱，调度巨资，分别由他控制最牢，而且产权关系离政府最远的几个子公司出头，不露声色地将已经跌无可跌的长天实业股大量低价吸入。

看来几家子公司做得还算隐蔽，等一切都落实完成之后，市场上才开始传出长天集团要出面护盘的风声，而且股价当天就应声暴涨了三成。在昨天的新闻发布会上，长天实业的发言人又奉命公布了长天实业不久前停产的三个小厂与美国苹果公司联合开发产品的协议内容，受这个利好消息的鼓舞，股价更是一路攀升，和暴跌之前的价位之差几乎微不足道。吴长天至此算是松了口气，此战胜局已定。可以预料，待几天后他亲自主持董事会“拨乱反正”，将上次董事会的现金分红方案改为送股方案，消息一旦发布，股价必是高歌猛进，无量上升。

等那些赴汤蹈火的散户再度蜂拥而上时，他再顺势出手，倾囊派发，然后从从容容地功成身退。一切都只是时间的问题了。那时候他给市场和散户们留下的，只有数十天惊心动魄的场面和一个不堪回首的记忆而已。

而此番决战之前，他突然临阵回京，则完全是为了吉海市委书记梅启良而来，这关乎他那个重中之重的心腹大患，那另一场胜负尚无分晓的命运之战。

也许因为这是今晚的最后一个航班，所以飞机上的乘客不多。头等舱里除他之外，只有一对从起飞就开始入睡的外国夫妇。乘务员对他这个常客已经很熟悉了，知道他一向不吃机上的点心，所以早早就关了大灯。整个头等舱里暗暗的，异常宁静。他把座椅放平，闭目养神，并无睡意。在这个世纪的最后一个七月，他就要迎来自己的五十大寿。刚刚在候机室休息时李大功还问他这个生日想怎么安排。他一向不重视生日，以前许多年常常在生日过后才想起又长了一岁。但五十岁在感觉上似乎不同，像是人生旅途的一个大站，值得停下来纪念一番。他下海办企业这二十年来实在太累了，从体力上也应该走到了生命的一个转折点。无论如何，下个世纪已经不属于他们这些人了。下个世纪他只能靠回忆，靠对那些艰苦的岁月，那些成败荣辱的回忆来打发时间。是的，当他的身体再也不能支撑他留在企业里继续干下去的时候，他还有什么呢？只有丰富多彩的回忆。

这一点看上去有点儿残酷，但现在看来极有可能会成为现实。这个现实竟一直被他忽略了。他一直以为长天集团就是他自己的孩子，他生她养她，一切为了她。他所经受的那种困苦，那种凶险，那一个个不眠之夜，在当今之中国，能有几人？但是，当这个由他创造的企业吸干了他的精血而成长壮大之后，他却会因为法定的退休制度，或者仅仅因为一纸调令，在他完全不能预料的某一天，从此断绝和她的关系，在顷刻间一无所有！

就只有丰富多彩的回忆。

过去他确实没有想过这一幕，尽管他早就知道，如果他真是一个国有企业的干部，这就是他必然的合理的唯一的结局。谁不是这样呢，人人都是为共产主义而奋斗终生的。但是现在的世界改变了，当你看到许多同样付出了劳动、智慧并经受了风险的人，他们的成果已经被公认由个人拥有并受到法律保护的时候，当你看到这些人可以自己决定自己的未来，退了休也依然享有权利和优越生活的时候，如果你仍然什么都不想的话，那你准是一个傻子。

他就几乎是一个这样的傻子，多年以来他并不去想这些，二十年的商海拼杀他也没机会想这些，可现在却必须要想了。他的现在和将来，到底为谁而战？他的一切辛劳、一切努力莫非只是为了换取几个挂在墙上的奖状？云南的褚时健也许想了这些，所以他一夜之间就疯了。他一定是丧失了生命力量的源泉，迷失了苦海慈航的因缘，所以他疯了！他做出了愚蠢得不合常识的决定，做出了毫无理智和智慧的举动，明目张胆地从企业的账户上分钱，都不加起码的遮掩，这明明就是疯了。但疯人褚时健的困惑是每个像他这样不疯的人也会有的。不想这个而只想共产主义的人，恐怕不属于这个时代了。以吴长天的人生经验看，他非常坚信这一点！

这几年，为了企业的利润，他用了很多脑筋去研究企业对职工的激励机制。从工资、奖金的分配到终身福利的保障，从优秀分子的特殊奖赏到领导骨干的年薪提成，成文的制度加上人为的调控，可以说，长天集团近二十万员工的绝大多数，这些年是心情愉快各得其所的。长天的工资水平不要说在吉海，就是在北京、上海和广州，也都是高人一等的。很多经理都开上了自己买来的汽车，银行里还存了几十万的票子。而他为自己存下了什么呢？如果不算亡妻的遗产，他几乎没为自己和自己的儿子攒下一笔称得上财产的钱。

而现在，他开始想这个问题了。因为不仅共产党在自己的政策中为股份和资本的私人占有亮起了绿灯，而且已经将这一点光明正大地写进了宪法，所以他不仅可以，而且必须认真地想这个问题了。他要想的就是如何搭上这个车，将自己二十年公认的辛劳，将长天企业在自己手上从无到有、从小到大的历史，转化成法定的属于自己的股本，从而不用再担心那从空而降的一纸调令；不用担心被一刀切地安排退休；不用担心被国有企业中常见的各种派别斗争和人事纠纷困扰。他终于找到了一个相当明确具体的奋斗目标，那就是要使自己成为一个可以独立指挥自己的企业，独立支配自己的资产的真正的企业家，而不是一个由上级任命的某一级别的干部。能决定他是否可以实现这一目标的关键人物，就是那位市委书记梅启良。

而此时此刻，也正是梅启良的一个重要的人生关口。他将要进入省委常委的消息，传到吴长天的耳朵里已不止一日两日了。从地市级升入副省级，是共产党人的仕途中，含金量最重的一个台阶。副省级对于一个立志从政的人，即便不是个可将自己载入史册的起点，起码也算是个跨入高层的落点，一辈子都有了某种层次的保障。一个人既然选择了从政，那么进入省部级行列，就是个必须抵达的高地，更何况梅启良今年也到五十岁了，机会已经不多。

梅启良是前一天飞到北京的，名义上是找国务院有关部委办为吉海的几个大项目疏通一下关系，顺便看看几位过去的老首长。实际上，吴长天是知道的，在此关键时期他当然需要在北京走动走动。梅启良的秘书给吴长天打电话通报梅书记进京的消息时已经做了暗示。一个人出门在外哪能不带个钱包呢，吴长天就是有再大的事也要立即跟过来。梅书记每次来北京，一旦需要安排场合见见客，或者给老领导家里送点儿东西，秘书都会把他的行程向吴长天通气。能让他出血是对他的宠幸。不是信得过的人，还没有这个机会呢。

所以吴长天一下了飞机，就让随行的李大功给吉海市政府驻京办事处打电话，让他们转告梅书记，说他吴长天现已到京——梅启良当然知道他在北京的住所和电话——然后他才驱车到了他在京西的别墅。到达别墅时已经是晚上十点钟了，刚进门就接到了梅启良亲自打来的电话："你刚到吗老吴？"梅启良在电话里的声音显示出他情绪很好，但让吴长天感到意外的是，他这么晚了打来电话并没有交代他办任何正事，反而亲亲热热地拉了一段家常："我太太这回也一起来了，来看女儿。"梅启良兴致勃勃地说，"哎，你儿子在北京吗？我们两家一起吃个饭好不好？就我们两家，没有外人。我太太很想见见吴晓，好久没见他了。"

梅启良的意思，吴长天心里当然明白，于是他用一种老邻居式的亲近连声答着："好啊好啊，我也很想见见梅珊，她在北京怎么样啊？我让她有事就找我她也没找。"

梅启良笑道："我是不许她随便找你添麻烦的。真要有什么难事，我让她去找吴晓，他们年轻人互相说得来。"

两人都会心地开怀大笑。笑过之后，吴长天心里颇有些没底，因为他知道吴晓对梅珊并不那么属意，或者是他还不想这么早就拖上个女朋友，或是他现在迷的还是音乐。前些天他居然拉了那个杂志社的女孩子，装模作样地来见公婆，吴长天一眼就看出那女孩儿心高气盛，是绝不会看上吴晓这种一事无成的小孩子的。他叫过来用话一逼，果然如此。吴长天倒不怕有什么女孩子来纠缠儿子，他怕的是儿子自己的性子，表面上一声不响，实际上蔫儿有主意。

应了梅启良的"家庭之约"，吴长天随后打电话到长天集团北京公司，布置今晚住在那里的李大功安排此事。值班的干部说李大功刚出去，吴长天问这么晚去哪里了？值班干部吞吞吐吐。吴长天便不再细问，他知道李大功又是和他那些社会上的朋友去哪个酒吧或者夜总会喝酒去了。这几年李大功在公司里确实有点儿耍大牌的派头，仗着自己是最老的“长天人”，也仗着吴长天爱其忠诚，和同级干部讲话，口气总比人家大些。坐的车子，也比吴长天的还好。吴长天和郑百祥按公司廉洁自律的规定，都只坐丰田和本田。公司里的奔驰、凯迪拉克，李大功一辆一辆换着坐。他又是管车的，要什么车谁敢不给？对这类不起眼的特殊化现象，吴长天也就睁一只眼闭一只眼，不想强加矫正了。水至清则无鱼，人至察则无徒。如果对部下的每一个缺点毛病和蝇头小利都那么察察而明、消灭干净，也就没有人跟随你了。何况李大功也是长天草创时期的功臣，现在享一点儿福，在吴长天的感情上，应该是过得去的。他私下里和李大功倒是提醒了很多次，也只是希望他离那群黑白两道的狐朋狗友，离酒，离女人要远一点儿，他在集团里毕竟是个部门领导，毕竟需要注意一下个人形象和群众影响。长天集团毕竟不是什么草台班子江湖公司乌合之众，干部对自身总要有起码的约束和自律，总要有档次！

吴长天挂了电话没多久，李大功就把电话打过来了，显然是值班干部的通风报信。他在电话里掩饰着明显的酒意，问道：“吴总，您找我？”吴长天隐隐听见耳机里传来嘈杂的音乐和女人的笑声，却明知故问：“你在哪里？”李大功口齿不清地答道：“京西别墅的桑拿和游泳池的设备都该更新了，我约了供应商谈谈……”吴长天并不戳穿他，只淡淡地说：“明天，你把吴晓找来。务必要找到他，你有他的呼机吗？”

说到吴晓，李大功似乎有了一些清醒：“总裁，你要不要我立刻带他来，他就在这儿呢。我立刻就能把他带来。”

“他和你在一起吗？”

“他在这儿演出呢，正在那边儿吹着呢。你要我叫他来听电话吗？”

“啊，不用了。”

吴长天挂掉了电话，看看桌上的表，已经是夜里十一点钟了。他想该睡了，走到卧房却了无睡意。墙上挂了一张全家福照片，妻子和年少的吴晓全都咧着嘴笑，只有他自己相对矜持些，但也绷不住一脸的幸福。他们的笑突如其来地使他发现自己像一个被遗弃的人，有点儿孤独。对他来说，孤独是个新东西，确实是即将步入老年的时候才感觉到的。他在窗前一动不动地站了很久，想让心底的凄凉感沉淀下去。然后，他打了电话，叫起了已经睡下的司机。

司机带着他，穿过灯火阑珊的北京之夜，街上穿梭不断的汽车让他第一次注意到都市里原来有太多的人在夜间出来逍遥。他记着李大功刚才电话里说的那个酒吧的名字，那也是司机耳熟能详的一个去处，离他的京西别墅不过十分钟的车程。午夜十二点钟正是这座酒吧最热闹的时分，曲里拐弯的屋子里客满为患，人影烟气，光怪陆离。吴长天没让司机陪他，独自走进去，很不容易才在一张烛火欲尽的桌子上看到几位起座退场的年轻人。是的，来这儿的都是年轻人，像他这样满面迟暮的人不免有些格格不入。他在那满是啤酒瓶、可乐罐和香烟灰的桌前坐下，同时看到了坐在酒吧另一端的李大功。李大功正和一个中年男人及两位妙龄女子谈得热火朝天，不期然也看到了他，马上起座挤过人群跑过来。他脸上红红的，说不清楚是酒意还是窘迫。“总裁，您怎么也来这种地方，要不要我去叫他来？”他指指远处的小舞台，儿子的乐队正在尽情发挥。见吴长天摇头，李大功又连忙招呼服务员来送饮料。吴长天要了一个矿泉水，李大功粗声嘱咐服务员：“记在我那桌的账上。”吴长天说：“你去陪你的朋友吧，我一个人坐坐。”李大功显然喝多了，居然说：“总裁，要不要叫那两个女孩子过来陪您聊聊，您也应该多和年轻人接触接触，我去叫她们……”吴长天摆手止住他，说：“不用不用，我想一个人坐坐。”

李大功酒虽然喝多了些，老板的脸色还是看得清的，他知趣地退下去了。吴长天一个人坐着，用心倾听着萨克斯管沙哑老道的旋律。他远远地，看得见儿子的样子，那一束温暖的灯光使舞台在整个酒吧的昏暗中成了最明确的中心，儿子便是那中心的主角。他吹得很洒脱，一脸稚气却吹得毫不幼稚。吴长天有点儿被吸引，也有点儿惊讶。他甚至对以前那么激烈地反对儿子玩儿这种爵士隐隐有了几分反省，但那只是瞬间的闪念。他的心情很快离开了音乐，专注到儿子的脸上。那脸上的感觉似乎更像他的母亲，既天真又沉重，既温和又固执。他真想抱一抱他，就像他小时候那样，他真想儿子还像小时候那样：听话、依赖他，是他的一部分。

音乐停了，没有掌声，无人喝彩，嘈杂的人声在空间里取得了优势。乐队退下舞台，酒吧里改换了磁带播放的曲子，和刚才的音乐实况相比，立即显得隔膜和单调。儿子大概是经了李大功的指点，绕过人群找过来，在他身边默默坐下，对父亲不同寻常地出现在这种地方竟无半点儿惊讶。

吴长天问："要喝点儿什么吗？"

儿子说："我那边有水。"

父子之间照例是没有太多语言的，沉默了一会儿，还是父亲先开口："你们演完了吗？"

儿子说："没我事了。后面还有歌手唱歌。"

父亲说："那跟我回家吧。"

儿子说："我等着领钱呢，等今天节目全演完就该发这个月的钱了。"

父亲说："我每月给你的钱，你都干什么用了？"

儿子说："买衣服。"

父亲问："你在这儿演奏一个月，能给你多少钱？"

儿子答："一天一百，不过我这个月有好几天没演，也就能拿两千吧。我不是回吉海了吗？"

父亲又问："什么时候发钱，还得等多久？"

儿子说："你先走吧，要没事我今天晚上不回去了。"

父亲说："你最近见着梅珊了吗？"

儿子说："没有。"

父亲顿了一下，说："梅珊的爸爸妈妈来了，咱们得请他们吃顿饭。她妈妈很想见见你。"

吴长天的目光停在儿子脸上，他这些年已经很少用这种疼爱的目光去看儿子。儿子很聪明地把眼睛回避开了，他知道父亲要说什么。

"爸，我不是都有女朋友了吗。"

儿子的这种不软不硬的顶撞，令吴长天心里有些不快，但他依然没改变目光中的慈爱："你别再骗我了，我知道你现在还迷着音乐，我已经说过我不反对你搞音乐了。你不想马上陷入男女感情我也理解，也赞成。但梅叔叔和咱们家是老交情了，对爸爸工作上也很支持、帮助。对梅叔叔一家人，咱们应该好一点儿，应该有起码的情分和礼貌。你和梅珊，不管谈不谈恋爱，做个朋友来往总可以吧？能不能发展完全由你自己定。但既然是朋友，就要对人家好一点儿、热情一点儿。"

吴晓不再回避父亲的目光，他和父亲对视着，说："爸，我真有女朋友了，我骗你干吗？"

"是那个女记者吗？她跟我什么都谈了，她对你并没有那种意思，而且我也能看得出来。"

儿子低了头，不说话。吴长天拍拍他的肩，说："我先走了，回头定了时间我再告诉你。"儿子依然低头不语，对父亲刚才的揭穿，不知是抵抗还是默认，是愤怒还是沮丧，以致吴长天站起来离开酒吧时他都没有抬头，没有说再见。

吴长天想：每个人都经历过青春的冲动，青春期的爱情在很大成分上是一种情欲的反应。现在的年轻人有了任何冲动都会尽情地表现出来，这是一个不受束缚的时代，是一个观念、道德、规范统统要服从感觉和情绪的时代。作为一种时代现象，吴长天完全可以理解，但这现象若发生在自己儿子的身上，接受起来就有点儿困难了。他倒不是苛求儿子还要像他这一代人那样，以禁欲主义的风气下那种特有的畏缩、羞涩和罪恶感来与异性接触。他只是要求儿子在定终身大事时能与他这个当父亲的商量一下，征得他的同意，因为他是他唯一的亲人，也是他唯一的法定继承人。如果吴长天真能如愿以偿地确定他与长天企业，哪怕只是与这企业的一部分，有合法的产权关系的话，那么，儿子作为这十几亿甚至几十亿资产的继承人，他选择什么样的伴侣进入吴家的大门，吴长天就有权干预，显然这已不纯粹是个人感情的问题！

他想，应该和儿子坐下来认真谈一谈，讲明做父亲的心情，也讲明道理，讲明利害关系。他甚至想到必要时可以逼儿子做一个抉择：是要几十亿资产，还是要自己一时的任性。但愿儿子能有起码的理智，但愿父子间不至于说到这一步。

和儿子这场深谈的时机，吴长天思谋良久，感觉放在和梅启良一家的聚会之后，比较妥当。如果聚会的气氛不错，那么把儿子个人的感情选择引入吴家事业延续的主题之下，就会比较顺理成章。于是吴长天加倍精心地策划安排这次聚会，时间、地点、菜肴，都一一推敲。他本来是想找个高档些的饭店或酒楼的，现在看来不能那么省事。想来想去还是安排在京西别墅为妥，比较亲切，活动的范围既大又可自由组合，又有家庭味道。他想，在这种无拘无束，大人孩子同堂而乐的亲密气氛下，也最适于他再次与梅启良探讨长天企业的产权问题。

时间他选定了周末。在这之前他嘱咐李大功买来许多鲜花布置房间，又把每个房间的东西都刻意设计得凌乱而有趣，以突出家居的气息。提前一天，从京天娱乐城调来的大厨就着手开列菜单，备好主料和辅料，并且到别墅的小厨房里熟悉现场。菜单所开列的菜品，按照吴长天的要求，不求高档，只需味美；不图隆重，但要新颖。梅启良两口子什么好的都吃过，什么大场面都见过。周末的聚会只要能体现出家宴的特色，即可讨巧。

周末这天天不作美，中午还是晴间多云，下午便雷雨大作。这是今年的头一场春雨。雨忽急忽缓，下到了晚间也没有一点儿收停的苗头，但梅启良一家三口，依然如约而至。吴长天的这个住所其实是长天集团在北京的一个招待贵宾的别墅，是一幢前有花园后有泳池的二层小楼。梅启良夫妇过去来北京时在这里不止一次地住过，楼上楼下门路已然很熟，哪里多了什么东西、哪里有了何种变动都如数家珍。他们的娇女儿梅珊也来过几次，最喜欢后院的葫芦形游泳池。但几次都是天不好，带了泳衣却没能游成。

吴长天和梅启良一家在客厅里谈天，时间已经到了晚上六点半，美酒佳肴早已备好，但无人提出入席。吴长天脸上谈笑风生，心里却暗暗焦急，大家都在等着吴晓。好在梅珊发现自己的发型被雨水沾湿，拉着母亲去梳妆间帮她重新整理，使得等待的尴尬被冲淡了些许。

当客厅里只剩下两位男人的时候，吴长天不失时机地把话题扯到了男人们关心的事情上来了。

“梅书记，你进省委常委的事什么时候公布？”

他故意把这个传闻像既成事实那样提出来，表情口气都显露着一种老朋友的熟近和做“子民”的喜悦。梅启良很无所谓地笑笑，深层里也有些会心的得意，他用“自己人”的亲密口吻，做着官腔的回答：“到省里去干什么，我就愿意在吉海市干。熟悉了，不想动了。”吴长天微笑：“不是说不离开吉海吗，不是省委常委兼吉海市委书记吗。吉海现在你肯定离不开。”

“咳，”梅启良挥一下手，“由上面定吧，中央叫去哪里就去哪里。要是征求我个人的意见，我是想在吉海再干个两三年，就提前退休了。”

吴长天正色道：“要退也得先进常委啊，到了省部这一级，各方面还是不一样的。吉海是大市，梅书记早该进常委的。”

梅启良说：“这你倒说对了，吉海是大市，有个常委对工作比较有利，要不是考虑吉海在省里的位置，我个人还真是不想被驾在辕里。”

吴长天附和地说：“对吉海是好事，对你老梅个人，有利有弊吧。”

梅启良话锋一转，说：“我大后天回去，明天和后天我想分头请几位过去在党校的老同学聚一聚，你给我安排一下。最好不要去太热闹的地方，档次要高一点儿。”

吴长天马上叫来李大功，当着梅启良的面，商量定了两个地方，然后又对一些细节嘱咐了一通，显示出他的重视和细心。李大功领命退下，吴长天随即把话头转入他自己的主题。

“梅书记，关于长天集团如何跨入下一个世纪、下一个千年，我想什么时候你有空，我要详细汇报一次。当前对企业下一步持续发展制约比较大的，说到底还是个产权界定问题。产权不清不楚，各方面的积极性都受影响。这个问题我上次向你汇报过，最近我找了北京一些知名的会计师事务所，对长天集团的资产变迁认真做了核查，情况得跟你细谈一次。总的想法是……”

梅启良似乎早就知道他要谈这个问题，笑笑摆手打断了他：“老吴，这事你不要急，我也一直在琢磨呢。长天是吉海的大企业，今后有没有发展后劲，市委当然要重视。不过这不光涉及你的资产来源，也涉及方方面面的政策，急不得，事缓则圆嘛。等我回吉海，可以把这事小范围地谈一谈。说句私下里的玩笑话吧：要是你那小子和我那丫头真成了一对，我们就成了亲家了。我还能希望梅珊到你家吃不上饭吗？”

话到此处，梅珊母女正巧进了客厅，梅珊撒娇地追问：“你们说我什么坏话呢？”做父亲的哈哈笑着：“我们正商量怎么赶快把你嫁出去呢。”女儿揪住父亲不依不饶。梅启良的笑声使吴长天感到前途非常光明，曙光在望。但这笑声同时又使他紧张起来，因为他想到了儿子吴晓倔强的脾气和那张沉默的面孔。

到了晚上七点钟，吴晓终于来了。可李大功进来通报时，面上并无喜色，附耳对吴长天嘀咕了几句什么，吴长天脸上霍然一变，声音勉强维持着常态，对梅家三口道声对不起便匆匆起身，随李大功来到儿子的房间。果如李大功所言，他见到的不仅是儿子，还有随他一起来的那位漂亮的女记者。

他强压愤怒，不失礼节地和女记者打了招呼，随即说明："对不起，今天不巧我们正有一个家庭聚会……"

儿子打断他："爸，她是我女朋友，也应该算是咱们家的人。"

吴长天不想当着这个外人冲儿子发作，他甚至没有从女记者脸上移开目光。

"你是记者，应该不缺乏冷静和理智。你应该看得出来，他不是要和你交朋友，而是在和我斗气！"

"爸爸！"吴晓冲上来，大声说，"我告诉你我爱她！"说完竟把那女孩一把拉在怀里，当着吴长天的面，用力地、长时间地、报复性地，吻了她的嘴唇。

吴长天惊呆了。他看得出来，那个女孩儿也被这突然而猛烈的一吻，弄得惊呆了！

走廊上传来梅珊快乐的声音："叔叔，吴晓回来了吗？"谁也来不及拦住她，她已推开半掩的房门一步跨了进来，她无可逃避地看到了吴晓当着他父亲的面肆无忌惮地与一个陌生女孩抱着亲嘴的场面，亲完了又示威地看着他父亲。在父子一触即发的对峙中，最先支持不住的是那个被吻的女孩儿，她惊慌失措地、颤抖着跑出了房间。这时吴长天才盛怒地高高扬起胳膊，在儿子的脸上重重地抽了一巴掌。

“你也滚！”

吴晓也跑了，他追上他的那个女孩儿，他们手拉着手悲愤地跑进了楼外的风雨之中。梅启良和他的夫人满脸疑惑地站在客厅的门口，看着一前一后狂奔而去的女孩和吴晓，看着满脸泪痕跑回来的女儿。梅启良显然明白了什么，一言不发。他的夫人则把惊诧的目光移向从吴晓房里走出来的吴长天，问道：

“吴晓怎么又走啦？那个女孩子是谁呀？”

回答她的，只有远处的雷声。

六

满天大雨。

当林星和吴晓终于拦到一辆出租车的时候，全身都已被雨水浇透。他们在车厢里互相拥抱在一起，在心理上温暖着彼此的身体。林星今天随吴晓来本是带了平静的心情，本是希望坦率地与吴晓的爸爸，这位满腹经纶的当红企业家，进行一次关于爱情、家庭和子女问题的平等对话，同时也谈出自己对吴晓的内心看法。但在见到吴长天之后，一切都混乱了，一切都出乎意料。吴晓的亲吻和父子的反目，是那么突如其来、猝不及防，让她不能不惊慌而逃。

她逃出这栋豪宅也意味着要退出这个她并非执意进入的战场。但此刻，在这个狭小的车厢里，在漫天大雨的包围中，一个她相信是真心爱上了她的男孩那么深情地拥抱着她，义无反顾地随她一起逃离了那个可以养尊处优的家，叛逆了可以给他一切的父亲，她怎能不为之感动！她相信每一个女人，不管看上去多么冷漠无情，但在心灵深处，都会幻想一位翩翩少年，刻骨铭心地爱你，为你舍弃一切，带你浪迹天涯……这永远是让女人最心动的情节。尽管从理智的判断上吴晓并不适合她，但在厌倦了刘文庆的铜臭之后，吴晓突然以毫无矫饰的真诚与热烈，势如破竹地打开她的心怀，让她的矜持和理性在张皇间顷刻瓦解，甚至还来不及细想这一切是不是自己真正想要的。

就这样她情不自禁地也抱紧了吴晓，她期待着他此时能说点儿什么，哪怕是最最幼稚的海誓山盟，也会让她得到由衷的享受和激动。但吴晓一直沉默着，什么也没说。出租车的司机问他去哪里，他也默然不语。他全神贯注地用力抱紧了林星，用他瘦瘦的脸，紧贴着林星湿乱的头发。司机再问："嘿，你们到底去哪儿啊？"林星才开口说了句："去静源里吧。"她让司机把车子开到了静源里她的家。

她把吴晓带到了自己小小的客厅里。她冷得受不了先去找干衣服，同时把自己的一件又长又大的袍子似的套头衫扔给吴晓。吴晓呆呆地站在客厅当中，落汤鸡一样狼狈。他没有捡起地上的套头衫，低着头不知在想什么。林星手忙脚乱地躲在卧室里换衣服，然后探出头来疑惑地看他："怎么不换衣服？小心着凉！"吴晓这才慢慢捡起套头衫，解开自己的湿衣服。

屋里已经停了暖气，被雨水冰过的皮肤依然禁不住地打抖。林星跳到床上，钻进被子，她喊："吴晓！"吴晓进来了，那间宽松的套头衫穿在他身上并不宽松，而且长不及双膝，露着两条光腿，看上去有点儿滑稽。他的眼圈有点儿红，一副神魂不守的面孔。林星问："怎么了？"他一扫刚才的无所畏惧，竟然用一种孩子般的惊惶自言自语："这回把我爸气急了。"

林星想宽慰他："爸爸跟儿子，打是疼骂是爱。"

吴晓的思想似乎退回到刚才的情形中去了，他用手抹去脸上的雨水，呆呆地说："我爸从没打过我。"

他的样子使林星的心不禁收缩起来。她立即想到的是，他们都该冷静一下了，也许现在动手修复那道被激情冲破的樊篱还来得及。她拥着说不清是冷是暖的棉被，用尽量平静的声音说："快回家吧，和你爸认个错，别让他伤心。"

吴晓显然没有听出她话中暗藏的讥讽和失望，他甚至可能还误以为这是她的宽容和爱护。他俯下身来想抱她，但被她用双臂挡住。他拨开她的手还是想抱她，但被她坚决地用双臂架住。他问："怎么啦？"她突然想哭，她说："你是你爸的宝贝，我不想让你为我离开他，离开你的家，在那个家里你应有尽有。"

吴晓说："可我爱你啊！"

林星的冷静几乎像是在教导自己的弟弟："你爱过人吗？"她问。

吴晓说："没有，你是第一个。"

吴晓的表情和语言让林星的心像被什么力量扯动着，但她仍然试图留在原地。她说："我爱过，所以我告诉你，爱是会变的，今天如胶似漆地黏着你，说不定什么时候就离开了，就不爱了。能够一辈子永远跟着你庇护你的只有两个人，一个是你的父亲，一个是你的母亲。"

吴晓说："我爸爱我，我会报答他。可我想找一个我永远不离开的人，那就是你。"

这句话像一种立竿见影的软化剂，林星僵硬的身子又软下来。尽管她知道，山盟海誓本身就很幼稚，是她一向轻蔑的。她当初选择刘文庆就是对学生腔的一种拒绝。可今天何以像脱胎换骨一样在这幼稚的冲动前不堪一击？她再次让吴晓把自己抱在怀里，她也紧紧抱住了他。她甚至傻傻地，像做梦一样地说："吴晓，你能带一个你爱的女孩儿走吗？你愿意带她去闯天涯吗？再穷再苦，你也会带着她，不让她受欺负，不让她受惊吓，你能吗？"

吴晓激动得不得了，他激动得全身发抖，他说：“我能，我发誓！”

他们就这样抱着，隔着薄薄的衣衫，几乎能感觉到对方的心跳。林星过去和刘文庆也有过亲密的拥抱相吻，但更多的是出于一种角色和情欲的表现，并没有这种心灵的抚慰和震颤。林星由衷地想，多么美好啊，就算稍纵即逝，也应该拥有一次吧！

她相信不是所有人都必然能经历和领略到这种甜美的，所以她想，不管结果怎么样，没有必要后悔。此刻的幸福即使日后被对方抛弃，她也可以独自留在心里。

那天晚上她为他做了饭，两人吃得很香很开心。吃完了饭他们一起用吹风机烘干了湿透的衣裤。衣裤干了夜也深了，外面依然下着雨，他就在她这里留宿。一个睡在卧室的床上，一个睡在客厅的沙发里。她原以为他会有进一步的要求，男人的爱往往非常具体，但他没有。幸亏没有。因为她觉得那样的话今晚的一切温情就都变成了一个俗套。

她不是禁欲主义者，也没有一点儿假道学，她对艾丽、阿欣在外面以性为生都没有激烈的厌恶。但轮到自己，就不是什么观念问题了。贞操在她的心理上还是宝贵的东西，它能带给她自豪和一种纯净的优越感，所以她和刘文庆好了一年也没做那种事，所以刘文庆一直说她没有女人味。

在她的印象中，这是第一次让一个男人在她家留宿。让男人留宿已经突破了她以往的禁忌。突破禁忌的新鲜感让她很兴奋。睡前他们还深情地吻别，互道晚安，都有些依依不舍似的。

关了灯，林星躺在温暖的被子里，听着窗户上淅淅沥沥的雨声，她想难道从这一夜起，就要进入一场真正的恋爱了吗？她在黑暗中自己笑了。和这样一个吹萨克斯管的男孩的奇遇，给了她一种初恋的感觉，而以后的一切又是那么难以预测。难以预测的东西往往会让人生出种种盼望与幻想，这甚至比恋爱本身更充满快意。

那一夜她很长时间没能入睡，她不知道屋外那男孩是否同样如此。清晨天未全亮她被客厅里艾丽的大声喧哗吵醒。艾丽带着一身酒气头发凌乱地刚刚从哪家餐馆吃完了说不清是夜宵还是早茶的饭，回到家看到客厅里睡着个男人先是一吓，认出是吴晓便肆无忌惮地坐在他身边打听这屋里昨夜发生的“事儿”。艾丽问：“你怎么睡到我们这儿来了？”吴晓说天下雨所以没走。艾丽又问是你林妹妹留你的还是你死赖着硬不走啊？吴晓说是林星留我的。艾丽说她留你你干吗不睡过去？干吗要占我们这公共区域？吴晓说对不起，反正昨天你们也不在。艾丽咯咯咯地笑起来，说：“在也没事，我要在我就让你上我屋里睡了，对你我免费。”吴晓听不出玩笑听不出下流，还一个劲儿地客气，说不用不用。

太阳升起来了，窗户上有了红色。太阳每天都不一样。林星听着他们在客厅里的对话，知道这是一个全新的早晨。她这一天照常去杂志社上班。一天无事。室主任说还未看完她写的关于长天集团的采访，等看完了再谈。晚上吴晓来接她一起在街上餐馆里吃了晚饭，是他付的账。饭后又带她去他演出的那家名叫“月光”的酒吧去听他的音乐。在一个风格高雅的拥挤的酒吧里吹萨克斯管是他生活中最动人的部分。音乐使他有了特别的魅力，增加了林星对他的欣赏。晚上他们一起从酒吧出来，坐出租车，又一起来到林星家的楼下。林星问：“你还上来吗？”吴晓不语，只看她。林星说：“那上来吧。”上来以后，吴晓显得活跃起来，帮她收拾屋子。她说：“别忙了，要不你回去该太晚了。”吴晓说已经太晚了。见林星不语，他又说，以后我买辆摩托车，多晚都可以走了。林星听出来他的意思是今天就没法走了。

林星上了床，半躺在床上看她那台十二英寸的小彩电，这是她最习惯的一种休息。经她同意，吴晓也上来了，和她一起看电视。开始还可以，后来就不老实了，手脚动作不停。先是假装无意拨弄她的头发，进而磨蹭她的脸颊，继而摸向脖子。她说别闹，痒痒。那手便停了一会儿，可紧接着竟直接想要解她的衬衫扣子。林星瞪他：“你要干什么？”他说不干什么。

林星说：“你喜欢我是不是就是想跟我干这种事儿？”吴晓说：“不是，你把我想成什么人了。”林星说：“你要真想你就直说。”吴晓说：“真不是。”林星说：“不是你解我衣服干吗？”吴晓说：“我只想解开看看，不干什么。”林星盯着他。他重复地强调：“真的。”可林星的回答让他吓了一跳。她说：“那你就解开看看吧。”

他愣了半天，几乎分不清她的态度是真是假。终于他动手开始解她的扣子。他半跪在床上，整个儿上身笨拙而僵硬。他把她的上衣全解开了，然后目不转睛。她红了脸，问：“行了吗？”他没有回答，竟伸手去摸她。她全身都触了电一样地从骨头里往外发着抖，既有快感又有不适。她犹豫着没有反抗，只是再一次地问：“行了吗？”

吴晓却什么话都不说，他的手刚柔并济，既羞涩又勇敢。林星让他摸得燥热起来，想拉上衣服，但整个人已被吴晓抱住，热烈而湿润的亲吻窒息了她想说的话。她感到自己已无能为力，她被他控制住了。最后的羞涩和残余的矜持随着身上最后一个布丝，都被去除干净。

她也看到了男人的肌体，赤裸的吴晓显得比想象的强壮多了，皮肤却有点儿像孩子，过于细腻。就在他往她身上压过来的时候，她反抗了：“不不，不行！”她顶住他说：“你别弄出事来！”

可吴晓还是压了上来，他捧着她的脸说：“我不干别的，就这样趴一会儿，就趴一会儿，好吗？”

不知是因为他的恳求还是肌肤厮磨的美感，她安静下来。她静静地让他抱着，感觉上渐渐安全了。和自己所恋的人这样无遮无掩亲密无间地融合在一起，真是一种前所未有的快乐，似乎每一寸肌肤都在交流着爱意。就这样不知多久，吴晓说："让我放进去一会儿好不好，我不会让你出事的，我保证，我不会弄出来的，我就想在你身体里待一会儿，我保证不动，行吗？我保证。"林星不知为什么此刻突然对他如此姑息，也许他的样子很乖，所以让她不忍。

她很想相信他，服从他。她只说你小心点儿，我真的不想出事。可马上她就尝到了后悔，因为她没有料到还会疼痛。那疼痛使她全身忽地收紧了一下，把吴晓吓得几乎不敢深入。他们互相试探着，在心情上都希望对方能适应自己，这种心情变成了一种相互的体贴。之后情况好像很快扭转，恐惧慢慢平复，疼痛也渐渐远去，而一种充实感顷刻占满了林星的整个身心。

她想原来和一个相爱的人结合在一起是多么地好啊。那种感受是从肉体的全部细胞中生发出来的，精神上既安详又快乐。他确实静静地伏在她身上没有动，但她能感受到他在她体内每一个微妙的颤抖和舒展，她的心情渐渐彻底地放松下来，甚至情不自禁地用手去抚摸他平滑的背脊。也就在这个时候，她发现他背上的肌肉突然紧绷起来，紧绷得坚硬无比。他的呼吸也变得粗重，拼命地压抑也控制不住喘息的急促，接下来她自己的身体里也明显地感受到了一阵濡热，她心惊肉跳地意识到发生了什么，但依然心存侥幸地推着他越来越沉的身体："你怎么了，你没出吧？"

他憋不住地大口大口地喘息开了，趴在她身上不敢抬头，也不回答。林星知道终于出了那件她不想出的事，她的眼泪破眶而出。吴晓爬起来，羞愧得不敢用眼看她，一声不响地去卫生间弄了一条湿热的毛巾替她清理。这时她看到了床单上几滴鲜红的血迹，这触目惊心的血迹使她明确地意识到刚才那毫无准备的疼痛，已经宣告了她的一个时代的结束。

她心里真是恨他！

那一晚上他们之间没再说话，他几次想说点儿什么但她沉闷的脸色制止了他。她没让他再靠近自己，他们像昨天一样在卧室和客厅各睡各的。其实林星一宿没睡，她仔仔细细翻来覆去地想这件事情。她后来想到她不管怎么说毕竟是个女人，是女人就必须让她喜欢的男人和她发生这种事情。这样想了好像事情就突然变得合情合理了，并没有谁在其中吃亏受了伤害。回想细节时她发现他还是懂得体恤女人的，看得出很胆怯，很怕她疼和不高兴，也许他的初夜因此而并未尽兴。想到后来倒似乎像是她亏欠了他似的。黎明时她起了床，轻手轻脚走出卧室，在青灰的晨光中她看见吴晓坐在沙发上正在低头抽烟，听见响声抬起头来，四目相视，谁也不知该说些什么。是林星先开了口，她问："你干吗不睡？"吴晓没有回答，不敢正视地反问：

"你还疼吗？"

林星笑笑，她想用笑来安慰一下他。她说："我有好几个女朋友都跟我说过，男人对你最好的时候，就是没有弄到手的时候。等男人真的和你睡过了，就会厌烦你了。"

吴晓沉默着，沉默是他的语言。林星其实想听的，是他的反驳和表白，但他只是沉默，沉默了半天竟木讷笨拙地说了这么一句：

"咱们结婚吧。"

林星一愣，甚至没能顾及他的语气是随便一说还是郑重其事，便反问："你这么小就想结婚？"

吴晓又说："那咱们住在一起吧。"

林星摇头："你没听说吗，距离就是长久。咱们要真住在一起了，三天就得打架，五天就得分手。"

对这个预测吴晓依然没有辩驳。

这个话题没有继续讨论下去，在这时候讨论也不可能达成任何一致，但两个人之间的关系在这个清晨的交谈之后，不仅弥合了一切缝隙，而且进入了一个新的阶段，心灵和肉体都不再像过去那么陌生了。在林星的潜意识里，说不清的，好像还因为昨夜无意的结合，而有了一种归属感，就像传统中习惯的那样，贞操给了谁，人就归了谁。在很久以后的回忆中，这都是一个最值得品味的夜晚。两人共同做了早饭，饭后吴晓哈欠连天，林星就让他到她的床上补觉，然后自己去社里上班。上班时心里有种很特别很特别的快乐，一时无法形容。想起此时她的屋里还睡着那个男孩，想起昨天晚上他们之间的每一个细节，心里很怪的，有种从未体验过的幸福感。

中午吃饭前她突然吐了。她有点儿惊慌，不知是不是昨天一夜未睡才会感到恶心。又想千万别是怀孕了吧，难道怀孕的反应会来得这么快吗？这方面的常识以往她从未留意过，她一直觉得婚嫁生养对她来说是非常遥远的事。

下午她去医院检查肠胃。在医院她看到了几天前吴晓陪她来看病时化验的结果，才知道她的恶心不是怀孕不是没睡觉，甚至也不是因为肠胃。

是她的肾出了毛病！

她被诊断患有严重的突发性肾炎！

医生在看到她惨白的脸色后安慰她："不要害怕，还不是尿毒症，但离尿毒症只差一步了，所以要赶快治。"她不懂得什么叫尿毒症，但总听人说肾很重要，女人最怕的就是肾有病。

医生在那张淡粉色的化验单上指指画画，向她讲解那些符号指标都代表了些什么，哪个正常哪个超了，以及肾炎和尿毒症的区别。她心里乱得什么也听不懂，医生刚一住嘴她最先问的一句话就是："我还能结婚吗？"

"如果治好了，完全可以。"

"如果治不好呢？"

"如果你坚持治疗，医疗措施又比较得当比较有力的话，肾炎还是可以治愈的，它还不像尿毒症那么严重。不过……"医生问，"你是公费医疗吗？你上了大病统筹吗？这个病，是个花钱的病。而且，得有耐心。你家里人能照顾你吗？你要不住院的话，可以让家里给你请个保姆。”

医生给她开了很多药，在这之后，她第一次听到了一个医学名词——“血透析”。血透析每周至少一次。林星去划价的时候知道，光“血透析”一项，每月就将近三千元。

她一步高一步低地走出医院，踉跄之中她想哭，但街上行人摩肩接踵，找不到哭的地方。她没有交钱，她哪来那么多钱来维持医生说的那个日复一日没完没了的治疗？她这么年轻身体一直健康，所以从没想过要为自己上个医疗保险。至于单位，她知道的，效益不好，大病统筹、养老统筹、失业保证金之类的福利都一直拖着没办。所以她今天最后一句问医生的是：“这病不治会死吗？”医生以为是个玩笑：“当然要治，会治好的。”“不治会死吗？”她又问。医生点点头，回避了“死”这个字眼：“那恐怕就要往尿毒症上转移了，所以赶紧治吧。”

这是个什么病，这个病能不能不治，有没有钱治，在此时，这一切都仅仅成了一个背景。站在这背景前面越来越让她钻心疼痛，让她忍不住要痛哭失声的，是吴晓，她刚刚爱上的男孩。她没有父母没有任何亲人，她原以为自己会专注于事业，直到今天早晨她才发觉自己其实是多么需要有个爱来真心地陪她，不让她孤独。这个爱恰恰来了，可只有一夜，马上就要擦肩而过。

她害怕回家，她不知道吴晓是不是已经起床出去了。她怕见到他。

她又回到了社里。主任见到她，叫过去谈了那篇关于长天集团调查报告的修改意见：虽然长天集团很有影响，但她对集团这些年的业绩和发展道路的介绍，和以前对其他企业的类似报道雷同了一点儿，所以突破口应该放在人物身上。主任说：“长天集团的老总吴长天倒是个很有写头的人物，他把中国传统道德的忠孝仁义应用于企业管理之中，很得人心，很有特色，不妨加重写写他！可能倒是篇新鲜的东西。”主任表达了如上看法，把稿子退还给她，才问：“你到医院去看了吗，是哪儿不好啊？”林星说：“肾不好。”主任说：“哟，那可得注意，不行你休息几天吧。”

主任表示完一个做领导的对部下应当表示的关心，便急匆匆地走了。林星坐在窗下，盯着眼前的一摞稿子发呆。直到夕阳的光线在屋里一点点地收束，退隐得模糊不清，她才机械地起身，机械地收拾自己的背包。她把稿子放进了抽屉，没有带走它。

这个傍晚的街头好像特别拥挤，她在公共汽车站等了很久，等到高峰期过了，才挤上了车子。她站得很累时也想过还是打一辆出租车吧，但后来终于没有。她知道现在自己手上的每一分钱，也许都将决定她还能在这个世界上生存多久。

家里的灯黑着。艾丽和阿欣都不在，吴晓也走了。林星打开卧室的灯才发现屋里和床上都被收拾得干净整洁。小茶几上摆了一盆浓艳醒目的鹤顶红，使整个卧室显得生机盎然。

而最引人注意的，是床头柜上吴晓留的条子，他告诉她他去演出了，问她还来“月光”酒吧吗？还问她晚上他演完了还过来好吗？林星终于哭出声来。她哭着说：“不不，吴晓你再也不要过来了！”

晚上十二点钟，吴晓还是过来了。他一进屋林星就说：“怎么又来了？”吴晓说：“你不知道我现在无家可归了吗？”林星说：“你也不可能把这儿当成你的家呀。”吴晓笑一下，说：“我不是跟着你离家出走了吗，从前天开始，这儿就是我们私奔的避难所了，我不能到我哥们儿那儿去住，我不想让我爸找到我。”

林星看着他，她让自己脸上挂着笑，她说：“吴晓，你听我话，还是回家去吧。你爸再打你，也是你爸。而我，我已经不可能和你在一起了……”

说到这儿，她说不下去了，脸上的笑抽作一团。她本来想控制住自己，结果压住了哭声却没压住眼泪。她泪如雨下。

吴晓上来抱住了她："怎么了，小星星，是我爸又找你了吗？他说了什么？"

林星摇头，她哽咽得说不出话，这时吴晓看见了桌子上的药和化验单，没有交费的透析单。他松开她去看那些单子，看那些药瓶上的说明。可他看也看不懂，只是急着问她："你是不是生病啦？"

七

林星不记得有哪一次睡得比现在更香甜了，她发现自己走进了一个原始的白夜，让闭上眼睛的心灵感受着一个幻象的背景。那些明丽的梦飘飘地来，飘飘地去。记不住梦中的故事，却记住了无数斑斓的色彩，一片一片浮动着，像云、像雾、像游动着的海市蜃楼。既朦朦胧胧，又伸手可触。直到醒来时她还在寻找，她断定窗帘上那片柔和的阳光，就是那梦的源头。

在阳光中她看到了自己的鲜血，饱满而又温暖地流动在那些错综复杂的塑料管里。她忘了自己已经在这间明亮的病房里躺了多久，是什么时候睡着的。那被骄阳照透的窗帘显然是她睡去之后才拉上的。屋里很暖和，她的每一根神经都因此松弛下来，像微微地醉了一样，她从来没有经历过这样真正可以好好休息的时刻。她想抬头看看四周，颈部却软弱无力，但她还是无比幸福地看见了坐在床端的吴晓。

吴晓说："再睡一会儿吧，快了。"

她又把眼睛闭上。在躺下之前她曾被告之，最少四个小时才能把周身的血液洗上一遍。

她事前没有想到“血透析”会做得这么漫长，幸好只是每周一次。病房里一共有四台透析机，四个病人都很老，而且只有她一个始终有人在床前相陪。她看得出在护士和医生的微笑里，流露着的羡慕和好奇。

“血透析”结束时已是午后。他们从医院走到街上。明媚的阳光让他们都眯起了眼睛，让林星恍若还留在刚才的梦中。他们走进了一家小小的餐馆，点了菜。点的都是便宜的菜。没要饮料，只喝一种从一个看上去不怎么干净的茶壶里倒出来的茶。茶是免费的。林星还恋恋不舍地想着那个梦。菜来了。他们吃菜。然后离开梦境的唯美开始讨论最现实的问题。她说：“我看还是算了吧，你挣的那点儿钱，都交了透析费还吃不吃饭了。”吴晓以茶代酒，和她碰杯，并不回答她的问题。他问：“你还恶心吗？”林星摇头：“不了。”恶心是因为血液里的尿素氮刺激肠胃造成的。她刚透析完，把尿素氮都滤净了，至少三天以内不会恶心了。吴晓点头：“所以透析非做不可，直到那些尿素氮彻底不再出来了。”可钱呢？做一次要七百块钱。林星简直不敢想象。“实在不行我可以隔一周做一次，恶心我能忍的。”“不行，医生说一周一次已经是最低的了。饭我们可以少吃一点儿，来，干杯，这顿饭就算是咱们最后一次在外面吃吧，以后顿顿都得自己做了。”他这样一说她又哭了。这些年她好像只有在听到父母出事的噩耗时才哭过，可这几天似乎把一生该流的眼泪都集中了。她告诉自己应该像以前那样坚强，可她还是控制不了眼泪，不知是为了这突然降临的不幸，还是为了这突然降临的幸福。

她不想让吴晓总看见她哭，有些男人是讨厌女人的眼泪的。她把脸扭向窗外，假意去看街边的树和过往的路人。她说：“吴晓，咱们不过刚刚认识，你没有必要为我过这种生活。我也不愿意承受这份心理压力。因为我也知道，这样的爱是很难长久的，不能长久的事情又何必要去开始呢。”

和她相比，吴晓显得平静多了，像是在协商一件最家常、最普通的事情：“我可以再找个酒吧，我一天可以到两个酒吧去演出，或者可以去三家，有不少地方想拉我过去呢。我可以和乐队里的哥们儿商量商量，这样一来，钱不就有啦？”

林星没再说话，她知道吴晓还有一条路，那就是去找他的那位财富缠身的爸爸。她也知道吴晓是不会去的。她也不希望他去。因为他靠自己挣的钱和对她的爱，已经给了她足够的生存信心。她只能麻痹自己不要去想：这种爱究竟能维持多久。在这个世界上，持久的爱或许是有的，但问题是吴晓太年轻了，他爱她的方式和过程无一不表现出那种只有年轻人才特有的冲动。谁能知道一场冲动的爱最终会有什么样的结局？可谁都知道冲动会使最终的结局大多相悖于最初的热情。

从这一天开始，林星就天天陷落在这种难以逃避的忧患中。有时，幸福也是一种负担，特别是在你本来没资格得到它的时候。所以，两人共处的生活并没能让她彻底摆脱孤独，这种孤独就来源于对未来结局的深刻恐惧中。

在热恋的情人之间，总会有许多激动人心的承诺，她记得吴晓曾放言要带着她去闯遍天涯海角的，这种显然是随口而出的豪言壮语还是哄得林星心向往之，因为她看出吴晓的个性具备了这种浪漫。林星没能看出的是，这个冲动的少年竟然是一个乐于筑巢和特别爱家的人。如果说搞音乐的人都难免沾点儿颓废的边儿，那么吴晓显然就是一个特例。他非常入世并且从不厌烦人生的各种情趣，他对家的概念几乎带了些享乐主义的色彩。除了打扮自己外，他还喜欢花大量的心思和精力去做饭、买菜、收拾房间，并且对用各种小花样装饰屋子有无穷无尽的兴趣。有时他弄来几本旧画报，把里边的风景照片剪下来镶进自制的木头镜框里；有时又弄来几朵干花，到处寻找着盛器和适合于摆放的位置。有一天他竟然带回一只刚刚出生的小鸡，大半天时间都忙着为它做窝和喂食。几天后那鸡雏生病死了，他又郑重其事地在楼外的树下，选了风水掘坑厚葬，还用小木片为它竖碑立墓。林星过二十一岁生日的那天，她去社里取了工资回家，一进屋子就看见天花板上高高低低挂满了各种彩色的气球，数数一共二十一个。吴晓给了她一根大头针，他和她一起叫喊着跳着脚把气球一个一个扎破。气球破裂时发出鞭炮一样的脆响，啪、啪、啪、啪……一共二十一响，响声使小小的客厅充满了苦中作乐的情绪和无忧无虑的气息。他还为她自制了一个生日卡，上面画着一只丘比特的箭穿过两颗心，还画着一男一女两个小人儿互相对话。男的说小星星你今天过生日，女的说我最最喜欢过生日啦！那种童趣彻底地感染了林星，她奇怪自己怎么会在一夜之间突然抵达了自己内心最丰富、最柔软的那个深处。

和吴晓自己干净讲究的穿戴一样，他同时也非常喜欢干净和讲究的环境。林星家的客厅过去作为三个人的公共区域，一向是疏于打扫的。吴晓入住后，情况发生了变化。不仅客厅干净起来，连厨房和卫生间都变得井井有条，一尘不染。开始艾丽和阿欣都感到惊奇和高兴，并在他的感召下，重现女人的本色，个个都分担了部分家务。但她们毕竟都懒惯了，自私惯了，集体意识和卫生习惯对人的约束毕竟不无烦琐，譬如一进客厅就得换鞋，东西和衣服也不能随手乱放，一乱放吴晓必定敲开你的门让你收走，时间一长，怨言四起。看来每件事物都是一样，都有利弊两个方面。

晚上，林星当然不会再让吴晓睡在客厅的沙发上，他们进入了正式的同居时代。林星过去和别人睡在一张床上定会烦躁得无法入睡，而现在每夜他们都相拥而眠。吴晓喜欢林星为他挠痒，说是比自己挠得舒服。林星就给他挠，挠痒成了每天睡前必不可少的功课。林星挠的痒痒几乎是一种按摩的艺术，刚柔相济，张弛有度。吴晓每晚则用一通粗重的抚摸作为回报，而这时候林星就肯定会主动问他："你要吗？要就来吧。"她这样一问吴晓便背过身去，说那哪儿行啊，医生非杀了我不可。林星挠着他的背，诚心诚意地说："你要要我就给你。只要你舒服就行。"可吴晓始终没再像初夜那样进入她的身体。这反倒成了林星的一个隐忧，她真怕他得不到满足会慢慢讨厌自己。她觉得自己必须在性的方面继续对他保持充分的吸引，于是每天不遗余力地花时间打扮和化妆，甚至试着用以前听来的各种方法让他完成生理上的兴奋。这样做很奏效，她自己也没有低贱肮脏的感觉，甚至每次看到吴晓达到高潮时，她的心里也会产生莫大的快感，有一种共振的效果。这一段时间里他们就这样居然过得还挺和谐。

后来她在一本书上看到，从20世纪50年代开始西方就流行了一个突破性的观念：性爱主要不是为了生育，而是为了人本身的快乐。她挺认同的。这个观念让她更加理直气壮地把这种事当作基本的人性和人的生活权利。每当她和吴晓赤裸相向时都会在心里满意地对自己说：OK，我们真的很快乐！

快乐的生活当然更主要是精神上的，是一种无可代替的依托感。每一天，当吴晓出去的时候，林星就会寂寞得手足无措，就会坐立不安地，几乎是数分读秒地等待他回来。她常常在很晚的时候还出去站在街口等候他的身影，哪怕是刮风下雨也一如既往。吴晓每次都心疼地骂她，不许她再去街上等，但她还是去。她喜欢在街口的行人中，看到他终于出现时的感觉。

精神上最享受的，还是在她半躺在床上，拥着被子，看吴晓擦地、做饭，里里外外地为自己忙碌的时候。后来她也让他躺在床上看电视、看报纸杂志，由她来端茶倒水，尽心尽力地伺候着，以此来体味两种享受。被爱是一种幸福，爱人也是一种幸福，滋味各有不同。

幸福确实不是现在人人都趋之若鹜的汽车、房子、金钱和具体的鸡鸭鱼肉，而是一种内心的感觉。她对吴晓的感觉就到了一种迷恋的程度，包括他的缺点。吴晓的缺点主要是太过沉默，但他有时又喜欢争强好胜，争起来甚至不懂得让着女方。有一次睡觉时林星的肚子咕噜作响，她问他听得见吗？可吴晓非说是他自己的肚子响。林星说明明是我的肚子响，我都摸出来了。

吴晓说我也摸出来了，我肚子响不响我还不知道吗！两人争执不下，互相摸了对方的肚子也没分出输赢，最后居然都生了气。别看吴晓不爱说话，林星知道他是有脾气的，他发脾气的时候会暴露出那种浑不讲理的少年式的野蛮，平时是看不出来的。有一次他陪她走在街上，迎面一个三十来岁的男人，说不清是故意还是无意地在她身上撞了一下，撞完了还回头看她。吴晓立即冲上去厉声理论，三言两语之后竟疯了似的大打出手，她拉都拉不住。好不容易交通警察来了他们才松了手。那人眼睛黑了，吴晓鼻子破了，各有损失。她怕再把他们都带到公安局去处理，急急地拉着吴晓就走，埋怨他："打什么架呀，何必呢。"吴晓擦着鼻血叫她住嘴！她就真的住了嘴。毕竟有种受保护的感觉，所以吴晓的犯浑也没让她反感。

无论是亲和还是吵嘴，彼此有同有异，但生活在一起就是快乐的。开始确实有些清苦。后来吴晓果然在另一个酒吧里又谋到了一份演出合同，拮据的状况马上有所缓解。自从陈美小提琴音乐会轰动京城之后，这年头找一个青春少年来演奏一件古老的乐器就成了一种流行时尚。这样吴晓每月就可以挣到五千多块钱了，加上林星的工资和从艾丽阿欣那里拿到的房租，一半用于给林星治病，另一半，供给着他们知足常乐的生活。

有时，艾丽会拉他们出去下馆子，会拉林星到吴晓演出的酒吧里喝一杯鸡尾酒。林星看得出来，艾丽和吴晓之间，彼此都有着些好奇。在艾丽交往的所有的男人中，吴晓是一个异类，在艾丽眼中，他好像不是这个时代的人。艾丽表面上喜欢有钱的男人，但在本质上，却羡慕林星。当然也仅是羡慕而已，并不想仿效和克隆，因为她自己也知道她的本质早已经埋葬在每天夜晚的醉生梦死之中了。

在吴晓看来，艾丽则是一个悲惨的少女。他很认真地问过艾丽："为什么背井离乡出外漂泊？为什么甘于对那些嫖客一样的男人言不由衷？"问得艾丽双泪直流。艾丽告诉他自己过去也有一位像他这样的少年爱人，可那少年最终移情别恋，使她从此以后失望沉沦，失去了好好生活的愿望。吴晓被深深感动了，他的过分的同情心使林星不得不告诫他，艾丽和阿欣在北京实际上是做“小姐”的。这种做“小姐”的人最常见的就是向新认识的男人讲述一个悲惨的爱情故事——一个单纯美丽的少女被负心的男人抛弃，导致对爱情和人生的灰心绝望……既是为博取同情和宽容，也是给自己保全面子。她对吴晓说，别听她们念这套俗掉牙的苦经了，你看她们和那些有钱人在一起吃喝玩乐有多开心，其实她们现在什么都可以离舍，就是离不开这个了。

后来林星就不大接受艾丽她们的邀请了，她隐隐觉得吴晓和她们接触多了并不是好事。直到有一天她去医院做透析回来，一推门看见艾丽和吴晓正坐在客厅的沙发上一起翻看一本画报，艾丽纤细的涂了玫瑰色指甲油的手正搭在吴晓的肩头，而吴晓正迷恋于画报上的一位金发碧眼的外国女歌手，对艾丽得寸进尺的亲昵浑然不觉，让人占了便宜还看着林星傻笑呢。林星脸都白了，她知道是到了该请这两位小姐搬出去的时候了。

当天晚上吴晓一走她就叫住了也要出门的艾丽和阿欣。她提出了收回房子的要求。艾丽和阿欣当然感到突然，问她是发财了还是变着法地想要提租。她力图委婉地解释：“我生病了你们都知道，医生说这种病要有一个安静的休息环境……”艾丽和阿欣说我们一到晚上就出去了，常常是在外面过夜，我们怎么吵你了？林星只好换一个理由，她说：“我和吴晓，你们知道的，肯定要同居一阵子，再和你们住在一起就不太方便了。”可艾丽和阿欣还是异口同声：“当初我们提出房租一个月一交，是你非得要求起码交一年的。现在半年刚过你就要赶我们走，打官司你也输着理呢。”谈了半天谈不通，大家面子上都闹得有些不开心了。

没办法，她们不走只能自己走。林星第二天便拉着吴晓看着报纸上的广告去找房子。租房单住是吴晓早就提出过的想法，当然他一百个赞成。他们非常投入地，甚至带着几分幸福感地在城区各处一家一家地看房，与房主讨价还价，偶尔他们自己也发生争执。看房使吴晓有机会去想象和设计未来两人世界的生活空间，他喜欢这个。而林星更关注价钱和地理位置是否合适。两人的争执通常就发生在各自侧重点和出发点的不同上。最后幻想总是让位于经济现实——有多少钱、离单位远近等。而林星作为记者的善辩本能和吴晓天生的沉默少言也使两人的争执不可能势均力敌，一方占据优势有利于尽快形成决议。到了晚上一回家他们就开始收拾东西，并且开始商量如何把这间即将搬出的卧室也尽快地租出去。

他们选定的，是扬州胡同里的一幢孤楼。有一个一房一厅的老旧的单元。不带家具，没有电话，但有煤气和暖器，位置适中。他们正好不想用别人的家具，睡别人的床该多别扭啊。没有电话也不要紧，他们要找的就是这种大隐于市、离群索居的感觉。以前吴晓是有一部爱立信手执电话的，可惜和父亲吵架离家出走那天忘记带出来了。

新的家给人以新的生活激情，家具的摆放和空间的利用都经过两人兴致勃勃的讨论，力图在一共二十多平方米的狭小空间里弄出多种情趣和意境。首先，他们决定把墙壁粉刷一新，最初吴晓大胆地主张刷成红色，把林星吓了一跳。红色代表危险，也过于刺激，人在屋里待一会儿非头晕不可。可吴晓说红色意味着浪漫，象征着勇气和信念，能提高生活的兴致。林星发现他选择颜色的动机常常不自觉地出自于音乐的理论和感觉，有点儿太艺术化了，而家里的颜色总不能过于夸张吧。于是她坚持并最终决定将客厅刷成淡黄色，将卧室刷成浅蓝色。

黄色同样会使人欢快和振奋，而且是一种与太阳联系最为紧密的颜色。蓝色主安静、很清纯，也能唤起大自然的气息，使你联想到天空与海。但考虑照顾吴晓的情绪，林星和他一起去商场选了一块紫红色的布料做窗帘，以满足他的红色情结。那布料很便宜，色调却恰到好处。林星和吴晓都很满意。无论从心理学还是从音乐的概念上，紫红色都是一种具有内省功能的色彩，又有点儿罗马式和宗教式的华贵，同时兼具了视觉上的芬芳。

在家具摆放的大的布局上，林星同样比较坚持己见，而小的摆设方面，则放权给吴晓，尽管他对有些地方的装点并不合林星的心意。比如他在墙面上挂了太多的外国音乐明星的笑脸和酷脸，弄得整个屋子的主题过于明显。在林星看来，家居的主题可以选择某种色调和气氛，如温馨、如夏天、如怀旧，等等，而不应突出某种职业偏好，如音乐。何况林星隐隐地，对音乐有种天然的醋意。她觉得能与她竞争吴晓的，肯定不是艾丽那类风情万种但没多少内涵的女孩，而音乐的魅力，则永远存在。但是看到吴晓在挂那些画片时的兴高采烈，又不忍扫他的兴。她喜欢看吴晓快乐的样子，希望吴晓能在这个属于他们两人的小小的天地里，找到主宰的感觉。更何况吴晓对音乐的那份热情，毕竟不会冷却，一时难以离间。

乔迁新居让人有了不同以往的心情，林星的病情也渐渐趋于稳定。她开始把一直搁置的关于长天集团的稿子拿出来，按照主任的意见着手修改。她还给远在吉海的那位陪同她采访的年轻人夏卫华去了一封信，希望他能再提供一些资料，好能反映出吴长天以德服众，注重个人和企业的道德形象，形成企业凝聚力的事迹。夏卫华很快回了信，资料提供得很可怜，只讲了吴长天的一些治企格言，事例方面则无多少补充。但是夏卫华用了大量篇幅，回顾了他和林星在吉海相处的日子，并说他给她去过数信都因地址不对退回去了。夏卫华在信中还告诉她一个消息：他已经辞去在长天集团的工作，准备去美国念书了。他在美国有一个中产阶级的舅舅提供了入学的资助。他希望在他去北京办签证的时候，能见到林星。

林星没再给他回信。她和夏卫华就属于从不同的方向来，到不同的方向去，只在中间的交叉点上汇合了短暂瞬间的人，如果彼此的感觉不错，多少年后天各一方，也许还能互相回味一下。

除了继续修改那份稿子，继续按部就班地治病之外，林星主要关心的，还是眼前的生活。他们原来在静源里住的那间屋子也租出去了，是艾丽和阿欣自己租下来的。她们不愿意再让一个陌生人住进来，于是每人加了三百块钱，把这间屋子做了公用的储物室。她们到林星和吴晓的新居来参观过一次，对他们布置的每一处小情小调都赞不绝口。特别是艾丽，眼睛里流露着嫉妒的酸劲儿。不知是不是因为这种心理，她悄悄地把林星拉到一边，问她和吴晓的感情到底牢固到什么程度了。林星当然毫不犹豫地说牢不可破！艾丽说那就好。话里有话似的。林星问怎么了？艾丽说没什么，我最近在酒吧里看见他总喜欢和一个女孩儿在一起，一起来一起走，出双入对的。听说那女孩儿是个音乐迷，这一段主要迷的是萨克斯管。

林星完全可以把艾丽的话当作女人的长舌短见，甚至，可以当作蓄意的挑拨。但艾丽最后的这句说明击中了她，让她的心一下子提了起来。能拉走吴晓的是音乐而不是女孩，但如果女孩和音乐结合起来就有点儿可怕了。她越想越疑心，因为一连好几天了，吴晓整个下午都不在家待，晚饭也说是和哥们儿一起吃了。他通常每晚十二点就完全可以回到家里，可最近有两天直到凌晨三点才回来，说是被朋友请去吃夜宵。她知道经常有一些欣赏他的大款和富婆拉他出去吃饭，认他做干儿子。林星始终认为吴晓是人在江湖逢场作戏，对此一直掉以轻心。她早该想到会有一个年轻的、美貌的、对音乐一往情深的女孩儿，出现在这个音乐王子的身边。

艾丽和阿欣一走，她就迫不及待地向吴晓核实情况。她问："最近是不是有个年轻女孩儿当了你的乐迷？"吴晓疑惑地皱眉："什么时候啊？你说哪个呀？"林星更生气了，吴晓的口气听上去这类乐迷还很多似的。林星强调："年轻的那个，最近！"吴晓反倒理直气壮："年轻女孩儿都挺喜欢我的。"说得林星哑口无言。是的，就像男孩子都挺欣赏陈美一样，很正常。林星承认，吴晓无论是相貌还是吹萨克斯管的风格，都很偶像，身边有些追慕者确实不足为奇。她这样问问，看不出破绽，也就过去了，但心里还是埋下了一些没能释放的悬疑。

由于有了这些悬疑，林星在很多细微之处开始有心：她开始注意吴晓的言谈举止；晚上更多地打电话到他演出的酒吧，和他聊上几句，然后分析他的腔调语气。后来，发展到在他回来后，偷偷翻他的衣服口袋，看有无可疑的东西。终于有一天，吴晓夜里三点多钟才回家，她问他干什么去了，回答照旧是朋友请去吃夜宵了。她问什么朋友？男的女的？干什么的？他说一大帮呢，非拉我去。她问在哪儿吃的？他说在哪儿在哪儿。等吴晓答完了上卫生间，她就去翻兜，结果在兜里翻出一张当天某餐馆的发票，从金额上看，不过是两个人吃饭的数量。林星终于无法平静了，等吴晓从卫生间一出来正要往床上倒的时候，她把这张罪证摆出来：喂，这是什么，啊？吴晓的脸一下子红了。这一红把事实澄清得无可争辩。半夜三更，林星一个人跑出来，她跑出他们温暖的家。她受不了看吴晓那副张口结舌的样子，那样子让她觉得天塌地陷。

走在街上，街上无人。冰凉的夜气包围着她，偶尔有高速夜行的货车呼啸而过，像是带走了一切轰轰烈烈的东西，只把她单独留在荒凉的身后。她盲目地走，觉得万分恐惧，万分绝望。她的生命和灵魂，一下子都悬空了，生活一下子残酷得了无意趣。她活了二十一年至此才尝到心碎的滋味，她无声地哭，哭得五脏六腑都剧痛起来。她甚至不像其他女人，还有娘家可回，她除了吴晓一无所有。

吴晓追上来了。他追上来本身已使她有了原谅他的念头。他还是那么拙于辞令。他陪着她走，把自己的外套脱下披在她的身上。她突然站下，突然抱住了他，她说我爱你呀，我爱你呀，你不要离开我不要离开我吧！

吴晓也抱了她，他说放心啊我的小星星，我们永远不会分开的，你干吗不信啊！后来他们就一直这样紧紧地一声不响地抱着，后来他们就相拥着回了家。

后来吴晓向她避重就轻地坦白了事实，承认了错误。确实有一个女孩，说女孩其实也不小啦，比吴晓大了五岁，喜欢他的音乐，总来捧场，听得如醉如痴，并且请他吃饭。一个男孩子，不愿意总欠女人的情，所以这天那女乐迷请他吃夜宵时吴晓执意结了账。尽管吴晓的坦白在林星听来，解释多于检讨，有些矫情，有些不够过瘾，但事实基本陈述清楚，也就是这么回事了。林星也暗地里自认为自己虚惊得有点儿夸张了。她那几天用种种缠绵和加倍的温存，表达了心中的歉意。难怪听人说，有时候爱人之间的争吵反而能加强两个人的感情，至少他们之间就是如此。

生活又恢复了快乐的常态。这种快乐是基于发自内心的对对方的专注。吉海的夏卫华到北京的美国大使馆办签证时，呼了她好几次，想见她，她都没有去，甚至电话也没回。她把对吴晓的忠诚也看作是一种快乐。因此有些过分地一丝不苟。然而疑心依然是她生活中的最大苦恼。她照样天天忍不住偷翻吴晓的衣兜搜寻物证，都成了习惯了。甚至还悄悄地跟踪过他。但跟踪看来没受过训练是不行的，总是跟到一半就找不见人了。而且跟踪毕竟需要高额的成本，打面的跟不上，打桑塔纳又太贵。她只跟了一两次就放弃了。后来她偷着抄了他的电话簿里的一些可疑的女人名字，跑到街头公用电话一个一个地拨过去，有女人接她就说请找一下吴晓。对方有时会说你打错了，但多数会问：你是谁呀？她就想办法编出一套说辞来，套出对方的身份，以及和吴晓的关系。通过这种阴谋诡计式的侦查调查，她把吴晓电话簿上的女人逐一进行了排队摸底，大部分排除了嫌疑，少部分面目不清的，也未能抓到什么真凭实据。

在她自设的战场中，吴晓是一切战斗的唯一目标。吴晓在家时，她最爱问的话就是：“你和我在一起觉得幸福吗？”吴晓当然说：“幸福。”林星就压上一句：“就没见过比你再幸福的人了！”吴晓有时累了叹口气，她也要盯问：“你跟我在一起总叹什么气呀？”吴晓就解释说：“没有啊，我就是呼口气。”她就说：“我明明听到你是叹气嘛！”爱一个人爱到这个份儿上对双方都是一种折磨了，更何况她搞的那些地下活动吴晓还浑然不知呢。每天他们看上去还是那么和谐美满的样子。早上林星要是不用去社里坐班的话，可以和他一起睡到十点甚至十一点钟，然后一起起床，他做饭她写稿子。或者她做饭他在窗前的阳光下吹萨克斯曲。他的旋律总能让林星在自由的联想中进入一种诗意的顿悟。而他吹得最多最好的还是那首《天堂之约》，吹得凄婉动人，让林星切菜时都心驰神往割破了手指。

她不知道自己变成这样究竟是喜是忧。她本来以为自己是个并不需要男人的女人，是一个冷静的、独立的、对一切都能看开的、没有什么不能承受和适应的女人。因为她没有父母、没有兄弟姐妹、没有任何至爱亲朋，她不这样就不能生存。她的内心从来都是骄傲的、自信的、不依赖任何人的，可现在怎么会变成这样，连听到吴晓的BP机响，都要抢过来看，看是谁呼他。如果是某某女士她的心就会提起来，就会咚咚直跳。她也知道这样做只会招致反感，可还是忍不住要盘问到底：她是谁？干什么的？怎么认识的？找你干什么？她甚至会疯狂到陪他一起出去回电话，直到听出来确实没什么才能神魂归位。她控制不了自己了。她有时也想退回到同居以前的心态上，对吴晓持一种可有可无的无所谓的态度，以拯救自己。可那都是一种自欺，理智无可挽回地变得不堪一击。特别是吴晓不在家她独守空房的时候，她等着他无心做事无心写字的时候，她就会无声地呼喊：我真的真的离不开他啦！然后她能默默地听到自己内心的回音。那真是一段让人忧心忡忡也让人幸福不已的日子。

她闲的时候，艾丽和阿欣仍然不时地呼她，约她到酒吧去聊聊天或者给她介绍一些民间的郎中和古怪的偏方。她们认识很多有钱的男人，自己于是也渐渐地见多识广起来。林星并不想脱离现在的治疗方案，现在也还不到病急乱投医的时候。但她对她们提到的一位在潭柘寺禅隐的杏林高手有些心动，因为社里一位老编辑也提过此人，说是对肾疗极有心得。她让艾丽、阿欣托她们的朋友替她约诊，一直未有回音，时间久了林星倒也可有可无地忘记这码事了。

通常男人们认为最麻烦的事，恰恰是女人共同的乐趣。艾丽和阿欣更多的是约她出去做头发。她们和一些流行发廊的大工很熟很熟。她们带着她去，艾丽和阿欣付费做全套的剪洗吹和更加烦琐的美容，然后让大工为林星免费剪洗一下。做头的时候她们会聊起吴晓，问吴晓现在对她怎么样，是不是一如既往。林星有时就装出淡淡的样子，说吴晓其实只爱他的乐队，对女人也就那么回事吧。她们问那他挣的钱是都交给你还是自己留着你们各花各的？对这个问题林星则照实说："他交给我，用钱的时候再跟我要。"她们点头说那还行，不过你们也没多少钱。林星倒一点儿不觉得尴尬，她的语气谁都能听出带着一种幸福的知足和真诚："钱多钱少无所谓，关键是两个人对钱的态度，我最讨厌为了钱打架的那种。"

阿欣问："你们家东西都谁买？"

林星答："谁都买。他买得多一点儿，因为他做饭多。另外他喜欢装饰屋子，总喜欢买些小玩意儿回家挂上。我一说别买这些没用的把钱都浪费了，他就说我没情调。"

艾丽说："你干吗不劝他回去找他爸爸，他爸爸不是号称中国首富吗？"

林星笑笑："我从来不介入他和他爸爸之间的事。再说他爸爸也就是个大型国有企业的领导，又不是私人资本家，谈不上首富不首富。"

说到吴晓的父亲，就说到了长天公司，说到长天公司，就说到了刘文庆。阿欣问林星："你知道刘文庆这回赔惨了吗？他买了一大笔长天集团的股票，结果他刚一买就跌了。他没法子又放血往外抛，结果他刚一抛又涨了，一上一下，赔了几十万。那钱是他找好几家借的，还有他嫂子家的钱。据说他嫂子为这事都快和他哥离婚了。"

提起刘文庆林星还是挺关心的：“你们最近见到他了吗？”她问。

“他前些天还来找你来着。他出这事以后人都变样了，你是没见，见了能吓你一跳。胡子都不刮，跟从大狱里刚放出来似的。我们说你搬家了，他问搬哪儿去了，是不是为了躲着他，我们说那谁知道，你得问她去。”

“你们告诉他我现在住的地方了吗？”

“没有，我说我们也不知道，你呼她吧。”艾丽说，“前两天还来了一个男的找你，留了一个电话。我忘带来了，说想约你见面谈件事。”

“谈什么事？”

“他没说，就说让你有空可以给他回电话，你回吗？”

林星想了想，一时想不出会有什么人找上门来约她又不留姓名。于是对艾丽说：“你们帮我回电话吧，问问他是谁。我要是跟他见面的话，你们得跟我一起去，万一我让人绑架了，好有人去报警啊。”

艾丽说好，又说：“估计是个色狼，绑架你不可能是为了劫财，你有什么钱呀，那只能是劫色了。这人肯定在哪儿瞄上你了，或者以前受过什么刺激。”

林星笑道：“要听出是色狼的话就别叫我了，对付色狼你们更有经验。”

这一天的晚上艾丽又呼她，告诉她已经帮她约好了那位在潭柘寺隐居的老中医，约了第二天前往拜谒。那老中医经了一些肾病患者的口碑相传，又加上退隐禅林的传奇色彩，在林星未曾谋面的印象中，已飘飘然带了些仙气，令人不由得心向往之，所以林星在电话里对艾丽的帮忙很是感激了一番。

第二天一早艾丽叫了出租车来扬州胡同林星家接她。扬州胡同说是胡同，实际上是一条旧式的小街，可以开得进大卡车的。这种基本上没有大改造的小街在北京大概不多了，还保留了不少旧清、民国和“文革”前的建筑痕迹，因此常有些探幽寻古的老外来此猎奇。艾丽来时林星已经等在街口，阿欣说要借光去拜拜佛，也一起跟来了，三人同车而往。路上艾丽告诉林星，昨天晚上那个想约林星见面的神秘男子又来电话，问是否已经找到林星。艾丽恶作剧地给那位估计是“色狼”的人出了道难题，她告诉那人林星只在明日有空，真有事要谈的话可去远郊的潭柘寺一晤，上午十一时半，过时不候。

林星嗔笑：“你干吗耍人家。也许人家真有正事。”

阿欣说：“要我估计，肯定是你妈以前有个谁也没告诉连你都瞒着的秘密情人，现在要来认亲呢。要是那样的话再远他也会不辞辛苦地赶过去的，你放心吧。”

林星拧了阿欣一把，说：“你这不是转着弯儿的骂人吗！”

阿欣倒是一脸神往，希望这是真的。林星不清楚她是不是看过类似《雾都孤儿》这种文学作品，虽然身在风尘，心里却老在为自己编着些浪漫的故事，常常幻想甚至盼望着自己也能有一段不为人知的神秘身世。她最喜欢把自己想象成一位沦落社会底层的贵族后代。

出租车在崎岖辗转但风光秀丽的山路上盘桓了两个小时。城里已是初夏，但山区却还有些清凉。山谷里的颜色还留着春天的气息，一派花团锦簇，肥红瘦绿，是城里全然见不到的风景。从汽车的窗外吹来的干干净净的山风，沁入林星身体的每一个细胞，一切疾患仿佛都在瞬间挥之而去。她想今天即使不能见到那位皈依佛门的神医也算不虚此行，她想说不定她的病全是城里污染的空气造成的。

她们终于到了潭柘寺，未拜佛先去寺院后的一排平房中拜谒医生。医生是见到了，其形象俗常得像是个最普遍的街道干部，与想象中的仙风道骨大相径庭。看病问诊的过程也简单得近于潦草，胡乱问几句兼带把脉开方加起来不过五六分钟。出来时艾丽和阿欣都替林星表示了失望与愤慨，林星此行已有所得反倒不觉上当受骗。

三人转到前边，嘴上都说今天来此本是拜佛许愿为主，聊以自慰。还未踏入山门，忽见路边售卖佛香法器山珍水果的小贩们纷纷扬头侧目，她们便也举目看去。看见两辆漆黑的轿车沿着右侧高僧塔院的暗红粉墙徐徐而来，在寺前的青石台阶下停住。从前边一辆奔驰轿车里，下来几位西服革履的男子，其中之一艾丽眼熟，惊叫一声：“哟，他还真来了！”林星也认出了此人，原来是她在吉海见过的长天集团行政部的老总李大功。后面一辆奥迪轿车的车门旋即打开，缓缓下车的，是一位身材高大，面目慈祥的人。艾丽和阿欣只顾和李大功说话，和这人四目相对的，只有林星。

八

吴长天与林星走进潭柘寺塔院时太阳正值当午。参天的松柏和茂密的银杏疏懒地闪动着厚厚的枝叶，把细碎的阳光在泥土上筛得眼花缭乱，荫庇着初夏湿润的潮气。很久以前，吴长天曾经在一次心力交瘁的时候，一个人悄悄来此散步。在这依山而建、深不见首尾的塔院里，几十座历代高僧的塔墓静静地守望了千百个春夏秋冬，泥土和松柏的芳香沁入大彻大悟的历史玄秘，使这里成为一处凝神养气和低头思过的佳境。

儿子的负气出走不过是一时任性，若放在以前吴长天并不会挂在心上。可人一到五十岁，自然有了迟暮之感，对很多事情的反应开始有了老人的心态，过去一向不大理会的那些儿女情长的事，现在也会突然触动某根神经，引来一阵伤感。他觉得儿子是自己身上的一根骨头，被人猛地抽走了，心里老是感到塌了一块，有些疼痛难忍似的。

儿子为情出走，在那天那种场面下，对梅启良一家当然是难以交代的。梅启良本人还好，毕竟是高层领导干部，笑笑也就过去了，甚至还说了些

"孩子们的事，让他们自己处理去吧，我们不要为他们瞎操心"之类让吴长天下台阶的话。但梅珊和她母亲仿佛受了刺激，直到走时也依然一个泪痕未干，一个面带微愠。吴长天好事没有办好，也只能这样尴尬收场了。

开始几天他心里确实有些生儿子的气，在匆匆赶回吉海开完了长天实业股份公司的董事会之后，他又忙于界定公司产权的一系列法律、财务的论证工作，暂时把这件事抛到脑后去了。

不记得哪一天的深夜不眠，他突然又想起了儿子，算不出有多少天杳无音讯。继而想起死去的妻子，想自己一生拼搏，到如今竟有点儿妻离子散的味道，让人心里酸酸的欲哭无泪。早上起来，他马上吩咐人去寻找儿子，到中午他就得到了不好的消息：那位年轻貌美的女记者，已经带了他的儿子离开她以前的住所，不知私奔到哪里去了。

他本来想，找到儿子，告诉他，别再躲躲藏藏了，别再和爸爸赌气了。儿子执意要做的每件事，包括过去退学去吹萨克斯管，也包括现在找一个不合家里意的女朋友，做父亲的即使反对，也无能为力，他用不着再躲藏着不和父亲相见。但是，当他听了心腹干部李大功汇报的情况之后，他本来打算要对儿子表示的这个态度，一下子又变得犹豫了。

李大功说："吴总，这个女孩子现在得了重度的肾炎，已经在医院做上透析了。这是尿毒症的前奏啊，得了尿毒症一拖就得是多少年，就是最后不死，可能也生不了孩子啦。吴总，不信您可以找个医生来问问。"

吴长天脸上有点儿变色。他是唯物主义者，年轻时共产主义的信念曾经那么牢不可破，但是人一老，内心里最真实、最自然的念头，还是不想断子绝孙。吴家如果到他这一代就绝了根，好像对吴家的前人、对妻子，都没法交代，好像自己真的前世造了什么孽似的。

李大功见他面色如土，就住口不说了，但在表情上，还分明留着不吐不快的痕迹。吴长天盯问："还有什么？"李大功欲言又止，吴长天厉声再问，他才说："吴总，这个女孩跟上吴晓，非把他带歪了不可，而且，传出去名声也不大好啊。"

吴长天一怔："什么名声？"

"这女孩听说是常常泡在酒吧和夜总会那种地方的，我有些做生意的朋友在那些地方常见到她，我说句难听的话吧，搞不好她以前是个'鸡'！"

吴长天心里大惊，面上强忍着没有失色，他几乎像是为了自己和自己的儿子在辩解："不会吧，她是个大学生，是个记者嘛，不会是那种人的。"

"老板，您大概看报纸从来不看那些社会新闻吧，现在有多少女大学生，女研究生干这种事啊，都不新鲜啦。"

第一件事，吴长天可以从道德出发，不嫌弃一个患病在身甚至影响生育的女人走进他家；第二件事，吴长天可以当作李大功的道听途说，缺乏真凭实据，不足为信。但两件事加起来，吴长天对儿子的态度，再度变得强硬起来。

此时，他和这位确实他不能接纳的女孩儿，走在这肃穆幽深的塔院里，揣摩着彼此的沉默。密密的树枝遮盖了蓝天，四面都笼罩着撩人魂魄的新绿。谁都知道绿色象征着生活和生命，总是能把许多不协调的色调统一起来，是一个和解的角色——至少此时，对吴长天的心情起了镇定的作用，使他在面对眼前这位身心据说都有些不那么健康的女孩时，保持了一种达观的敦厚和持重，语气谆谆："如果我没记错的话，这已经是我们第五次见面了吧，我们应该算是彼此都很熟悉了，我们有什么话就直来直去地说，你说好不好啊？"

女孩说："好。"

女孩大概认为他马上会说出什么尖锐的话来，所以面目显得有些紧张严肃。但他没有。

他只是关心地询问了她的身体："你的病，现在怎么样了？"

女孩一愣："您怎么知道我有病？"

他看着她那张疑惑兼带惊讶的脸，说："有病不是丑事。有病就要正视它。特别是这种病，搞不好……"他险些下意识地说出"搞不好会送命的"，但幸亏收住，调整为，"搞不好会很顽固，很麻烦的。"

也许是因为说到病，也许是因为他的这个虽然婉转，但不无蓄意的告诫，女孩脸上显出几分激动，声音也有些发抖："谢谢您关心了，我的病我会当心的，就是治不好，不过一死。您不用为我担心。"吴长天沉吟着，一时没想好该如何改善两人之间从一开始就有些不大对头的气氛。他说："你这么年轻，就得了这种病，我听了以后还是很着急的。不管你需要不需要，我还是很希望能为你做点儿什么，你现在需要钱吗？另外我可以帮你转到一家好一点儿的医院去。"

女孩站下了，仰着脸看他："不必了，吴晓现在照顾我很好，有了他我觉得什么病都不可怕。"

吴长天停顿了一会儿，有点儿接不上话。似乎仍未斟酌好该怎样把他要表达的意思，委婉地、明确地、不伤害对方地表达出来。关于肾病的一些知识，他来以前是问过医生的，于是他说："你有乐观的精神这很好，但病总还是病。治这种病最重要的条件，也可以说是唯一的条件，就是钱。这个病再发展下去恐怕你每天都得去做透析的，不做就会呕吐，甚至昏厥，再下去就必须换肾，换了肾还要继续透析，还要吃各种药，没有几十万甚至上百万的钱压上去，是治不好这个病的。但只要有了这个钱，这个病是完全可以治好的，至少生命可以保住。像你这样一位年轻的女孩子，碰上这样一件生死大事，可真的要好好地对待它。"

女孩儿低了头，像在想什么，片刻之后，抬头看他："吴总，我能问您一个问题吗？"

吴长天点头："问吧。"

女孩说："您现在为什么这么关心我？"

吴长天环顾四周，目光从一个个斑驳残损的石塔看过去，然后答道："没有为什么，佛教不是讲究'无缘大慈，同体大悲'吗。一个人有了不幸，所有人都应当同体慈悲，不一定和他非有什么缘由。难道你不相信人都是有慈悲心的吗？"

女孩儿目光炯炯，毫不修饰地说："我们都是凡夫俗子，没有无缘无故的恨，也没有无缘无故的爱。您的慈悲心，是为了您的儿子吧？"

吴长天对这女孩的尖锐不无惊讶，他明智地点头，说："你说得也对。咱们中国人虽然都喜欢拜佛，但骨子里，其实还是儒家的那一套伦理纲常：君臣父子，三从四德，爱和恨都是因为互相之间有某种关系。你分析得很对，符合人之常情。我关心你，很重要的一个原因就是我爱我的儿子。"

女孩冷笑了一下，逼问了一句："您不是不赞成吴晓跟我好吗，干吗还要因为他而关心我？"

吴长天稍微犹豫，索性以同等的直率，说了那句最关键的话："我关心你，是出于另一种关系。"

"什么关系？"

"交换的关系。"

女孩的语言一下子哽住了，她逼着他直率，但他直率了她又难以承受。她半天才抖抖地问："您要交换什么？"

"你还给我儿子，我保你的生命。"

女孩和他四目相视，几乎不敢相信他们之间正在进行的，是这样一场关于生死的严峻交易，她的泪水突然充满了眼眶，可脸上却笑了，笑得很惨，她一字一字地，含泪念道：

"生命诚可贵，爱情价更高……"

吴长天打断了她，他用一种理解的口气说完了自己的态度：“我知道，吴晓喜欢你，你也喜欢他，我不应该干预你们年轻人的自由。可我也请你谅解，吴晓的母亲去世以后，他是我唯一的亲人，唯一的后代。做父母的，都是为了孩子好，不光是希望他有爱情，也希望他今后一辈子都能幸福。爱情毕竟是很短暂的，而人的一生就太漫长了。希望你能谅解我这个做父亲的，用这种方式来和你做交换。以你现在的实际情况，确实不适合急着和人谈恋爱结婚，你第一位的任务应该是治病，你应该好好活下去，如果你的父母还在的话，他们也会赞成我这句话的。对一个人来说，生存永远是第一位的！”

女孩的眼泪终于滚下来，她的声音却变得坚硬起来：“为了生存，就可以抛开爱情，抛开信念，抛开良心吗？”

吴长天几乎无言以对，也许他是太残酷了，逼一个女孩用自己宝贵的生命，用没有任何东西能够代替的生命，来交换一份说不定是刻骨铭心的爱情。也许是太残酷了，但一切都是合理的，他表面上的无情，本质上是一种理智。他们这样下去，对双方都不会有好处。可惜他没有心思来辩解女孩的质问，只能叹息着维护自己的立场：“这不是书本，这是生活，很现实的生活……很漫长的生活。”

女孩泪如雨下，泣不成声：“我爱吴晓，我爱他，我死了也爱他……”

她身心交瘁地掩面跑开，吴长天在她身后抬高声音：“你真爱他，就请为他考虑一下吧！”

女孩没有停下来，脚步反而更快了，但从她踉跄的动作上，他知道最后的这句话，显然击中了她！

吴长天是独自一人跨出这座空寂的塔院的，身后松柏和银杏的华盖细密地摩擦着，使得风声如泣。他目光冰冷地径直走向自己的汽车，甚至没有看到在车尾处正与两位时髦女孩聊天的李大功。随行的秘书为他拉开车门。李大功看到老板沉闷的脸色，未敢多问，也匆忙上车，两辆车一齐开动。吴长天这时才听到身后不知是哪个女孩略显粗俗的喊声：

“嘿，我们那人上哪儿去啦？”

…………

这一天晚上，吴长天在钓鱼台饭店宴请由日本山田株式会社的代表取缔役山田一雄率领的江汉油气码头工程项目的谈判团。他正襟危坐于主位上，杯觥交错，谈笑有度，几个小时前在潭柘寺塔院里的心情，已不见半点儿痕迹。他完全懂得事业和成就是一个男人构筑自我的基石，个人感情和儿女之事则必须拿得起放得下，不可缠绵。盛宴之后，他又和日方的决策人物山田一雄小范围地会谈了一个多小时，将双方合作的基本条件互相交了交底。主宾分手离开饭店的时候，已经是晚上快十一点钟了。集团的副总裁郑百祥说有事要谈谈，与他坐了一辆车同路回家。

路上，他们先是继续聊了几句这个项目，然后郑百祥说到集团下属的特种材料公司的总工程师昨天患脑溢血去世，几个亲友闹着要求按因公死亡对待的事，问吴长天听说没有。吴长天表态说：“听说那总工程师是下了班和几个同事一起喝酒的时候发病死的，家属非说他是利用喝酒吃饭的机会在做同事的思想工作，这样来算因公死亡太牵强了。这样算以后还会有连锁反应，而且肯定让人笑话。还是按普通死亡算，他的追悼会，我可以亲自去参加。”郑百祥点头称是，说原来只安排人事部和工会的头头去的，如果集团的一把手亲自送葬，他的亲友也该知足了。

说罢此事，郑百祥话锋一转，又关切到吴长天五十大寿的安排，说这个生日可要好好过过。他对吴长天表示：“吴总，这件事你就给个原则，具体的都由我来操办好了。”郑百祥的热心和诚恳，包含了很多意思，既有副将对主帅的尊敬，又有多年挚友的情分。吴长天是完全心领神会的。但是因为儿子的事，吴长天过寿的心情大减特减。在郑百祥的面前，他并不掩饰内心的沮丧。

“算啦，现在公司的经营形势也不很景气，庆寿这类事不合时宜，等六十岁的时候再说吧。”

郑百祥不以为然，还是极力怂恿：“半百之寿，绝不可省。你为长天集团呕心沥血这么多年，建功立业咱们都没怎么庆祝过，这回大家也是想借这个机会，热闹一下。既是你的吉利，也是我们大家的吉利，绝不能省，绝不能省。”

吴长天沉默了一会儿，兴致依然没有。但郑百祥的意思，是把做寿当作一个象征，主旨是借此形式，将长天集团的重臣和元老集合起来，鼓舞士气和增加凝聚力，一举多得。要是过去悟到这层意义，吴长天自会当仁不让。可现在，他想，还是算了吧，总不能一辈子都把个人的生活心情去服从集体事业的需要啊。再说，长天集团的产权问题到现在悬而未决，今后还不知竟是谁家之天下呢。如果真有被扫地出门的那一天，还要今日这番虚荣做什么？

但郑百祥下面的话又让他转了念：“吴总，梅启良下月就要到北京上党校学习了，可能是提职进省委常委的前奏吧。我们这次从吉海来的时候，他还问过你的生日是在北京过还是在吉海过，要是在北京过，让我们通知他。”

吴长天思索一下，终于点了头，说：“那这样好了，我们小范围地聚一下。请上梅书记，你也参加，叫上集团最老的几个人。也不用到外边去，就在京西别墅里，我请大家吃顿饭，聊一聊，就可以了。”他的口气是决定式的，郑百祥也就点头赞成：“也好。”他说，“梅书记的夫人和女儿要是不来的话，倒是可以让李大功找几个年轻的女同志来，陪梅书记跳跳舞。我知道你是誓死不跳舞的，梅书记可上瘾，请几个年轻小姐来气氛好。”

吴长天无可无不可地笑了笑，说：“年轻女孩子，李大功认识得多。”

提到李大功，吴长天脑子里突然闪过一个恶念，这几乎是他一生中从未有过的一念。李大功三教九流无人不识，他吴长天贵为工商巨子，与其暗自屈从一个小小的女记者的任性，默不作声地忍受这份夺子之痛，不如让李大功找几个社会上的朋友，用一点儿下层老百姓的手段，教训教训她，让她也知道知道世俗的道理，也为自己的自私行为付出一点儿代价。他这样想着不禁有几分出气的快意。可心里也知道只是想想而已。

每个人都有赌气的时候。人兽同源，每个人在灵魂深处都有些下作的念头隐匿着，只有自己知道。吴长天不知道的是，假使有什么人或者什么事确实把他逼急了，逼到你死我活的那一步，他会不会也能变得冷酷无情、不择手段。

九

从公开的女权主义者和潜在的独身主义者转变为爱情至上者，林星自己也难定义这究竟算是信念的弃守还是生活的觉醒。她可以肯定的，只是这个转变实际上就是把自己的一切——独立、毅力、信心——一一交出的过程。剩下的只有依赖和对炽爱终将归于平淡的恐惧。

在逃出潭柘寺塔院之后，她在山侧的一片深深的竹林中躲藏了很久，她不想见到任何人。艾丽和阿欣大声呼喊着找到她，并用出租车把她送回家时，已经是那一天的黄昏。客厅里被漆成淡黄色的墙面上，夕阳显得有些刺目，吴晓正在卫生间洗脸擦油地收拾自己，从那被发胶浆得极其有型的头发上，可以猜到他正准备外出。林星进门时他的眼睛甚至没有离开镜子，只是随意地问道："你见到那老中医了吗，怎么去了一天？"林星坐在沙发上没有回答，仅仅欲言又止地应了一声。

吴晓从卫生间出来了，说："我们有几个朋友要聚一聚，我得赶快走了。"

林星看他，她有很多话想在此刻对他说，可他行色匆匆。她已经很久没见到他如此精心地打扮自己了。以致让她无端地联想到他过去每晚都乐此不疲的那种要求，也有多日没再来过。由此她竟突然有了一个重大的醒悟，她其实早该意识到的：最有可能夺走他们现在的幸福的，不是吴晓的爸爸，而是他们自己。

她压抑着不安，掩饰着怀疑，问："你上哪儿去，和谁聚？"

"几个过去的朋友，你不认识的。"

吴晓像是想起要带什么东西，手忙脚乱地跑进卧室里翻找。他的口气那么敷衍，甚至对为什么不带她去都不做一句解释。她坚持问："你们去哪儿聚？"

吴晓跑出来，不知是故意还是无意，答非所问："我得走了，你自己弄点儿东西吃吧。"

林星叫住他，她并不想真不让他去，但作为一种测试，她说："吴晓，我今天不舒服，你能不能在家陪我？"

吴晓眉头马上皱起："哎呀不行，我都跟人家约好了。"

林星看着他，目光中没有妥协的意思。吴晓上来在她额头上形式主义地摸了一下："你发烧吗？不烧。我真的得走了，我会早点儿回来的。"

没有经过她点头，他竟真的走了。她一个人呆呆地坐在显得很杂乱的屋子里，直到天色暗下来，都一动不动。他们的家近来很少这样杂乱无章的。乱得已经和吴晓没来同住之前静源里的样子差不多了。同时，她很久不曾体验的孤独也终于回来了，还带来一种陌生的心灵上的疼痛。这疼痛使她意识到自己已经离不开那种炽热的爱情，明明知道它会慢慢变得淡而无味，可还幻想着也许能打破常规。这个常规她不止一次地听人说过：男人不爱女人首先是从对双方的性生活感到厌倦开始的。而女人爱情的内容则是共度时光、彼此了解，以及互相之间的安慰和忠诚、欣赏和珍惜，宽泛而有诗意；男人的爱情呢，男人的爱情才讨厌呢，无论内容还是基础，男人的爱情都离不开性欲。

她没有起来为自己弄吃的，她怀着深深的气恼、伤感和委屈，在那个简陋的沙发上蜷缩着身体。屋里没有开灯。很静。她听不到这个城市的夜晚固有的喧闹。她知道如果没有了吴晓，她会死得很快，因为吴晓即便离去她也不会用他父亲的一分钱。想到死她禁不住悲痛失声。

她想她死的时候一定要做到心情平静，因为她没有什么值得后悔的，她已经尝过了人生中最大的幸福，那就是吴晓的爱。哪怕如此短暂，也足够辉煌。即便吴晓以后移情别恋，她死时一定还会叫着他的名字，她一定要带走他的这个名字。她在九泉之下会一直感激他的，他曾经对她那么好，没有他她不知道什么才算得上美丽人生！

因为想到死所以她哭了很久，哭过之后的心情竟然无意中有了一个重大的调整，她想也许自己真的不知何时就告别人世了，所以有生之年真应该好好去爱吴晓。真正的爱情不应该是彼此惩罚，而应该是互相报答。于是她擦干眼泪，从沙发的陷窝中爬起来，走到卫生间，打开灯洗脸，重新化了妆。然后收拾好被吴晓刚刚翻乱的客厅和卧室，替他泡上该洗的内裤和袜子。

然后充满幸福地，等他。

晚上快十二点了，吴晓才满脸疲倦地回来了，很奇怪这么晚了她何以还那么容光熠熠。他问："你好点儿了吗？"林星说："好点儿了。"两人上床，吴晓问林星今天去潭柘寺看病的情况，林星一五一十地说，说着说着吴晓竟睡着了，林星也没有生气。平时吴晓不仅自己话语简单，听林星谈一件事，他也只急着听最后的结果。而林星则比较喜欢叙述过程和表达细节，她觉得那才是谈话的乐趣所在。

这一夜就这么睡去了。无论如何，她毕竟还睡在自己爱人的身边，还能触到他的呼吸，听到他的翻动和梦呓。过去一切不求自来的东西，现在都变得那么珍贵，好像随时可能失去。天亮时她早早醒了，不敢叫醒吴晓，直到太阳投满了整个紫红色的窗帘，把屋里映照得五彩斑斓，她才弄醒他。她的动作轻柔细致，刻意表现出情欲的渴望，她很想让他感到满意，以体现出自己的价值。吴晓在她的抚弄下身体很快有了反应，他躺着享受了一会儿，然后却突然一骨碌爬起来，说："我得起来了。"让林星都搞不清她是达到了目的还是一无所获。

林星让他起来，两人默默地穿衣、洗漱。她叠被子，吴晓就在厨房里热昨天或许是前天的剩饭，谁也没有说点什么。原先他们在一起时，林星总能主动挑起一些话题的，她的话题有意无意地，多是对他俩初识和初恋的种种情形的回忆。比如她喜欢拉着吴晓在一起列数她和他之间第一个印象最深刻的事情是什么。吴晓说是借钱，是他借她五十块钱付车费的那件事。

而林星印象最深的是吴晓在京天娱乐城偷吃她的盒饭。"你是总老板的少爷怎么会连份职工的盒饭也要抢过来？"直到现在林星想起这件事还是觉得不可思议。可吴晓像早忘了似的，想了半天才想起来："啊，我那天懒得下去吃了，让他们帮忙带个盒饭上来，后来一看领位台上放了一个盒饭，我还以为是他们给我带上来的呢。"

除了对过去的回忆，林星比较过瘾的另一个话题，是预测未来。往远了看，等他们都老了以后会是什么样子？还会在一起吗？还会像现在这样，一起做饭、一起上街、一起去酒吧吗？他们会有孩子吗？他们不指望孩子有多么孝顺，只要两人还能在一起就行。试想想，一种相濡以沫的厮守能日复一日地延续几十年，那是一个多么壮观、多么感动人的情形啊。往近处说，马上就要降临的千年之交，1999 年 12 月 31 日夜里 24 时，或者是 2000 年 1 月 1 日午夜零点，他们在哪儿，如何度过这个五十亿世界人民都不会睡觉的一刻？林星说，应该去中华世纪坛，那是专为庆典而造的。吴晓说，那是国家领导人去的地方，那天肯定戒严。林星又提了一个去处：长城，长城是中国的象征。可后来他们听说世界人民已经把长城当作了整个地球的象征，跨世纪那一天长城已经被外国人包了。吴晓说："还是去'天堂'酒吧得了，那天我们乐队肯定要在那里演出的。"林星想，也好，"天堂"是人类理想的象征，而且是她第一次见到吴晓的地方，是她的爱情圣地。在跨越千年的一瞬，在"天堂"里重听一遍吴晓的《天堂之约》，既象征了他们的开始，又象征了他们的归宿。就这么定了。

现在，两人之间诸如此类的话题越来越少了，也许是总说总说说得乏味了。她叠完被子又去帮吴晓热饭和往桌子上摆碗筷，吃饭时两人也只是吃饭。除了碗筷的叮当和嘴里的咀嚼，别无他言。

吃完了饭，已经十一点了，这一顿也不知算是早饭还是午饭。林星在厨房里洗碗，突然对吴晓说道：

"喂，昨天我见到你爸爸了。"

吴晓正把擦桌子的抹布拿进厨房，他一听这话当然一愣。

"你在哪儿见到的？"

"在潭柘寺，你爸大概信佛吧。"

"你们说话了吗？"

"说了，他让你回去。"

吴晓愣了一会儿，把抹布晾好，说："要不，今天我回家看看他去……"

林星几乎听不出他的口气是问号还是句号，是征求意见还是一个决定。她说："你回去吧，我会照顾自己的。"

吴晓说："我回去就是看看他，你干吗这么说？"

林星把手上的那只碗已经洗了又洗。她说："你爸不会让你再回来了，他让我离开你。你爸是为你好，我毕竟有这个病，老是缠着你，也太自私了。"

吴晓站在她的身后，不知是在弄抹布还是在收拾什么东西，默默地不答一语。突然，他抱住了她，她一下子靠进他又宽又暖的胸膛，心里飘浮的一切都在刹那间归了位。她转过身来，也抱住吴晓，只哽咽了一句："吴晓我离不开你。"

吴晓终于没有回家去看他的父亲，林星一连几天既宽慰又揪心。吴晓和自己的家庭仍然保持了"私奔在外"的关系，固然是一个爱情的证明，但父子之情并不是林星可以掩灭的，林星也没有权力掩灭。后来她开始主动劝吴晓回家，刻意成全他的孝道。她一说让他回家他就警惕地看她，以为她口是心非，甚至是"引蛇出洞"，然后好以哭和闹情绪来反攻倒算。其实吴晓就是真回了家她也是完全能够承受的，迟早的事。后来有一天艾丽突然送来一只皮箱交给吴晓，说是吴晓的爸爸让那位行政部的李总带过来的，里面全是给吴晓买的崭新的时髦衣服和日常用具，以及他一向爱吃的几样东西，唯独没有钱。吴晓拿到父亲送来的东西马上喜形于色，林星看得出来的，尤其是衣服。那些名牌的衣服、皮带和鞋，大概每件都价值不菲。林星看着他对着镜子试个没完，在一边有百感而无一言。她真想把那堆"糖衣炮弹"全都扔出去。可她知道吴晓对吃无所谓，就喜欢穿。他已经很漂亮了可还是没完没了地打扮，像女人似的对衣服永远喜新厌旧。林星真想对这些不怀好意的"物质引诱"发泄几句鄙夷，可又张不开口。因为在他们共同生活的这半年中，吴晓是给她买过几件衣服的，自己却一件没买。林星至此才得以反省，没张罗着给吴晓买衣服是一项大大的失策，可吴晓喜欢的都是名牌，他们的那点儿钱，又能买什么！

从那以后，隔几天艾丽就受那位李总的委托，把吴晓父亲对儿子的一些"物质关怀"送过来。这一下林星才把形势进一步看明白了。吴长天的做法，既是对儿子的感情拉拢，又是对林星的"精神冷战"。

周日这天傍晚，林星在医院做完透析，回家时看到吴晓又要出门，厨房里也没有做饭。她疑心地问："你去哪里？"吴晓说："电视台不是一直要给我们拍个 MTV 吗，今天我们请节目部的头头吃个饭。今天晚上你自己上街随便吃点儿吧，家里什么也没有了。”林星没有多问。吴晓一走她也上了街，她上街并没有去“随便吃点儿什么”，而是伸手拦了一辆夏利出租车，悄悄尾随在刚刚载了吴晓的一辆黄色“面的”的后面。

因为是周日，黄昏时的马路上，车流不大。她上车就付了司机五十元钱，请他跟定前方的黄色“面的”。夏利追踪“面的”，速度上当然有些优势，一直跟到国际俱乐部酒店，居然没被甩了梢。

天色已暗，路灯燃起。她看见吴晓下了车，匆匆走进酒店，便也跟了进去，紧随他的背影穿过富丽堂皇的大堂，一直走到拐角的一个装饰古老的美式酒吧。她没有跟他走进去，而是沿着那酒吧一侧的落地玻璃格窗继续向前走，透过玻璃格窗她看到在那空荡荡的酒吧里，孤零零地坐着一个身材高大的人。她看见吴晓走进去，那人就站起来，两人默默无语。接着那人用宽大的肩膀拥抱了她的吴晓。

那个人不是什么电视台节目部的头头，而是他的父亲！

父子秘密相见的一幕，让林星身心俱焚，她几乎要掉下眼泪，不是为了吴晓，而是为了自己。那场面仿佛已经预示了自己今后注定是个被抛弃的角色。她必须让他们父子团聚，否则在这场与吴长天的冷战中，失败的肯定是她自己。

她一个人走出国际俱乐部酒店的大门，有点儿形单影只。这晚上她没吃任何东西，也没有一点儿饥饿感。很晚的时候吴晓回来了。她帮他倒冷饮挂衣服，既没有提起国际俱乐部饭店的情景，也没故意问起电视台和 MTV。上床以后，熄灯之前，她刚想说吴晓咱俩得谈谈，吴晓自己先开了口。

“过两天，是我爸生日，我想我该回家看看。”

吴晓自己先提出来了，让林星多少有点儿被动和狼狈。她马上明确表示：“好啊，你应该回去。”停一下又进一步主动表示，“咱们明天去买个生日礼物吧，送给你爸爸。可以用咱们俩的名义送。”说完，她又加上一句，“你爸要是不高兴，就用你一个人的名义送，也行。”

她说这话的语气是很温和的，很事务性的，完全没有恶意和情绪。吴晓显然也很高兴，他问：“咱们送什么呀？”

林星注意到，只要她心平气和地与他谈到他父亲，吴晓脸上必定是有光彩的，情绪必定是兴奋的，话也显得多和主动。她是渐渐才看出这一点的，渐渐才知道他其实是想念父亲的。她心里有几分失落，有几分烦乱，但她还是理性地问：“你爸喜欢什么？”

他们躺在床上商量送什么生日礼物，商量了半天没有结果。林星主张送点儿补品，补品最能体现儿女的孝心。可吴晓说给他爸爸送补品的人太多了，他们家的补品一堆一堆的都处理不完。林星说那就送鲜花吧，中老年人都是喜欢花的。吴晓又反对：“我们住的京西别墅常有专门的花工来，盆花、插花、地栽花，什么都有。”林星说看来有权势地位的人一切都应有尽有了，你说你爸到底还缺什么？

吴晓朝天叹口气：“我也不知道他还缺什么。”

林星支起身子，居高临下地看着吴晓，说：“我知道你爸还缺什么，他缺少别人对他的感情。他就你这么一个儿子，他最怕的就是失去你，所以他才这么恨我。”

吴晓说：“我爸才没那么儿女情长呢，他是个重事业的人，对我还不如对他的部下好呢，他和他们都很有感情。我在他心目中就是个小孩儿。”

林星说：“我不否认上级与下级也能建立很深厚的同志感情，但是上下级之间毕竟包含了很多利害关系，有时候让人看不清楚真假。父亲和儿子就不一样，你爸爱你是天生的。而且越老越在乎你。”

林星当然也怀疑自己说这种促进父子感情的话是否出于真心和本意。她作为真心爱吴晓的人，其实只是觉得自己应该如此说，应该有这样的态度而已。

关于生日礼物的探讨，一直持续到吴晓父亲生日当天的下午，最后终于由林星决定，买一件真丝的睡衣。人都说，女儿是妈妈的小棉袄，那么，儿子就是爸爸的小睡衣吧，反正都是那种贴身暖心的意思。下午四点多钟，吴晓就带上这件礼物往京西别墅去了。他一走林星就显得很无聊，一个人坐在窗前的斜阳下，猜想着他今天晚上会不会回来，因为吴晓走时林星说过让他陪他爸住几天的。但吴晓假如真不回来了，林星也许该睡不着觉了，她还从未一个人在这间屋子里睡过。

不知过了多久，她的 BP 机响了，明明知道不可能，可她还是满心希望是吴晓呼她。可惜不是，吴晓此时大概已经走进他父亲那间华丽的客厅了。现在呼她的，原来是那位她一直回避的吉海小伙子夏卫华。

这次她回了电话。

在电话里她才知道夏卫华已经到了北京。他已经拿到了前往芝加哥的单程机票，是来北京转机的，最多只能停留五个小时。晚上十点钟就要登机离境。她在电话里听不出夏卫华的语调是平静还是激动，他说他没想到她还能回电话，说他走以前无论如何要见见她。

正好吴晓不在。与夏卫华毕竟相识一场，不能拒绝朋友的告别。于是她坐出租车赶往机场。半年不见，夏卫华显得更成熟了，穿着新的衣服，也有那么一点儿意气风发。他见到她的第一句话就是："跟我走吧！"林星就笑笑，说："好啊，有我的机票吗？"夏卫华说："你等着我，我会很快回来接你的。"林星说："算了吧，我可受不了天天吃麦当劳。"夏卫华认真地说明着："在美国有很多中餐馆的，唐人街里什么都买得到。"林星见他认真，就说："你知道吗，我现在有病呢。"

夏卫华一愣，他沉着脸听完林星对自己病情的略带夸大的描述，然后说："那我就更不放心你了，你一个人在这儿谁能照顾你呢？"

林星有点儿感动，想这世上还是好人多。她说：“你放心走吧，我有人照顾。”

“谁？”

“我男朋友。”

“男朋友？”夏卫华半信半疑地冷笑一下，“总不会是那个吴晓吧？”

林星也笑笑，说：“就是他。”

夏卫华有点儿惊讶，也有点儿嘲讽：“他能照顾你？”

林星也搞不清夏卫华这样说是出于对豪门子弟的偏见还是对吴晓个人的醋意，她半开玩笑地用手点点他，警告道：“你可别说他坏话。”

夏卫华张开两手做投降状：“好好好，我不说他，就算看在他爸爸的面子上吧，我很佩服他爸爸的。你知道吗，上半年我们集团的长天实业股份公司的股市差点儿完了，是他爸爸进场护盘，一下子把天又翻过来了。长天实业不但没死，我们集团两个月内还净赚了七八个亿。全集团没有不服的。当然也有人说，这个神话全是吴晓他爸爸自己制造的，是他自己做了一回黑庄，把成千上万散户全套进去了。不过，即使是这样，至少也说明他爸爸有这个本事，有这个气魄，把那么多人杀得片甲不留，自己还没露声色。”

这场股海恶战，在林星耳朵里当然并不陌生，刘文庆就是在这场恶战中沉下去的一只小船。但她搞不懂这些商海风云的是非曲直，无法呼应夏卫华的赞叹。只有当夏卫华接下来问她对长天集团的那份调查采访发表了没有的时候，她才得以答道：“还没有呢，因为我还摸不准对吴长天这个社会主义的老板，到底该怎么评价。”

夏卫华当然不会懂得她的惶惑，先是不解地问：“你不是采访了很多人吗？”继而恍然大悟，“噢，是不是觉得快成一家人了就不便再大肆吹捧了？那有什么，举贤不避亲嘛。”

自听到林星与吴晓真的交了朋友之后，夏卫华言语的口气就多少带了些讥诮，讥诮中当然又有几分妒意，林星看得出来的。他们在机场候机楼的一面巨型落地窗下站着聊了半个多小时，分手时夏卫华依然表示了希望保持联系，希望他还有机会的心情。他告诉林星自从他开始办理去美国留学的手续后，就恨不得立即登上飞机，但如今走到了机舱的门口，却发现值得留恋的东西实在太多。“特别是你，”他说，“作为我唯一喜欢过的女孩，你是让我最想留下来的原因。”

她知道夏卫华此言是真情实意的，但他并不是吴晓那种冲动的人，接下来当然不会发生任何不计后果的浪漫故事。他们很正常地分了手，互相说了祝福的话，相约再见，也都知道也许永远不会再见了。

她离开机场，直接回了家。在她家门口，站着一个男的。天已经黑了，她从那一头披肩的长发上，认出那人是吴晓乐队里的键盘手。那键盘手一见她便先开口：“哟，吴晓没跟你在一块儿吗？”

“没有，他去他爸爸那儿了。”

“你和他……你们还在一块儿吗？”

林星差一点儿没听懂这话的意思，愣了半天才明白这年头男的和女的时聚时散已是最常见的事。她点头说：“还在一块儿。你找他有事？”

“我们不是要拍 MTV 吗，今天晚上电视台的人来，要听听。可我们到现在也没找到吴晓呢，呼他也不回，大家都急坏了。你知道他爸爸那儿的电话吗？”

林星摇头：“我不知道。”

那键盘手又问她知道不知道吴晓爸爸公司的电话，林星又摇头。自从她和吴晓在一起生活以后，长天公司她就再也没有去过。键盘手一脸焦灼地走了，嘱咐她吴晓要是回来一定叫他赶过去，这是很重要的一件事。

林星也知道这对吴晓来说是很重要的一件事，但她无法找到他，爱莫能助。她走进家门还听到吴晓挂在床头的裤子里，发出 BP 机的鸣叫声——他换裤子把 BP 机忘在家里了。林星突然想到了艾丽和阿欣，她们知道吴晓父亲手下那位李总的电话，找到那姓李的大概就可以找到吴长天，就可以找到吴晓了。她于是跑到外面公用电话去呼艾丽和阿欣，呼了三遍不见回音。她站在公用电话的书报亭外，眼睛下意识地盯着那一片花花绿绿的书刊封面，心里犹豫着要不要亲自去一趟那个正在进行着奢华寿宴的京西别墅。

十

京西别墅的寿宴此时刚刚结束。儿子吴晓在自己的房间里给他的那些狐朋狗友打了一通电话，就跑出来说要去和电视台的人谈什么 MTV 的事，匆匆忙忙和专程前来祝寿的梅叔叔告了别，坐了李大功替他安排的车子，不知到什么地方去了。吴长天没有多问，他想，不管怎么说，这个生日也算一举多得：儿子就此归来；父子之间的龃龉就此化解；几个多年来一直追随左右的老部下在一起轻松地聚一聚，对集团未来的发展，做了集体展望；而梅启良的临幸，又使整个儿晚上的务虚气氛中，得以加进了一些务实的话题。

梅启良是祝寿者中最后一个到的，他一看到吴晓，就悄悄俯在吴长天的耳边，笑着说："怎么，跟儿子和好啦？"吴长天也笑笑，几分安慰，几分尴尬，自嘲地说道："我这个人，能带千军万马，管不了自己的儿子，教子无方啊。过几天我让他给梅珊认错去。哎，今天怎么没叫梅珊一起来，她不是还在北京吗。"

梅启良淡淡地摇了下头，不做回答。这副表情，吴长天是看得懂的，那意思是这还不明白吗。吴长天也清楚，梅珊要是来了，万一吴晓不懂事再冷淡于她，两个大人岂不都没了面子？于是他也不再多说，转个弯儿把话题引到寿宴的菜品上去了。

作为长天集团总裁的五十大寿，今天宴会上的派头远不像外人想象的那么奢华。除了头道的红烧鱼翅是从京天娱乐城调过来压席的之外，其余都是京西别墅的一位小厨师做的家常菜。大家喝了一点儿白酒，都没过量。饭后，几个老部下告辞走了，吴长天只留下郑百祥，让他陪着梅启良，和据说是李大功从下属单位请来的两位年轻女同志跳了跳三步四步。那两个女孩儿吴长天似曾见过，细一端详，则完全不熟。两人都生得人面桃花，顾盼之间百媚顿生。她们由李大功介绍，分别陪郑百祥和梅启良跳了几支曲子。陪梅启良跳的那个女孩他忘了叫什么名字，穿了一身黑衣黑裙，让吴长天觉得有些丧气。尽管他知道这些年女人的服饰似乎进入了一个尚黑的时代，但在吴长天看来，黑色无论怎样都给人一种死亡的隐示，颇不吉利。陪郑百祥跳舞的女孩儿则穿了一身时装化的中式外套，眉毛嘴唇画得也有点儿像古代的仕女，可人名却反其道而行之，取了洋文：艾丽，与服饰打扮驴唇不对马嘴。吴长天知道自己现在反正是看不懂这些年轻人了。

他最熟悉的，还是梅启良这些人。他们认识很多年了，对梅启良工作上的脾气和生活中的爱好，都是了如指掌的。甚至他爱吃哪几道菜，爱喝哪几种酒，也可一一道来。跳舞，是梅启良从不隐讳的一大爱好。梅家祖上，在当年上海的十里洋场，也算是个有名有姓的民族工业家。

梅启良生在新中国，长在红旗下，虽未经历旧时代的西学教育、欧风陶冶，但毕竟世家出身，对吃西餐、打网球、跳交谊舞之类的海派嗜好，样样皆通。现在，也许是年龄渐长的缘故，几圈舞跳下来，他的额上就有了些微汗，嘴上也有点儿上气不接下气了。吴长天见状，便示意停了音乐，然后和郑百祥一起请他到书房去喝茶。李大功则领着那两个姑娘到楼后的游泳池去游泳。他们一走，楼里静下来。主宾三人，喝着刚刚泡起的一壶当年的碧螺春，开始了书房里的话题。

郑百祥率先开始，话题还是从今天的寿宴扯起："梅书记，你是不知道，今年这个生日可是我们硬逼着吴总过的。以前吴总从不给自己过生日。今天我们是把你梅书记抬出来了，说你也要来，吴总才办了这顿饭。"

梅启良笑笑，说："我也一样，基本上不过生日。我们这一代人，从小受共产党教育，动不动狠斗私心一闪念，到现在都落下毛病了。"

郑百祥滔滔不绝："这是观念问题，实际上私心不是坏东西，私心是社会发展的动力。我们搞企业管理，也是先要解决好职工的个人利益问题，才能调动起他们的积极性。就好比解放战争的时候，共产党只有搞了土改，把地主的田地和浮财分给农民个人，才会组织起数百万支前大军，那些农民出身的解放军战士才会拼死而战。农民战士心目中的共产主义是什么？就是三亩地一头牛，老婆孩子热炕头，说到底是'耕者有其田'的理想。毛泽东不实现不承诺他们的个人理想，能三年打垮蒋家王朝吗？社会主义经济建设搞到现在，才悟出私有制也不是坏东西。现在咱们国家的宪法虽然不像资本主义宪法那样开宗明义地规定私有财产神圣不可侵犯，至少也明确提出了私有经济是社会主义经济的重要组成部分，依法受到国家的保护，这也是历史的觉悟啊，是一个了不起的进步。"

郑百祥话里的话，梅启良当然听得明白，但他精明就精明在故作迟钝上。他说："哎，宪法这么修改，是根据情况的变化。即便是现在，公有制仍然是社会主义经济的主体。下一步吉海市委要根据省委的统一部署，好好抓一下国有企业改革的部门，你们长天这种大企业，可要带头搞出点儿经验来。"

吴长天说："国企改革最大的难点，依我看，就是没有真正意义的企业所有者，也就是说，国企没有业主。它的投资决策、利润回报、长远发展，对企业各级经营者的奖励和控制，这些业主职能还真没有人来投身进去操心劳力地负起责任。现在国企的业主是谁呢？是国家。国家只是一个概念，不是具体的个人。国家专职管理国有资产的部门，也只是一个机构，这些机构的负责人隔几年就正常调换一批，从本能到心态，都不可能像私营业主对自己的企业那样同生共死。即使能，也施展不了，国有企业上上下下的人事环境多复杂呀，口舌是非太多，各方面都管得太死。要是管得松了，又容易出云南红塔的褚时健这种典型。国家有关部门作为红塔的业主，怎么管褚时健的？他有那么大的功劳，为国家创造了那么大的财富，国家又给了他多少物质激励和奖赏？很少很少。那么好，你不奖赏他，他自己来。他弄了上亿元的一个小金库，非一日之功吧，谁又发现他了？谁又制约他监督他限制他了？国企的头头，恐怕不止一个褚时健吧？”

见吴长天略略有些激动，梅启良笑着帮他松弛：“怎么啦，你也想当褚时健？”

虽然是松弛的话，在吴长天和郑百祥此时的情态下，却说得针锋相对、剑拔弩张。郑百祥正色道：

“我们要当褚时健早当了，比他方便多了。去贪账上的钱，没有比这个更蠢的了。这次我们吴总亲自策划了一场战役，两个月内在股市上净赚了好几个亿。我们个人要是想捞点儿外快，自己悄悄注册一家公司或者让自己的子女进场跟庄，也是足以一夜暴富的，可这种事我们想都没想，挣的钱全是公司的。这并不是怕你们政府的那点儿监督，我们是信了吴总从曾国藩那里学来的‘自概’之论，自己管住自己。”

梅启良糊涂装到底，一本正经地说：“这不正说明，你们自身公而忘私，思想上对自己严格要求吗？要总结国企的成功经验，领导班子清廉自律，就是很重要的一条嘛。”

梅启良偷换前提的企图既明显又巧妙，吴长天不得不把意思再缓缓地拨回来："我们之所以不这么做，是因为我们这几位长天集团的主要创始人，始终是把公司当作是自己的。长天集团是靠我们自己筹集资金，自己艰苦奋斗，从小到大拉扯起来的。如果是你市委任命几个干部，政府给足了投资来搞的话，不可能是今天这个样子。"

梅启良在节骨眼上倒是一点儿不糊涂了，毫不迟疑地跟了一句："哎，吉海的大型国企有不少家，大多数都是市委任命的干部，政府投的资，也有不少搞得很不错嘛。你们刚才说的那些现象，在有的国企确实是存在的，可你们概括出的结论，还有你们那个观点，可有点儿问题。"

话既然说开了，而且说到了这么深的层次上，吴长天当然不能退回去了。他不疾不徐地争辩道：

"国企搞得好的当然也不少，可仔细分析分析，都是各有各的特殊原因。有的是赶上了好市场，有的是借助了某种垄断体制，有的是因为领导者个人的能力品质。可是研究问题不能光从特例出发，而主要应该去研究常态。我说的这个常态，就是指人的本性。特别是我们中国人的行为动力，离不开一个'私'字，这是由几千年文化传统和历史过程形成的，不可视而不见。中国文化以儒家思想为主脉，而儒家文化的中心就是人伦。中国的社会也确实就是这么现实：一个人，做事情也好，尽责任也罢，都是先以自身为中心点，再一轮一轮地看出去，看这件事和自己的关系亲疏远近，然后再决定怎么做、怎么尽这个责。忠君是忠自己的君主，守孝是孝自己的父母，爱孩子先爱自己的孩子，自己的父母子女有吃有穿了，再管别人。所谓'老吾老以及人之老，幼吾幼以及人之幼'。由己及他。如果这件事不是为他自己做，而是为别人做，甚至仅仅是为一个空洞的主义、精神或者机构而做，那就不一样了。在咱们中国，自古以来，为了个人而不顾家庭，为了家庭而不管团体，为了团体而损害国家、损害民族、损害天下的事，还少吗？国家的利益和自己的利益在大多数普通人的内心天平上，一般来说是自己的利益更重。

"雷锋叔叔不是没有，但现在可不是雷锋辈出的时代了。弘扬雷锋精神的现实意义不过是惩恶劝善，提倡公德和爱心，可不是在社会分配的机制上加速进入共产主义。"

吴长天的这套理论观点想说明什么，其实已经表达得相当露骨，但他有意地，并不联系自身的实际。梅启良听罢哈哈一笑，笑得更老辣，他索性引带着吴长天和郑百祥二人，直奔主题，说道：

"你们说了半天，不就是想说长天集团的产权界定这件事吗。你们也不是不知道，在中国，理论上允许探讨的事，在现实中不一定马上能办。现实中能办什么，还是要看具体的法规政策怎么说，啊。"

吴长天知道落实此事最终必然要归结到政策法规上来，他胸有成竹地笑笑，说："梅书记是一直关心我们长天集团的。关于产权界定问题，我们最近搞了些法规政策和财务方面的依据，有直接的也有间接的。正想先送到您那儿，听听您的意见呢，明天我让李大功给您送到党校去。"

梅启良点了头，他点头的神情是认真而又会意的，给了吴长天极大的宽慰。梅启良也就自然地，适时结束了这个还难以马上表态的话题。他站起身来说："李大功呢，他是不是一个人在和那两个女孩子跳舞啊？"

吴长天和郑百祥也站了起来，说："他们都在后面游泳呢，梅书记现在还坚持游泳吗？"

并没有谁提议，但他们一行人还是自然而然地走出了书房，向后面的游泳池走来，梅启良说："我哪还有时间游泳啊，我可是只有公没有私，全部时间都忙着工作了。"郑百祥揭发说："游泳是过时的运动，现在梅书记改打网球了。我听说梅书记打得不错呢，反手尤其好。"梅启良也不否认，说："我是左撇子，右手又强，所以难防。"吴长天马上把话接过来："明天梅书记有空的话，我来安排一场球好不好？咱们两个，正手对反手。"梅启良说：

“明天晚上我约了人谈事的。”吴长天说：“白天也行，上午下午都可以。”郑百祥在一边提醒吴长天：“明天上午特种材料公司梁总工程师的遗体告别，你不是说要亲自参加吗？已经告诉家属了。最近家属对因公死亡的名分闹得很凶。”梅启良听了便说：“你们忙你们的，打球有的是机会。”

后面的游泳池里，李大功与那两位第一次来的女孩儿正在互相打水仗。李大功采取集中一点、各个击破的战术，专攻那穿黑衣服的女孩。而那位叫艾丽的女孩则敌我不分，攻几下这边，打几下那边，机会主义，两面树敌。那位黑衣少女终于招架不住，登岸而逃，脱去了黑衣的身子倒是很白。李大功意犹未尽，上岸去捉。他刚才席间大概多喝了几口酒，挺着发福的肚子在那位苗条女孩儿身后穷追不舍，见到吴长天、郑百祥陪着梅启良过来，也不顾忌，颇有些丑态。当着梅启良的面，吴长天也不好喝止，怕坏了气氛，只好用话替他遮掩：“今天梅书记来了，大家都高兴，李大功今天也就让他喝尽兴了，我平时是难得让他们这么轻松一下的。”

梅启良并未介意，应景地笑笑。郑百祥则更是凑趣，居然不怕有失身份，竟帮李大功截住那沿岸嬉笑奔逃的女孩，一人抓手，一人抓脚，拖到池边，像荡秋千似的一、二、三喊着，要往水里抛。吴长天喊了一声“小心”！话音未落，两人配合失误，抓手的李大功已松了手，抓脚的郑百祥还抓着脚，只听“砰”的一声闷响，女孩的脑袋重重地碰在池沿上。郑百祥下意识地把女孩的双脚往水里一抛，女孩一下子就沉下去了。

惨事发生得那么突然，近在咫尺，所有人都没有半点儿准备，除了水中另一个名叫艾丽的女孩惊骇的尖叫之外，岸上的人个个呆若木鸡，郑百祥更是面如土色。李大功不知是酒醒了还是依然醉着，还傻傻地冲着水中喝问：“哎！怎么啦你？”直到吴长天大喊了一声：“快救人！”他们才如梦方醒地跳了下去。

吴长天看到他们手忙脚乱地把那女孩拖上岸，手忙脚乱地为她做人工呼吸。他惊呆地看到她头部渗出了点点鲜血，染红了泳池边上的块块瓷砖。他说了句：“得赶快叫救护车去。”便往楼里走，他听到身后艾丽哑哑的哭泣，夹杂着李大功故作镇静的安慰：“没事没事……”

梅启良也跟进楼里，跟着吴长天走进书房，默默地看着他查电话号码簿往急救站打电话。打了半天打不通。他们谁也没有想到去拨 112 服务台。吴长天见梅启良一言不发的样子，便说：“梅书记，我看您先回去吧，这里我们会处理好的。”梅启良没有说话，吴长天便跑出去叫了在前边屋里独自看电视的郑百祥的司机去送梅启良。那司机还不知后边发生了什么事，毕恭毕敬地开来了车子。和梅启良告别时，吴长天低低地说了句：“抱歉了梅书记，他们真是胡闹。”梅启良没有多言，只说：“还是快送医院吧。”

送走梅启良，吴长天退至书房继续打急救站的电话，终于打通，刚说了半句，电话就被突然进来的郑百祥按断了。

“怎么了？”

吴长天疑惑地看着全身湿透的郑百祥。郑百祥狼狈的脸上说不清有多少复杂的内容，他抖着说：

“别打了，她死了。”

吴长天头皮一紧，他几乎要喊起来：“死了也要叫医院来人呀！”

他再次拨电话，但电话再次被郑百祥按掉了。

他瞪着郑百祥，他想看看他是不是疯了！

郑百祥的表情、声音，都发着抖，恰恰是这点颤抖，说明了他还正常，还知道害怕。他说：

“吴总，你先别急着打电话，反正人已经死了，早送医院晚送医院是一样的。这事很麻烦，你得给我们拿个主意！”

“麻烦？你是想保你自己还是想保李大功。啊？”吴长天生气地厉声质问。

“这事是我们惹的，我们有麻烦。可吴总，你也有麻烦、公司也有麻烦！”

“有麻烦是当然的！我早就告诉李大功少喝酒少喝酒。他不听。这件事，李大功是主要责任，你老郑也有责任。当然，我也要承担领导责任。”

郑百祥一脸痛苦不堪的表情：“老吴，这不是我们怕负责任的问题，这种事会带来一系列的后果，咱们二十年打下来的天下，说不定就完啦！”

吴长天这位老搭档的激动，使吴长天自己不得不把语气放缓，话也说得推心置腹：“老郑，这事对你们来说，也就是酒后失手，是过失行为，不是故意的行为。我和梅书记都在场嘛，都可以为你们做证嘛。法律上对这种过失行为是有说法的。另外，这个女孩子是我们哪个下属单位的人，我可以要求她的所在单位对家属充分补偿，做好家属工作。只要家属通情达理，这个事情不至于闹大。”

吴长天一时混乱的思绪，突然被自己的这番话梳理清楚了。可郑百祥却依然按着电话，说：“问题的关键是，这个女的不是我们下属单位的，我刚刚问过李大功了，这两个人都不是我们集团的职工。”

“那她们是干什么的？”

郑百祥的喉咙沉了一下，脸上呈现出一种恨天怨人的懊丧，说：“她们，她们是妓女！”

吴长天只觉得像是有人在他头顶上猛击了一下，有点儿发蒙。这些年他经历过无数深渊薄冰，自以为曾经沧海难为水，对任何事都可处变不惊了，可今天郑百祥的这句话，真的让他看不出前面的深浅了。

妓女？

他吴长天怎么沾上妓女了！

郑百祥进一步点破：“吴总，咱们长天集团现在可是社会性公司，多少人都盯着呢。公安局一来调查，股市上肯定会有人兴风作浪炒作这个题材，新闻舆论再跟着推波助澜，几天之内就能把长天实业的股票信誉给搞垮！经济上的这个损失是现在就看得见的。还有看不见的，那就是您吴总多少年树立起来的社会形象、人格声誉，让那些报纸添枝加叶地那么一说，也得毁于一旦。另外，这件事一旦传扬开了，最麻烦的就是梅书记。他现在正是关键时刻，沾上这件事，进常委的安排肯定得放在一边了，能不能在市委原职干下去，也得打个问号。就是勉强不撤他的职，他还敢在长天集团产权界定这件事上再说一句话吗？他不说话，产权就算吹了！”

郑百祥的每一句话，吴长天都感觉他在夸大其词，但仔细一想，每句话又都那么真实和必然。可他无论如何也不愿相信，他的股票会为这个意外的事件跌下去，他的名声会被牵连得百口难辩。最难以接受的，是他们精心准备了那么久，已经接近成熟的那个合法取得长天集团股权的计划，就要无端地破产！他无论如何不愿意相信，这一切都已经可以预见，而且不可避免！

他愣半天，愣了半天才用了一种他以前从未在下级面前流露过的犹豫和无措，问道：“那你说……怎么办？”

郑百祥张开了口，却欲言又止，只说：“吴总，这事还是你来通盘权衡一下，你决定怎么办，我们听你的。”

吴长天的脑子很乱，他强迫自己镇定，强迫自己恢复往常的持重，他说：“叫李大功来。”

李大功来了，同样湿淋淋的。不知是发冷还是恐惧，站在吴长天面前，始终抖抖索索、战战兢兢。

出乎意料地，吴长天没有责骂，只是沉着声音问：“死的那个女孩子，叫什么？”

李大功面色僵硬，答道：“我就知道她叫阿欣，回头可以看看她身上有没有身份证。”

吴长天又问：“跟她一起来的那个人呢？”

李大功说："叫艾丽，不过，她们这种女孩儿在北京可能都用假名字。"

吴长天盯着自己的这个老部下，真是有点儿恨铁不成钢的恼火，他压着声音吼道："你怎么和这种人混到一起去了！"

李大功语无伦次地解释着："她们俩，原来……原来是和林星住在一起的……"

吴长天想起来了，李大功不久前是提醒过他的：缠住吴晓的那个林星，和这种女人来往密切……他一下子想起来了。他没好气地对李大功说："事情都是你搞出来的，你自己到公安局去说清楚吧。"

他说完，又狠狠地看了一眼郑百祥。郑百祥面色青灰，一言不发，低头而立。脸上闪亮的，不知是汗是水。

李大功眼睛红红的，他说："吴总，我一人做事一人当，我现在就拉着尸体上公安局去。我不是考虑我自己，我是一个无名小卒，杀人偿命都无所谓。可这件事要是影响了您，影响了公司，我，我，我李大功……"李大功哽咽起来，"我对不起您……我也对不起郑总……"

在李大功的啜泣声中，屋子里沉闷了片刻。吴长天缓下声音，问他们："那个叫艾丽的，现在在哪儿？"

郑百祥哑声替李大功答道："她有点儿受惊，我们刚把她领到楼上去了，让她安静一会儿。"

吴长天给自己点了根烟，他知道时间不允许他再犹豫。如果不马上把尸体送到医院，不马上让李大功和郑百祥去公安局报案，这一段无端的拖延，今后必会招来方方面面无穷无尽的疑问。他想了再想，还是把烟掐灭，对郑百祥说："老郑，这事怎么也遮不过去，没办法了。长天实业的股值，你我的声誉，只能随它去吧。你和大功即便让法院判了，也还可以尽量争取监外执行，这种办法我会想的。"他又转脸对李大功说："总归是出了人命，你们也不能不承担这份责任。"

他说着就往书房外走，嘱咐郑百祥："打不通急救站，你赶快准备车，我们自己把尸体送到医院去。"可没想到郑百祥却一步跨上来拦住了他，把他已经拉开的房门又砰地推上了。吴长天不由喊了一声：

"老郑，你不要糊涂！"

郑百祥马上发出同样大的哀求声："老吴，你冷静一下，冷静一下，这还不是一盘死棋，我们得再考虑一下，千万别一失足成千古恨！"

吴长天瞪着眼，说："对，这正是我怕的。我这时候要是护着你们，其实是害了你们！"

他想拉开门，但门一拉开就又被郑百祥死死地关上，书房厚重的大门被一拉一关弄得砰砰作响。吴长天厉声喝令："老郑你干什么，你把门打开！"而郑百祥依然压住门，发着狠地说："明天，公安局、新闻界、社会上方方面面的人，都会用最大的兴趣来打听这件事了。用不了多久，报纸上就会登出各种各样耸人听闻的标题了：长天集团总裁五十大寿乐极生悲！啊，过瘾吗？不过瘾？好，还有：市委书记企业总裁召妓取乐酿出血案！还有：领导干部和优秀企业家糜烂腐败大揭秘！够了吗？啊？我和大功判刑，蹲监狱，没有什么，我们无名之辈，不值得新闻界炒。这件事下一步的主角是你吴总，是梅书记！"

吴长天愣愣地，说："事情要发展到这一步，我只好承担。"

他这样说，拉门的手却是松下来了。郑百祥说："吴总，我们跟你这么多年，你没享福，我们也没有。你是出了名了，我们得到什么了？我们为什么还死心塌地地跟着你？"

吴长天已经很久很久没和自己的几位亲信谈过这么深的话题了。他剖心沥胆地说："集团的产权一旦争取下来，你郑百祥也是有一份的，大功我也会考虑的。"

李大功哭了，脸上的肌肉扭曲得丑陋无比，他哭着说："吴总，我李大功不要一分钱的股份，我只求一辈子跟着您，只求您别把我给扔出去。”

李大功此时的动情，让吴长天也有几分心酸，二十年风雨同舟，刹那间历历在目。郑百祥说：“产权的事要是真能办下来，我们要不要股份都无所谓。凭你吴总的为人，我们跟着你不怕没饭吃。可今天这事只要一捅出来，梅书记肯定就完了。你吴长天的名声再一臭，谁还敢帮你办这种有争议的事？用不了多久，市委就会派人到长天集团来宣布，长天的资产归招商公司管、归国资委管；干部归组织部管。你吴长天功劳卓著，但晚节不保。就是不撤你职也得加强监督、加强领导班子。你挂名当董事长，市委另派总裁和党委书记来！吴总，我说的这些你不信吗？”

吴长天一步一步从门口退回来，在沙发上颓然坐下。郑百祥关于他吴长天和长天集团大结局的描述，他很清楚，绝不是一部故事离奇的评书演义。现在，确实是梅启良宦海迷航的关键时刻，也是他吴长天一生中一个最重要的时刻。在这个风口浪尖上确实容不得半点儿节外生枝的口舌是非。产权界定的事，关系到他，当然也关系到郑、李两人和集团的很多骨干今后一辈子的身家利益；关系到他们二十年的奋斗，最终能不能获得应有的个人成果。难道真的就这样眼睁睁地看着它功败垂成？

郑百祥和李大功也全身疲惫地坐下来，屋子里这下子彻底安静了，好一会儿才听到李大功压抑的哭腔：“吴总，是我的错，你让我去死吧。这么大的事要是让我给弄砸了，我死了也没法儿赎这份过呀。”

吴长天深深地吸了口气，又慢慢地把它们吐出来，他终于问了一句转折性的话：“这个女的死了，都有谁知道？”

吴长天的话立即中止了李大功的抽泣，他答道：“只有咱们三个人知道。”

吴长天下意识地和郑百祥对视一眼。李大功又说：“还有楼上那个艾丽。”停了一下，又说，“还有……梅书记。不过梅书记还不知道已经死人了。”

郑百祥说：“楼上那个女的可以给她钱，这种女的只要给钱什么都能答应。”

吴长天低着头，难下决心。他一会儿觉得，这也是一条路，一会儿又在心中痛问：怎么能走到这条路上去？这时，他们都听到了前边别墅大门传来的门铃声。铃声不大，但三个人几乎同时一惊。

这么晚是谁来了？

很快，住在门房的保姆敲开了书房的门，通报说外面来了个年纪不大的女孩子，是来找吴晓的。

又是个女孩子。吴长天吃力地从沙发上站起来，准备到前边客厅去看一眼。走到门口，他转过身来，和郑百祥对视了半天，终于说：

“你先去，和楼上那个，谈谈吧。”

这大概是一个决定，一个既匆忙又必然的决定。郑百祥和李大功很郑重地点点头，脸上的表情不知是解脱还是沉重。吴长天独自穿过没有开灯的黑暗的走廊，向客厅走去。他的心里也是漆黑一团。当走进灯光稀落的客厅之后，他才看到，等在这里的原来就是吴晓的女友，那个曾对他进行过理性的采访，后来又爱情至上的漂亮的女孩子！

十一

客厅的空调像是刚刚被保姆打开，屋里的空气一时还有些沉闷，除了茶几上老气横秋地亮着几盏半睡半醒的台灯外，整个房间都压抑在幽暗的阴影里。然而在吴长天的视觉中，林星的面色依然光彩照人。在这位不受欢迎的女孩把他的儿子从这里夺走之后，这大概是她第一次踏进吴家的大门。她的样子使吴长天恍惚记起半年以前，她自报家门闯到他的办公室要求采访时，就是这样的姿势端坐在沙发里故作老练。相形之下，吴长天相信自己此时的模样，比半年前的那一天显然是大大地走了形，他的脸色暗淡，身心疲惫，连声音都失去了正常的光泽。

“你是找吴晓吗？”他问。

林星在他进屋后就礼貌地站起来，然后礼貌地致以问候：“叔叔，您好。”在吴长天的记忆里，这是她第一次叫他叔叔，说不清是让人舒服还是别扭。此时他的各种感触都有些麻木。

他糊里糊涂地，又问了一遍：

“你找吴晓吗？”

“对，他在吗？”

“他不在。”

“他说今天回来给您过生日的。”

“啊，他回来了，又走了，他的乐队刚才来电话把他叫走的。”

“是去和电视台的人谈拍 MTV 的事吗？”

吴长天思绪紊乱，不得不竭力凝神定心，让自己的精力集中：“啊……好像是吧。”

林星一副释然的表情：“噢，那就行了，我就是来告诉他这件事的。”

吴长天应酬地笑一下，问：“你还有别的事吗？”他脸上的疲乏，声音的喑哑，都是送客的意思。他不能让林星在此逗留太久，他甚至都没有请她再坐下来。

林星倒很知趣，说：“没别的事，他去了就行了。我怕耽误他的事才专门跑来的。对不起打搅您休息了。”

吴长天顺水推舟地应道：“啊，我刚刚睡下。”

林星做着要告辞的样子，把沙发上的手包拿起来挎在肩上，她问：“吴晓晚上还回这儿来吗？”

尽管吴晓走时吴长天嘱咐过要他晚上回来住，今晚他本想和儿子好好谈一谈的。但他担心这女孩儿会留下来等他，于是说：“他不会回来了吧，不会回来了。”

林星点了点头，看得出比刚才放松了些。她说了句：“那我祝您生日快乐。”便向客厅门口走去。吴长天在她跨出门时想起什么，又叫住了她：“呃……谢谢你送我的生日礼物，那件睡衣听吴晓说是你挑的。”

林星咧咧嘴，笑得很腼腆，很幼稚。在吴长天以往对她的印象中，一直没有这种孩子般天真的笑容。无论是她对他的采访还是他们的几次交谈，她基本上都是那种矜持严肃和针锋相对的表情。吴长天至此才发现这女孩子竟也有着一份让所有男人都会一见倾心的明媚。她的气质与刚才跳舞的艾丽和死去的阿欣相比，少了一层矫饰，多了几分清纯，是那种越看越好看的类型。要不然一向对女孩子不屑一顾的吴晓，怎么就死心塌地地非要拜倒在她的石榴裙下呢？显然就是做了这清纯的俘虏。

女孩的笑容使吴长天对她的憎恨，无意中销蚀了三成。在这一刹那甚至还觉得她与儿子在外表上多少有几分相配。只是眼下的情势，使他不能分心去想儿子的事情。他匆匆送走这个女孩儿，返身又回到后面的书房。他想，应当在儿子回来之前将事情处理干净，但直到这一刻，他的内心依然是犹豫不定的。他仍然感到自己还站在一个十字路口，似乎每条道路都可能引他走向历史的错失。郑百祥从楼上下来了，问他是谁来了。他说是吴晓的朋友，已经走了。

他又问郑百祥："那个艾丽怎么样了？"郑百祥就把刚刚和艾丽交谈的结果汇报了一番。

"谈妥了，给她三十万，让她离开北京。"

可吴长天觉得事情哪有这样简单："她和那个阿欣是住在一起的好朋友，今天晚上她们又是一起来的。阿欣找不到了，别人一定会问她的，她怎么说？"

"就说从我们这儿一块儿走的，到半路阿欣说要去找个朋友，两人就分手了。"

"阿欣失踪，她又马上离开北京，岂不是更可疑吗？"

"这种女孩，在北京没什么亲戚，也没有户口，走了不会有人问的，也没人能再找到她们。她们换一个城市就换一个名字。比留在这里让公安局叫去问来问去的好。"

吴长天不语，看上去是在低头沉思，实际上脑子一片空白。茫然中他想起另一件更为棘手的事情，“那个阿欣呢，咱们怎么办？”

“让李大功去处理，他有办法。”

“怎么处理？”吴长天追问。

郑百祥沉默片刻，说：“只能找没人的地方埋了。可以让大功送远一点儿，离北京远一点儿。”

郑百祥说这话的表情就和他平时谈工作时那么自然，吴长天看着他的眼睛，看了半天才颤巍巍地说：“老郑，咱们怎么干这种事了，咱们干不来这种事的！”

郑百祥回避了他的注视，半天没答话，好一会儿才说：“这不是没办法了嘛。”停顿了一下，又说，“人不是常说，生存是第一位的吗，为了生存，什么事都得做。你自己不保护自己，没人来保护你。我们这些年为社会做了多少贡献，可一旦出了一点儿丑事，社会还是不会放过我们的。再说，我们也不是有意要弄死谁，可她既然已经死了，你再把她送到医院的太平间，把我们送到公安局去，又有什么意义呢？无非是自己的良心好过一点儿罢了。咱们一起苦干了二十年，就为了这几分钟的良心吗？”

吴长天无言以对，现在这个时候，也不是和郑百祥做道德辩论的场合。郑百祥也不是不懂道德。也许谁都一样，在这种你死我活的利害关头，无论什么道德品质，在现实选择的碰撞下，都会分崩离析的，谁也逆转不了。吴长天只有不再说话，他跟着郑百祥走到楼后，看着他和李大功把那女孩的尸体拖到游泳池旁边的更衣室里。他跟着他们，双脚尽量避开拖在砖地上的红线一样的血迹，步步触目惊心。在更衣室里他们用她那身像丧服似的漆黑的衣裙盖住她半裸的身子和脸部。那女孩的脸灰白得像是涂了一层粗糙的蜡，眼睛还半开着，令人不敢直视。

他看着他们用不知从哪里找来的一条毛毯，将她包裹起来并用粗绳一道一道地捆扎结实。她随身的手包、鞋子，也都捆在里面。吴长天说：“应该看看她的包里有没有身份证，以后可以给她家里寄些钱去，她肯定还有父母。”但他们没理他。李大功扛上那被裹严的女孩儿出去了。郑百祥用拖布擦洗着地上的血迹，一路擦出去。他看一眼呆立在更衣室门口的吴长天，说了句：“那不是自投罗网吗？”

吴长天一句话说不出，默默地离开更衣室，独自上了楼。他站在没有开灯的卧室里，透过窗纱的缝隙可以看到楼下，别墅的后门已经打开了，被一束黄色的街灯照亮的小路上，停好了一辆汽车。夜晚的天空辨不出阴晴，星辰依稀，雾气朦胧。李大功吃力地把阿欣放进车子的后备箱里，拉着步履蹒跚的艾丽低头钻进了车子。郑百祥没有露面。车无声地开走了。活着的和死去的，都带走了。

吴长天这才发觉，自己的五十大寿，是个没有月亮的黑夜。

楼梯响动，郑百祥上来了，把卧室的吊灯打开。吴长天第一次注意到这吊灯是如此的刺目。他说了句：“别开灯。”他不想看见郑百祥的面孔，也不想让郑百祥从他紧蹙的额头上，看到他此时的心情。他此时最渴望的，是躲在暗处，他只想一个人沉默不语地独处。

郑百祥把灯关了，说：“吴总，到书房去喝杯茶吧，压压惊。”

他未答可否，但还是走出了卧室，和郑百祥一起下了楼。书房里还有一盏台灯开着。他知道这是一个无法入睡的长夜。他和郑百祥无言相对，在台灯的暗影里，坐了半宿。儿子吴晓，终于没有回来。

幸亏没有回来。吴长天不知为什么，这一晚怕见任何人的面，尤其是他善良的儿子。

清晨天快亮时他和郑百祥才分别找了个卧室，躺下来休息了片刻。太阳很快出来了，秘书把电话直接打到了他的床头，问他是否还去参加特种材料公司梁总工程师的遗体告别仪式，如果去的话，需要早些起程，路上车堵得很。他犹豫了一下，还是表示要去。放下电话，他起床下楼，无心吃早饭，就叫司机备车。郑百祥也早已叫好了车子，准备回公司参加预定要开的销售经理季度例会。两人心照不宣：在这几天内，任何计划中的活动都不能缺席，任何常规的会议都必须参加，任何该有的应酬都不宜省略；他们的行为和气色，不能有一丝一毫的反常和恍惚。

上午九点整，吴长天按时赶到八宝山革命公墓。他的到来，让所有参加告别仪式的死者生前的亲友同事，都深受感动。他以前没有见过死者的亲属，但家属们不可能不知道整个儿长天集团的这位领袖。他们连哭声都止住了，簇拥在他的身边，脸上露出感激和荣耀的表情，向他诉说着死者生前朴素感人的言论和他未能实现的种种愿望，那些言论和愿望大部分反映了死者公而忘私的高风亮节和对企业的一片赤诚。

特种材料公司是个拥有五千多名职工的大型公司，来参加告别仪式的人很多，大家自动让开路，目送着吴长天在材料公司的几位领导和一群治丧人员的前呼后拥下，率先走进告别室。

吴长天在遗体前默哀良久。他和这位梁总工程师并不熟悉，只记得曾经听过他的一次汇报，声音相貌都已印象模糊。那化了妆的遗容与生前相差几许，更无从判别。他的目光滞留在那张像蜡人一样的面孔上，脑子里的全部空间突然被昨夜死去的那个妓女强行占据。那同样像是涂了蜡的灰白的脸孔，那半开半闭的凝固的双目，放大了数倍在他眼前顽固地浮现出来，挥之不去。以致他在这位梁总工程师灵前的鞠躬致哀，都恍若是在向那个阿欣叩头谢罪，他的整个身体都禁不住摇晃起来。工作人员见状及时上来搀住，以为他是心情哀痛所致，连忙扶他离开遗体，一一和哀立一侧的家属握手慰问。家属们目睹了大名鼎鼎的吴长天灵前痛悼的真切一幕，无不为之涕零。吴长天木然地和他们握手，然后走出告别室，在特种材料公司领导的陪送下，走向自己的汽车。

上车前，他对特材公司的几个头头说："老梁的家属和朋友联名给集团写了信，要求按因公死亡对待，我没有批。因公死亡的条件是有明确规定的，老梁不符合规定的情况，我不好批。但是，老梁对你们特材公司是有贡献的，我建议你们在丧葬费和抚恤费的发放上，可以参照因公死亡的标准处理，必要时集团可以专门下个文件给你们，这样你们对其他人也好交代。"

这番话是他临时决定说出来的，不知为什么他此时突然生出一种特别的慈悲之心。人看见了死亡常常会得到某种启示，吴长天此时想到的，就是世事的无常。千万别陶醉于你现在的实权在握、荣誉加身、有那么多人追随和仰慕，让你一诺千金！这些都不可能永恒存在，一成不变。天地宇宙间一定是日出日落阴阳互换盛极而衰的，说不定哪一个黄昏，你现在拥有的一切就会消失得无影无踪。一想到自己同样终有日落之时，他就禁不住想对所有人大发善心。而今日事业的辉煌，个人权力的巅峰，注定都会化作一片过眼的烟云。

离开了八宝山灵界，他的思绪也慢慢地重返现实。他让司机把车子直接开到位于西城南长街的紫藤庐茶社。还不到中午，茶社里没有一个顾客。在那些用中国古老的漏格花窗隔出的一个个私密的角落里，摆着的都是些晋式的徽式的古旧桌椅。每一件旧漆驳亮的家具都像是见证了多少秘而不宣的历史，并且学会了老于世故的沉默。花窗和墙壁上，挂着忠、孝、仁、义几个颜体大字，苍劲饱满。吴长天先是坐在忠字之前，等着梅启良的到来。后又换到义字之下，占了那张在整个茶社里最不显眼的小桌。如果说，在忠字之下与梅启良见面有一种君臣气氛的话，那么义字之下的交谈则显然寓意了朋友间的平等相助。吴长天在那桌前的一张梳背椅上正襟危坐，叫了这里特制的招牌茶——一壶极品的"冻顶乌龙"，慢慢地品啜。他是今天早上动身去八宝山之前打电话约梅启良到这里来的。这幽静无人，便于说话的紫藤庐茶社他们以前曾经来过。

半个多小时之后，时值正午，梅启良匆匆赶来了，一脸疑惑。吴长天请茶僮添了茶杯和滚水，便表示不需要任何服务了。茶僮知趣地退避下去，梅启良才迫不及待地开口问道：

“是不是出什么事了？昨天那个受伤的女孩子怎么样了，要不要紧？”

吴长天一点儿也不回避梅启良的目光，缓缓地说道：“她死了。”

梅启良的瞳孔忽地放大了一下，又慢慢地收缩回去，他吸着气，低声惊讶了一句：“噢，怎么搞的嘛。”

吴长天说：“这件事我也没想到。可事情到了这个样子，有个情况，我也只能实话告诉你了。”

梅启良盯着他的嘴，不知他还要告诉他什么“情况”。吴长天斟酌了一下词句，说：“这个女孩子，是个妓女！”

梅启良脸色变了，惊得不知说什么好：“老吴，这不是从你们下属单位请来的职工吗，你怎么会找妓女？”

吴长天沉着脸，说：“她们是李大功临时找来的。李大功你是知道的，人很忠诚，就是有这些小毛病。”

梅启良气急败坏地说：“你既然知道他有这些毛病，为什么还让他办这种事！你现在是领导一个十几万人的大公司了，对有些水平不高的老部下，不管他们过去有多大功劳，档次太低的还是要坚决淘汰的！”

吴长天用手势压住梅启良的声调，说：“这都是以后再说的事了，现在得赶快商量咱们该怎么办。我吴长天是搞企业的，我沾上妓女顶多让社会上的人耻笑一阵，可我不能毁了你老梅。你是党政干部，现在又是你的关键时期，这时候不能出一点儿毛病，我吴长天不能对不起你梅书记。”

梅启良愣愣地，不知是为自己辩解还是为面子掩饰，说：“我没有什么，我又没和妓女干什么事情，人也不是我弄死的，我可以说清楚。”

吴长天做出一脸的诚恳和焦灼：“老梅，你这话要是真心的，我就好办了。可这种事，解释得清吗？你抱着妓女跳舞，眼看着他们几个和妓女拉拉扯扯直到出了人命，这你都在场，你解释得清吗？这种事新闻舆论最感兴趣。就算是疏通关系不做公开报道，可万一有人捅出一份‘内参’来，就能搞死你。你还能进常委吗？你的市委书记还干得长吗？这毕竟是出了人命啊，是多好的新闻材料啊！我吴长天是个老百姓，中国的传统，总归是礼不下庶人，这种有伤风化的事，我不怕。可你老梅是官儿！是党委书记！当了官儿就不能沾上这种事。美国人搞性解放几十年了，可克林顿还是不能出这种事，出了这种事总统都差点做不成。咱们中国老百姓自己可以乱来，可还是最恨领导干部生活作风有问题。这件事要是捅出来，群众准能说你腐败透顶！”

梅启良低了头，半天不说话。一开口，语气怨天尤人：“你们真是给我找麻烦！”

吴长天不去解释了，盯住他问：“你昨天回去，和什么人说没说这件事？路上和郑百祥的司机说了吗？”

梅启良看了吴长天一眼，没好气地说：“我说它干什么，又不是什么好事情。”

梅启良的表情已经非常恼怒，吴长天便住了嘴，以便给他一个冷静的时间，也给自己一个措辞的片刻。他现在与其说是要设法保护梅启良，不如说是为了让自己过关。因为尸体已经被李大功送走处理，和艾丽也已达成收买协议。现在他表面上像是在与梅启良通报情况，商量对策，实际上整个事件的走势，早在昨天夜里就已经确定，可谓箭已出弦，覆水难收。今天紫藤庐的这场秘晤，吴长天虽然以商量分析的口吻作为开始，但最后所要得到的结果，早就没有选择的余地，那就是必须胁迫梅启良与他们冒险同行。尽管刚才他等于把话都说得很明了，但从梅启良的反应上，他目前只想到了这件事对他可能产生的后果，一点儿也没有往如何遮掩的方面去想。这也难怪，出了人命，如何遮掩呢？谁敢遮掩呢？

还是梅启良自己，承受不住吴长天的沉默，他脸上流着汗，低声道："你说说这事你打算怎么处理吧。"

吴长天知道，要拉梅启良同路，必须把既成的事实说清，于是他说："尸体我们已经处理了，这些妓女都是那种到处漂泊的人，丢了也没人会找。和她一起的那个我们已经谈好了，她拿了钱会离开北京到别处去，换个名字继续干她的生意。在任何城市里，她们都是一群历史复杂、面目不清的人，而且，也不怕她们喝醉了到处乱说，谁都知道这种女人嘴里没一句真话。"

梅启良抬眼看他，像看一个不认识的陌生人。他压着声音，说："老吴，你怎么这么糊涂啊，这样不行的，瞒不过去的，你的胆子太大了。"

吴长天反而镇定了，他狠狠地说："我这是为了你！梅书记，我不为了你我干吗要这样！人又不是我找来的，又不是我弄死的，这件事情没有我任何责任，最多让外界舆论攻击两天，我吴长天还是吴长天。我是怕，你要是真为这件事丢了官，我吴长天就算欠上你的债啦，我就欠了你一辈子都还不清的债！"

梅启良不知是强烈反对还是心里没底，低声叫道："可这种事总有一天会瞒不住的，你们这么做性质就变啦！"

吴长天想了一下，感到不能再这么一来一往地拉扯下去了，他说："我告诉你吧梅书记，我、百祥、大功，我们商量了一晚上，是为了你才决定这么做的。这事除了那个活着的女孩之外，只有咱们四个人知道。百祥和大功跟了我二十年了，我吴长天对他们，既当作事业上的部下，又当作情义上的兄弟。我对你梅书记也是一样，你是我的领导，也是我的朋友。这么多年看下来了，你老梅对我还不相信吗？"

话说到这个份儿上，梅启良也迫不得已，点头说："你老吴我信得过，百祥我不是最了解，李大功是个缺乏政治头脑的人，又爱喝个酒，喝多了嘴里什么都说……"

吴长天说："这种事他不会胡说的。而且这两个人倒是讲义气，你对他们好，他们会回报，可你要是对他们不仁，他们也会不义。这事既然木已成舟，也只能顺水行船了。你要真把他们送到公安局去，他们能合起来反咬你一口，说是由你策划掩尸灭迹，他们只是被迫行事。那时候谁来为你证明呢？"

这当然是一场露骨的恫吓了，只是被吴长天说得比较婉转，又暗合了梅启良此时的担忧，因此听来竟不觉冲撞刺耳。梅启良用手绢擦着额上的冷汗，用很不习惯的表情，问："尸体怎么处理的，稳妥不稳妥？"

这已经是一种上路的表态了。吴长天说："李大功干这种事，还是稳妥的。梅书记您尽管放心，这件事即使今后捅出来了，我们也会说你完全不知情。今天咱们见面，只有老天爷看见了。你只要一切如常就行了，这一段我们长天集团求你解决什么问题，只要不是违法乱纪，万万不可回避，否则反而显得不正常。"

这个话，与其说是一句提醒梅启良如何掩护自己的注意事项，不如说是暗示长天集团产权界定这件事要他务必帮忙，实际上是一种交易，同样带了些威胁的性质。但梅启良对一切都只能点头，他神情黯然地说："我会处理好的。"

两人在紫藤庐茶社角落里的那"义"字下面分了手。梅启良先走，和来时一样，在门口叫了辆出租车，回党校去了。梅启良一走，吴长天强撑了半天的镇定，也几乎将他的气力消耗殆尽，身上渐渐透出虚弱来。他哆嗦着喝干了杯中的残茶，用手持电话叫来了停在附近一条小街上的汽车，直接回了公司。

下午，李大功也回来了，吴长天不想听，又不得不听他详细地汇报如何送艾丽回家，如何将阿欣的尸体坠上重物沉在河北省境内一个很深很偏僻的河里。郑百祥也鬼鬼祟祟地走进吴长天的办公室，商量如何向艾丽支付封口的钱。吴长天说：“不要动公司的钱，三十万元的现金提出来不会没有动静，无论用什么名目都得有收支凭证，还能让艾丽签个收条入到账上吗？还是用我自己的钱吧。”郑百祥说：“我也出一点儿，我们三个人分摊这笔钱。”吴长天摇摇手，说：“你的钱你太太看得那么死，别让她再给公安局张扬出一条线索来，还是我出吧。”他打开保险柜，取出一张定期的存单，交给李大功，嘱咐他取出来后亲自交到艾丽的手里。对粗心大意的李大功他不得不交代得十分详细，“你不要送到她家去，把她约出来交给她，然后让她赶紧离开北京。”吴长天一再嘱咐，“以后你就再也不要到她的家去了。”李大功拿着那张存单，低头叹气：“吴总，我们挖的坑，让您拿钱给填上，这让我怎么说呢，就算我李大功欠您的吧。这辈子我要是还不上，下辈子我一定接着还！”吴长天沉着脸没有说话。郑百祥说：“当初要真是像褚时健那样弄个小金库倒方便了，咱们以前哪儿想到能出这种事啊。”

吴长天一点儿不心疼钱，如果能拿三十万块钱摆平此事，还有比这更合算的交易吗？但他把那张存单交给李大功时心里还是不能自禁地有点儿酸楚。这是妻子留给吴晓的钱，这些年他是从没用过一分一厘的。妻子九泉之下怎会知道，如今他竟是这样地动用了她的这笔血汗遗产。

十二

在这个没有月光的晚上，林星走出京西别墅。她没有回家，而是去了“月光”酒吧。

吴晓果然已经在这里了。林星进去的时候，整个酒吧正回响着那首忧伤委婉的《天堂之约》。看来吴晓和他的乐队也最喜欢这首好听的曲子，早不在乎它是否是一支送葬的挽歌。

世纪末的年轻人只管随心所欲地表达自己，谁有兴趣总去查究每样东西的出处和原义？何况是这种主题无定的音乐呢。而且音乐所产生的反应本来就常常与原意不符，抽去了原意的音乐也许更便于表达那些因人而异的审美含义。林星每次听到这散发着唯美光辉的旋律时，都像是回到了和吴晓初识的那些日子，可惜她那时竟没有意识到被吴晓暗恋和追求是一件多么带劲儿的事。

一曲终了。吴晓和他的乐队一起下了台，围坐在台下一个中年男子的身边，恭恭敬敬频频点头地听他高谈阔论。那人大概就是电视台的编导或制作人吧。看那其貌不扬的家伙被吴晓他们那么虔诚地簇拥着，林星心里真有些愤愤不平。谁让大家都不幸地生在电视霸权主义的时代呢，无论各行各业，见着电视台的人都得俯首称臣。因为电视有权让许多平庸的家伙一举成名，有权让某个艺术门类、某项体育运动以至某件普通商品，风靡世界。当然，也包括了音乐。

那电视台的编导发表完议论，起身要走，几个年轻人连忙热烈地将他送至门外。他们在路过林星身边时，她出声叫了吴晓，吓了吴晓一跳。她笑笑挥挥手，说你先去送客人吧。

吴晓送走了那位编导，又返身回来找她。他问："你怎么在这儿？"她不答，故意反问："你怎么也在这儿，你不是给你爸过生日去了吗？"吴晓如此这般解释一通。林星则撒谎说："我以为你今天不会来演出了，所以就来这儿坐坐。"吴晓问为何我不在这儿你才来坐？林星笑道省得你老烦我。

吴晓今晚在这儿的演出显然已经结束了。林星就说我肚子有点儿饿你能不能陪我去吃夜宵？吴晓说行。其实林星并不饿，她只是希望把时间拖晚一点儿，吴晓大概就不会让她一个人回家而自己回他爸爸的京西别墅了。

他们走出"月光"，当街打了辆车。到了一家做夜间生意很出名的餐厅。林星点了皮蛋粥和几样点心。最近他们的钱有点儿紧，所以她留意把钱数控制在一百块以内。花一百块钱去享受和自己最爱的人一起吃夜宵的轻松与亲密，在林星目前的心情上，无论再紧也非常值得。

在这间餐厅里舒舒服服地吃了粥和点心，结账的时候，很意外地，他们看见了一向久违的刘文庆。

刘文庆喝醉了，不知为什么事与人争执起来，争到后来一帮人打作一团。几个人架着他连踢带踹地扔出门外。林星和吴晓出了门，还看见他醉得烂泥般地躺在便道上，一脸血污。林星不忍，和吴晓一起架起他叫出租车送他回家，走到半路才想起艾丽和阿欣说过刘文庆和原来住在一起的父母兄嫂因为炒股亏钱的事翻了脸，所以早就搬出来了。林星问他现在住哪儿，刘文庆醉得胡言乱语话不成句。没办法，林星只得让司机把车开到了静源里。因为她有很多东西还都放在那儿呢，所以当初搬出来的时候她和艾丽阿欣说好留了一套大门的钥匙。

送到静源里之后，刘文庆一下车就吐了一地，弄得吴晓直骂脏字，但他还是和林星一起吃力地架着断了脊梁似的刘文庆上了楼。林星用钥匙开门，发现门是反锁的，敲了半天里边才有响动。门打开了一条缝，里面像是艾丽的声音：“谁呀？”艾丽问得战战兢兢。

林星说：“我呀。”

艾丽又问：“你是谁？”

林星觉得怪怪的，用力推门，“连我你都听不出来啦，我是林星！”

他们进了屋，艾丽惊恐地看了半天，才看出这三个都是熟人。林星问：“你怎么没出去还是今天回来得早？”艾丽吞吞吐吐地说今天有点儿不舒服，所以没出去。林星也看出她确实是不舒服了，脸色不好，话也不多。以前艾丽见到吴晓总是比较饶舌，今天却一反常态连眼神都没和吴晓碰一下。

林星让艾丽帮忙，把刘文庆脸上的灰土和血迹洗了洗。看他在沙发上躺着呼呼大睡起来，便留给艾丽照顾，自己和吴晓告辞了出来。夜已经很深了，吴晓没提回京西别墅的事，她也没提，两人搭上一辆出租车直接回到了扬州胡同。

回到了家，草草洗漱，上床以后林星才问起吴晓拍 MTV 的事怎么样了。吴晓累了，所以答得极其潦草。林星也就没把去见夏卫华的事拿出来细说。两人就这么睡了。第二天早上起来林星恍恍惚惚总觉得忘了什么事情，直到第三天才想起她是把自己的手包丢在静源里了。

正好这天上午她要去医院检查，去之前就先拐到了艾丽那里去找她的手包。艾丽不在。

意外的是，刘文庆居然还没走，而且一改前日的狼狈，突然变得容光焕发。林星进门时他正在屋子里吃苹果，用一只过大的水果刀把果皮削得有条不紊。见到林星他显得有几分兴奋，以为林星不知道他前日醉酒的丑态，于是把被打改成了打人，向林星大大地吹嘘了一番，以解释自己额头上那块小伤的由来。

林星懒得揭穿他，只问："艾丽和阿欣呢？"

刘文庆答："她们呀，走了。她们不在北京干了。"

林星问："到哪儿去了？"

刘文庆答："不知道，可能是去南方了吧，南方沿海比这儿开放，钱也好挣。"

林星以为他是在开玩笑："那你在这儿干什么？"

刘文庆理直气壮地说："艾丽同意我住在这儿的，就算是帮她们看房子吧。正好我现在没地方住。"

林星皱着眉毛，越听越不对劲："艾丽同意，我还没同意呢，这是我的房！"

刘文庆冷笑道："你不是租给艾丽她们了吗？她们交了一年的租，还没到期呢。你学过合同法吗？新合同法刚公布，要不要我给你买一本？"

林星愣了好一会儿，才白着眼说："你是说真的还是逗呢，我可没心情跟你逗。"

刘文庆坐在沙发上吃苹果，很舒适地跷了二郎腿，晃着说："咱俩现在又没什么关系了，我跟你逗个什么劲儿。"

林星在茶几上找到自己的手包，不想再做逗留。刘文庆的腔调让她很是讨厌。她拉开门，说："等艾丽、阿欣回来。叫她们给我打电话。我们合同里可是有一条，房子不能转租！”

刘文庆站起来，一直追到楼梯上，说：“干吗呀，不至于吧，我这就快发财了，还怕我占你的便宜？咱们过去好歹也是朋友一场，你总不能连个空房子的门缝都不给留吧？”

林星一路往楼下走，一句话也不答。

离开了刘文庆，林星去了医院，不知是因为自己的尿素氮指标又高了，还是因为刚才刘文庆的那些话，她一路上感到非常恶心。在医院的卫生间里她吐了半天，却没有吐出多少东西。

检查之后，有两位医生，其中一位还是主任，一脸严肃地出来找她谈话，医生还没开口她就隐隐预感到不会是什么好的消息。

果然，她被建议将现在每周一次的透析增加到每周三次。医生面无表情但很详尽地讲了她的病情和很多医学专业的道理，还讲了不增加透析的后果。虽然现在医院都在想方设法地创收赢利，但从医生们的表情上她相信他们是真的为她负责。可她想的是，钱呢？她没有细算可大概知道要是一周透析三次的话她和吴晓肯定支付不起。

从医院出来，她站在街上想叫出租车回家，车来了她又挥手让它开走。她想她现在绝不是那种可以一抬手就坐出租车的水平了。她知道吴晓上午有事出去中午不会回家，但她还是没敢在街上花钱吃午饭。倒了几趟公共汽车回家之后，自己把剩了多日的一块已经干透了的烙饼，用菜汤烩软胡乱地吃了。然后就一心等吴晓回来。

可吴晓回来她又能怎么说呢？艾丽和阿欣预付给她的一年的房租，已经花得见底了。吴晓一天跑两个场子演出挣的钱，大部分也都花在了她的身上。从外表上看吴晓还是个孩子，这让林星非常不忍。她知道他喜欢玩儿，喜欢漂亮的衣服，喜欢去发廊做发型，喜欢和朋友聚餐，喜欢在自己的屋子里变换各种摆设，上街从来都是叫出租车，而且起码是个夏利，连“面的”过去都很少坐……可这半年来他远离了他喜爱和习惯的一切，他必须俭省自己把钱攒下来给她治病。她和他也常常一起逛商场，哪家高级商场新开了张他们无一例外地都要去逛。但也就是逛逛而已，并不真买东西。她一看到吴晓在那些多姿多彩的家居用品前面流连注目就心疼不已，看到他在那些名牌服装店试穿着种种新款的衣服照完镜子再恋恋不舍地脱下还给服务员，她就无地自容。她不敢想下一步要是真把透析的次数增至三倍，他们该是怎样的窘迫。她觉得她没有权利让吴晓陪着她过那样狼狈不堪的生活。

可她又不能离开吴晓，撇开钱不说，吴晓是她精神上的支柱。如果她对吴晓不是这样生死相依的感受，她其实完全可以接受他父亲的建议——用吴长天的钱治病，然后离开他的儿子。

可假使让她这样子离开吴晓，她宁愿这病不治了，去死！

傍晚，她估计吴晓快回来了，就开始做饭。她胃里的恶心越来越难忍，自己是什么也不想吃的，但还是很认真地准备着这顿虽然没什么好东西但品种力求丰富的晚饭。一只西红柿和两个鸡蛋，炒了一个菜还冲了一个汤；拍了一根黄瓜，用醋渍上；把一个土豆很细很细地切了丝，准备用干辣椒爆炒，这是很下饭的菜。还没炒吴晓就回来了。每逢吴晓用钥匙开门的声音传进屋子，她的心就快乐得咚咚直跳，好像身上每一个窍门都张开了。胃在那一瞬间也不恶心了。吴晓进屋看了她一眼，说：“你脸色可不好。”她想就势把医生的建议说了，但张不开口。她害怕张口是因为不知道吴晓会是什么反应。

吴晓走进厨房替下她，让她回床上躺着去。她没去躺着，就端把椅子坐在厨房门口和他讲今天见到刘文庆的事。她说这事时的口气已经完全是一种家常的闲聊，没有半点儿生气了。吴晓似乎也没有太在意刘文庆住了静源里的房子，只说他既然住在那儿了你以后就少回去，我也跟我爸说说，以后给我送东西别再让艾丽和阿欣转了，要不然她们能跟好多人说咱们的事。她们这种女孩虽然有不少挺善良的，但全都是烂嘴。

两人又聊别的，海阔天空。吴晓说他今天不去演出了，所以他们的这顿晚饭吃得很悠闲、很从容。吃了饭，收拾着碗筷，吴晓才想起来问：

“你今天去医院了吗？医生怎么说？”

林星这才把医生的意见说了：“医生让我增加透析，要不指标控制不了。我说我最近怎么老是恶心难受呢。”她故意把口气处理得轻松随意。

吴晓停下手中扫地的扫帚，皱着眉头问：“得增加多少次啊？”

林星看他皱起了眉头，心里说不出有多紧张：“得三次吧，每周。”

吴晓接着扫地，什么话也不说。林星心头怦怦地跳，她说：“我没答应医生，我想还是每周一次吧，反正恶心我也习惯了，走一步看一步吧。”

吴晓闷闷地说：“那哪儿行啊。”

可不行又能怎么着，他也没说。扫完了地，吴晓就在窗前站着，不知是看外面还是发呆。

林星也就不再说这件事了。她退回到卧室，收拾着堆在床上的衣服。她隐约听见客厅里吴晓在用手机给什么人打电话，那手机是他刚刚从家里带出来的。她拉开卧室的门偷偷地听，吴晓背对着她，说话的声音有些激动。她听出他是在和他的父亲通话，他和他的父亲在争吵。紧接着，她又听出他们的争吵是为了她。吴晓说：“我的要求很简单，为什么还要过几天当面谈？我知道您在开会，您用半分钟就可以告诉我行还是不行……”吴晓的父亲不知说了些什么，吴晓的声音突然软下来，“爸，我求求你成吗，求求你成吗，每个月只要再补我三千块钱就行……”他的父亲不知又说了些什么，吴晓听了半天，再也没了声音，他慢慢地挂掉了电话，连再见都没和父亲说。

他转过身，看见了站在卧室门口的林星，他目光回避。林星却盯住他，问:“你和谁打电话？”

吴晓说:“和一个朋友。”

林星感觉自己的胸口堵住了什么东西，想吐，可她拼命地扛住。她说:“吴晓，你是知道的，我不愿意你去求你爸，不愿意你为了我去求你爸。我知道你是吴长天的儿子，可我，我和你在一起，我也想要尊严，你应该让我也有尊严！”

吴晓想解释:“他是我爸爸，我是他唯一的亲人，我凭什么不能求他？”

林星突然激动起来，她有无数的苦闷、担忧和委屈压抑在胸中，她突然控制不住，不顾时机地发泄出来:“我不会用他的钱的！他这么歧视我，反感我，我能用他的钱吗！我是人，不是动物，谁来喂食都吃！”

吴晓本来正生着气，让她高声大喊地这么一逼，也冒火了:“好，你有骨气！宁可饿死也不食周粟，对不对！好，那我告诉你，我现在没钱了！‘月光’酒吧也跟我们解约了，我告诉你我没用，我挣不着钱给你了。你要尊严我也要尊严，你要尊严就别整天跟我说难受！”

这不过是吵嘴的话，过与不过，当不得真的。可林星偏偏最怕的、最敏感的就是吴晓有朝一日对她不好。吴晓嗓门一大，她的情绪就崩溃掉了，疯了似的跑出门去。她想也许自己真该去死！死了她就不会再恶心了，身体和内心，都不会再难受了。

她跌跌撞撞地，走出了他们的那条小街，走过了扬州胡同的汽车站牌。夜晚的街上车水马龙，她不知去向何方，盲目地抱着双肩在人流中走着。心里实际上盼着吴晓能追出来找她，能像以前那样追出来哄她，劝她回家。但这回吴晓没有，这使她绝望极了。

林星就这样孤独地在街上走了很久，这种心情真是生不如死。但真想到死的时候，她发现让她最舍不得的，还是吴晓。冷静下来以后，她反省自己对吴晓刚才说的那几句话，反应得可能是过分了。冷静之后她开始想回家，面子上一时还有些僵持。但在街上待到浑身再无一点力气的时候，她还是回家去了。

家里的灯黑着，她以为吴晓是赌气先睡了。走进卧室拉开灯，才发觉吴晓已经走了。她哭了，因为那一刻她突然有一种被抛弃的感觉。她想到吴晓一定是回他的京西别墅去了，一定是不再回来了。

这个突如其来的恐惧把她逼疯了。拖着早已麻木的双脚，她不顾一切地冲到街上，拦了辆出租车就往京西别墅跑。京西别墅的门口静静的，灯光昏暗，周围不见人迹。她按门铃，她想就是死在今夜，也要见他一面。她要告诉他她是多么地爱他，还要告诉他她永远不会恨他，还要告诉他她在阴间也会保佑他……门开了，一个保姆样子的女人出来，问你找谁，她喘着气说找吴晓。那保姆这才想起见过她，说："噢，吴晓一直都不回来住了，而且他爸爸也到吉海去了，现在家里没人。"

保姆的回答把林星全身的激动一下子松弛下来，她的胸口立刻缓过一丝活力。她很感激地谢了那位一脸莫名其妙的保姆，又搭车往"月光"酒吧去。到了"月光"她依然未见吴晓。台上有一支陌生的乐队正在鼓噪。她这才想起吴晓说过他们的天堂乐队已被这里解约。她又乘车奔他们演出的另一个名叫"金丝鸟"的酒吧而去，在那里终于看到了天堂乐队，看到了钢琴师、架子鼓和键盘手，但唯独没有吴晓。乐队的哥们儿七嘴八舌地告诉她吴晓本来今天不舒服请了假，可他刚才又来了跟大伙借了点儿钱说给你治病的。林星听了一边笑着一边热泪盈眶，乐队的哥们儿见状围着她送上一句接一句的安慰和鼓励，说林星这病没什么，你别怕，有好多人得这病都没事我们认识的人就有治好的。

林星一点儿都不怕了，她甚至忘记了疲倦和恶心，带着火热的心情回了家。正如她期待的那样，吴晓已经躺在床上了，听见她走进客厅的声音才匆忙熄了卧室的灯。林星走进卧室，没去开灯，摸黑脱衣上床。吴晓背着身不理她，装作睡着的样子。林星静静地躺在他背后，像往常一样轻轻地给他挠痒，挠够了就从背后抱住他。整整一夜她都这么抱着他，一夜谁都没有说话。

第二天一早吴晓拉着她去了医院，交了一个月共十二次透析的钱。然后他守着她做了一上午透析。快一点钟他们才从医院出来。吴晓说时间都过了就在街上吃吧。林星却拉着他坐公共汽车回了家，她说还是节省点儿回家吃吧，我来给你做。

透完析她的体力和感觉都好多了，给吴晓做午饭也就变成了一种享受。晚饭也是以她为主做的。夜里吴晓回来她还给他煮粥当夜宵。她知道他们这种天天晚上演出的人都有吃夜宵的习惯。熄灯之后，他们依然相拥而卧。林星不急于睡，她喜欢关了灯唧唧哝哝地搂着吴晓天南地北聊上一阵。通常他们聊天都是她问他答，问五句答一句林星都习惯了。而这一天林星问了好多问题他一句未答，像是心事重重的样子。林星摸着他问他是怎么了，是不是又不高兴了，她没想到黑暗中的吴晓答非所问竟然说出这样一句话来：

“林星，咱们干脆结婚吧。”

林星吓了一跳，她说：“你怎么突然想起这个了？”

吴晓闷闷地说：“只有结了婚，我爸也许才会帮助我们。我总不能老是跟我的哥们儿借钱花。”

林星打心里不理解吴长天何以这样做长辈，但她不愿当着吴晓的面说他一句坏话。他们毕竟是父子，有天然的感情。在吴长天的企业王国里，他是人人公认的道德领袖和正人君子，也许只有林星才会觉得，在那张道貌岸然的面孔下，潜藏着某种伪善。为了让儿子的婚姻符合他的商业利益，不惜那么固执和残忍。也许在他那一代人的眼里，她和吴晓的爱算不了什么，胡闹而已，任性而已，年轻人短暂一时的冲动而已。

但此刻，在突然凝固下来的黑暗中，林星把吴晓的求婚确实当成了一时的冲动，或者是对他父亲的一种赌气。即便吴晓确实是为了她的病，她也不愿意让自己的婚姻，让这种人生最美好的终身大事，成为套取吴长天经济援助的一个手段。尽管和吴晓结婚并且厮守一生是她最迫切的人生之梦，但她还是保持了必要的清醒。“结婚可不能这么仓促，太仓促了你以后一定后悔的。”她说，“而且咱们现在没有一点儿钱了，要结也没法儿结呀。”

吴晓说：“没钱就不能结婚吗？你从没主动提出过要和我结婚，就是嫌我没钱吗？”

林星的眼泪一下子破眶而出，她紧紧抱住吴晓，哽咽着说：“我能嫌你没钱吗吴晓，我跟你在一起只能让你受苦，我心里不好受，真的真的不好受，我都不知道怎么报答你了，我能嫌你没钱吗！”她说着拱在吴晓的怀里呜呜地哭起来。

吴晓也抱住了她，吻她，说：“那好，我们就结婚！”

第二天天一亮，他们就默默起床，心里充满了幸福和悲壮。他们手拉着手，跑到林星户口所在的街道办事处去做婚姻登记。登记处的同志告诉他们仅有身份证是不够的，还要有未婚证明，婚检证明，还要签订计划生育保证书等等。他们跑了三天，跑来了所有法定应具备的文件。尽管很累很累，但一切都比想象的顺利。只是在吴晓到他户口所在地的街道办事处去开未婚证明时，人家认识他是吴长天的儿子，不禁有些奇怪：“哟，你怎么这么小岁数就结婚呀？”吴晓说：“不是够年龄了吗？”他们又问：“跟谁呀？”吴晓答：“跟一女的。”他也不管身后街道干部们的窃窃私语，拿了证明信就走。

在这一天的下午，婚姻登记处快下班的时候，那个象征着合法婚姻的大红印章砰的一声盖在了崭新的结婚证上。为他们盖章的一位中年妇女还怕不牢似的用力压了压，然后抬起头来，例行公事地大声说道：“祝你们生活美满，白头到老！”

婚礼就是一桌饭，定在北京一条最不起眼的小街道上的一个最不起眼的小饭馆里。那小饭馆名叫“小四川”，一桌席连酒水在内只收三百元。嘉宾中没有双方的父母和任何亲戚，只请了天堂乐队的几个成员。在这个世界上，关心、了解、赞成并自愿见证这场爱情的，只有吴晓的这几个哥们儿。除了新郎新娘打扮得像金童玉女般娇嫩外，这桌并不高档的饭菜加上那几位衣着随便的嘉宾，让旁观者怎么也不会意识到，这是一位漂亮的女孩和一位巨富之子的婚礼。

那天大家喝了很多酒，开着荤素都有的玩笑。后来那位键盘手喝醉了，突然直言不讳地对吴晓说：“吴晓你结婚也不事先找找我，我家有本香港出的皇历。我都查过了，今天不是个好日子，皇历上说了今天不宜嫁娶！”说得吴晓和林星面面相觑。其他人安慰他们：“别理他，这小子喝多了。”那键盘手还争辩：“我没喝多少，不信你们跟我回家看看去……”直到大家七手八脚把他按到桌子下面，他还嚷嚷着：“吴晓，没事，你媳妇将来要是闹事，哥哥我教你一招狠的……”

都是年轻朋友的酒后胡言，谁也没太当真，没觉得不吉利，吴晓和林星都没生气。

饭后大家就分了手，除了酒气冲天地站在“小四川”门口说了许多祝福的话之外，没人跟他们回去闹洞房。他们的洞房里摆了那几位朋友和林星单位的一些同志送的结婚礼物和几簇艳丽的鲜花，除此之外和往常并无二致。礼物都是些家常实用的东西：毛毯、锅，还有一套凉杯等，但包装得大红大绿，闪亮的包装纸上还有心心相印的图案和大红双喜，给整个房间带来一些喜洋洋的新气。

吴晓说这几天折腾得太累了，咱们早点儿睡吧。他边说边铺开被子，林星则坐在床上没动。

她说："吴晓，这可是咱俩的新婚之夜呀。"吴晓打着哈欠说："咳，都老夫老妻了，还讲究个什么。"

林星有点儿气恼，说："你怎么一点儿不懂浪漫，新婚之夜一生只有一次，你怎么就这样倒头便睡呀。"

吴晓懒懒地爬起来，说："我怎么不懂浪漫，我给你买过花你给我买过吗？你过生日我给你弄花样你给我弄过吗？"林星问你给我弄什么花样啦？吴晓瞪眼，"你过生日我给你挂了二十一个大气球，扎破了让你当鞭炮听，我还给你画了一张生日卡……"吴晓历数了他以往的种种浪漫之举，有些他不提林星倒真的忘了。

新婚之夜又能做什么呢，想想又实在没什么可做的。在此之前他们晚上很久都没有互相爱抚了，真像老夫老妻那样，每晚只是林星给他挠挠背，挠一会儿他就呼呼睡去。新婚之夜林星还是给他挠了背，挠完之后她抱着他很想让他爱抚自己。她不需要性欲，只需要爱的表达和爱的证据。她明明知道男人对一个天天相守的女人是没有欲望的，可她还是想要他的爱抚。

感谢新婚之夜，熄灯之后吴晓很懂事很通情达理地抚摸了她，虽然没几下就歪在她怀里睡着了，但还是给林星带来了巨大的欣慰和足可回味一生的快意。

第二天早上，林星带上一些喜糖和喜烟，到单位去应酬同事。因为她是社里的新人，和大家都不算熟近，所以她没请任何人参加昨天的婚礼。还因为她自己的故事从未对同事说过，这么漂亮的女孩竟有如此简单寒酸的婚礼，同事看了会奇怪的。送点儿糖和烟，礼节上点到为止，在这种知识分子成堆的单位里，也就算可以了。

清晨的街上，出奇地拥挤，但这拥挤给林星带来兴奋。她从心底里感受到，在这茫茫人海中，她是最幸福的一个。她心情开朗地换乘着公共汽车和无轨电车，赶到杂志社时上班的钟点刚过。也许今天来坐班的人还都未到，杂志社门口显得有些空寂。林星老远就看见在门口不远，引人注目地停着一辆黑色的轿车。车门一开，走下一个人来，她吓了一跳，不禁猝然止步。

那人不是别人，正是那位知名企业的掌门人，吴晓那位有钱有势的父亲。

十三

吴长天是昨天中午从吉海回到北京的，他带回了关于长天集团产权分析的完整资料和明确产权关系的具体操作方案。这个方案经过长达数月的反复推敲讨论，终于可以拿出来向有关主管部门呈报审议了。在送审之前，吴长天想，还是先带到北京，请在党校学习的梅启良看一看。

他一下飞机，就让随行的人把方案材料直接从机场送到党校，然后自己独自回到公司。

整个下午他都待在长天集团北京公司的办公室里处理文件，听北京公司的几个主要负责人的汇报。在汇报结束之后，秘书进来请示他要不要接听一个不通姓名的先生刚刚打来的电话。吴长天对那些搞不清是谁的电话照例是不接的，他头也不抬地吩咐道：“告诉他我不在。”

秘书出去了，两分钟后又回来，报告说又有电话进来，听声音还是刚才那位先生，说有要事一定要和您通话。

吴长天皱着眉说："你们留下他的姓名，说我现在不在。"

秘书说："他说了个名字，他说他叫阿欣。"

几乎是咣的一声，吴长天像活见鬼似的，呆住了。

阿欣？他眼前不可抗拒地浮现出那张灰白的、双目半开的、湿淋淋的脸，脑子里飞快地判断着这个电话该不该接。这当然是一个必须接的电话，但阿欣这个名字已经不可挽回地进入了秘书的记忆，他要是接了，今后一旦东窗事发这个秘书无疑将成为一个对他极为不利的证人。好在他只深思了片刻，就继续做出不认识此人的姿态，维持了原来的命令。

"说我不在。以后所有我不接的电话你们都可以留下对方的电话号码。"

他有意没有特指要留下这个"阿欣"的号码，以防构成秘书的特殊印象。秘书刚走，他就立即自己拨电话，呼叫郑百祥和李大功速到他的办公室来。在他们赶到之前，秘书已经把几个留下的电话号码放到了他的写字台上，秘书一转身他就急切地拿过来看，看到上面果然有阿欣这个名字，留的是个呼机号码。一看到"阿欣"这两个字，他就从心底里打出一个剧烈的寒战，同时又冒出了一头大汗。

郑百祥和李大功来了，他们一走进这间宽大无比的办公室就看到了吴长天惨白的脸色。

李大功问："吴总，您不舒服？"吴长天没有应声，示意他们关好门。然后直截了当地说："刚才有个人给我来了个电话，他说他叫阿欣！"

这句话让郑百祥和李大功都傻了似的，欲坐还站地呆愣了半天，郑百祥才像是隔墙有耳似的，放轻了声音问："他想干什么？"

吴长天说："电话我没接。他留了一个呼机号。"

吴长天把那号码拿给他们看。郑百祥和李大功面面相觑，谁也不知道究竟出了什么事。

同时，谁都知道已经出了什么事。

郑百祥问："要不要呼他一下，先搞清是谁？"

吴长天点头默许。李大功性急地绰起桌上的电话，被郑百祥按住："你别用这个电话打。"

三个人一起出了公司大楼，由李大功开车，往京西别墅来。电话就在路上，用李大功的手机拨的。呼过没多久，对方把电话打过来了。果然，是个男的，北京口音，嗓门粗重，问是谁呼他。从声音上判断像是个块头儿不小的中年人。郑百祥接过电话，先问："请问您是要找吴长天吗？"

那人说："啊，你是吴长天吗？"

郑百祥没答，反问："请问您是哪位？"

对方也不答，不信任地再问："你是吴长天吗？"

郑百祥语气肯定："我是。请问你是哪位？"

对方沉默了一下，问："你认识阿欣吗？"

郑百祥故作迷惑地反问："谁？阿欣？"吴长天显然明白了对方的意思，他向郑百祥摇头示意，郑百祥随即答道："我不认识。"

那人在电话里嘿嘿地笑了，并不揭穿他，反而直截了当地说："阿欣身体不好，她让我跟您借点儿钱，您不会不借吧？"

吴长天当然明白是怎么回事了。真是应了那句老话：没有不透风的墙。他们显然面临着一场明确的敲诈！

郑百祥态度死硬，口气却极力和缓："对不起，您在说什么我听不大懂，请问您是不是搞错人了？"

连吴长天都能听出这语气中泄露出的那种缺乏自信的优柔，对方还是嘿嘿笑："就借三百万，对您来说是个小数目，前几个月您坐一次暗庄就至少赚了好几个亿吧？”

郑百祥换了口吻，一下子变得声色俱厉，底气却依然是虚的：“请问你是什么人？”

对方的态度倒还是那么温和，温和中带着点儿油滑，也能听出几分暗中的狠劲：“我是一介草民，平头百姓，不怕把事儿闹大。三百万你们早点儿准备好，明天我还打这个电话。你们可开着机，可别把我弄烦了。”

那人说完就挂机了。郑百祥看看吴长天，脸上如丧考妣。李大功见两位老总谁也不说话，便把车子开进了行人稀少的辅道，靠边停下，扭头向后座问：“咱们怎么办？”

怎么办？

谁也想不出该怎么办。郑百祥百思不解地说：“这是怎么漏出去的？这事儿就咱们几个人知道，这个人从声音上听也不像是熟人啊。”

吴长天又盯问了一句：“他就是要钱吗？到底要多少？”

郑百祥说：“狮子大开口，张嘴三百万。”

李大功惊讶地叫了一声：“三百万？”

郑百祥说：“这个钱肯定不能给，一给，就等于咱们承认了这件事。如果他拿了三百万不再出声，还则罢了，如果没完没了地再找上来，咱们可就套进去啦。”

李大功讨论式地发表悖论：“可你要是不理他，万一他真把这事给捅出去，咱们更没法对付，给钱还算有个希望，不给钱就等于是把棋一步走死了。”

对李大功的担忧，郑百祥也无法答复。两人一齐看吴长天。每当部下把这种依赖的目光投向吴长天的时候，他是肯定会拿出自己一向的果断，做出决定来的。

他提了两点：“第一，钱给他，到这一步了不能再心存侥幸。钱还是从我自己的私人存款中出。第二，通过给钱，一定要搞清这是个什么人。不见人钱就不出手。”另外还有一条，吴长天憋在肚子里没说，看来这件事已经到了必须做最坏打算的时刻，所以他突然想到了一个人，那就是儿子的那个女朋友，林星。

他突然想到事发的那天晚上，林星曾经登门造访，他和她见了面。他记得他当时告诉她自己是刚刚睡下，她在他的客厅里逗留了四五分钟才走。他当时的神态似乎还算镇定，没露马脚。她走时他还谢了她为他选的生日礼物。那天晚上吴长天当然不会想到，这个不速而来的女孩子，有可能会在日后成为自己的一个证人。

到了傍晚，他又仔细琢磨了一下，认为很有必要再和林星见上一面。他本可以通过吴晓约她，但又怕吴晓万一跟着她一起来，谈起来就多有不便了。因为他无论如何不能让吴晓搅进这件事情，弄不好沾上一个伪证的罪名牵连进去，他将如何面对九泉之下的妻子？

于是他用电话问了林星工作的那家杂志社的地址，第二天一大早，就自己开了车子到门口来堵她。这是一个很笨的方法，万一她不来上班呢，岂不是白等？但不用此法又实在别无他法，所以他还是来了。没想到他刚刚等了半个小时就看到那女孩出现在街口，这似乎预示着他的运气还不至于霉烂透顶。他下车，想打招呼，还没张口女孩就看到他了，并且惊讶地停了脚步。

他脸上也回应一个惊讶的笑容，以摆脱应有的尴尬：“啊，咱们又见面了。你就在这儿上班吗？”

街上阳光明媚，映衬得女孩脸上气色极佳。虽然还能看出些体弱的样子，但精神上比在潭柘寺塔院和京西别墅两次相见的印象，都明朗健康了许多。她十分疑惑地看着他，看上去像是拿不准自己该严肃些还是友好些。她问：“您怎么也在这儿？您是找我吗？”

吴长天点头：“对。”他停顿一下，一时不知该怎样讲述来意，“呃——

我们谈十分钟可以吗？你现在方便吗？”

阳光下的女孩点了点头，这个动作使吴长天的心忽然柔软起来。这个动作不期然地让他把原来头脑中对那个踌躇满志、心高气盛的女记者的印象，换成了对眼前这个柔弱乖顺的小女孩的好感。这柔弱乖顺使她脸上的线条越发地清秀起来，皮肤也显得异常娇嫩和透明。

他环顾左右，说：“啊，我们在哪里谈？”

女孩指一下前方：“那边有个街心公园，行吗？”

他转头看了一下，很好，是一个很幽静的小花园，有围栏、矮廊和绿色的凉亭，还有一些高矮相间的树木。于是他们并肩移步，向那花园走去，在路人眼里，就像一对早饭后出来遛弯儿的父女。

进了花园，很自然地，走到了位于园子中心的凉亭。吴长天当然没有直接切入主题，他顺理成章地，先从儿子问起。

“吴晓这几天都忙什么？”

谈起吴晓，女孩欲言又止。让吴长天想不到的是，她脸上竟还挂出了几分羞涩，全然没有在潭柘寺塔院那天的激动和强硬。她答道：“他一直想回家去看您呢，可您前几天一直不在北京。您找我是想了解吴晓的情况吗？他现在可能还没起床呢，要不要我让他回家去找您？”

吴长天连忙摇手：“啊，不是，我是找你，谈另一件事。”

女孩用目光看他，等着他说。

“呃……你还记不记得大概在一周以前吧，有一天很晚了你来我家找吴晓，我们还聊了一会儿，你记得吗？”

女孩迟疑了一下，点头：“记得，后来我去‘月光’酒吧找到他了。”吴长天面上保持着平静，漫不经心的样子，内心里却搜索枯肠，措辞艰苦，“那天，那天晚上，吴晓和他几个叔叔给我过生日。我们一起吃的晚饭，吃完饭吴晓有事就走了，后来我们公司的人找来几个女同志想开个家庭舞会。你的两个朋友，我记得一个叫艾丽，还有一个叫……叫什么来着，对，叫阿欣，也来了，陪他们跳交谊舞。我是不喜欢跳舞的，那天也很累，就休息了。我一休息他们也就散了。可这两天我听说，你的两个朋友那天晚上好像出了点儿什么事。你听说了吗？好像那个叫阿欣的找不见了，不知道是不是被人拐卖了。有人怀疑是在我们那儿出的事……这就奇怪了，吴晓一走我就睡下了，我一睡下舞会就散了，她们也就走了，然后紧接着你就来了。我想你能不能帮我回忆一下，你那天晚上是几点钟来的？”这番话，吴长天可谓机关算尽，把自己的意思不着痕迹地伪装起来，看上去仅仅像是在找林星核实一下那个晚上她登门造访的时间，但他一上来就有意把当晚各种活动的前后顺序，以及每个当事人聚散去留的时间关系一一排列叙述了一遍，实际上是对眼前这位潜在的证人的一种变相引导，而且不露声色地在她的记忆中强加进某种印象。

林星显然毫无警觉，顺着他的说法答道：“我去您那儿大概快十点钟了吧，也许是十点多一点儿。因为后来我从您那儿出来到‘月光’酒吧的时候已经快十一点了，吴晓他们正在台上演奏呢，这个我印象特清。”

吴长天说：“对，我记得你来的时候还不到十点吧。我们还在客厅里聊了一会儿嘛，还说到你给我送的生日礼物呢，你还记得吗？对对对，那个睡衣我真的很喜欢。那天咱们大概聊了有半个多小时吧。”

这当然又是一次精心的误导，女孩虽然没有完全认账，但她认同的时间，显然也大大超过了那天他们交谈的实际长度。

“没有，也就谈了一刻钟吧，那天我看你挺疲倦的，就没多坐。”吴长天做回忆状：“啊，是吗。”话到此处，他心里基本是满意的，关于对事实部分统一口径的目的，已基本达成。

接下来，他乘势提出了一个要求，这也正是他今天的真正来意：“林星啊，将来有关部门要是找我了解情况的话，我可还得找你帮忙啊。我现在的记性真是不行了，你说得比我清楚。有人要是来了解情况还得你来说说，就算是请你给我们当一回小证人吧，好不好？”

林星点了一下头，但脸上挂出疑惑：“您知道艾丽和阿欣到底出什么事了吗？她们好像都离开北京了，她们好像真的出了什么事。”

吴长天含糊其词：“我也是听公司里的同志说起的，好像是这两天公安局的人打电话到公司询问那天晚上她们到我家跳舞的事。那天的事我也记不清了，就想起你来了。早上我上班路过这儿，就顺便停车看你在不在，想请你帮忙回忆回忆，正好碰上你。你的病最近好些了吗？”

吴长天匆忙结束了这个话题，唯恐继续下去会不留神扯出其他难以自圆其说的情节，所以他把话题转到了林星的病上。但马上又意识到问她的病情似乎也不够妥当，因为几天前儿子还把电话打到吉海，口气急切地向他要钱为她治病，他没有答应，坚持等他回京后父子二人当面谈了再说，儿子气得挂了电话。要不是昨天突然跳出那个神秘的敲诈者，搞得他直到现在都坐立不安的话，他今天本来是计划和儿子好好谈一谈的。他还是想说服儿子再慎重考虑此事，他可以同意儿子和林星交朋友，现在的年轻人交异性朋友也不非得是以结婚恋爱为目的。但无论时代怎样不同，终身大事总不能仓促决定。儿子还那么年轻，几年之后再考虑决定自己的婚恋对象，也为时不晚。几年之后儿子和林星大概都不会像现在这么冲动了。而且，说句不免残酷的话吧——几年后这女孩子的病究竟是好是坏，她究竟是活着还是已经死了，也还不一定呢。

说到病，女孩的脸上有些百感交集似的，有点儿想哭，又忍住了。作为掩饰，她还笑了一笑，说：“还好吧。”又说，“谢谢您关心我。”

吴长天看看表，看表的意思是谈话可以结束了。在这场短暂的谈话中，他像以前一样，对女孩始终保持着长辈的慈祥与和蔼的态度。他说："今天耽误你上班了，我们以后再聊吧。"

他伸出一只手，向女孩告别。

女孩和他握了手，她的手比以往更多了一些软弱。她的目光也多了几分猜不出来由的羞涩，和他对视了一下，却并没有像以往那样急于回避，她说："我以前，一直不知道该叫您吴总还是该叫您叔叔。现在，我也不知道，不知道该叫您叔叔还是该叫您……还是该叫您父亲。"

吴长天愣着还没有反应过来，她又说："我和吴晓，我们已经在昨天结婚了。"

什么！吴长天的笑容甚至来不及收回去，一下子僵在了脸上。

因为激动和局促，女孩的脸孔也赤红起来，声音却很平静，不带一点儿激动地娓娓道来："这件事，本来应该由吴晓来告诉您的。因为怕您生气，所以我们没敢请您参加我们的婚礼。我不乞求您祝福我们，但我想请您相信，我会永远永远爱吴晓的，我会尽我全部的力量，让他幸福。我请您相信！再见吧，爸爸。"

这个女孩儿从从容容地转身走了，她叫了他一声"爸爸"，然后消失在花园的入口。吴长天一句话都没有说，或者是一句话都说不出来。没有祝福、没有责骂，甚至没有来得及表示疑问。他完全被惊呆了。几乎弄不清是梦是醒，弄不清自己此时是何等心情，弄不清这女孩刚才的宣告，对他来说意味着什么。意味着儿子彻底离他而去了吗？他心里空茫一片，慢慢地走回自己的汽车，手指哆嗦得几乎插不进钥匙。在稍稍镇静之后，他心里生出一种压抑不住的耻辱和愤怒，他不知道该恨这个女孩还是该恨儿子。他们竟然对他以父亲的身份很正常地提出的反对意见，做出如此激烈的对抗和报复。

背着他结婚，不通知他就自己举行了婚礼，连个最后通牒都没有，就举行了婚礼！他想不到儿子会突然变得如此忘恩负义！他是他唯一的亲人，是一粥一粟把他养大又那么爱他的父亲，他竟这样对待他，这样不留余地地刺伤他的感情。儿子这样做等于让他在他所有的部下、朋友和梅启良这样的领导面前，在一切生人和熟人的面前，成为笑柄。他想，毫无疑问，一切麻烦都源于这个女孩，如果不是有了这个把自己的目标看得高于一切的女孩，这个要做什么就不惜一切都要做到的女孩，这个因为他没有为她的病付钱而被激怒了的女孩，儿子怎么会这样！

他呆坐在汽车里，很久，很久，被恼怒和伤心煎熬着，身上出了很多汗，像病了一样的不舒服。从这个女孩第一次无所顾忌也不懂规矩地闯入他的办公室要求采访的那时起，他在印象中就对她怀了某种反感。他从来不喜欢过于任性的女人。这一点男人和女人是不一样的，最富于攻击性的男人也懂得迂回和避让，但女人的攻击性总免不了有点儿肆无忌惮，常常对他人构成正面的侵犯。到此时，他对这个女孩的痛恨，达到顶点。仔细算算，父子的疏离、反目，生日之夜的流血惨案，他遭遇的所有厄运和绝境，似乎都和这个女孩有关，都是因为认识了她才一一发生的。如果这个小星星果真是他命运中的一颗灾星的话，那么今天他找上门来求她帮忙消灾避祸，岂不是自投罗网吗？一种不祥之感蓦然笼罩上来，令吴长天不寒而栗。

一想到头顶上的这个灾祸，他的心情立即收缩起来，思绪也不自觉地，从那位已经在事实上和法律上成了他的儿媳的女孩身上移开，陷入了对昨天那个诡秘电话的恐惧中。李大功上午已经带了他的身份证，悄悄到银行提款去了。中午，他将带回三百万现金赶到京西别墅，他们三人约了在那里碰面，然后和那个敲诈者联系。这是他们当前必须全力以赴了结的大事，其他一切都应置之度外。吴长天镇定了一下自己的心情，把钥匙插进车锁，打着了汽车。

他先到了公司，在办公室里草草地处理了几件无关紧要的事情，然后早早地，返回了京西别墅去等李大功。

中午，李大功来了。当他拎着一个沉重的大皮箱走进吴长天的书房时，吴长天和郑百祥已在这里等候了多时，中午饭也是让人送进来吃的。三百万的现金分别从几家储蓄所提取，一捆一捆整整齐齐地码放在皮箱里。吴长天看过钱之后，吩咐把皮箱藏进壁橱，然后三个人都坐下来，沉默地抽烟，等待那个敲诈者的电话。

这是一场令人心弹力竭的等待，整整三个小时在难耐的沉默中度过，小小的书房里充满了焦灼的烟气。将近四点钟的时候，那只手机响了，还是由郑百祥接的。对方先是喂了一声，作为试探，接下来便是郑百祥发问："请问你是哪位？"对方显然听出了他的声音，第一句就问：

"钱备好了吗？"

尽管钱已备好，三百万现钞就在一墙之隔的壁橱里，但郑百祥的话还是迟疑了一下才脱口说出，因为这句话毕竟意味着他们的招认！

"备好了。"

"是三百万吗？"

"怎么给你？"

"你拿着钱，出门打个出租车，别忘了开着手机，除了我之外别跟任何人联络。你可得亲自去。我认得你，我在电视上见过你。要是你自己不来的话，咱们的交易就算吹了。"

电话随即挂断，耳机里一片"嘟嘟"的忙音。三个人面面相觑，李大功说："吴总，我去？"

吴长天没有说话。

郑百祥对李大功说："他在电话里没听出不是吴总的声音，肯定对吴总不熟。你在前边跟他接头，我跟在你后面策应，没事儿，别怕！"

李大功点头："我没事，他不敢把我怎么着。郑总你也带个手机，万一有什么意外，咱们得保持联络。"

他们说着，从壁橱里拎出那只皮箱，还没出门，一直没说话的吴长天叫住了他们。

他从椅子上站起来，面无表情地从李大功手里接过皮箱，说："我去。"

郑百祥和李大功都有点儿愣，但从吴长天的脸色上，他们看出没有必要再争。

下午四点钟，吴长天拎着皮箱走出京西别墅静静的后门。五分钟后，他站在街头叫住了一辆出租汽车。正是盛夏时节，太阳虽已西斜，仍然灼灼地烤人。吴长天高大的身体坐进狭挤的车里，感到很不适应。车里没有空调，闷热得像个蒸笼。他想，这真是个生死不明的七月。

司机问他去哪儿，他胡乱说了一个地点，车顺着太阳照射的方向开去。他目光竭力平静，绝不瞻前顾后，尽管他很想回头看看郑百祥和李大功的车子，是不是已经跟在了身后。

车行不远，手持电话就响了，那人在电话里问："上车了吗？"他答："我在车上。"那人似乎并未听出他和郑百祥之间声音的不同，命令道："现在到国际展览中心去。认识那地方吗？"他答："认识。"对方便挂断了。

现在还不是交通的高峰时段，车子只开了半小时就到了国展中心的门口。这里正有一个家用电器的产品展览恰巧散场，又有毗邻的家乐福超市生意兴隆，因此马路上人车胶着，南北堵塞，吴长天的车子也被挤在其中。

这时电话又响了："下车，到街对面去换辆车，去中粮广场。"那人的命令简洁明了。

他照办了。下车后，拖着皮箱艰难地穿过人流车流，走到街对面，上了另一辆出租车，朝着与来时相反的方向开去。他当然明白了为什么选这么个热闹拥堵，车辆无法当街掉头的地方让他反向换车。而且对手显然已经达到了目的，郑百祥和李大功已经被彻底地甩得无影无踪了。

二十分钟后，车子开到了中粮广场，电话适时地响起来：“下车，往前走。”他听命下了车，拖着箱子往前走。电话每次来的时间都恰到好处，说明敲诈者无疑就跟在他的身后，对他的行踪了然在目。他不禁左顾右盼，前后都是熙熙攘攘的路人。他的张望只不过是出于一种本能，想要发现那个用电话遥控他的家伙，当然是痴心妄想。

就这样一直往前走，走着走着他看见了北京火车站。电话再次响起来：“进去，买张车票，三〇一次，去满洲里的，要硬卧。”他刚刚愤怒地问了一句：“到底在哪儿交？”对方已挂断了。

他在火车站新修的站前广场站住了，思前想后了好一阵才再度挪动了脚步。他还是得照着那个人的要求做。那人要的是他的钱，不是他的命，他想他不会有什么危险。那人让他这么来回折腾，大概都是为了自己的安全。

他买了去满洲里的三〇一次直快列车的票。票很好买，也许那人早把这些都打听好了，他没费什么劲儿就在窗口拿到了一张下铺。选择这趟列车也显然是一个用心良苦的预谋，因为距离开车的时间仅仅剩下不到二十分钟了，看来敲诈者早把一切都掐算得准时准点。

此时吴长天确实精疲力尽了，但还是吃力地带着这件着实不轻的行李，匆匆登上了三〇一次列车。他记不得自己有多少年没有坐过火车的硬席卧铺了，对上车验票换票之类的手续，都有几分生疏。他的铺位在十二号车厢，是这趟列车的车尾。乘客不算爆满，也上了六七成多，行李架上的大包小包已经横竖摆满，他只好将皮箱放到了铺位的底下。

站台上响起了送别的音乐，广播员的声音带着仪式化的激昂，灌满他的耳朵。吴长天注意地看着走道上来来往往的乘客和急急忙忙下车的送行者，无心细听。少顷，列车就在广播员过于煽情的“配乐朗诵”中缓缓启动，向着橘色的夕阳，咣当作响地开出了北京。

电话一直没有再响，吴长天在他的铺位左右各走了几步，注意观察了隔壁相挨的几拨乘客，似乎每个人都有些形迹可疑、眼神闪避似的，但当他以目光灼灼相逼时，又都是一脸无辜。

一路上没有任何动静，他靠着走道一面的车窗坐着，看京津大地在眼前快速退去，心里无尽的晦气。列车快到天津，广播里报来站名："前方就是天津北，请下车的旅客准备好，列车在天津北停车一分钟。"广播员声音未落，电话终于响起来了，吴长天听到了那个人最后的指令：

"到前边车厢去，一直走，别回头，别动行李。"

他收起电话，起身往前一个车厢走去。走了两节车厢，车就进了天津北站。他边走边向车窗外张望，在天津北下车的人不多。天色已经黑了，站台上的人都已经看不清面孔。他走到七号车厢时，车又开动起来，他站下了。尽管没有指令，但他还是快步往回走，一直走回到他的十二号车厢，走回到他的铺位上。有四个人正围着窗前的小桌子打扑克。他坐下来，弯下身子往床下看，果然，皮箱已经不在了。

吴长天是在天津站下的车，他回到北京的时候，已经是晚上十一点钟了。他几乎不想对这个行程中的种种细节再做任何一点儿回忆，每一个细节都充满了疲惫和耻辱。他唯一希望的，就是这件事情能够就此了结，同时，能够永远遗忘。

十四

在这个历史悠久的老牌杂志社里，虽然林星是个毫无背景的新人，但她结婚的消息在社里受到的关注，却大大超出了她自己的预料。除了因为她的美貌，在四十多年进进出出的编辑记者里，最为夺目；还因为她结婚的年龄，在绝大多数的知识女性中，也实在少见。更何况她现在正患病在身，一直三天打鱼两天晒网的半休呢，何以如此匆忙急迫地择婿嫁人？文人成堆的地方，对一切有违常规的事情总不免要演绎出种种复杂的情节和因果，所以，当林星挨着办公室送糖送烟的时候，人们互相之间的眼神里，都少不了几许揣摩猜测和自以为是的心领神会。

最后送到主任的办公室里，主任叫住了她，先是恭喜恭喜之类的话，继而问："写长天集团的那份稿子，你还留着吧？"林星反问："怎么了，社里不是没兴趣吗？"主任说："最近几家单位正在联合评选九九中国十大风云企业家，听说内定的人选里，就有吴长天。社里正有意找几个世纪末经济领域中有点儿影响的人物做些报道，作为对新世纪的展望。我一下就想起你这篇东西了，倒是可以拿出来改一改。特别是你那个关于群星和北斗的论述角度，我看还是蛮生动的。要改的话你大概需要多长时间，你不出去度蜜月了吧？”林星淡淡地说：“那稿子好像是放在我原来的家里了，等我有空回去找一找。”

林星的态度大概没有表现出主任所期望的那种兴奋，甚至，还有几分暧昧，现在让她再写吴长天，怎么写呢？她已经是吴家的新婚媳妇了，虽然尚未得到这位公公的正式承认，但这关系在法律上，也算是明媒正娶。社里所有的人，包括主任在内，只知道她结婚但没人见过新郎官，更没人知道这新郎官就是吴长天的亲儿子。

下午，从社里出来，她先到医院去拿了药。自从改为每周三次血透析之后，她的病情就得到了较好的控制，人也比过去精神多了。或许也是人逢喜事精神爽的缘故，虽然这一周为结婚的各种手续疲于奔命，但下午她在医院取药时看到前两天验血的结果，各项指标居然还比以前有了程度不同的好转，简直是个奇迹。

一回到家，趁吴晓不在，她兴致勃勃地动手，布置他们那间小小的居室。尽管在这里已经住了几个月，但结婚之后，感觉又有不同。这毕竟是他们第一个名副其实的“家”。而初为人妇的心情也是那样微妙地甜美，使她对家里每一个角落的安排布置都充满了浓厚的兴趣和温馨的情感。

好心情使林星把一切都想得很开，他们没有钱，还欠着朋友的钱，还愁着治病的钱，但他们活在这世上的每一天都应当是快乐幸福的。她撤下墙上那些挂了多日的明星画片，挂上社里一位老大姐送的花头巾。那花头巾上的图案非常东欧风格，很像一件外国的民间挂品。床边摆上了一小块人造毛的坐毯，床头靠吴晓那一边的地上，则铺了一块雪白的澳洲羊皮。羊皮和坐毯都是她的同事上午刚刚送的结婚礼物。结婚不仅给她带来了重新布置房间的心情，也带来了这些物质上的条件。

夜里吴晓一回来，看到房间变了样，便笑了。虽然有褒有贬，但对她的布置，总体上给予肯定。他是热衷此道的，受到诱发，自然兴起，竟半夜三更四处找东西对某些角落做着补充和修改。林星也不反对，从道理上说，这是两个人的家，布置上既要体现两人共同的爱好，也应允许各有不同的趣味。何况，现在只要吴晓高兴，她对一切都无可无不可。

看着吴晓把那些从客厅的墙上撤下来的宝贝画片又挂进了卫生间，她没有发表一句反对意见。她靠在卫生间的门口，向他通报了今天早上见到他父亲的情形。“我和你爸谈得挺好的，他这回没再说咱俩的事，还向我问起你呢。”林星说，“我一看当时的气氛挺好的，所以就把咱们结婚的事告诉他了。”

“什么，你告诉他了？”

吴晓马上从卫生间里出来了，似乎感到很突然。林星看他惶惶不安的面孔，心里不由得有些奇怪：“总要告诉他的，你还想永远瞒着？”

吴晓有些迫切地问：“他说什么了？”

“没说什么，后来我们就分手了。”

“他没生气吗？”

“没有。我觉得没有。他什么都没说，好像点头来着。”

吴晓愣愣地，不再说话，但看得出来心里七上八下的。他的这副表情让林星隐隐不快。她想他当初说结婚时是多么义无反顾啊！也许是为了想印证些什么，她在上床熄灯之后主动温存吴晓，她想让吴晓要她。可吴晓说：“我今天有点儿累了。”林星佯做生气：“你现在不累的时候也很少爱人家了，昨天新婚之夜你都没主动过。”吴晓就把她搂在怀里，说：“你不是有病不能累着嘛。”接下来他要了她，在她的感觉上，他对她还是投入的，也算尽情尽兴。完事以后她照例问他：“舒服不舒服？”他答：“舒服。”“真舒服假舒服？”“真舒服。”吴晓答这种话时像个小学生在课堂上的答问，乖得让人心疼，和他在街上跟人打架时的野蛮相比，简直判若两人。

第二天上午吴晓陪她去做透析。她做透析时他到外面给他父亲打了电话，正式告诉他自己结婚的事情。中午他们从医院出来时林星敏感地看出吴晓闷闷不乐，就问他和父亲是怎么说的，他父亲又是怎么一个态度。吴晓郁郁寡欢地沉默了一会儿，然后看着远处说：

“可能咱们不该这么背着他结婚。他毕竟生我养我二十二年了，咱们这样结婚太伤他心了。”

吴晓态度的变化使林星几乎不能忍受了，吴晓的这句话让她深深地疑惑并且感到委屈，她气愤地站住了。

“吴晓，你是不是后悔了，你是不是对跟我结婚后悔了？”

吴晓也站下了，回过头看她，皱眉说：“你就别再添烦了好不好，走吧。”

林星忍着眼泪，说：“你要是后悔了，咱们可以离婚！现在就可以去！结婚是自由的，离婚也自由！”

吴晓说：“你怎么还来劲儿了！”

林星的眼泪流下来，她张着两手，突然泣不成声：“我知道，我心里什么都知道，吴晓，我知道我有病，我连治病的钱都没有，我离了你就会死，所以，所以，你跟我结婚就是为了给我治病。我感激你！真的吴晓，你让我知道了什么叫幸福，知道了什么叫爱，什么叫家！我都知道了，都经历过了，享受过了！可以了，你可以和我离婚了！我不会怨你，更不会赖着你的，我永远永远都忘不了你的恩情……”

她起初是一种发泄，一种伤心和牢骚，说到后来，不知不觉中变成了真正出自肺腑的汹涌倾吐。吴晓沉默地站在那里，不说话也不看她，听着她哭。这个哭和以前的不一样，她自己寸心可知，这是她心中一直深藏着的恸哭。

吴晓不知怎么也看出来，这个哭是不能劝的，必须让她哭完，等她哭完了，他才闷闷地说：“走吧。”

她哭得疲倦了，哭也终于把她心底的郁闷都散发出去了，于是她红着眼睛跟着他回了家。

一路无话。

回家之后的心情渐渐平复了。两人一起动手做饭，下了面条，用昨天的剩菜汤拌着吃。吃完，又一起挤在狭小的厨房里洗碗刷锅。谁也不看谁。

吴晓终于先开了口：“跟我回趟家吧，结了婚总得回去见见我爸。”

林星没有说话，她一声不响地走出了厨房，才问：“什么时候啊？”

吴晓的嘴角微微笑一下：“你说呢？”

就在这一天的下午，他们手拉着手，回吴晓家去看吴晓的爸爸。这是结婚后吴晓第一次领着她回婆家。他们一路上辗转倒了好几路公共汽车，黄昏前才赶到了京西别墅。在拥挤得出了一身臭汗的公共汽车上，林星为了缓和一下两人之间的气氛，用一种不无温情的幽默趴在吴晓耳边说：“这就算是你们吴家迎亲了吗？”吴晓也就笑了一下，与其说是自嘲，不如说是俏皮：“就算是吧，委屈你了。”

站在京西别墅的门口，他们谁都没有急着敲门，吴晓仍然不放心地问：

“嘿，你是不是还反感我爸呢？”

林星摇头，她摇着头叹了口气：“怎么会呢，再怎么说他也是你爸爸，永远都是，我永远也斗不过他。”

吴晓笑笑，说：“你们都太固执。”

两人商量好，进门后没有直接去客厅或者书房。吴晓先把林星领到后面，领到微风中碧波轻摇的游泳池畔，让她在池边草坪的沙滩椅上坐着等他，然后自己进了楼，他要先去和他爸爸单独谈谈。

他一走林星就不自然，有些坐立不安的，目光无处安置。一会儿看看静静的更衣间里，那扇半开不开的门，一会儿看看池边甬道的细砖上，那斑斑驳驳像褪色血迹似的点点残红。她这是头一次在吴晓家一人独处。听到偶然的脚步声也会一阵心惊。那位曾经见过几面的长天集团行政部经理李大功，突然从后门进来，吓了林星一跳，李大功也对林星一个人在池边东看西看有几分警觉。彼此都有点儿戒备也有点儿尴尬，但还是互相点头打了招呼。林星手足无措地看着他的背影在一条不知去向的甬道上消失了，才又回到沙滩椅上坐下来。

金色的夕阳把别墅的斜顶投向水中。一切景物并不明亮，却色彩鲜明，仿佛比中午阳光直射时还要清晰。黄昏的意义就是衔接白天和黑夜，是一个转折的象征，这就更使林星心里忐忑不宁。她时断时续地，为自己默祷，而一切又都遥不可知。谁知道楼上吴家父子的谈话，究竟是心平气和，还是面红耳赤。

终于，天快黑的时候，吴晓下来了，招呼她进楼去吃饭。从他的表情上可以看出，他和父亲的谈话已经有了一个和解的收场。由于跟他一起过来的还有一位保姆，所以林星也不便马上细问。保姆殷勤地接过她手上的外衣，引领他们进了小楼，进了那间灯火辉煌的大餐厅。

餐厅确实很大，居中放着一张足可摆下二十把座椅的长形餐桌，吴晓的父亲吴长天已经在主位上正襟危坐，见她进来才仓促露出一丝笑意，招呼她在自己身边坐下，口气中除了一向都有的慈祥外，又多了几分不曾有过的亲近。桌上的菜很丰富，色、香、味、形、器，样样俱佳；饮料也有好几种。林星记不清有多久没吃过这么奢侈的饭菜了。吴晓看着她，脸上挂着幸福的笑，大概是因为终于能在自己家里，和她同席而坐了。林星和他对视时也笑了一下，但更多的时间里，没有放松自己的矜持。

大家都落了座，吴长天回避了正式的话题，先是介绍菜点，继而评论厨子。除了那天他过生日外，吴晓也有半年没有在家吃饭了。看着吴晓为林星倒上一杯性寒败火的西柚汁，吴长天也举起自己的杯子。

“来，现在咱们是一家人了。首先，欢迎林星成为我们吴家的一员。听吴晓说，你的父母也不在了，那我从今天开始，不，从前天你们结婚那时候开始，也就算是你的爸爸了。来，爸爸祝你们新婚快乐，祝你们能够互相关心，互相帮助，一辈子和和美美。”

这几句话说得林星热泪盈眶，不仅是因为终于听到了这句祈盼已久的祝福，同时也让她突然想起了自己的父母。她想如果她爸爸妈妈还在的话该有多高兴啊。

这头一次与吴长天同席而坐的家宴，吃得并不轻松。吴长天在亲切的祝福之后，掩饰不住脸上的心事重重，话语并不很多，席间因此仍然潜藏着某种触摸不着的生分。吃罢饭吴长天称身体不适，早早上楼休息去了。吴晓问林星是想在这儿住下还是回去。林星当然不愿意在这种让她拘谨的地方过夜，就央求吴晓还是回去，于是吴晓上楼又去和父亲打了个招呼，两人便出了京西别墅的大门。

直到两人走到大街上，林星才松出一口气来。他们乘出租车穿过夜晚的城市，夜晚的城市真是一年比一年更明亮了。他们从宽阔的长安街向东徐行，沿途每一个高大建筑上都闪耀着节庆般的灯饰，远远看去，整个儿长安街就贯穿在连绵不断望不到尽头的流光溢彩中。林星最喜欢黑夜，因为黑夜的明亮体现了城市的繁荣和活力。黑夜又是那么安静，深不可测的夜空可以让你的心充满了没有障碍的宽广，它的边界就是你感觉的边界，会使你的思绪变得奔腾而活跃。这时若不是车窗外下了一些雨点，激起了地上少许泥土的气息，林星弃离了时空的头脑差点儿进入了一个广袤的幻境。

到了扬州胡同，下车时，吴晓从身上拿出一张崭新硬挺的百元大钞让司机找。林星一看就意识到他们已经得到了那个一直没有得到的接济。一走进家门，他们二人不约而同地想要拥抱对方，他们用默默地拥抱来庆祝爱情的胜利。良久，林星才松开吴晓，像贤妻良母一样为吴晓烧上一杯热牛奶，心里想着做妻子的感觉真好。她问吴晓：“你和你爸怎么谈的，他是一下就同意了还是慢慢转变了思想？”吴晓说：“一下就同意的。我怎么着也是他的儿子。”林星的目光有些疑问：“他什么都没说就同意了？没骂咱们吗？没骂我吗？”她注意到吴晓的眼神有几秒钟的回避，语气也有几秒钟的迟钝，那奇怪的回避和迟钝终于泄露了一份令人生畏的可疑。

“我爸说，说他希望你能答应他一个条件……”

林星在椅子上坐下来，说：“吴晓，我还是喜欢你，因为你爱我，接受我，是无条件的。”

吴晓调和地笑笑：“我是学艺术的，大而无当；我爸是从商的，习惯了等价交换。也许每个人都有自己的职业病吧。”

远处，夜空一角响了一声惊愕的雷鸣，吓了他们一跳。雷鸣过后屋里很静。林星呆呆地问道：

“他要我和他交换的，是什么条件？”

十五

儿子终于带着他新婚的媳妇回来了。在吴长天看来，他与儿子的这场谈话是相当难堪的。如果提前几个小时，他就不是这样谈了。

本来中午他计划要出席长天实业股份公司的一个记者招待会的，因为上午突然接到通知，说北京市的领导在昌平视察，中午要到长天集团设在昌平区的一个计算机研究所去看看，希望他能出面陪一下。他立即放下正开到了一半的集团人事经理工作会议，匆匆赶往昌平。在昌平送走市领导之后他又掉头赶回城里。回到公司办公室的时候，竟连午饭都还没有吃过。这些年他工作的节奏常常是这样紧凑的。秘书为他弄来一盘饺子，他边吃边看文件。公关部的一位同志拿来一叠表格要他过目，是关于评选年度国内十大企业风云人物的，请示他其中的一些具体内容怎么填法。他本来对这类评选从不热衷，甚至还有些反感。现在办企业的人如果头衔太多了，反倒有点儿标榜招摇之嫌，但想到眼下正在运作和争取的产权界定这件事，又觉得头衔多一点儿，社会影响大一点儿，还是有利的。于是他很耐心地通阅了那些过于复杂的表格，并对一些具体项目的填报口径一一做了指示。这时候，秘书进来通报，说有两位公安局的干部已经在会议室里等候多时了，一定要见见他。

公安局的？吴长天心头一惊，非同一般，心跳直蹿到了太阳穴。他竭力保持了平静，说：“请他们进来。”

和这几年好莱坞的警匪电影中突然流行的模式一样，进来的这两位警察也是一对老少搭档。老的五十多岁了，言辞随和尊重，少的看去才二十出头，面孔严肃不苟。他们都穿着便衣，甫一进门不免四下张望，也许是从未进过如此宽大阔绰的办公室吧。

主宾落座，简短寒暄彼此介绍之后，老警察竟摆开了聊家常的架势，有点儿互换庚帖的亲热：

“我今年五十整了，吴总看上去比我年轻吧？”

吴长天说：“我也五十了，你是几月生人？”

老警察说：“我是十月，和共和国同年同月，”他笑笑：“可惜不同日。”

吴长天也索性亲热上去：“那你是老弟，我就是这个月生的，月初刚过的生日。”

老警察马上谦恭地拱拱手：“噢，那是那是。”没想到接下来他的机锋借势一转，出口快捷，竟一下子把吴长天弄得有点儿措手不及。

“听说吴总今年的生日是在北京过的？”

第一句正题就直接介入到了过生日这件事情上来，吴长天隐隐有些不妙的预感。他来不及多想，仓促答道：“是啊，我北京有家。”

老警察从小警察的皮包里，拿出一张照片交给吴长天：“您瞧瞧这个人，见过吗？”

吴长天这才彻底明白自己刚才是被错觉误导了，对方以拉家常的方式开始，让他心情松弛之后，话题进展却急转直下，使他旗鼓不整慌张应答，而照片上的那张脸更是令他头皮一炸，他连自己面颊上的肌肉是否保持了平静都无法判断了。

照片上，是个低眉笑眼的女孩儿，虽然浓妆艳抹，但仍能一眼看出，正是那个死去的阿欣！

吴长天目不敢视，说：

“这人……有点儿面熟。”

“您帮我们想想，在哪儿见过她。”

老警察的态度倒是十分客气，像是求人办事似的。吴长天做思索状，心里拿不准该怎么说。老警察给他留了足够的回忆时间，才提示道：

“您过生日那天，见过这女的吗？”

吴长天顺势恍然：“啊，对，好像她是来陪客人跳舞的。好像有这么一个。”

“您那天请了很多客人吗？”

“没有，我是个不大喜欢热闹的人。那天只请了几个老朋友、老部下，加上我的儿子。噢，后来我儿子的……儿子的媳妇，也来了。”

“您还记得那天，一共有几个女孩子被请过来跳舞吗？”

“这我不知道，我那天不舒服，吃完了饭就休息了。我是一向不喜欢跳舞的。后来听说他们也都没跳，我一休息他们也就散了。”

“这个女的，您记得她那天穿什么衣服吗？”

“这我不记得了。”

“是深颜色浅颜色？”

“不记得了。”

“她是什么时候走的？”

“大概……我是九点来钟上楼休息的，她们可能就这时候走的吧。怎么，这个女孩子有什么问题吗？”

吴长天觉得自己不反问一下，就有点儿不合理了。老警察也无所谓保密地说："这人死了。"

吴长天做出吃惊的样子："噢？死了？"

老警察说："尸体是在河北省和北京市交界的一个河塘里发现的，是渔民打鱼打上来的。头部有创伤，现在我们初步怀疑是被杀。"

吴长天点点头，忽然半笑地问道："怎么，是不是……我也成了嫌疑人了？"

老警察笑笑："没有没有，从这女孩儿的手表停摆的时间看，她可能就是在您过生日那天晚上九点四十五分死的。不过按您刚才说的情况，她已经离开您家了。"

吴长天做回忆状："啊，九点四十五左右我正和我儿媳妇谈事情呢，她是九点半左右来的。十点多才走。"

老警察说："您儿媳妇……叫什么？"

吴长天说了林星的名字和单位，他留意到旁边那位小警察始终板着脸孔，此时突然目光炯炯地插嘴问道：

"您是怎么请到这个女的去您家跳舞的？您原来认识她吗？"

吴长天答："我印象中是我们行政部的经理李大功带来的，他们怎么认识的我不清楚。"

老警察问："那我们可以不可以找找这位行政部的李经理谈谈？"

吴长天爽快地表示："当然可以。"他当即很积极地叫了秘书进来，吩咐他们帮助去找李大功。两个警察也就站起来告辞，和他握了手，表示了谢意。还表示，以后有什么不清楚的再来麻烦他。

警察走了。吴长天自然什么也干不下去了。他分别打电话向李大功和郑百祥通报了情况，嘱咐他们在接待警察询问时应注意的问题。他们的通话当然用了一种没有默契绝不可能听懂的暧昧的语言，但相信足以使郑百祥和李大功心领神会了。尽管便衣警察的突然造访让吴长天自己实际上有了点儿惊弓之势，但他在电话里还是极尽语言语气之能事地表达着轻松和乐观，以减轻这两位同党的心理压力。

下午他早早地回了京西别墅。在和秘书通电话时他知道下午那两个警察果然找了李大功，之后又找了郑百祥。他想晚上应当找个地方把他们叫到一起碰碰情况，进一步统一统一口径。想到这里他先给党校的梅启良挂了个电话，表面上是约梅启良到颐和园昆明湖泛舟赏月，言语间像是偶然顺便地，谈到下午有两个警察来找他的事。继而又像说一件奇闻似的说了在河北发现了个尸体，很像来他家跳过舞的一个女孩。他这样在电话里向梅启良通报情况，即使被人听了去，也绝对听不出什么反常来。他对梅启良说："他们主要是想弄清这个女孩是干什么的，大概是想帮着找到她的父母吧。"吴长天故意把问题说得轻描淡写，老警察说初步怀疑是他杀的这些话，他并未提起，他想这时候也要避免把梅启良吓坏。

黄昏的时候，儿子回来了，带着他的新娘，那个漂亮的、病弱的、倔强的、吴长天痛恨的新娘，来见他这个公公。新娘不敢进来，躲在后面的泳池那边，让儿子一个人先来和他见面。

儿子走进书房，刚说了一句："爸爸，我结婚啦，我们来看看你。"吴长天的眼圈便红了。儿子的样子使他在刹那间凝视了自己的一生。他奋斗了那么多年，无数艰难困苦，他都尝尽了。事业上功成名就，可在个人的生活上，几乎是到了妻离子散的地步。现在，又碰上这道难过的关口……当这个世纪就要完结，下个世纪正待开始的时候，不知为什么一切都像是突然走到了尽头。在这个焦头烂额的黄昏，在他莫名其妙地被逼上绝境的时刻，儿子带来这个"叛逆"的婚姻要他承认。他第一句话就是问儿子："我生你养你二十年，现在你要离开我了，难道都不能提前和我打声招呼吗？"无论是在情感还是在道义上，儿子都低了头。也因为儿子看到了他从未看到过的东西，那就是父亲眼中的泪水。儿子说："爸，我错了，我知道你还是爱我的，那就原谅我吧。”吴长天压着胸口的哽咽，问：“我只需要你回答为什么，你为什么才二十二岁就要结婚？而且是这样结婚！”

儿子说：“林星她有病，我没有能力治她的病，我不和她结婚您就不可能帮她。”

吴长天咬牙切齿，他说：“你知道吗，孩子，你爸爸有多少次，差点儿垮了。我的公司有多少次生死存亡！可我从来没有接受过任何人的胁迫！包括你，如果你们想用结婚来胁迫我，那你们就想错了。”

儿子沉默，儿子的语言总是木讷迟钝的，但他的沉默，却像山一样。吴长天静下来，吸烟，吸烟使他慢慢镇定下来。他知道现在不是置气的时候。郑百祥和李大功已经到了，还在楼上等着他拿主意。他的当务之急，是摆平他一生中这场最大的危机。而在这场危机中，他一直抵触的这个儿媳妇，却偏偏成了一个不可多得的“辩方”证人！

于是他把一腔的恼怒缓下来，对儿子叹了口气，说：“今天你们既然来看我，说明对自己这么荒唐地做事情，还是有认识的。既然你们已经结了婚，你要我怎么说呢……”

儿子木讷地说：“原谅我们。”

吴长天在沙发上坐下来，书房的这只单人沙发是一只英式的皮质沙发。那高高的靠背还带着两个内向的折翼，体现着威严也体现着古老的秘密。每当吴长天深陷于这巨大的靠背时都能发现自己的渺小。他想，这么多年事业上的跌跌撞撞，真正让他一次次死里逃生的是什么？是他标榜的那个永不屈服的个性吗？当然不是，这一点他心知肚明。真正帮助他挺过来的，是耐心，是水一样的柔弱！古人说“五十而知天命”，他确实是到五十岁这一年才恍然悟出，所谓“内用黄老，外用儒术”何以为历代所崇尚。在忠孝仁义礼智信的教化下，统治者的方略涵养和求存之道，实际上更多的是取之于“道家”。以前，吴长天只知道人要往高处走，得“道”之后才明白水要往低处流。道家“崇水”就是时时刻刻有意让自己处于下风，真是智慧之至。天地万物，确实只有水才既可随形而变又无处不能生存渗透。

眼下和儿子的这位媳妇之间，他就必须让自己处于下势和弱势。因为她可以挺胸扬头不要他这个公公的承认和钱财，儿子仍然会跟着她走。事已至此他不承认她又有什么意义呢？除了受人耻笑之外，还会失去儿子。而且，在抽过了半支烟之后，他不能不顾及那个迫在眉睫的凶险。在他五十大寿的那个晚上他都干了些什么，除了郑百祥、李大功和梅启良这几个同谋之外，林星几乎确实是唯一可以证明他“清白”的一个局外者。

他把那半支烟掐灭，尽量不显突兀地，换了个口气，问儿子：“治林星的病，到底要多少钱？”

儿子说：“治这个病，最好是换肾，连手术带恢复治疗，大概总要三四十万吧。”

吴长天用了一种无可奈何的口气，说：“好吧，这个钱由我来出。”

儿子瞪大眼，看了他半天才相信似的，想笑，又忍回去，只说了句：“爸，谢谢你了。”

儿子的笑让吴长天的铁血心肠柔软下来，同时也生出些通常人到老年才会有的伤感和脆弱。“你知道吗儿子，我这一生，得失太多，对什么都无所谓了，可现在人一老，最怕失去的，还是你呀。我们这个岁数的人，倒不想指望儿女给我们养老，就是怕子女对我们没有感情。你结婚都不告诉我一声，你知道爸爸有多伤心吗？”

吴晓显然被感动了，他说：“爸，这不是告诉您了吗，林星是个很好的女孩儿，我觉得您以后肯定能接受她的。”

吴长天收住了突然袭来的心酸和感叹，抓住儿子的话头，转而问道：“我可以接受她，可她能接受我吗？我过去可是一直反对你们交往的啊。”

吴晓绝对担保地表态：“您放心吧，爸爸。您是不了解她，她的父母都不在了，您要是对她好，她会把您当她的亲人的。她是一个最懂报答的人。”

吴长天说：“昨天我去找她，我正好有件事想请她帮个忙，那时候我还不知道你们已经结婚了。她昨天回去跟你说过这件事吗？”

吴晓说：“是让她做什么证明吧。是不是原来租她房子住的艾丽和阿欣都找不着了？爸，您是怎么认识她们的？”

吴长天说：“是你大功叔叔认识的，我过生日那天他带她们过来陪客人跳舞，听说从这儿走了以后她们就失踪了，所以咱们家也就成了嫌疑对象了。”

吴长天也没有过早地告诉儿子阿欣已死的事，在儿子与林星来看他的这个晚上，没有必要让他们觉得事情有多严重。儿子果然没觉得这事算什么，只淡淡地说：“这跟咱们家有什么关系。”

“怎么没关系，”吴长天说，“她们那天大概是八点钟不到就来了，九点多钟才走的。她们来这儿有人知道，离开这儿却没人看见。”

“那天不是郑叔叔、李叔叔，还有梅叔叔，都在吗？他们可以证明。”

“如果公安局认为这几个人都是共谋的话，谁又能给谁证明呢？”

吴晓笑了：“爸，您说真的呢还是开玩笑呢？”

吴长天也笑一下，他心里却很难和儿子一起笑起来，脸上的笑也只维持了瞬间，便被由衷的叹息代替：“有时候，你觉得肯定是玩笑的事，不知怎么一弄就成了真的了。”

这就是林星在楼外的游泳池畔焦心等待的时候，吴长天父子在楼内书房里的一席倾谈。

谈话结束时儿子代表他的新婚妻子向父亲做了承诺：“爸，你放心吧，如果真需要林星为您证明什么，她肯定会答应的。”吴长天对这个承诺感到很高兴。儿子也很高兴，因为他的婚姻终于在这一天得到了家庭的承认和接纳。吴长天也第一次，与儿子和儿子自己选择的这个女孩儿，坐在了一张餐桌上，共进家庭晚餐。他以茶代酒，对他们的未来，送上了父亲的良好祝福。关于他希望林星为他做证的那件事，在这个晚上，没再提起。

他的祝福是热情的，特别提到林星父母的那几句话，令那女孩动容。他那一刻几乎忘记了他这么快就放弃自己的固执同意这门婚事的最初动机。餐桌上有了一个女人，毕竟就有了一种家的气息。他想，但愿这个女孩能给吴晓，还有这个包括他在内的家，带来宁静和幸福。

饭后，送走了他们，吴长天回到楼上，郑百祥和李大功还在焦灼地等他，而他们看到的吴长天，竟是一脸安然。见到李大功，吴长天才想起了埋怨："你是怎么搞的，尸体还是没有处理扎实，你这么一错再错非把这事彻底搞坏不可！"李大功低头擦汗。郑百祥劝道："算了，我刚才已经说他一顿了。现在得商量咱们该怎么面对的问题了。"吴长天说："问题倒还不至于那么不可救药，公安局认定阿欣死亡的时间是那天晚上的九点四十五分，我们得设法证明在这之前她已经从我们这儿走了。现在倒是有一个证人，可以证明那天晚上我们是什么时候就散了场。我现在可以找到这样一个证人。"

郑百祥和李大功几乎同声发问："谁？"

吴长天答："林星。"

李大功怀疑地说："她？她可不是个顺脾气的女孩儿，而且也不像艾丽那样能用钱买。"

吴长天在两人脸上环顾一轮，说："她现在已经是我的儿媳妇了。"

郑百祥、李大功都倍感意外："结婚啦？和吴晓？"他们当然不会有和吴长天同样的苦涩和无奈，此时此刻，这对他们无疑是一个上好的消息。

吴长天淡淡地点一下头："对，前天他们结了婚。"

李大功喜形于色："那就好办了。"

郑百祥比较冷静："你和她谈了这事吗，她答应给咱们做证吗？"

吴长天说："昨天我和她谈过一次。今天我没再多说。接下来让吴晓去和她谈吧，等吴晓说完了，我再亲自找她。其实让她证明的事情很简单，她那天晚上来我这里待了不到十分钟，让她改成一小时，就足够了。这对她不应该是件为难的事。”

李大功理所当然地放了心：“那是，已经是儿媳妇了嘛，她不为吴总，也得为吴晓啊，也是为她自己啊。”

郑百祥对林星完全不熟，多少有些放心不下，他问：“听说她是个大学生，又是记者，搞社会科学的人，干这种……怎么说呢，干这种做伪证的事，会不会有心理障碍？”

郑百祥所虑，不是没有道理，吴长天不得不为他，也为自己，做一番分析推理：“我并不是明说让她做伪证，那样的话在法律上和个人良心上对她的压力太大。我只是说我这一个小时确实在休息，大家确实散场了，这是一个事实，但除了我们自己，没有其他证人。她那天正好在，只要她愿意说明自己多待了一会儿，就已经是证人了。再说，老郑，咱们中国人实际的行为方式，你洋书读多了倒不如大功清楚了。中国人都是以自己为中心的。和别人的关系就像是自己跳到水里，围着自己荡出的一轮一轮的波纹，以远近分亲疏，这就是中国传统道德的所谓人伦。越近的波纹就越和自己息息相关，越远的波纹就越无关痛痒，最中心的那个点，就是自己。那天我跟梅启良不是也说了吗，中国人从古至今，为了自己而不顾家，为了家而不顾团体，为了团体而不顾社会，不顾国家，不顾天下！这种事再正常不过了。”

郑百祥和李大功都静了气，即便不是口服心服，至少也是无言反驳。吴长天说：“好了，你们也早点儿走吧。咱们从现在起，不要没事总往一块凑，要避避嫌。有什么事要碰面，就打手机约到外边去。大功，你的手机一定要开着。”

李大功拍拍放手机的皮包，说：“我一直开着呢。”

仿佛是被他这一拍给拍响了似的，他包里的手机果然叫了起来。李大功笑笑，说：“你看。”他把手机取出，打开来问，“喂？”来电的人刚说了一句什么，他的笑容立刻僵在脸上。

吴长天和郑百祥当然都注意到了他的表情，李大功用手捂住电话，目光惊恐地对他们说道：

“还是他，又来了！”

他们同时都明白了，这个又来了的人，就是那个他们谁都以为不会再来的敲诈者。

这回是吴长天自己接了电话，对方还是那么客客气气地笑着：“吴总吗，上次没能当面谢您，这次给您补上。”

吴长天说：“我不是满足你的要求了吗，你也应该守点儿信用吧，怎么又来电话？”

对方说：“上次是给阿欣治病的钱，现在我告诉你，阿欣很不幸，她死了，您总得再出点儿丧葬费吧？”

吴长天哑口无言，他知道和这种人讲理是徒劳的。他愣愣地，好半天才问：“你还想要多少？”

对方笑：“咱总不能按国家规定的丧葬标准吧。我看这样吧，你准备好五百万,一口价，从此往后咱们就两清了。”

吴长天知道自己已经落到了不得不和这样一些社会无赖钩心斗角、讨价还价的地步，也只有放下斯文互相威胁：

“老兄，你懂不懂适可而止见好就收的道理啊？心太黑当心要付出代价的。”

他听出对方的心早就黑得无所谓了，显然不是那种一吓就软的小孩子：“病有病的钱，死有死的价，我这人公平合理。你弄伤了人家判个有期，弄死了人家就是死罪，出个五百万换回你一条命来，你还觉得亏吗？”

吴长天面色发白，说：“三百万都堵不死你的嘴，我们没法再信任你。你愿意怎么办就怎么办吧。”

对方的气焰稍稍收敛，说："我保证这是最后一次，阿欣不是死了吗，死总归是到头了吧。"

吴长天说："喂，我们见面谈谈好不好？见面谈谈什么都可以商量。"

对方心照不宣地冷笑："把钱准备好，明天我会再打这个电话的。"

电话没声了。吴长天等了半天才知道对方是挂了机，他缓缓关掉电话，看看郑百祥，又看看李大功，三个人一时都不知该说什么好。

沉默了好一会儿，还是郑百祥先开口："这种人，没法再跟他交易，一点儿信用没有。昨天给他三百万，今天又要五百万，你要给了五百万，明天他还会要一千万！"

李大功附和："郑总说得对！"

吴长天慢慢地坐下来，叼了烟却忘了点火。李大功帮他打着一只火机，他却把烟从嘴上拿下来，说："大功，你明天把我最后还存着的那五百万，取出来吧。"

郑百祥气急败坏地说："吴总，这样不是个办法！"

吴长天以一种不容置疑的果断和权威，说："这个人之所以敢一次一次地要，是因为我们没有见过他，他没有暴露自己当然就敢于把我们给捅出去。现在我们必须抓住这个机会，我们必须见到他，我们必须知道这个人是谁！否则，我们永远会在他的控制之下，将来他就是把整个长天集团都要了去，我们也得给他！"

郑百祥不再说话。吴长天转脸看定李大功，他说："大功，你跟我有二十年了吧。这二十年来你李大功是立了不少大功的。现在，咱们三个最老的长天人，命是绑在一块儿了。我刚才说咱们中国传统文化讲的是人伦，最基本的有五伦。除了君臣、父子、夫妻、兄弟之外，还有一个是朋友。咱们中国人有很多事，上不告父母，下不传妻儿，只能跟朋友讲，所以人生得一知己足矣。大功，我和你，和老郑，咱们是二十年的知心朋友了，我最佩服的，就是你李大功的义气，为朋友两肋插刀。我吴长天空有长天之志，咱们郑总纵有百祥之身，可冲锋陷阵打头炮的，还是得你李大功！”

李大功眼眶子红红的，声音都哑了，他说：“吴总，我李大功是个小人物，没资格做您的朋友，咱们不是朋友，咱们是君臣。我李大功别的不懂，可我懂中国的君臣之道：君要臣死，臣不能不死！”

吴长天深深感动。他想，他在长天二十年，别的不敢说，和部下的感情，在部下心目中的威望，还是可以引以为荣的。他知道很早以前李大功就对别人说过：我这辈子就认准吴总了，就是吴总让我犯错误，我也敢去！他那时听了还笑，还说我怎么会让他去犯错误……以前的很多事，很多话，历历在目，都像是现在和未来的预言。1999 年的 7 月，正是这样一个被各种预言所笼罩的不祥的酷夏。

和李大功相比，郑百祥考虑问题毕竟更务实更具体，他打破吴长天和李大功之间蔓延开的情感对话，提醒道：“吴总，时间不早了，究竟怎么才能勾出这个人来，怎么才能让他露面，还得有个具体办法。”

吴长天面无表情地看着郑百祥，说：“五百万的诱饵，还怕钓不出这么一条烂鱼来？”

吴长天的这句话，说得相当坚决，甚至，有几分在他来说并不多见的凶狠。这句话也成为他们这一晚上暗室密谋的最后一记惊叹。

天已很晚，他们结束了密谈。为了避免保姆看见，郑百祥和李大功从后门悄悄离开了别墅。吴长天也没有下楼去送。他们走时天正在下雨，后门的小街上，雨中无人。吴长天把卧室的灯熄掉，一个人呆坐在沙发上，整个别墅都静下来了，像是一座空宅。除了窗户上似有还无的雨声，他后来也听到了让林星和吴晓都吓了一跳的那声惊雷。

十六

就在这个先晴后雨的晚上，林星无意中发觉自己在京西别墅得到的全部的快乐，包括在吴家的这第一顿晚饭，和晚饭上吴晓父亲那几句充满父爱的祝福，以及她由此而产生的对人生幸福的真切感受，全都在回家之后吴晓那暧昧难解的表情中变得遥远，变得捉摸不定，变得贬值了。她不得不怀了一种隐隐的恐慌和难以挥去的心理阴影，来重新判断这个晚上每一个细节的真伪，难道她得到的一切仅仅是一场交易的几个筹码不成?

她脸上的疑问逼迫着吴晓力图把事情的道理说圆："就算这事是我求你做的行了吧，我爸现在也是你爸了，他有困难我们总得帮他吧?"

林星说："我又没说不帮他，那天早上我都答应他了，都说帮他了。我想弄明白的是，他现在突然承认我，接受我，是不是就为了这个!"

因为有了这个阴影，这件事对林星来说已经成了一个越描越黑的问题。而在吴晓看来，人和人的关系本来就是互相的。你对他好，他就对你好，即便他爸爸就是因为林星帮忙而改变了对她的看法，也是人之常情，也是父母子女间一种很正常的感情互换，不值得大惊小怪。他对林星咬文嚼字地追根问底，颇有些不胜其烦："我爸在商言商，说话就是这么个习惯，你要这么挑字眼儿天下就没有好人了。"

林星不再和他争论，把心里的不舒服保留着。她现在需要尽量回避和吴晓的争吵，尤其是当涉及他的父亲时。她提醒自己千万别变成一个是非太多的媳妇，让丈夫两边不好做人。

这件事就这么放下了。第二天吴晓早早地起来去电视台拍 MTV。终于有人为他们投资拍这个 MTV 了。晚上他们还要照常演出，他们乐队又被请回了他们的老根据地天堂酒吧。这两件事加起来，对吴晓来说可算是双喜临门。天堂酒吧比一般的酒吧更大，更有名气，也更有味道，在那里演出是件比较过瘾的事。林星因为就是在"天堂"第一次见到吴晓的，所以对那里也怀有一份特殊的眷恋。

中午吴晓没有回来，林星自己随便吃点儿就凑合了。晚上她很认真地做了几个菜，候着吴晓回家一起吃。虽然他们现在有了钱，但林星似乎已经有了在家自己做饭的习惯。不光为了勤俭，更是为了品味一种家的感觉。这感觉的美妙是在街上吃馆子体会不到的。

和吴晓一起吃完了晚饭，他们分了手，吴晓打车去了天堂酒吧，林星则去了静源里，准备把关于长天集团那份采访报告的手稿找出来。

虽然钱包里揣了吴晓早上塞进去的一千块钱，但她还是挤公共汽车又走了一段路，花了四十分钟才回到她原来的这个家。天色已晚，楼道里的灯黑着。好在她对这里的每一个拐弯抹角还都依然如故地熟悉，摸着黑也能毫无磕绊地上得楼来。因为不知艾丽和阿欣是否已经回来，或者刘文庆是否还在，所以她先敲了敲门，无人应声，才拿出钥匙开锁。门打开后她看到屋里和楼道黑得一模一样，知道果然谁都没在。她打开灯，扫一眼客厅和都未锁门的那几间屋子，从屋里凌乱的程度和满桌的烟灰上判断，这屋子显然还有人住，而且不像是女人，尽管艾丽和阿欣她们也都抽烟。

对于她一走艾丽就胡作非为地收容男人，林星早已失去了原有的气愤和与之理论的情绪。桌上地下脏乱得让她甚至没有驻足的心情，她匆匆忙忙地翻了半天，最后在一个大纸箱子里找到了那份稿子。那大纸箱里放的都是她留在这儿的一些杂物，显然是艾丽和阿欣她们不负责任地胡乱塞在一起的，还好她们没把这稿子当废纸扔了。

正收拾着，忽闻门外传来一阵鬼鬼祟祟的响动。也许是很久不在这里住的缘故，门外的异常让她心里有点儿打鼓。她蹑手蹑脚靠近大门，耳朵悄悄贴上去听，确实有人在门外轻声嘀咕。

她从“猫眼儿”往外看，外面没有灯，黑乎乎的看不清楚。正看着，门突然砰砰地响起来，她猝不及防地吓了一跳，吸一口气让自己镇定了才问：

“谁？”

“开一下门好吗？”

是个男人的声音，态度倒还和善，林星的紧张略略缓解，问：“请问你是谁呀？”

“我们是公安局的。”

她把门打开，隔着防盗门的栏杆，看到一老一少两个男的，穿着便衣，样子还比较正派，不像假的。但她还是警惕地问：“有工作证吗？”

老的把证件亮出来，林星说：“我看看行吗。”那人把证件打开了。借着客厅明亮的灯光，林星看到证件上的相片，和本人的样子差不太多。她还不放心，又指指那个年轻的，“他的呢？”老的看了小的一眼，小的皱着眉，脸上有点儿烦，但还是打开了自己的证件。林星这才开门揖客，解释说：“对不起啊，这么晚我怕是坏人。”

便衣们进了屋，年老的那位也为他们的不速而来做了解释：“我们白天来过好几次了，这儿都没人。”年轻的便衣则满脸敌意地环顾四周，转过头就开始发问：

“你们家几口人呀？”

他的严肃让林星感到敌意，像是自己突然被放在了一种罪犯的位置。因此她回答问题的口气之简短之冷淡，当然是带着抵触的情绪：

“我不住这儿。你们到这儿有什么事吗？”

老便衣拿出一张照片给林星看：“你认识她吗？”

林星看了一眼，马上点头：“这是阿欣呀，她租我房子。她犯什么事了吧？”

老便衣的态度倒还不错，一直和颜悦色的：“除了她，还有谁住在这儿呀？”

林星说：“还有艾丽。她们到底出什么事了？听说她们失踪了，是真的吗？”

老便衣敏锐地反问：“你这是听谁说的？”

林星迟疑了一下，脱口而出：“听我爸爸说的。”

“你爸爸？你爸爸谁呀，他怎么知道的？”

老便衣不露声色地微笑着，神态自然，问她。林星一时竟不知该如何作答。

“我爸爸，不，那是我公公，他是长天集团的……”

“你公公，他贵姓啊？”

“姓吴。”

“是长天集团的吴总吧？”

林星默认：“你们公安局不是去找他调查过吗？”

小便衣插嘴：“你公公过生日那天晚上，让租你房子的这两个人去他那儿跳舞，这事儿你知道吗？”

林星不想回答小警察的话，但又不能置之不理，便草草地点了一下头，连眼睛都没看他一下。小警察依然锋芒所指，话中有话地说：

“然后她们两个人就再也没有露面了。”

她们俩露没露面和去吴家跳舞又有什么关系呢，林星觉得小警察的逻辑真有点儿生拉硬扯。她冷冷地提醒道：“你们知道不知道她们俩在北京是干……”难听的话尚未出口，她又收住了。她想没必要在生人面前，尤其是在警察面前，说艾丽和阿欣的丑事，于是改口：“你们知道不知道她们在北京的朋友可太多了，也许她们到哪个朋友那儿住几天去了，以前也常这样的，过几天你们不找她们也会回来的。”

老警察晃晃手中的照片，说：“这个阿欣，我们已经找到了，我们现在想找的是那个艾丽。”

林星说：“她们俩总是在一块儿的，你们可以问问阿欣，她一般都知道艾丽去哪儿了。”

老警察看一眼小警察，又看一眼那张照片，说：“她不可能知道，因为她已经死了。”

林星以为自己听错了，她没敢相信自己的耳朵。“死了？啊？你们说什么，她死了？”

两位警察用沉默表示了确认。林星惊得不知说什么好：“她，她是怎么死的？”

警察再次用沉默表明，阿欣并非善终，林星身上几乎起了一片鸡皮疙瘩：“她……什么时候死的呀？”

小警察尖锐地说：“从尸体和遗物的情况判断，应该是在你公公过生日那天晚上九点四十五左右死的。”

小警察把时间说得那么具体和肯定，依据何在，林星不甚了了。但他含沙射影的口气让林星听出不大对头，她马上做出疑问的反应：

“你们这是什么意思呀？”

小的不答，老的反问：“那天，你公公过生日，你在吗？”好在他的态度随和友善，像拉家常一样，反而让林星有了回答的愿望。她刚想把那天的情况做个叙述，话到嘴边突然想起什么，又吞了回去，改口变成了简单的两个字：

“在呀。”

老警察又问：“那个艾丽，还有那个阿欣，她们那天是几点来几点走的，她们跳舞了吗？”

从这一句开始，林星答话时心里就有了点儿慌乱，因为她清楚地知道，在她以下的证词中，将根据她公公的要求，有某些微妙的编造：

“那天，我爱人陪我公公和其他几个人一起吃饭来着。”也许是刚刚结婚的缘故，她在生人面前称吴晓为“爱人”还多少有点儿别扭，“吃完饭我爱人有事出去了。然后我去他家跟我公公聊了一会儿。后来他睡了我就走了。艾丽和阿欣我没见着，大概没跳成舞她们也就走了吧。”

老警察审视着她的脸，他的眼睛虽然挂着那么点儿笑意，但仍能灼灼逼人地看得她后背冒出汗来。老警察问：“那你呢，你是几点去的，几点走的？”

林星稍稍停顿了一下，不太利落地说：“九点多钟去的吧，大概十点多钟走的。”

老警察又问：“你一直陪你公公聊天吗？聊了多久，一个小时？”

林星没有答话，有点儿机械地点了点头。她不想再多说什么，因为她注意到她的答话，可能还包括她的态度，全都被那位小警察一声不响地记到一个小本子上去了。她觉得那小本子和那小警察的脸色一样，有点儿阴鸷。

老警察终于也没有再问，最后依然客气地，要了她的呼机号码，也给她留了他自己的号码，走的时候还说了些对不起啦打搅啦之类的话。

他们一走，林星心里顿时七上八下。仔细回想自己刚才的每句回答，细节上有真有假。尽管她觉得那天晚上她几点去几点走实在无关紧要，但心理上毕竟有了几分别扭。她不知道她的这些答话在形式上或者在法律上，会不会成为对警察的误导，甚至，是不是已经在事实上，构成了某种伪证。

她拿了自己的手稿，有些恍惚地熄灯关门下楼。刚到楼下，迎面来了辆出租车，刺目的车灯晃了她一下。定神一看，从车上下来的，原来是刘文庆。与上次相比，刘文庆几乎换了模样，不仅西装革履气宇轩昂，而且几天不见，轮廓上也有些发福。他见到林星，先打招呼：

“嘿，你怎么来啦？”

林星冷淡地打量他，说：“这话好像应该我问。”

“怎么应该你问？”

“这是我的家，你干吗来了？”

“行行行，”刘文庆虽然衣冠楚楚，但还是满嘴酒气，“我过一两天就走，艾丽和阿欣反正也不会回来了。你可以搬回来住，或者再把这房子给租出去，也行。”

这话在林星听来，竟蓦然生出些对往事的伤感，她和艾丽阿欣虽不算朋友，但也并非路人，毕竟在同一屋檐下生活过。此时此地，已经物是人非。她让自己用一种尽量冷静的语气，把阿欣的噩耗告诉刘文庆：

“阿欣死了，你知道了吗？”

对于阿欣的死，刘文庆并没有表现出一般应有的惊讶，脸上的反应几乎像是在听一个耳熟能详的旧闻。“你听谁说的？”他关心的好像只是消息的来源。

“刚才来了两个便衣警察，到这儿找艾丽来了。是他们亲口说的。”

“噢？”刘文庆虽然有些醉意，但对警察二字还是相当敏感，“他们说她是怎么死的了吗？”

“没有。”林星突然想起，前些天刘文庆不是还和艾丽在一起吗，于是她问：“你知道不知道艾丽到底上哪儿去了？她跟你说过阿欣的事吗？”

一听林星问这个，刘文庆打了个响亮的酒嗝儿，脸上挂着半笑不笑的优越感：“你真想知道艾丽上哪儿去了吗？那好，看在咱们过去好歹相处一场的分上，你上来吧，我跟你说！”

林星犹豫了一下，还是跟他返身上了楼，进了门她连坐都没有坐下，靠着门就问：“艾丽到底上哪儿去了？”

映着客厅里明亮的灯光，能看出刘文庆的脸上，涂着一层不胜酒力的赤红。他没模没样全身懒散地在沙发上歪着，说道：“跟你说实话吧，你的这位老房客，也不是什么好东西，前几天她结结实实地敲了人家一笔钱，跑了！”

林星半信半疑地问：“敲了谁的钱？”

刘文庆半真半假地笑着：“说了你又该不信了，敲了吴晓他爸爸一笔钱。怎么着，他爸爸还是不同意你们俩好吧？他也不看看他那儿子，什么玩意儿呀，连大学都上不下来的人，就会吹那么个烂管子，懂什么呀。他爸爸还以为自己的儿子是个什么宝贝东西呢。”

林星顾不得替吴晓鸣不平，也没有说他们结婚的事。刘文庆虽然满嘴酒气，但他的这些话，又不全像一派顺嘴胡诌的醉话。她问：“是因为去吴晓他爸爸那儿跳舞的事吗，和他爸爸跳跳舞又有什么关系？”

刘文庆脸上现出一丝冷笑，笑得有几分狰狞：“有什么关系？她们是干吗的，卖的！还能有什么关系！”

林星完全不信了：“你不会是说，她们卖到吴晓他爸爸那儿去了吧？”

刘文庆做出一副世事洞明的样子，眯缝着眼睛，说：“要真是卖，就不叫敲诈了。卖能卖多少钱呀，一次两千，到头儿了吧。可你知道艾丽带回多少钱来？少说也有几十万吧，艾丽还藏着掖着怕我看见。可你想想，几十万的票子，堆起来也不老少呢。我一看她拎回来那么个皮箱就知道准有事，那就不是女孩子用的箱子！”

刘文庆嘴里这个石破天惊的秘密，让林星无比震惊，震惊得不敢相信：“你怎么知道那些钱就是吴晓他爸爸给她的？他爸爸是有钱，可从来不随便扶贫做善事。”

“那是对你。”刘文庆说，“我问艾丽来着，是艾丽自己告诉我的。”

林星说：“你不是不知道，艾丽和阿欣嘴里没真话的。她们跟我也吹过，今天认识这个大款，明天那个名人又喜欢她们，越有名的人她们越爱往自己身上编故事，你都信吗！说谁谁给了她们多少钱这类话我都听过不知多少遍了，可到头来也没见她们哪个真的发财致富了！”

“话我可以不相信，可钱是摆在那儿了，我不能不相信自己的眼睛吧？”

林星揣摩着刘文庆的表情口气，怎么看也不像是信口编造。她不禁有些惶惑：“吴晓的爸爸为什么要给她们钱？”她刹那间居然想到，那钱会不会就是吴长天托艾丽带给吴晓给自己治病的，让她给卷跑了？他以前让人带东西给吴晓，就是托艾丽转交的。但马上她又否定了这个过于美好的猜想，吴长天在过生日之前，就与吴晓重归于好，钱完全可以亲手交给儿子，用不着再托人转交。如果他真的给过钱的话，后来他们共进晚餐时他也不会只字不提的。

刘文庆给自己点了根烟，喷出的云雾把他半醉的面目映得青红不分。他说：“你想想，艾丽和阿欣一块儿去的，可到最后只有艾丽自己回来。我一问她她就哭，哭得还挺伤心。你想想，几十万的现大洋放在那儿还这么哭丧，不是死人的事是什么？吴长天肯定是伤天害理缺大德了！”

林星还是不能相信：“吴晓的爸爸又不是一般社会上的大款，怎么会找上阿欣这种在外面当小姐的人？”

刘文庆冷冷地说：“我告诉你，越是这种身居高位的人物，平常干这种事越是不方便，时间一长还能没点儿心理变态？你想想，吴长天一个人生活多少年啦！”

刘文庆的分析，如果在以前，林星完全可以把它归为主观臆测甚至是人身攻击，因为那与林星对吴长天的印象，实在是南辕北辙。可现在，阿欣毕竟是死了；艾丽确实是不见了；警察也指名道姓地找来了；吴长天又那么反常地大早上跑到出版社门口求她做证……这显然是有什么事情发生。她这时不能不再次想到吴长天对儿子婚姻的态度，他昨天晚上突然允许林星走进吴家的大门，难道真有幕后的因缘和难言的隐情？这个质疑令林星全身寒意顿生，她挣扎着试图为自己解脱，说出话来却成了替吴长天圆场：

“你们男人……不都是有点儿变态吗，国外的心理学早就研究过的……”

刘文庆马上用一脸的悲愤打断了她：“没错，你说得没错，我也变态了。我原来还挺正常的，自从让吴长天害得有家难回我就真有点儿变态啦。我他妈满腔热情当他的股民，把我的全部财产，连他妈跟亲戚朋友借的，凑齐了全部交给他了，可他倒玩儿了一手阴损奸坏的毒庄，把我们都给套在里头啦。他害得我倾家荡产，他儿子又来夺妻霸室！这一桩桩一件件，我都记着，我忍，我是心字头上一把刀！我就信一点，多行不义必自毙！总有你栽到我手里的这一天！”

刘文庆说得兴起，酒劲儿发作，手舞足蹈地站在客厅当中，无所畏惧地放高了声音：“我反正是一无所有了，光脚的不怕穿鞋的。你知道过去老一辈的人都爱怎么说吗，啊？——‘无产者丢掉的只有锁链！’你知道现在小一辈的都怎么说吗？——‘我是流氓我怕谁！’”

从刘文庆的叫嚣中林星听出，他真是有点儿变态了。在和吴晓生活了一段时间以后，林星竟完全想象不出自己过去怎么会试图对这样一个穷凶极恶的男人投入过一段真实的感情。但这些疯话如同一枚毒针，恰恰刺入了她心中最薄弱的那个部位，让她顿时失了方寸。她无力辨清哪一句话确是“酒后真言”，只觉得自己心智紊乱信念崩溃。她闭目塞听地拉开房门，向着门外的黑暗一路逃了出去。

十七

这天晚上，吴晓回来得格外迟，他一进屋就哈欠连天地倒在床上。林星问：“吴晓你困吗？”他未发一言，索性用呼吸粗重的昏睡作为搭腔。林星去厨房里给他热了一杯牛奶，拉他起来喝。报纸上说牛奶最宜安神养气，所以这些天她逼他每晚睡前必须喝的。吴晓完成任务似的爬起来接了杯子，然后满腹牢骚，说今天该到的歌手没到，害得他们一直加演到现在。林星见他喝完又要往床上倒，拉住他说：“吴晓你先别睡，有件事我得跟你说说。”吴晓的眼睛已经闭上，只有鼻子哝哝作响，他说明天再说吧，我都困死了。

林星抬高声音：“阿欣死了你知道吗？”

吴晓这下睁开眼了，反应了一会儿，拧着眉毛问：“怎么回事？你听谁说的？”

“公安局的人今天找到静源里去了。阿欣死了，艾丽也失踪了。”

吴晓撑起半个身子：“你见着公安局的人啦？是他们说阿欣死了吗？”

林星跪在床上，跪在吴晓面前，她没有回答吴晓的惊讶，却反问：“吴晓，你爸爸是不是给了艾丽一大笔钱？”

吴晓坐了起来，完全不解地看她：“什么，我爸给艾丽钱？给她钱干什么？”

“你爸是不是真有什么事，他过生日那天我就去了不到十分钟，他干吗非要暗示我说和他在一块儿待了一小时，那一小时对他是不是很重要？”

吴晓愣了半天，莫名其妙地说：“我爸跟艾丽和阿欣根本就不认识，那天是李大功拉她们去跳舞的。你怎么连这种事都怀疑我爸呀。”

“那你爸干吗要给艾丽那么多钱，我生了这么大的病他一分钱都不给，为什么一下子就给艾丽那么多钱？”

“我爸什么时候给她钱了，这也是公安局说的吗？”

林星一愣，摇头，“这不是他们说的。”

“那是谁说的？”

林星迟疑了一下：“是……刘文庆说的。”

吴晓的脸冷下来，很不高兴地发着狠：“我就不明白，咱们都结婚了你干吗又找他去！”

林星心里一乱，主动的质问立即变成了被动的申辩：“谁去找他啦，我是碰上他了。他喝醉了酒上静源里去，我去找稿子碰上他了。”

吴晓更加理直气壮：“他喝醉了酒跟你说的话你也信！我的话你怎么不信，我爸的话你怎么不信？”他生气地翻身躺下，拽上被子，不再理她。

林星哑口无言，想想刘文庆刚才满口的酒气和那些张狂的疯话，似乎确不足信。自从他炒股失败一贫如洗之后，确实像换了个人似的。这样一个精神上受了刺激的人，一个对吴长天充满仇恨的人，一个喝醉了酒的人，他的话怎可当真！

这样一想，林星的心情一下子就轻松下来了，顿时又觉得对不起吴晓。她想说句抱歉的话，还没想好如何开口，吴晓就背着脸主动问她：“阿欣到底怎么回事，怎么死的？”虽然声音还是闷着气的，但给了林星一个缓和的机会。

“我也不知道，警察也没说，好像不是正常死亡吧。警察一说把我吓了一跳。”

她的语气是很亲和的，甚至都有几分低声下气，一边说还一边动手帮吴晓把没有盖好的被子盖好。吴晓的气恼听上去也就过去了，他说：“你一说也吓了我一跳。她和艾丽，前些天不是还挺好的吗？”

林星随着他感叹道：“像她们这种女孩，认识的人当中，肯定少不了有黑社会的。别看她们比咱们就大个一两岁，实际上比咱们可是复杂多了。”

吴晓说：“你既然知道她们那么复杂，干吗还把房子租给她们？”

林星说：“当初谁知道她们是坐台出身的。她们脸上又没写着。”

吴晓说：“我原来也以为她们挺不幸的，后来你一说我才知道她们其实都油着呢。”

林星说：“她们以为自己油，可再油也油不过那些有钱的大款。那些人表面上喜欢她们，但没人真跟她们玩儿感情，她们心里也明白，都是逢场作戏的事，互相骗。这方面阿欣不如艾丽那么彻底想得通，要不然怎么她出事呢。不过她们年纪轻轻的就这样在江湖上混，说起来也还是挺可怜的。”

两人一来一往地感慨着，刚才的争执，就在这共同的长吁短叹中自行化解。但那一夜两个人似乎谁都无法安睡。熄了灯，一切都静下来之后，林星的心里却怎么也静不下来。她能感觉出身边吴晓的呼吸，也并非如过去那么平静。在这新婚蜜月的短短几天中，好像一下子发生了许多事情，谁也说不清缘由，但让人心里全都乱了。

为谁而乱呢？为艾丽和阿欣？还是为他们的父亲？

失眠的夜晚当然是漫长的，第二天，吴晓起床时眼睛有些浮肿，但照旧打扮得很精致地出去拍他们的 MTV。据说为了拍出一个很棒的创意，他们今天要到大连的海边取景，当天不能回来。他走时嘱咐林星上午去医院做透析时，别忘了打一针蛋白血清。这蛋白血清是医生一直极力推荐的，以前没钱所以一直没打。也因为听说医院现在都争创效益了，医生推荐的贵药究竟是否必需不免有些可疑。林星忘了听谁说过，好多药厂都拉医生入了干股，所以有时你也搞不清他是在治病救人还是在治病救己。

尽管如此，吴晓早上走以前还是一再嘱咐她必须要打这个针的。花三百多块钱打一针总不会一点儿用没有吧，而且从这个药的名字上看，好像是一种营养类的补剂，营养现在对林星来讲，也是至关重要的。

于是她上午在医院里就交钱打了这个针。针是打进透析机里，通过循环的血液进入她的血管的。她躺在床上，看着那些管子里流动着的渗有药剂的血液，很想感觉出与以往有何不同。生了这种病才体会到有钱没钱真是不一样的。想到钱她的心跳突然有些惶惶不安，她试图分析出自己是不是因为用了吴家的钱，才会在警察面前替吴长天那样说话，那样按照他需要的情节撒谎。她想来想去想对自己说不是，她所做的一切并非因为用人钱财替人消灾，而完全是为了吴晓，是因为儿女情长才英雄气短的。这样看问题她心里稍稍好受了一些。退一步又想，也许她是太认真太敏感太死心眼儿了，自己跟自己过不去，其实所有这些都不过是一种人之常情罢了。吴长天现在已经成了她的公公，成了她的父亲，他因此给她钱去治病，她因此说一些向着他的话，这对任何做媳妇、做女儿的人来说，难道不是天经地义理所当然吗?

中午，她从透析床上起身下地，走出医院。站在路边，犹豫了半天，她还是在公用电话亭里呼了刘文庆。刘文庆回电话的速度倒是很快，但不知为什么一听是她便有些鬼鬼祟祟。

他的个性一向张狂自负，倒从来没有这么神神秘秘过。

“是你一个人吗？”他问。

她说：“是啊，你有空吗？”

刘文庆小心翼翼地问："有什么事啊？"

她说："我想再问问艾丽和阿欣的事。"

刘文庆笑笑："你还真关心她们，累不累呀。"

林星沉默片刻，坦白道："我是关心吴晓。我希望你能实事求是地告诉我，他爸爸和艾丽，到底是怎么回事。"

刘文庆思忖了一会儿，才说："好，你来吧，我从头到尾跟你说！"

他和她约了一个非常陌生的地方——通天湖花园别墅度假村。这地方的名字听起来有点儿不大像刘文庆现在所能承受的消费。但林星没有多问。她按照他指点的路线，乘出租车过去。那通天湖在京通高速公路中间略嫌荒凉的一侧，虽然地处偏僻，但一到大北窑，踩踩油门再往东走上十几分钟便是了，车程很近。那是一个尚未完全绿化好的有些光秃秃的人工湖泊，湖边有一座白色的像是饭店一样的崭新建筑，周围散落着十几栋故作雕琢的欧式别墅。一座同样风格的石柱门楼孤零零地立于路口，四周的围墙还不成气候。由此看来这是个新近开发远未完善的项目，路标也没有，林星让车子转了两圈才找到刘文庆电话中说的那栋九号别墅。那别墅的门口已经停了一辆黑灰色半新不旧的沃尔沃，不知是不是刘文庆自己开来的。林星下了车，让司机稍候，满腹狐疑地上前敲门。

门铃响了一会儿，门开了，开门的正是刘文庆。他警惕地看看林星身后的那辆出租车，说："让这车走吧，待会儿我送你回去。"林星的目光疑问地投向门前那辆沃尔沃，问道："你从哪儿弄来的车？"

刘文庆说："租的。"

林星付了出租车费，让车走了。然后进了这幢油漆味尚未散净的别墅。别墅里一应的家具摆设都是簇新的，样式也都花里胡哨穷人乍富。林星又问："这是谁的房子？"刘文庆上下嘴唇轻轻一碰，还是那句话：

"租的。"

"你发财了？"

林星跟着他往楼里走，刘文庆笑而不答，只说："来，我领你参观参观。现在农民有地不种庄稼，都学着办起这种度假村了，来钱比种地可快多了。这房子真够大的吧，七八个人一大家子周末往这儿一住，湖边钓钓鱼，骑骑马，那边主楼里还有各种娱乐设施，都挺全的，多好。这一幢房子一天才一千块钱，真是便宜到家了。"

林星随他看完楼下又看楼上，她还是不懂地问："这是你租的？"

刘文庆得意地坐在二楼小客厅的沙发上，说："不是我租的是谁租的。怎么样，还是回来跟着我吧，我早说过，我挣钱都是为了你。"

林星没有坐，她不无警惕地问："你到底哪儿来的钱？"

刘文庆笑笑说："我这几天跟一个富翁好好赌了一把，真他妈惊心动魄！结果我赢了。"

林星半信半疑："你赢了多少钱？"

刘文庆顾左右而言他："你不是对钱没兴趣吗，我老跟你说钱你又该嫌我俗了。"

林星冷冷地说："既然你有了钱，也有了地方住，那就把静源里的钥匙还给我吧。"

刘文庆爽快地答道："没问题，我这不是刚刚跟这儿租了这幢房子吗。我还有些东西放在你那儿呢，待会儿我就回去把东西拿过来，最迟明天准把钥匙还给你，怎么样？在这儿我也是临时住住，躲躲清静，以后还是得在城里买套公寓。我打听了，在三环路以内买套稍微有点儿档次的公寓总得要个二百来万，三环以外四环以内的也得……"

林星不想再听他得意忘形的这套啰唆，而且他这套吹嘘谁知道是真是假呢。她打断他的话，说："你刚才不是说要把什么事从头到尾跟我说吗。你说吧，我还有事要走呢。"

刘文庆明知故问地："啊，你是想听什么事来着？"

林星说："你知道我想听什么事。"

刘文庆做恍然状："啊，那件事啊。我后来想了，还是别告诉你的好，免得你说我挑拨你和吴晓的关系。我想还是几十年以后，等咱们都老了，凑一块儿叙旧的时候再跟你往事重提吧，嘿嘿，到时候可别怪我让你不堪回首。"

林星怒不可遏："那你今天叫我来干什么，你怎么这么没信用！"

刘文庆轻轻一笑，笑得很暧昧："你知道吗，我一赢了钱，第一个想到的就是你。我想让你知道，只要我想干成的事，早晚得让我干成。你不是一直不信吗，我就是想让你看看，这么大的房子，我刘文庆租得起。怎么样，愿意不愿意在这儿住一宿，陪陪我？我这人念旧，最喜欢鸳梦重温的感觉了。"

林星没想到刘文庆让她远远地赶过来，竟是这样一个无聊透顶的目的，这更加深地让她认识到和刘文庆的相识完全是一个天大的误会。她让自己压住火气，心里发誓彼此再不相往来，嘴上只冷淡地说："对不起，还是你一个人在这儿做梦吧。"说完便转身下楼，刘文庆在身后叫她："嘿！"声音未落，门铃响了。叮咚叮咚，响得很有礼貌。刘文庆叫住她说："嘿，你等一会儿，这是来修电话的，要不是等他们我早走了。"

他走近林星，大哥似的拍拍她的肩："放心，现在我不会强迫你干什么事了。等会儿我开车送你走，要不然这么远你怎么回去？"

刘文庆下楼开门去了。林星只有留下来等，这儿附近既无公交车也无出租车，确实是个相当偏僻的地方。她站在楼上的这间小客厅里，想平抚一下刚才被激起的愤怒与厌恶。环顾四周又暗暗疑惑，难道赢了一笔钱就敢于这么挥霍吗？她觉得刘文庆这一段时间的言谈举止变得非常怪异。

透过小客厅半开的门缝，她听到楼下刘文庆打开大门的声音。有人进来好像和他说了一两句什么话，紧接着就听见不知是谁的喊叫，声音非常恐怖。林星吓了一跳，正待出门去看，还未把门全部拉开，已经看见刘文庆跌跌撞撞地顺着楼梯往楼上逃窜，有个人在后面追。林星一时没有反应到出了什么事，已听见“砰砰”两声爆竹似的声响，接着又是一声！林星都想不出这么干脆利落的响声是从哪儿发出来的。从门缝里她看见刘文庆一仰身打了几个滚，完全没有骨头似的从楼梯上快速地栽了下去，身上不知何处喷出来的红雾在林星眼前散开一片又瞬息消失。她这才意识到出了什么事，全身立刻僵硬得几乎无法举手投足，连呼吸都不是自己的了。她看见一个持枪的人低头在看瘫在楼梯口的刘文庆，显然是在确认他是否已死。楼上不知有什么响动让那人侧耳倾听，然后又一步一步走上楼来。林星眼前发黑脚下发软灵魂离窍，她几乎是靠着一种下意识的本能才拖着没有知觉的双腿向后逃去。这屋子四墙堵死情急无路，忽见左面死角留着一道小门。脚步声越来越近。林星拉开小门企图夺路而逃，不料却逃进了一个几尺见方的小卫生间里。从外面的脚步声她知道那人显然已经走进这间小客厅了，而且必然地，打开了卫生间的门。林星这时已经跳进浴缸，站在浴帘的后面屏住呼吸。她的全身肌肉都麻痹掉了可还是禁不住瑟瑟发抖，以致身体僵缩着不敢碰着那薄薄的浴帘。那人用手拨了一下浴帘，大概是在往里看。林星没有看见那人的脸，她看见的只是一只粗壮的手，那胖胖的无名指上，还略显夸张地戴着一只同样粗壮的金戒指。那只手在浴帘上停了片刻又收回去了，脚步声随即退出了卫生间，移往他处。林星松出一口气来，双膝已经支撑不住，几乎就要晕眩过去！

她上午做透析时就暗自想了阿欣的死和艾丽的失踪，肯定有什么必然的联系。半分钟前刘文庆的血溅五步，终于证实了她的怀疑。这一切都不是偶然的孤立的，在她周围的这些人里，一定是发生了什么你死我活的事情！她一动也不敢动地，听着那脚步声惊心动魄忽远忽近，还伴随着翻箱倒柜的声音，那人像是在寻找什么东西。一会儿脚步声往楼下去了。她还是不敢动。

她就这样一直撑着被汗水湿透的身体，在浴帘之后摇摇晃晃地站着，很久很久听不见这幢房子有任何声响了都不敢轻举妄动，她老是怀疑那杀人的凶徒说不定正在楼下的沙发上慢慢地抽烟喝啤酒呢，或者正躲在门外的暗处等她出来。她想今天幸亏做了透析，还加了那针蛋白血清，否则她的体力恐怕早就支撑不下去了。

终于，在很长一段时间的安静之后，她战战兢兢地走出卫生间。小客厅里确实没有人，整个二楼似乎也不见一个人形。站在二楼的围栏处往下看，楼下同样没有任何动静。她顺着楼梯一步一步地往下走，用白色大理石砌成的楼梯上，凝固的血渍点点滴滴。她的目光难以逃避地，投向歪斜着蜷伏在梯口的刘文庆，他那触目惊心的死状让林星几乎窒息。那张毫无呼吸的嘴还张着，仿佛还有一声叫喊尚未喊出。整个别墅静得像一座坟墓。林星想哭，想叫，但不敢发声！

警察在她报案后赶到这幢房子的速度，比她预想的要快得多。半个小时之后门外就停了好几辆警灯闪闪的警车，屋里屋外都是面目严肃的公安人员。林星被简单询问了一番之后，让人带离了现场。她被带到那度假村中心大楼的一间办公室里，由一位警察对她做了例行的笔录。问的问题都很常规，诸如：死者是谁，和你什么关系，你到这儿干吗来了，你估计是谁杀的他，他有什么仇人吗，凶手是什么样子，多高多矮多胖多瘦，穿什么衣服，什么颜色，是深是浅是长是短，等等。之后，他们用车拉她进了城，去了公安机关的一个地方，也是在一个楼里，她见到了上次在静源里见到的那一老一少两位便衣。

老便衣让她坐下，招呼小便衣为她倒水。然后既严肃又亲切地问她："上次我们问的那些问题，你再想想，是不是有一些上次没说啊？"

她头脑发木，机械地摇头。

老便衣意味深长地看她："你不想再死人了吧？"

她这才哭了，她说我要打电话，我要找我的爱人！

警察同意了，她打了吴晓的手机，手机关了。呼他，也没有回音。她突然想到他们今天是去了大连，现在可能正在美丽如画的老虎滩全神贯注地拍那个有新颖创意的 MTV 呢。

老便衣说："你别着急，我们先送你回家。我还是那句话，要是想起什么该说的，可以随时找我们，我们有耐心等着你慢慢地想，啊。"

林星什么也没说。也没让他们送。她懵懵懂懂地走出公安局，回了家。

进了家门，家里只有她一个人。她现在非常害怕一个人。她想去大连找吴晓，可也许她还没到他们就已经回来了。她想去单位和同事在一起，可单位的人大都不坐班，就是能找到人，又能和他们聊什么？她想去找同学，但毕业一年了，和外地的同学倒还通过一两封嘘寒问暖的信，同城而住的，反而鸡犬相闻老死不相往来了。在这个城市里，在这个世界上，她除了吴晓之外好像别无所亲。

她把家里每一个门都锁好，脑子里还是不断出现刘文庆的狰狞死状。她老是想着他那大张着的嘴巴，究竟想要喊出什么声音？他的死与阿欣的死究竟是同一个阴谋，还是各有因果？

尽管刘文庆炒股破产变得穷凶极恶，常常酗酒打架四处结仇树敌过多。但他的死和阿欣的死和艾丽的死不见鬼活不见人，前后衔接相继发生，如果都是毫无关联的偶然事件，那真是不可思议到极点了！即便是偶然，她也敢百分之百地肯定他们统统都是为钱丧生。他们不为钱为什么？为情？鬼才相信！

林星躲在屋里胡思乱想直到傍晚，她中午做完透析就没吃午饭，此刻早已饥肠辘辘。家里什么东西都没有，可她又实在不想打开房门一个人上街去。当夕阳尚未从卧室的窗台上完全褪去的时候，她的 BP 机突然响了，那刺耳的叫声先是吓了她一跳，继而又让她感到了一丝温暖和热闹。BP 机的叫声至少说明她在这个城市的孤单并非那么绝对，特别是当她看到BP机上的头几个字居然是“吴先生”时，差点欢喜得叫出声来。当她三步并做两步地冲出门去，冲向街上的公用电话亭时，所有的孤独、恐惧和疲劳统统为之一扫！

电话打通了，她还没开口那边就问：“是星星吧？”她愣住了，那人不是吴晓。吴晓只有在最亲昵的时候才这样叫她。声音也不对，吴晓的声音哪有这样苍老。她反应了半天才反应过来，原来呼她的人是她的公公，吴长天。

她不太自然地，叫他：“……爸，您呼我吗？”

吴长天说：“吴晓去大连了吧。晚上你有事吗，和我们一起吃饭吧？”

看来吴长天对儿子的行踪完全了如指掌，说明父子之间肯定保持着密切的联系。但林星还是问了一句：“爸，您怎么知道吴晓去大连的？”

“吴晓刚才给我来了电话。他们在大连拍片子遇上点儿麻烦，想让我们大连的公司帮帮忙。他们最快明天才能回北京。我想你今天晚上一个人要是没事的话，我在颐和园订了条船，你从来没在船上吃过饭吧？我现在派车去接你好吗？”

她答应了，在这个孤独的黄昏，吴长天的这个电话突然提醒了她——她现在除吴晓之外还有一个法律上的亲人，那就是她的这位公公。

这的确是一个她最需要和亲友在一起的黄昏，因此她答应过去。半个小时后，吴长天派的车子来了。林星想，何不把这一切疑问，包括艾丽去了哪儿、阿欣怎么死的、刘文庆为什么被杀、为什么需要她去作那样一个于细节不符的证词，以及在这短短十来天里，为什么发生了那么多莫名其妙的事，去当面地、直截了当地，和她的公公好好谈谈呢？即便他确实像刘文庆说的那样，与艾丽阿欣有染，私下里给了她们钱，她这个做媳妇的，也应该把外面的猜测和传言，如实告诉他，让他自己考虑一下该怎么办。就算她的言语唐突措辞冲撞，他作为一个长辈，一个领导，一个有身份有修养的大人物，总不至于不能谅解和宽容吧?

吴长天的车子大概是办理了颐和园的通行特许，从园子的侧门直接开进了这个昔日的皇家禁地，然后沿着与西堤并行的一条长长的柳岸，一直把她送到了正在维修的石舫。

在石舫附近的一个游船码头上，她登上了一条雕梁画栋的彩绘绣船。船上灯火辉煌，当中摆了一只圆桌，桌上铺了明黄的桌布，桌布上陈设着古色古香的寿字餐具，几样宫廷小吃，已经上了台面。吴长天声音热情地招呼着她，眉宇间却掩饰不住失神和疲倦。船上除了他和林星见过的那位李大功之外，还有一位她未曾见过的人物。吴长天先把林星介绍给此人："这就是吴晓的爱人，瞒着我结婚的。"口气上是极熟近的样子，又将那人向林星介绍："这是梅叔叔，也是从小就看着吴晓长大的。"那人主动伸出手来，补充着自我介绍："梅启良，来，坐吧。"

果然是他，林星一听姓梅，就从那人的气度派头上猜到了，这就是她的公公原来一直处心积虑想为吴晓找的那个"岳父"。

直到寒暄完毕，林星也搞不清今天他们谁是主宾，大家全部落座之后，李大功吩咐船工开船。月亮这时升起来了，皎洁的月光被收进昆明湖的万顷银波之中，把七月流火的盛夏带进了一个清凉的蟾宫世界。船工发动好机器，船舷缓缓离岸。在水浅浪平处略作盘桓，便将船头摆正，向着远处夜色朦胧的龙王庙，徐徐驶去。

十八

这本应是个闲情逸致的晚上，晚风轻拂，皓月晴空，放舟湖上，把酒当歌。桌子上陆续摆满了从听鹂馆订来的宫廷珍馐，除了林星之外，男人们都喝了几杯白酒，话题也还算是漫无边际。但在林星察言观色的直觉上，不难看出席面上的气氛，实际上是毫无欢乐可言的。

他们先是谈到了长天集团的什么产权问题。梅启良对吴长天说：材料我都看了，总的感觉是还不够充分，特别是在财务方面，好像还欠缺一点儿过程性的说明。对梅启良的看法，吴长天做了些解释，他们在这个问题上的讨论持续了很久。林星听了半天不甚了了，也许这个话题过于严肃了，与风清月朗的昆明湖有些格格不入。于是他们又转而谈星论月，但气氛令人更为沉重。因为他们不约而同地说到了四百年前法国的预言家诺查·丹玛斯的恐怖诗篇——《诸世纪》。吴长天的情绪在几人中最为悲观，他并非不懂每个人在灾难面前都是更相信侥幸的，但他还是列举了世界大战、全球性污染、温室效应、中东战争、苏联解体等事件，来说明那诗篇中的多数预言都被后来人类历史的足迹所实践。现在只剩下最后一个了，那就是 1999 年的 7 月，九大行星十字排列，恐怖魔王降临人间……这个关于人类毁灭的预言能否应验呢？吴长天的提问让船上的每个人，包括那些年轻的船工和服务员，都有些惊惶不安。今年就是 1999 年，现在就是 7 月。环顾一下这明月当空的湖光山色，就知道生活有多么美好，可也许大家都活不到明天了，悲哀和恐惧立刻占据了人们的心头。最后还是梅启良以科学的立场振奋了一下现场的气氛：“天象是自然现象，九星联珠在历史上也不是一次两次了，按科学记载差不多每百年就有一次。1999 年即便有几个小星星掉在地球上，也不过是几个不大的陨石罢了，与人类存亡无干，只要小心别正巧掉到你我的脑袋上就行。”梅启良的话让船工和服务员们都笑起来，活跃了船上的情绪。吴长天和李大功也应景地咧了咧嘴，但那不叫笑。林星搞不懂他们是不是真有死亡的预感，真的相信会有灾难迫在眉睫。

船行得很稳、很慢，伴着舷边微浪轻拍的节奏，终于结束了这场并不轻松的晚宴。梅启良把几位服务小姐叫拢来亲切攀谈，家长里短地了解着民间百姓的生活。李大功躲在船尾，用手持电话和什么人窃窃私语。吴长天则独步船头，临风而立，沉默不语。林星跟过来，她说：“爸，我有件事，想跟您聊聊。”吴长天若有所思，目光停在她的脸上，却似看未看，好半天才猛醒地应道：“啊，好，你想聊什么事？”

她要聊的是刘文庆的事。这是她二十一年人生中，第一次遭遇、目睹和逃脱了这样一场惊心动魄近在咫尺的谋杀。她首先为难的，是拿不准应该怎样向她的公公说明她和刘文庆的关系，怎样说明今天中午她为什么和他单独待在那个偏僻的别墅里。她中午找刘文庆的目的是想让他再解释一下他昨天的那些恶言恶语。但这个目的很难向自己的公公说明，因为刘文庆恶语相向的目标正是她的公公本人。而这些话林星原计划是放在后面，看公公的情绪好坏再决定怎么说的。她踌躇不定，不知话从何说起。吴长天从她的表情上，显然也看出了她欲言又止的，绝不是一般的话题，于是主动问道：

“林星啊，有什么事你就直说好了。”

他的慈祥和亲切放松了她的紧张，她终于说：“爸，我认识的一个人，他知道艾丽和阿欣的事，可他今天中午出事了，他让人给杀了。”

这样严重的事，而且就发生在几个小时之前，林星看出，吴长天的脸上有了震惊：“让人杀了？”他马上又问，“你跟那个人怎么认识的？”

“我们过去是朋友。”

“噢，你是怎么知道他被杀了？是不是今天下午公安局找了你？”

“不，他被杀的时候我就在那儿，我亲眼看见他被人用枪打死的。”

林星的泪水在眼里打转，她脑子里无论如何抹不去刘文庆那副大声呐喊的死状。还有枪声，连续不断地，在她脑子里一再显现的恐怖场面中砰砰地响着，把她的感觉、意识，都震得麻木了，以致她都分辨不出她公公脸上的惊愕和张皇反映了什么。

“……你怎么会在那儿？”

林星擦着眼泪，她让自己镇定，让自己从枪声中摆脱出来。她说：“我去找他，我想问他艾丽和阿欣到底出了什么事，他总说他知道的。”

吴长天的目光发僵地盯住她。他的声音也同样发僵：“他跟你说了吗，他都告诉你什么了？”

林星低头深深地喘了口气，她的回答因此而停顿了片刻：“他说，他说您给了艾丽一大笔钱，您怕她们坏了您的名声。”

吴长天的脸白了，很明显地，一下子就明白了。但林星依然分辨不出，那是恐惧还是气愤。吴长天愣了半天才笑了一下，“我给她钱？是那个来跳舞的女孩子吗？我怎么会给她钱！”

“他说因为阿欣死了，因为阿欣死了……”

“阿欣死了和我有什么关系？你那个朋友，他说和我有什么关系吗？”

林星这时才抬起眼睛，让自己的目光与公公相对，她说：“有。”

吴长天半张着嘴，脸上的僵硬好半天才变成了一种不屑的笑容，但看得出笑得很是生涩。

也许名人在遭受诋毁时都是这种表情——心里气急败坏，表面却不在乎。

“有什么关系？”他问，“他说有什么关系？”

林星说：“这正是我要问他的。”

“他告诉你了吗？”

“……没有。”

“既然他知道，为什么不告诉你呢，是因为你和我的关系吗？”

“不是，”林星说，“因为他还没说，就让人打死了。”

吴长天几乎没等她说完就问：“那你看见凶手了吗，是谁杀的他？”

恰在这时，李大功端了两个玻璃杯过来了，杯子里是刚刚沏好的热茶。他把左手的茶递给吴长天，吴长天没有接，他便放在了船头美人靠栏杆下的座位上，右手的茶则递给了林星。林星双手去接。这时，不期然地，李大功右手的无名指上，一只粗大的黄金戒指蓦地撞入她的视线，让她的心脏在一瞬间忽悠一下险些跳出口来。她圆瞪了双眼去看他的手，和那只显眼的金戒指，她几乎可以毫不怀疑地认定，那正是几小时前她在通天湖别墅卫生间的浴帘后面，看到的那只壮硕的右手和那只粗大的戒指！热热的玻璃杯从她的十指关中滑落下去，“啪”的一声在地上摔得粉碎，滚烫的茶水溅在脚面上，她没有一点儿知觉。她一动都不敢动地，看着眼前身高体壮的李大功，这个杀人的凶手！紧张得几乎窒息了七窍，她觉得自己命在旦夕！

李大功“哎哟”了一声，以为是杯子烫了林星的手，说声“对不起”，连忙招呼服务员过来帮忙。吴长天一动不动地站在林星对面，他显然清楚地看到了林星在伸手接那杯茶时面对李大功的反常表情，他呆呆地看着李大功和服务员们忙碌地收拾着地面玻璃的碎碴和水渍，看他们又给林星换上了一杯新茶。当他的目光和林星相遇时，林星马上回避开了。她听到她的公公用沉沉的嗓子，把刚才的谈话继续下去：

“你看见凶手了吗？”

她不得不迎住了公公的逼视。她被巨大的恐惧笼罩着，很久才从心底透出一口抖抖的喘息，她说：“……没有。”

“一点儿没看见吗？”

“……一点儿没有。”

吴长天沉闷了一会儿，问：“你认为你那个朋友的话，是真的吗？”

林星的喘息难以平复，喘息使她的回答变得吃力和细微：“他的话，反正没用了，真假都已经……死无对证。”

吴长天审视着她的面孔：“我不是问有用没有，我是问，你相信吗？”

林星说：“我不想相信，我知道他是一个无赖，他喝醉了酒去诅咒一个我曾经那么崇拜的人，我真的不想相信。可现在这个世界上，什么都可能发生，坏人偶尔能说真话，好人有时也会撒谎……”

吴长天沉默着，并不去反驳她的话。他们都听到了脚下汩汩的水声，看到了头上幽蓝的天空。这天空和水声百年来似乎没有变过。

吴长天说：“这不是现在这个世界才有的现象。确实不值得大惊小怪。你知道在自然界里，任何事情都有它一定的规律，自古以来都是一样的。就比如天上的这些星星，每颗星都有它们自己的轨道。如果像预言中说的那样，在七月份真有哪颗小星星掉下来的话，那肯定是它没有按规矩运转的缘故。好人有好人的规矩，坏人也有坏人的规矩，你的朋友要是让坏人杀了，那肯定是他破坏了人家的规矩，所以他这颗星就陨落了。你听明白我的意思了吗？”

林星听明白了，吴长天的声音清晰无误。可这一刻她突然想起了太多的往事，她真想从这些往事中将自己解脱。吴长天半年前对她的教导言犹在耳，深意宛然——“您过去说过的，”她说，“天上有那样一颗星星，它的方向最稳定，光芒最闪烁，它靠了它的品德，可以永远不落！您觉得，对于地上的人来说，什么最重要呢，是规矩，还是品德？”

吴长天思量了半天，徐徐答道：“孔老夫子说过这样一句话：‘为圣者讳，为贤者讳，为尊者讳。’也就是说，一个伟人、一个能人，或者一个长辈做错了事，做属下的，做儿女的，就应当为他们遮掩而不是给他们张扬。你说这是属于规矩呢，还是属于品德？我看，这也是一种做人的品德吧。”

林星静静地听着，远远望去，整个儿颐和园都是静静的。吴长天哑哑的嗓子，轻轻的声气，语重心长之中，暗含了些杀机，让人不寒而栗。他接下去说：“我倒不怕别人，我担心的是你，小星星，你现在是我的女儿了，还是我的证人呢。在这个社会上，你太弱小了，有很多事都还不太懂，所以我劝你千万别去惹那些坏人，你这颗小星星要是也像你朋友那样掉下来，我的吴晓可受不了啊。”

林星看着她的公公，她没有一句回话。吴长天继续用一种居高临下的慈祥，再次问道：“我的意思，你听明白了吗？”

林星点了点头，她听明白了，她怎么能不明白呢。但她突然忍不住地，把一句针锋相对的反问脱口而出：

“那北斗星呢，您过去说的那颗北斗星，也会陨落吗？也会掉下来吗？”

她的公公，满腹经纶的工商巨子，一呼百应的企业领袖，她曾经仰慕过也曾经怨恨过的长辈，北斗星一样的吴长天，终于在她的面前，目光僵滞，张口结舌。

恰巧梅启良踱到船头，打断了他们的谈话：“你们父女两个可是今天做东的主人啊，什么话在家里说不完，要把客人撇在一边不管啊？”

吴长天这才收起狼狈的表情，掩饰地说：“没有没有，我在帮我们小星星规划他们小两口今后的生活呢。我想好了，等最近这几档子麻烦事过去以后，我让吴晓暂把他那个乐队放一放，陪林星到国外去住一段时间，治治病。听说美国治肾病很有办法，只要有钱，肾病在美国不算什么。”

梅启良点头称是，说你这当公公的，千万要对孩子的病负责到底。听说国内的肾移植手术也不算是技术难题了，宜早不宜迟。当然去国外手术更好，更保险一些。他们一边说一边离了船头，往船尾摆好的茶桌走去。吴长天回头看了林星一眼，林星呆立着没有跟过去。

船至龙王庙，宾主一同舍舟登陆，从十七孔桥行至昆明湖的南岸，上了等在桥头的汽车，一路开出了夜色渐浓的颐和园。

李大功送梅启良回党校去了。吴长天送林星进城回家，他们一路上谁也没有说话。车子开到扬州胡同，林星在街口下了车。她没有看吴长天，低头说了句：“爸，我走了。”可吴长天却叫住了她。

“等吴晓明天回来，我们好好商量一下给你治病的事。”

林星没有说话，她把车门关上了。

她回到了家，进了屋便扑在床上，失声痛哭起来。

她想她怎么这样不幸啊。她究竟嫁入了一个什么样的人家？

和吴晓虽然刚刚分别一日，她却钻心地想立刻见到他，她也钻心地，想见到自己死去的爸爸妈妈。

这时候的孤单是最难忍受的，林星受不了这空空荡荡的屋子，受不了这不能听她倾诉的面无表情的四壁。她哭够了就又跑了出来。她跑到了附近的一家酒吧，坐在吧台前，要了酒，一种她以前喝过的辣辣的鸡尾酒，一仰而尽。一连四杯，都这样一仰而尽，直看得那年轻的酒保目瞪口呆。酒精使她敏感的神经得到了暂时的麻痹，连听觉和视觉都有些麻木不仁了，那痛彻一时的神经末梢也被消磨得迟钝起来，但心里的感受还是万分的难过，那无着无落的滋味，依然挥之不去。

有人过来在她肩上拍了一下，她一回头，看到一张浓妆艳抹的粉脸，眼睑上还涂了莹光闪闪的彩油，她张开了嘴，一时叫不出声来。那人诡秘地一笑，说：“哟，不认得我啦？”

十九

林星并不是第一次喝酒，但从未像今天这样醉过。酒吧里那一直不停的摇滚，将一种幼稚而又做作的疯狂，强加于人地灌满每个角落，唯独林星充耳不闻。在色彩万般的视野中，那张涂脂抹粉的嫩脸占据了中心的位置。她的记忆尚未彻底混沌，听得见自己还能准确地叫出那个熟悉的名字：

“艾丽？”

“嘻——”艾丽笑眯眯地，在她身边坐下来，“你怎么也喝酒啦？”她环顾左右，问：“你一个人来的？还和吴晓在一起吗，是不是早就分手啦！”

在艾丽看来，一男一女互相厮守怎么能超过半年呢。女人天生善变，男人本性无情。激情相恋本来就只存在于瞬间，非要强求永恒才小儿科呢。这一点艾丽一直想得很通：能把瞬间变成永恒的，只有童话。

林星没想到在这儿能见到艾丽，她半醉半醒地，恍如隔世。她吃力地在脑子里搜寻着关于艾丽的那些线索：“你到哪儿去了？你不是……去外地了吗？”

艾丽说："对呀，我去了趟上海，不行。人生地不熟，赚钱还是北京容易。再说，我也不喜欢上海人，没劲儿。上海男人一个个的全都小里小气的，给钱也不大方。"

艾丽脸上的油彩，在林星眼里已经糊涂一片，像是一个戴了五彩面具的鬼魅。林星疑是梦中，可彼此的对话，却都清晰无误。她听见自己的声音在问：

"你干吗到上海去，是不是我公公让你去的，他给了你钱让你去的？"

"你公公？"艾丽半懂不懂，"你是说吴晓的爸爸？"

林星口齿不灵地笑道："对了，我和吴晓结婚了，还没告诉你呢。"

艾丽半信不信，但并不妨碍她用一种无比羡慕的表情表示祝贺："哇！行啊你，我早就说过，就是吴晓不这么漂亮，你跟他也不吃亏的。"

林星歪斜着身子拉住她，不服气地逼问："你不就是说，我高攀他了吗！我有病，所以我配不上他，是不是？"

艾丽的惊羡倒像是真心实意的："不是不是。我是说，你将来就是中国最富的女人了，我告诉你，他爸爸可不是一般的有钱！"

林星也搞不清自己是不是真醉了，她继续着刚才那个咄咄逼人的追问："他给了你多少钱，你说，到底给了你多少钱？"

艾丽看她，答非所问："哎，你今天可是真喝多了，你生这种病医生让你喝酒吗？"

林星抓住艾丽的肩膀不松手，怕她跑了似的："你说，阿欣是怎么死的，别以为我什么都不知道，我去告你们！"

艾丽把她的手拉下来，翻着眼睛说："你告我，那不是等于告吴晓的爸爸吗？你不是说你和吴晓都结婚了吗？那不等于是告你公公了吗？你没事吧？"

听到吴晓、听到结婚、听到公公、听到这些看起来幸福实则悲伤的字眼，林星哭了，哭出了声。周围人都看她们，那眼神既同情又漠然，既有点儿好奇又不无鄙夷。像她这样如花似玉的女孩儿喝醉了在酒吧里痛哭流涕，不是被男人甩了又是什么！艾丽在一边劝她：“别哭了别哭了。你今天喝了多少呀！人家刘文庆又破财又失恋，赔了夫人又折兵，花钱买醉还有个由头，你一个刚结婚的新娘子，又找了那么有财有势的婆家，没事偷着乐去吧，你哭哪门子呀。”

林星越哭越止不住了，她想把肚子里的委屈全倒出来，可脑子乱成一片，不知该怎么说。

“不，他让我当他的儿媳妇纯粹是利用我！他让我进吴家的门，同意吴晓娶我，给我钱，给我治病，接我去吃饭，让我出国，全都是为了利用我，全都是交易！要不是怕我去告他们，他们才不会要我！”

艾丽拍着她的后背，一面让她把哽咽顺到肚子里去，一面推心置腹谆谆劝慰：“得了吧，我都不告，你告什么呀。再说，告了对你有什么好处呀？一辈子的荣华富贵，一告不是全没了？再说，吴晓能同意吗？你要是真想跟他一辈子，你还怎么告？傻不傻呀你！”

林星没办法反驳艾丽，她们之间很难有什么争论，因为她们完全不是一路人。在艾丽看来，只要物质上得到了满足，还有什么能让人心烦的事呢？连林星有时候都觉得，还是像艾丽这种活法比较简单，吃饱了不饿，睡足了不困，多么容易快乐。这年头对精神和道义太讲究的人，早就不合潮流了。她现在既是吴家的媳妇，那么用吴家的钱去治病、去透析、去打蛋白血清，全都理所当然；她为吴家遮丑说好话，也理所当然。要是媳妇把自己的公公告上法庭，反而还会成为人们的笑柄呢。再说，告完了她的病怎么办？没有公公的钱她就得死！

她不怕死，死就是再生。可再生之后还能碰上她的爱人吴晓吗？吴晓还会爱她吗？想到这里她怎能不泪流满面，怎能不留恋此生！

艾丽扶着她，走出酒吧，为她叫了出租车。她说你别再喝了，回家去吧。我不能送你，免得让吴晓看见了告诉他爸，我是答应了他爸离开北京的。我反正也不回你那儿住了，我另外找了个地方。房租你也不用退我了。有事你就呼我，啊。

出租车把林星拉回了家。她醉悠悠地进了胡同，整条胡同静无一人，只有她踉踉跄跄的脚步。进了家门，她先在卫生间里吐了个够，抬头看镜中的脸，枯槁如鬼。摇摇晃晃，走出卫生间，头痛欲裂，但她还是想起来去翻自己的手包，翻了半天翻出了那张名片，是那老警察留给她的名片，上面除了姓名、电话、呼机、手机之外，还有头衔，什么刑警队副队长之类。她这时脑子清醒多了，思想也镇静多了。她把那张名片又收回到包里，妥帖地放在包里的夹袋内，以防弄丢。她想，她必须得等吴晓回来。他是她的丈夫，是这个家的男人，是她的主心骨，她无论做出什么决定都应当和他商量了再说。

整整一夜她没有合眼，没有一点儿困倦。她心中只有一件事，就是等吴晓回来。一直到现在，她也不明白，阿欣为什么会死，刘文庆为什么会死。他们和吴长天，本是不同的阶层，有着天壤之隔，没有利害冲突。他们之间，究竟发生了什么仇恨纠葛？

她躺在床上，看着天一点点亮了，她没有起来，将近一整天都这样躺在床上。房间里的阳光一点点地移动，在下午日斜之时，她从床上爬起来为自己煮了半碗面条。她并没有胃口，只是觉得要维持住体力，不吃不行。

她的注意力始终被门外楼梯上的脚步声牵动着，有很多脚步很像是吴晓的，却没在门前停留便匆匆而过。每当听到楼上楼下别人的家门开关的声音，她就经历一次心情的绝望，直到另外的脚步声再次出现，她才会凝聚起新的期待。这样的煎熬周而复始，直到天黑。

吴晓是很晚很晚才回到家的。当听到他用钥匙开门的声音时，林星噌地从床上一跃而起，飞也似的冲到门前。吴晓刚把门打开，她就扑上去抱住他。她真想在他怀里好好哭一场啊，但她忍住，她不想在他刚一回来就哭哭啼啼。也因为她近来隐隐察觉吴晓对她的眼泪好像有点儿烦了，他当初爱上她就是因为她的坚强和看上去那么老练成熟。

吴晓也抱了她，用还没有胡须的嘴，亲了她苍白的双颊。粗声问："想不想我？"林星不去回答，只是用双臂紧紧地搂他，用力感受他胸口上的跳动，她需要用这样的方法来确认他们共同的存在，和他们这个家的存在。

两人抱了半天，吴晓说："我脏死了，我得先洗个澡。"林星松开他，跑去为他准备毛巾和香皂。他们搬到这儿以后还没买热水器呢。林星一般是去单位洗，吴晓洗澡则上他的哥们儿家，夏天到了他才在家里洗。年轻男人的肌肉是不怕冷水的。吴晓一边脱衣服，一边说："我本来想先回一趟我家，先把澡洗了再回来，后来一想，那就太晚了。"林星接着他的脏衣服，没有作声。她知道京西别墅有一个很大很大的冲浪浴缸，是德国进口的。在那儿洗澡还有各种各样的浴液香波浴盐浴泡和香水，还有又厚又软取之不尽的长绒浴巾。

虽然是盛夏，但洗冷水澡仍然需要一鼓作气。吴晓很快就短裤赤背地从卫生间里出来，皮肤被冷水激得发红，他快速地用干毛巾擦着头发，他擦头的动作也表现出一个青春男子的虎虎生气。林星觉得到了应当开口的时候了。

"吴晓，你累吗？"她问。

"有点儿，我们昨天就没怎么睡。"

"我昨天也没睡。"

"为什么？你这个病可不能失眠熬夜。"

"我一直在等你，我有重要的事要和你说。"

"又是什么事，是不是昨天医生又说什么啦？我让你打蛋白血清你打了吗？”

“刘文庆，昨天死了。”

“刘文庆，死了？”

“他死了，是让人杀死的！”

吴晓可能感到了某种寒意，他套上一件汗衫，吃惊地皱眉：“这到底是怎么回事呀？他，还有艾丽阿欣她们，他们是不是搅到黑社会里去了？”

“他死的时候，我在，我是亲眼看着他被人杀死的。”

“什么，你亲眼看见的？你看见凶手啦？”

林星点头：“我看见了。”

“在哪儿杀的，你怎么会看见的？到底真的假的？”吴晓惊讶得无以复加。

林星真不知该怎样描述昨天下午那个杀人的现场。她的脸禁不住有些哆嗦，那楼梯上点点滴滴的鲜血，那比想象不知恐怖多少倍的子弹出膛的声音，还有刘文庆在楼梯上抽去了筋骨的翻滚……全都历历在目。她说：“我看见他了，他杀了刘文庆，他又要杀我……”

她终于哭出来了，把久压在胸膛里所有的恐惧、厌恶，统统喷发出来。吴晓上来抱住了她。

“你怎么啦，你慢慢说，凶手抓住没有？”

林星摇头，她哭得声嘻气短，只剩下摇头。

吴晓没有再追问下去，他去卫生间替她拧了湿毛巾，让她擦泪，等她彻底平静下来，才开口问道：

“到底怎么回事，到底是谁杀了刘文庆？你和刘文庆在干什么？因为什么事要杀你们？”

林星竭力让自己的喘息平复，有点儿上气不接下气地回答：“因为刘文庆知道阿欣是怎么死的！”

“他怎么知道阿欣是怎么死的？”

“是艾丽告诉他的。艾丽跑了，所以他们就杀了他。”

“他们是谁？你说的他们是谁？”

林星看着吴晓，她的心都在抖，声音几乎变了调：“是李大功和……和你爸爸！”

吴晓看了她半天，他笑一下，声音却是哭腔：“你，你是不是受刺激了，林星，你说什么呀？”

林星恨不得把自己的眼珠子抠出来，让吴晓看看里面那只粗大的金戒指，她急得声音都尖细起来：“吴晓，还是我亲眼看见的，是李大功杀了刘文庆，因为刘文庆知道，阿欣是你爸他们害死的！”

吴晓脸上的肌肉都变了形，不知是哭，是笑，还是生气：“我早跟你说了，刘文庆的话你干吗还这么相信！他赌输了，破产了，喝醉了，他说的话你为什么这么相信？你也不想想，艾丽是什么人，阿欣是什么人，她们的话有几句是真的？我爸和这些人认都不认识！林星，我求你别老这么恨他好吗？他已经向你低头了！你干吗这么不能接受他！你的报复心干吗这么强！”

吴晓的声音越说越高，林星也抬高了声音，他们谁也不管这已经是夜深人静：“刘文庆就死在我的面前，我是亲眼看见的！我亲眼看见李大功打了他三枪，他从楼梯上滚下去，我亲眼看见的！要不是我藏起来他也会杀了我！吴晓，你知道吗，他也会杀了我！他要是知道我看见他了他还会来杀我的！”

也许吴晓从她的表情上看到，她说的不是疯话，他仓皇地退了一步，本能地抵抗：“李大功为什么要杀他？就算是李大功杀了他，和我爸又有什么关系！”

林星让自己把声音放低，她刚刚意识到他们的争吵会被左邻右舍隔墙听去，她放低声音说：“昨天晚上，你爸叫我去吃饭，他和我说了很多话。他在暗示我，让我别学刘文庆。他说刘文庆死是因为他不守规矩，如果我也不守规矩，我也一样得死！这就是你爸说的，就在昨天晚上，就在颐和园的一条船上，你爸亲口对我说的！”

吴晓傻呆呆地，不知所措，他愣了半天还是一个劲地摇头：“这太可笑了，太不可思议了，我绝对不信……”

林星看得出，他是信了，只是心里害怕它是真的，他害怕这是真的！她颤抖着说：“吴晓，你知道吗，有些事我们都不愿意相信，它不是我们所能想象得出来的，特别是，特别是发生在我们最亲密的人身上。可你仔细想想，艾丽跑了，阿欣死了，你爸找我要我做伪证，他因为这个才突然承认我了，才要出钱给我治病。刘文庆知道了阿欣的事，李大功就去杀了他。你自己想想，吴晓，难道这些事都是我编造出来的？”

吴晓在沙发上坐下来，用手捂着眼睛，他抽抽噎噎地哭起来：“不，不，不，”他说，“我不相信，我不相信……”林星便住了嘴，她跪在他面前抱住了他的双腿。她想安慰他可不知该说什么话。

终于，吴晓静下来了，深深地吸着气，良久，才说了句：“真是疯了！”

林星抱住他，她又难过，又害怕，她觉得他们两个人像在一个孤岛上，四面汪洋，无路可走。

吴晓闷声问她：“你打算怎么办？你和谁说了吗？”

林星说：“没有，我一直等你回来要和你商量的，我也不知道该怎么办了。这是两条人命的事，我们瞒不住的！”

吴晓说：“我明天就去问我爸，看是不是你说的这回事。我得问他这是怎么回事！”

林星说：“你去问他，他会承认吗？”

吴晓说：“那至少也应该听听他怎么说吧？也许他是无辜的，我们不能光靠分析下结论！”

林星说：“吴晓，明天，我可以跟你一起去见你爸。要么，他去自首；要么，他把我杀了；要么，我们就得去告他，没有别的路了！”

吴晓面色惨白：“他是我爸爸，现在也是你爸爸，怎么调查他是公安局的事。可我们是他的孩子，我们哪能告他去呀！”

林星说：“那我们也得劝他去自首啊，自首是可以从轻处罚的。”

吴晓说：“既然你知道，这是两条人命的事，你让他去自首不就是让他去死吗？”

吴晓的话让林星心惊肉跳，她不得不直截了当地问：“吴晓，这是两条人命的事，你是想让我……替他隐瞒吗？”

吴晓不敢看她，他回避了她惊愕的目光，说：“如果，他是你亲生的爸爸，是最爱你，你也最爱他的爸爸，你会怎么样？你会告他，还是帮他？”

林星说：“我应该帮他，可是人生在世，总得有个是非吧？你知道吗，我过去特别崇拜你爸，我觉得他是一个了不起的人，是一个人格伟大的企业家。他同意不同意咱们俩的事都没什么，他该伟大还伟大。可现在，现在他杀人啊，这种事你让我怎么帮他！我知道中国人最讲人情了，人情大于一切，可你让我和你爸这样的人在一起，让我们成一家……我真的，真的很害怕。我心里真的没法接受。如果我们明明知道他杀了人还替他瞒着，那我们这一辈子，这一辈子心里头怎么过呀！”

林星把自己的立场说得很明白了，吴晓听着，低头沉默。林星说：“吴晓你说话呀。”他不说话，双手抱着头，就是沉默。林星说：“明天我们去找他，劝他去自首。如果你想替你爸瞒着的话，那就让他把我杀了吧，这就算我做媳妇的对得起他了。”

她问吴晓：“这样行吗？”

吴晓不答。

她说："吴晓你恨我吗？"

吴晓不答。

她说："吴晓你干吗不说话，你恨我你就说出来！"

吴晓不答。

林星哭了，捂着脸抽泣着走进卧室。她听到身后门声响动，回头看时，吴晓已经跑出门去。她喊了声："吴晓，你去哪儿？"回答她的只有楼梯上混乱的脚步。她顾不得穿鞋就追出去，追到街上看见吴晓在前边大步走，她小跑着跟在他身后问："吴晓，你要去哪儿？"吴晓不理她，闷着头往前走。林星身体摇晃着，她已经心力交瘁，眼前一阵阵地发黑，她扶着墙站住，然后慢慢地蹲下来，她难受得泣不成声：

"吴晓……"

吴晓站住了，回过头看她，他看到她坐在墙根的地上，脚上连双袜子都没穿。他走过去，把她拉起来。她哭着说："你要上哪儿啊……"他一言不发地把她背在背上，走回了家。

到了家他把林星放在床上，用湿毛巾帮她擦着满是灰土的赤脚。林星一把抱住他，怕他再跑似的，紧紧地搂着，不放手。这时，吴晓终于开了口。

"明天，我们一起，去找我爸。"

夜已很深，他们躺在床上，背对着背，谁也不知道对方在想什么。林星一天一夜没有睡觉，昏沉沉地，无法抗拒睡魔压来。她仿佛只合了一下眼，再睁开时，忘记拉上窗帘的窗户上已经透进了清薄的晨光，朦朦胧胧的，雾一样。这时她发现，薄雾倾泻的床上，已经没有了吴晓。她冲外边喊："吴晓！"回声依稀。她的心怦怦跳着，赤脚跑到客厅，又跑进卫生间和厨房，他们小小的家其实一目了然，吴晓已经不见了踪影。

二十

对吴长天来说，这也是一个不眠之夜。

从颐和园出来，他先让车子送林星回了家。他一直目送她消失在黑暗无灯的楼门口，才给李大功打了电话，让他把梅启良送到党校后，马上赶到京西别墅去。

昆明湖赏月是他三天以前就和梅启良约好的。他之所以临时决定叫上林星，就是想让梅启良见见自己的这位儿媳妇。无论他喜欢不喜欢这个儿媳妇，他都必须尽快让她进入自己的社交圈子，如果所有人对她都毫无认识的话，今后万一她真的做了自己的证人，岂不成了一个突然冒出来的人物?

在约梅启良赏月的电话里，吴长天佯做顺便地，说了公安局来了解阿欣情况的事。由于他的轻描淡写，梅启良果然并未重视，而且在电话里还主动谈到了长天集团产权界定的问题。说材料他已经看了，其中还存在不少缺憾，在他向市里其他领导就此事沟通看法之前，恐怕还须再做些修改。吴长天诺诺连声地答应着，说等在颐和园见面之后，再细谈。他心里暗想，梅启良对此事的态度之所以变得如此主动用心，也许正是因为阿欣这件丑闻的压力所致。中国人之间说到底还是一种交互式的关系，原则和规则人人都能说会道，每个地方每个单位也都是一套一套，但真正做起事来，帮不帮忙还是要看相互的关系，一切依情形办，因人因事而异。你给我一束肉，我就还你一袋米，自古已然。他吴长天在梅启良仕途的关键时刻，替他顶了召妓陪舞这个雷，用意是尽在不言中的，岂可大恩不谢！梅启良应当清楚吴长天现在最需要的，就是他在产权界定这件事上能够投桃报李。

约过梅启良之后，吴长天自己也没想到，就在这三天之内，情势急转直下。就像身上的一个生了很久的脓包似的，突然以他未能预见，而且无法控制的速度烂出了头。那个敲诈者的再次出现，一下子将他们逼上了虎背。即便如此，他本来也只是计划用五百万元的现金这样一个巨大的诱饵，引蛇出洞。如果能摸清那个家伙的真实面目，就不怕他没完没了地再生事端。因为如此巨额的敲诈勒索，也是重罪！掌握了他的面目吴长天也就握有了一份主动：要么你我相安无事，要么大家同归于尽。但他万没想到他的忠臣李大功，在成功地引出敲诈者并跟踪到他的住址之后，竟用一支不知道从何时何处弄来的手枪，擅自做主把那个贪心不足的家伙灭了口。这一下麻烦大了，整个事件的性质由此发生了变化。从法律上说，阿欣之死属于疏忽，属于一种过失。而敲诈者之死则死于谋杀，完全是一种故意。他到现在才认识到自己用人失察，竟造成不可挽回的后果。李大功实在是匹夫之勇，不足以谋大事！

更为可笑的是，李大功杀了敲诈者之后，并没有马上回来向他报告，而是先驱车去了白塔寺，烧了三大把香，拜了一大堆佛，捐了五百块钱，还求了一支上上签。也许李大功这种人拜完佛心里就能好过些、踏实些了，就以为可以平安无事了。看来迷信足以阻断一个人的理智。

李大功从白塔寺回来让吴长天痛骂以后，仍然执迷不悟，居然还让吴长天也去找个庙拜拜佛，求个太平，真是无知透顶！

李大功劝他信佛已非止一两日了，可吴长天想，你杀了人，烧几炷香，磕几个头，捐几枚大洋，就想得到佛的原谅和保佑，以这么小的代价，求那么大的报酬，佛祖如果有灵，会这么便宜吗？无论善恶曲直，只要拜拜佛，给佛塞点儿钱财，佛就有求必应，那这样的佛也会有神力吗？吴长天并不迷信佛教，在他以往的认识上，大凡宗教的宗旨和用意，只是劝人为善，净化心灵罢了。

如果你坚持积德行善，就有资格盼着善有善报；如果你真能净化超脱，身在乱世也就处乱不乱了。所以，烧不烧香、磕不磕头，不是主要的，主要的是心诚则灵，守善则近佛。

像他们这些人，离佛都远着呢！

李大功的鲁莽和愚昧，彻底激怒了吴长天，他再也压不住心中的气恼。这件事，几乎每一步都是李大功走僵的，几乎每一步都要他出来为李大功一一善后。现在，他终于去杀人了。杀人，何以善其后呢？李大功在白塔寺求到的那支上上签，让他有恃无恐地竟然反过来安慰吴长天："放心吧吴总，我进去出来都没有人碰见，我保证没留下任何痕迹。再说，公安局怎么也不能往咱们身上想啊。"

晚上，登上了昆明湖的龙舟，眼中是宁静的湖山月色，耳边是船舷击出的单调水声。微风送爽，带出几分思古之幽情。吴长天心神略定，提醒自己不要风声鹤唳，乱了阵脚。他怎么想得到在饭后的船头，他的那位刚刚过门的儿媳，他为应付今后不测而特地设下的这个证人，竟会成为李大功持枪杀人的一个活生生的幸存者和目击者！

他几乎记不清当时他对林星都说了些什么，大概是隐讳地做了些威胁和暗示吧。她当然是听明白了。可吴长天自己在精神上，却接近了崩溃的边缘。从颐和园回到京西别墅，他把从党校回来的李大功叫到自己的书房，发着满腔的恶气，告诉他天网恢恢。他让李大功赶快想办法，赶快把事态控制住，他也知道，李大功又能想出什么办法来！莫不是还要把他的儿媳妇也灭了口不成！李大功手足无措，无以为答，张皇地说：“要不要叫郑总来？这事我事先问过郑总的，郑总说让我看着办。”吴长天吓了一跳。心里有点儿痛恨郑百祥，也更加认识到郑百祥和他确实不是一路人。他板着脸摇头。天已经很晚了，如果郑百祥半夜三更匆匆忙忙赶过来让保姆看见，搞不好将来又是一个不利的旁证。他深深地叹了口气，让李大功明天一大早约上郑百祥，他们三人另找地方出去谈。

第二天早上，他们找了个僻静的地方，谈了眼下的局面。谁都明白事情严重到了什么程度。杀了敲诈者，本以为灭了这个活口，不料又出了个新的目击者。好像一个随身的影子，总也甩不掉似的。想来想去，想不出办法，只有把希望寄托在林星的表现上。这一点郑百祥和李大功的信心要大大高于吴长天自己。不管怎么说，她现在是你的儿媳妇了，从感情到理智，从亲情观念到现实利益，她会出去乱说吗？会大义灭亲地检举吗？应该不至于这样吧。但吴长天无法肯定地回答他们，他对林星始终有种不祥的预感，从见到她的第一天起就隐隐觉得她像一颗横冲直撞的小彗星似的，终有一天会撞到庞然大物的地球上同归于尽。

三个人商量了半天，为慎重起见，还是决定让李大功马上出国旅游，先躲一躲，看看林星有何动静再说。只要李大功安全，吴长天就不致被抖搂出来。郑百祥也就更安全了，因为林星和他，毕竟从未有过任何正面的接触。

有了这样的安排，吴长天依然没有踏实的感觉。夜里睡在床上，一直不能合眼。按照他的习惯，还是先把事情想到最坏的一步，然后脑子里有头没尾地设计了无数个应对的方案和可以采取的措施。但相对于可能出现的局面，都有点儿隔靴搔痒、杯水车薪之感。凌晨四点，电话响了，响得尖锐震耳、凶险万端。他心跳着，接了，电话那边是儿子的声音。他问：“吴晓，怎么这么晚打电话？”问的时候他已经知道了答案。儿子的声音很哑，哭过似的。他说：“爸，我要找你。”吴长天说：“好，我去接你，你在哪儿？”

平时这个时间，吴长天还在梦中，所以他从未留意过夏季的天会亮得这么早。当他驱车赶到长安街西侧的中国银行新厦时，还不到凌晨五点钟。儿子和林星就住在这附近的一条古老的小街里。这里没有人。他穿过用楼体构成的凯旋门似的大门洞，进入中国银行那四面是楼的中庭广场。还未冒出地平线的阳光是暗灰色的，作为黑夜的过渡与白昼的引子，正在缓慢地由深变浅。儿子已经来了。这围城一样的中庭广场除了儿子孤零零的身影外，没有一点儿人迹和声音，就像一个太空时代的壮观的废墟。

他向儿子走过去，儿子站着没动。他迎着儿子目不转睛的注视，感觉这几步路特别漫长。终于和儿子近在咫尺，父子二人都未开口，互相凝视就已心照不宣。“围城”之外，长安街头，早行的汽车高速驶过，车轮的长啸震撼着心魄，那声音使吴长天仿佛置身于一个科幻的时空隧道，蓦然回到虽然贫穷但心平气和的二十年前。回首往昔他备感温暖，他看到了年轻的妻子和年幼的儿子。儿子从小就敦厚、内向、老实。他的声音不知从哪一天开始才变得如此成熟和粗重，像调慢了速度的留声机发出的沉闷的低吟：

“爸，您杀过人吗？”

吴长天摇着头说：“我没有。”

儿子沉默下去，再问：“爸，您爱我吗？”

吴长天眼睛有点湿润：“我爱你，儿子。”

“如果我杀了人，犯了罪，您会怎么办？会把我藏起来吗？会帮我逃跑吗？还是把我送到公安局去，大义灭亲？”

吴长天同样沉默良久，才平静地回答儿子：“我会劝你，让你自己到公安局去，去自首。然后，我会永远永远地……为你祝福。”

他看到，儿子眼中泪光一闪。他反问：“你呢儿子，如果爸爸有这种事，你怎么处置？”

儿子的嘴哆嗦着，声音也有点儿哽咽：“如果能把你藏起来，我会把你藏起来的；如果能逃跑，我会帮助你赶快逃跑，逃到远远的、没人认识的地方去……如果，这些都不可能的话，我会劝你，让你自己到公安局去，去……自首。然后，然后我永远永远地，祝福你！”

吴长天的脸有些扭曲，但没让眼泪落下去。他上前把儿子抱在怀里，紧紧地抱在怀里！他想说：儿子，爸爸对不起你；又想嘱咐儿子几句；还想给儿子留下一个祝福……但都未开口，一切语言在此时都显得极其多余。

他松开儿子，然后就转了身，往“围城”外面走去。他听到儿子在身后说了句：“爸，我想帮你。”这是儿子对他说的最后一句话，让他脸上终于热泪横流，让他无法回头。他一步一步走到长安街上，长安街的黎明是壮观的，没有行人，也很少车辆，他好像第一次体会到长安街空旷时原来是如此的宽广。很多常见的事物当你换一个场合从另一个角度审视它时，才会发现它的原貌和本质。

他的汽车静静地停在路边，在整个城市都未苏醒的时候，不会有人来管。他钻进汽车，用车载电话分别拨通了李大功和郑百祥的家，约定了见面的地方。

然后，他发动汽车，驶往他们的相约之地。他想听听音乐，试着打开车上的录音机，果然有一盘磁带在里面。那是儿子不久前送给他的一盘磁带，里边有儿子自己录进去的一首萨克斯曲，名叫《天堂之约》。那曲子开头一段的旋律就是那么流畅动听，把人对天堂的想象和期望描述得既平易又高尚。那充满了终极关怀的安宁和平静，对任何人都是一种诗意的境界。他想，儿子真是个好孩子，他应该，也一定能够抵达那个境界！

二十一

吴晓回来了。

他回来的时候天色尚未大白。他轻轻地开门，轻轻地关门，竭力不发出一点儿声响。在穿过客厅往卧室走的时候，才发现晨光中林星的剪影。林星已经衣着整齐地坐在客厅的沙发上，她和吴晓的目光相碰，又看着他眼神回避，一句话不说地，低头走进了卧室。

林星跟了进来，她小心地问："你上哪儿去了？"

吴晓坐在床上，头也不抬地说："睡不着，出去走走。"

林星知道这时候是不宜话多的，她和他一样，心里都乱得没了方寸。她尽力地，保持了面上的平静，到厨房去做早饭，一边做一边屏息听着卧室的动静。当她把简单的早饭摆在桌上，走进卧室想招呼吴晓过来吃的时候，吴晓还一动不动地闷头坐在床沿上呢。那个样子让林星的心都疼碎了。她走过去跪下来，抱住吴晓的双腿，说："吴晓，我知道你很难过，我心里和你是一样的。可咱们家你是男的，你得带着我把这一关闯过去。你别这样了，我们得坚强一点儿！”

吴晓不抬头，林星看不见他眼中的泪光。她使劲儿揉搓着他的手，好半天他才像是渐渐有了知觉似的，手指动动，透出一丝微薄的力量，和林星的双手感应了片刻，然后，他抽出胳膊站起来，走到客厅的餐桌前坐下。林星连忙过来帮他盛上粥。粥是她现用高压锅煮出来的，很香，他们面对面坐着，默默地、机械地，喝着碗里的粥，粥烂得恰到好处，但谁也没有半点儿胃口。

喝了粥，桌上的面包谁都没动。林星收了碗筷，看着在餐桌前枯坐的吴晓，试探着问：“咱们去吗？”

吴晓依然沉默着，站起来穿衣穿鞋。他们锁好门，下了楼，走出了胡同。城市的街头刚刚迎来了清晨的第一波喧闹。他们坐上一辆红色的夏利，加入越来越拥挤的车流。四十分钟后，他们在京西别墅的门口下了车。别墅的大门阒然紧闭，院墙里鸦雀无声。林星看一眼吴晓，上前按铃。开门的照旧还是那个保姆，睡眼惺忪地对吴晓说，你爸爸不知道是昨天半夜还是今天一大早就出去了，上午可能直接回公司了吧。你们进来吃早饭吗？吴晓和林星都没有进去。他们又搭车前往长天集团北京公司的大楼，到达时刚刚过了上班的钟点。在吴长天办公室的门外，一位秘书告诉他们，吴总刚刚来了电话，说是今天不舒服，要找医生看看病，不一定来了。吴总生病你们不知道吗？没跟你们说吗？秘书竟然反问他们。

林星听罢，转脸去看吴晓，吴晓面无表情。两人默默地下了楼，站在楼门口，茫然不知去向。一辆汽车驶来，在楼前停住，车上下来两个人，沿着台阶拾级而上。其中一个突然叫了林星一声，林星定神一看，心里有点儿发慌，她没想到在这儿会遇上那一老一少两个便衣。

“哟，你们在这儿，”老便衣堵住他们说，“这是吴晓吧？正好，我们正想找你们呢。”

林星和吴晓默默地看着他们。

便衣警察们找来公司的工作人员，打开了一间空着的会议室。就在这间会议室里，老警察问，小警察记，开始了对林星、吴晓二人的问话。

老警察先问林星："前天在通天湖度假村被杀的刘文庆，跟你是很不错的朋友吧，他被杀那天之前你们见过面吗？"

林星点头："见过。"

"什么时候？"

林星刚一回答小警察就开口插问，他的插问大概是为了保证记录的详细。林星看了他一眼，答：

"好像，大前天，大前天见过。"

小警察低头记，老警察继续问："你们为什么见面？"

"碰上了。"

"他和你说了什么？"

"说了，说了几句……阿欣和艾丽的事。"

"说什么事了？"

"说艾丽敲诈别人的钱来着。"

"敲诈谁的钱了？"

林星被这个问题将住了，她看吴晓，吴晓回避了她的注视。当着吴晓的面，她怎能说出是敲诈他的爸爸！而且她和吴晓是谈好的，他们要先劝他爸爸自己主动去自首的，在此之前她怎么能够说出他！在一边记录的小警察见她卡住了，用圆珠笔点着小本子上墨迹未干的字句，引导启发：

"在大前天，刘文庆见到你，说阿欣和艾丽的事，说艾丽敲诈了什么人的钱，紧接着第二天，刘文庆就死了。所以，他跟你说的这些话就很重要了，很可能和他的死有直接的关系。他到底说艾丽敲诈谁的钱了？"

林星张着嘴，张了半天，终于说："他没说谁，我，我记不太清了。"

小警察不满地说："不可能吧，大前天的事，你会记不清吗？那你前天上通天湖别墅干什么去了？"

林星几乎像是在接受审问了，但她不敢抗拒，她也不知道自己有无抗拒的权利。

"……是，是刘文庆打电话叫我去的。"

"你前天还对我们说是你主动找他的，你说想找他问问艾丽和阿欣的情况，现在怎么又说是他打电话叫你去的，到底有真话没有？你是大学生，又是记者，你应该知道，知情不举和做伪证都是违法的。"

林星的眼泪在眼圈里打转，她不是惧怕小警察的严厉，而是心里有说不出的矛盾和委屈。

小警察的口气还算是悠着的，他只说了知情不举和做伪证是违法，没说是犯罪。林星知道，那是属于犯罪的！这两条都可以让她走进监狱！可她仍然坚持想着她和吴晓的约定——在没有劝说他爸爸去自首之前，她不能说出吴长天这个名字。

这时吴晓站出来说话了，虽是出于丈夫保护妻子的立场，但口气却和小孩打架一样粗硬："你们别逼她了好不好，她昨天差点儿死了，你们让她安静一下不行吗？"

他的矛头是直冲着小警察的，他的态度显然激起了小警察的反感，张嘴刚要说什么，被老警察摆手止住了。老警察和颜悦色地对林星说：

"好，你先冷静一下，再好好想想。我上次不是跟你说过吗，我们有耐心等你慢慢想。可话又得说回来，你也不能总是光为自己想吧，也得为别人想想吧？已经死了两个人了，要是再死人，你就那么心安理得呀？人命不是玩儿的！"

谈话实际上只开了个头，并没穷追猛打就结束了。两位便衣警察站起来，率先离开会议室，上楼不知道找谁去了。林星身子沉重，差点儿无力从过软的椅子上站起来。吴晓过来，双手放在她的肩上，不知是想安慰她还是想扶她起来。林星说：“吴晓，得赶快找到你爸爸。”吴晓没有说话，她用目光逼着他说话，他就说了句：“咱们走吧。”

他们走出大楼，拦了一辆出租车。司机问他们去哪儿，林星无以为答。吴晓说：“去友谊医院。”她这才想起今天又到了她做透析的日子了。

他们去了医院。吴晓替她交了单子，又替她买了一针蛋白血清，直到她在透析床上躺好，他才离开。林星叫他：“吴晓，你能陪我吗？”她心里特别害怕，特别孤独，她不想和吴晓分开，不想一个人躺在这间既拥挤又有血腥味儿的屋子里。但吴晓只是轻轻地在她额头上吻了一下，闷声说：“做完以后呼我。”

吴晓走了。医生来了。医生看了她的脸色，指示护士为她量了血压，问她为什么这次血压又高了。她说可能这几天没休息好，睡不着觉吧。医生批评她，得了这个病还不好好休息，睡眠很重要的。医生在她的血液里加进蛋白血清的同时，又加了一种镇定安眠的药物，让林星很快便昏昏沉沉地进入温柔梦乡中。她梦见了宽广无垠的沙滩；梦见沙滩上炫目的阳光；梦见海天一色；梦见一只搁浅的小舟……她和吴晓在蓝天碧浪里追波逐浪，吴晓的爸爸坐在太阳伞下悠然地喝着啤酒。水中游着一群群无色透明的小鱼，天上画着一行行缓缓移动的白鹭。林星躺在浅及脚面的海水里，素面朝天，心情平静，让无边无际没有一点儿杂质的蔚蓝，把自己的视线充满。这是她最美好也最清晰的一个梦，清晰得让她几乎错以为真。醒来时看到这狭小的透析室，以及身边那几位满脸晦暗的病友，她那飘远的心情才“砰”的一声掉到了地上，一下子糟糕透顶。

午后她走出医院，天上阴沉欲雨，闷热难当。她找到一个公用电话正要呼吴晓，自己的 BP 机倒先响了。显示的是一个陌生的姓名和一个陌生的号码。她犹豫了一下，还是先回了这个电话，可一听声音她马上又后悔了，原来就是那位早上刚刚见过一面的老警察。

老警察说："咱们再见个面好吗？我们想和你单独见个面。"

她明知故问："有什么事啊？"

老警察说："还是那个事呀，我看你早上当着你爱人好像有些话不好说，是吧。"

她想拖延："过两天行吗，我现在在医院治病呢。"

老警察说："你可别故意躲我们，我们也不想拿着传票来传讯你，那样就不好啦。你在哪个医院我们去接你。"

她不清楚再拒绝会有什么结果，在这个案件中，毕竟她知道一切！可她也不能让他们到友谊医院的门口来接她，说不定待会儿吴晓就回来啦。于是她说："我离前门挺近的，咱们在那儿见面吧。"

他们说定了一个具体的，谁都好找的接头地点。十分钟后，就在那个地点，林星上了他们的车子。这时天开始下雨了，雨带来了一丝凉意，但林星的胸口仍然透不过气来。她感觉自己这样鬼鬼祟祟地上了警察的车子，就像是背着吴晓加入了一个不可告人的阴谋。

车子刚一开动，老警察就指示小警察："别回队里了，附近找个派出所吧。"小警察打着方向盘，说："那就上中山公园得了，近。"

车子在红绿灯路口往左一转，过了急风骤雨中更加壮观的天安门城楼，就开到红墙黄瓦的中山公园了。他们没买票就进了大门，公园的派出所就在"保卫和平"大牌坊右侧的林荫路上。林星止步不前，说："就在外边谈吧，我不想去派出所。"小警察说："这不是下着雨吗，外面怎么谈？"老警察却答应了："行行行，那咱们往这边走。"

他们就随了老警察，转而往左拐，拐到逶迤如画的游廊上，顺着游廊走到了并不很远的水榭。从这里还能看到零星游人正在远处的大屋檐下谈笑避雨，更远处还有几只小花伞在雨中缓缓移动，点缀出夏天的几许生机。

便衣们让林星坐在美人靠的绿色围栏里，下面就是一潭浮萍的幽绿。雨打荷叶赶走了游人俗闹的喧嚣，沉寂的蛙声不禁乘势而起。蛙声使这里有了些远离城市的感觉，也使雨中的水榭真的成了个可以静心自悟的一隅。

林星坐着，他们站着，依然由老警察主问：“你想得怎么样了，打算什么时候跟我们谈呀？”

林星半天答不出话来，她半天才说出一句：“谈什么？”

老警察目光平静：“艾丽敲诈了谁？”

林星说：“这也是我想问刘文庆的。”

老警察换了个问题：“那么关于那个凶手，你还能回忆出什么来吗？”

林星犹豫了半天，终于说：“……大戒指，他戴了一个很大的金戒指。”

老警察说：“刘文庆在死的那天早上给他哥哥去了个电话，他跟他哥哥说他和一个亿万富翁狂赌了一把，结果他赢了。他告诉他哥哥他很快就会把欠他的钱都还上。他跟你说过同样的话吗？”

林星无路可退，只有点头：“说过。”

“我想你一定知道那个赌输了的富翁是谁吧？”

林星沉默，低头看那一池碧水。然后她摇了摇头，躲避着老警察仿佛洞悉一切的眼神，说：“不。”

老警察看了她半天，叹了口气，说：“林星啊，你才二十岁吧，我比你多活将近三十年了。我得跟你说这么一句话：私心，谁都有，什么事儿对自己有利，什么事儿对自己没利，人人都会考虑。可这个考虑不是没个边儿，不是怎么对自己有利就一定得怎么做。我知道你们年轻人现在对是非原则不那么看重了，你们最看重自己的感觉，一切跟着感觉走。不过感觉这玩意儿人和人可太不一样了，同一件事儿你感觉这样他感觉那样，完全因人而异。可对一个社会、一个人来说，做事情总得有个标准吧？我不知道在你的感觉里，还有没有道义和良心这几个字儿。如果没有，那这几句话算我白说了。”

老警察的这番话，语重心长也罢，训斥教育也罢，林星只能默然听着，她心里的委屈和不平没法解释和申诉。她恨那老警察刺中了她的痛处，她确实已经沦为一个丧失良知的人了。她想，这一切都是为了吴晓，她深深地爱着的吴晓啊！她感觉到老警察的目光依然烧在她的脸上，她仓皇抵挡地说：

“让我再想想吧，你不是说你们有耐心吗？”

小警察又插话：“我们的耐心是有限的！”

老警察还是宽宏大量地点了点头，说：“好，我们可以再给你一点儿时间。可是有句话我也得告诉你：你就是最后什么都不说，这个案子也一样破得了。这么跟你说吧，这对我们来说不算是个特别复杂难办的案子。实在不行的话，等这案子破了我们再来找你，我们把你瞒着的那点儿事跟你说，不过那时候咱们就还得说说你做错了什么，该承担点儿什么法律责任的事啦，啊！”

老警察撂下这句话，带着他的小搭档走了。他的话并不掩饰他的生气和威胁，却也说得相当实在。雨越下越大，水榭下的荷塘里发出一片急促的响声，就像是林星心中剧烈的喘息。她坐在原地没有动，直到看不见那两位警察的影子了才走。她没有再呼吴晓，自己冒雨回到了家。家里空空的。她早知道吴晓不会在家的，但回到家见不到他仍然感到空茫和失落。从早上到现在她只有半碗稀饭进肚，让雨水湿透的身上饥寒交迫。她一边流泪一边换衣服，一边到厨房里找东西吃，吃早上剩下的面包。吃着吃着她终于出声地哭了出来，她哭着说：“吴晓你快回来吧，吴晓你在哪儿啊！”

她实在忍受不了再独自承受这一切了，一切责任，一切义务，一切情分，一切秘密。她需要吴晓帮她，可吴晓不在，他在的时候也是沉默不语。他的沉默是她心头最大的压力，让她不知道该说什么该做什么，让她不敢大声地说出谁对谁错孰是孰非！

她吞咽不下那干硬的面包，再次跑出了家门，跑进了雨里。她跑到街口的公用电话，拼命地呼吴晓，呼他百遍他一遍也不回。她又拼命地打他的手机，手机里有个女的，字正腔圆地总说不在服务区不在服务区。她站在公用电话亭窄窄的遮檐下，看眼前大雨如注，像是孤立无援地站在一片汪洋中。当她再次拿起电话时，拨的竟是那位老警察的手机。

很快，电话里传来老警察镇定的声音："喂，请问你是哪位？"林星呼吸紧张，她拿着话筒，几乎不能控制声音的痉挛。

"你们，你们去抓李大功吧，刘文庆是他杀的，你们去抓他吧！"

她说完就挂断了电话。蹲下来痛哭失声，她对着天地间白茫茫的雨幕，发出撕心裂肺的求告：

原谅我，吴晓……

二十二

当林星、吴晓和那两位便衣警察在长天集团北京总部的会议室里僵持不下的时候，吴长天、郑百祥和李大功三个人正在贵宾楼饭店顶层的露天茶座里，开始了一顿寡然无味的早餐。

从这里不仅可以俯瞰到车流滚滚的长安大道，整个天安门和紫禁城的金砖碧瓦，也在早晨的阴霾中尽收眼底。可此时谁都无心顾及几百年来北京城中这一片最为写意的壮观，摆在面前的早餐虽然精美细腴，但也味同嚼蜡。

吴长天的声音，在斜风雨意里既清晰又苍凉，并且惊人地保留了一如既往的镇定和冷静。

“大功，这件事瞒不住了，林星已经告诉了吴晓，她是不会替我们瞒下去的。”

李大功像听见丧钟一样呆若木鸡。郑百祥低头狠狠地吸着香烟，青青的烟气在他嘴边惊慌失措地迅速散去，在天空中不留一丝痕迹。他抬头问：

“大功，昨天说让你赶快找一家旅行社报名出国去，你找了吗？”

李大功的声音已经抽空了底气，虚虚地发着颤："还没呢，我还没跟我那口子说呢，她出差要今天才回来。"

郑百祥大概没想到李大功会糊涂到这个地步，不由得带着些恼怒地抬高了声音："你还等什么！这事儿现在怎么能和你家里说！"

李大功惊惶地转过脸来，求助似的去看吴长天，吴长天沉默着未置一词。郑百祥也把脸转向吴长天，说："老吴，林星和吴晓说这件事，我看很正常，吴晓毕竟是她的爱人嘛，关键要看吴晓的态度怎么样！"

吴长天不知怎样来说他的吴晓，怎样来说今天清晨父子之间的灵魂相见。"吴晓，吴晓是个感情化的孩子。可林星不同，我们谁都不了解她。"

目击者是林星，但郑百祥执意认定问题的关键在于吴晓。"只要吴晓还认你这个父亲，林星就不会乱讲。"

吴长天不想再和他们争辩，他也同意李大功必须赶快走。他不能把全部的侥幸，都放在那个刚刚建立，说有也无的公媳之情上。人命大于天，人情薄如纸，这毕竟是开枪杀人，不是一般的事情。如果说他还确实不太了解这个刚过门的儿媳妇的话，那他是太了解自己的儿子了，在这种事情上，沉默寡言的儿子很可能压不住能言善辩的林星。

李大功完全没有了主意。越没主意的人问的问题就越简单幼稚："总裁，到旅行社办出国手续，再快也得十天半个月吧，还来得及吗？"

吴长天说："你先把名报上，然后你离开北京，到外地去等。跟集团里任何人都别说你要出去，只说家里有事请一段假就行。你出去旅游这件事最好连你太太也不要说。"

郑百祥说："大功，你放心，你先去外地等两天，我看事情没那么严重。"

郑百祥尽管催促李大功赶快走掉，但他并没像吴长天那样把局面估计得过于悲观。在这餐早饭上，他更多地是说那些安慰大功的话，以鼓舞和稳定他的情绪。

用完了早餐，从十楼的观景茶座出来，乘电梯一直下到饭店的底层。三个人用眼神互相告别，出了门各奔西东。吴长天没有去公司，也没有回京西别墅，他驱车上了昌平，去了长天集团在那里的研究所。一路上想来想去，不放心的还是林星的那张嘴。他想不如索性自己也请几天假，独自出去转转，调整一下心情，也好隔岸静观这边的动静。于是他一到了研究所马上给儿子吴晓打了个电话。他在电话里对儿子说："吴晓，你帮爸爸一个忙好不好？"吴晓说："好。"吴长天又说："你去帮爸爸买一张去广州的飞机票，要今天的，多晚都行。买好了票你直接给我打电话，别跟公司里的秘书说。你还有钱吗？"儿子答："有。"吴长天说："好，谢谢你。"吴晓说："嗯。"

儿子在电话里的声音，让吴长天非常感动。挂掉电话，他心里稍稍松弛了一点儿，和研究所几个领导谈事情时，竟没人看得出他的心事重重。倒是所里那几位领导，对他的不速而来，有几分紧张，还以为所里出了什么事情。

中午，天下起了大雨，他就留在研究所里吃了饭，饭后驾车从大雨滂沱的京昌高速公路慢慢地开回来。雨虽大，但高速路上仍然拥挤了许许多多拉煤的大卡车，在雨中横冲直撞。

吴长天有很长时间没自己开车了，又加上心神不定，一路上险情不断。他想，假如突然有一辆卡车把他撞死在今日，说不定倒保全了他的一世英名。

下午，他回到集团北京公司的大楼里。刚刚离开了半天，他办公桌上的文件就已堆积如山。秘书又进来把一大堆需要请示的问题一件一件往他脑子里塞，他摆摆手打断他，说："我今天不舒服，这些事明天再说吧。"

秘书翻着自己的记事本，说："吴总，有两笔钱付不付是今天必须要定的，财务部的孙总会计师从今天早上就等着您呢，一笔是……"

吴长天抬头皱眉，说："明天再说吧！"

秘书看出他的烦躁和不满，立即闭了嘴，一声不响地退出去了。

接下来，像往常一样，电话不断，他都没接。都由秘书在外面接了，都做主替他一一挡掉。快五点钟的时候，秘书再次走进来，小心翼翼地观察着他的脸色，说："吴总，您儿子来了两次电话，我都说您出去了。他让我告诉您，您让办的那件事，已经办好了。"

吴长天愣了半天，突然大发雷霆："你怎么不请示我就说我不在！赶快给我接过来！"

秘书面色通红，吓得话都不敢回了："……已经，已经挂掉了。"

吴长天努力压住这股无名恶火，同时意识到自己的失态，低声说了句："算了。"

秘书还畏缩在原地，不知进退。吴长天看他一眼，缓和了态度说："就这样吧。"意思是你可以走了。可秘书抖抖索索地，又开了口：

"呃——，北京公司贺总和他们保卫处的于处长在外边，说有急事要见您，您见吗？"

吴长天情绪败坏地说："有什么事你问问他们吧。"

秘书点头刚要走，吴长天猛地叫住他："是保卫处长？你叫他们进来。"

他心里一下子紧张起来，听到保卫处长和有急事这几个字，吴长天本能地感觉到有点儿凶多吉少。他忐忑不安地看着办公室的门被秘书打开，看着北京公司的贺总带着那位其貌不扬的保卫处处长走了进来。

他故作镇定，问："老贺，什么事？"

贺总说："吴总，刚才北京公安局来了几个人，找我们保卫处，说集团行政部的老李出了点儿事，要找他，问我们老李在不在，又问他的家庭住址。保卫处刚刚接待完他们，于处长跟我汇报，我说这事儿得马上跟总裁汇报啊。"

吴长天的心跳几乎都停了：“……老李，是李大功吗？”

贺总说：“是啊。我了解了一下，总裁办的人说老李家里有点儿事，昨天就请假了，今天也没来。”

吴长天几乎发不出常态的声音：“公安局怎么说的，说李大功出了什么事？”

贺总看于处长，于处长汇报道：“听口气有个刑事案件牵涉到他了，好像说有个目击者指认，具体怎么回事公安局也没详细说，我们也不便问。我想会不会是搞错了。”

贺总说：“不好说，老李认识社会上的人挺杂的，弄不好是别人有什么事，让人家给扯上了。”

吴长天好半天才透出一口气来，得以再问：“公安局的人，走了？”

于处长说：“走了，我们把李大功的住址告诉他们了。人家是正式带了手续来的，我们不配合也不行。公安局让我们保卫处出一个人跟着，我估计是抓他的时候要搜一下他的家，让咱们的人当个现场见证。刑事诉讼法里面有这个规定的。”

吴长天整个后背都已被汗水湿透，他犹豫了半天才敢问：“什么时候抓？”

于处长说：“不知道，我们处的小王已经跟着走了，我估计现在就去了吧。”

吴长天目瞪口呆。

贺总说：“这事儿，人家公安局有手续，人家要采取什么措施咱们还真不能干涉。也不能多问，让咱们提供情况提供见证人咱们都得提供。这法律上的事咱们还就得按法律办。”

北京公司这位贺总的观点，当然是为了向总裁说明他们保卫处对这事的处理方法是正确的，并无不妥之处。谁都知道李大功在集团部室级干部中的地位及与吴长天的关系，所以不得不解释如上。

吴长天使劲地点点头，表示赞同，然后说：“就这样吧，这事有什么进展你们再报吧。”结束谈话的意思表达得很急迫。贺总和于处长连忙站起来，告退了出去。

他们一走，吴长天马上进了他办公室的卫生间，用卫生间里的电话，直接拨了李大功在北京的家。很巧，正是李大功接的电话。吴长天说：“大功，家里有别人吗？”李大功说没有啊。吴长天说：“你现在赶快离开家，公安局的人已经往你那儿去了，你赶快走。你最好今天晚上到远郊找个地方去住一晚。我们明天早上再见面。见面之前，互相别打电话。”

他不容李大功详细问，就仓促地说了明天见面的时间和地点。那地点也在北京的远郊，是一片干涸多年的大河滩。过去吴长天、郑百祥和李大功都去那里练过车的。那里的荒凉和开阔让他印象深刻。

他挂掉了电话，匆忙收拾了一下办公桌，然后面色尽量平静地，穿过外间秘书们的屋子，走了出去。

一位秘书突然追了出来，吓了吴长天一跳，他停下来，紧张地看他。秘书说：“吴总，要给您叫车吗？”他松了口气，摆了摆手说：

“不用。”

他一个人下了楼。没用司机，还是自己开车，离开了长天集团的北京公司。

天依然下着雨，已经很小很小，不知是大雨的间歇还是转晴的前夕。他想，那位目击者既然能说出李大功，很快也会说出他。在颐和园的那条船上，她显然已经看破了他和李大功在这件事情上的关系，所以她才没把凶手向他告发。如果做最坏的估计——他必须做最坏的估计：也许正有另一队警察马上就要赶到他的办公室和京西别墅去，去捉拿他，那么他现在开着车走在街上，已经属于负案在逃了。

现在，在他们三人中，只有郑百祥是相对安全的，还没有人能指认和怀疑上他。但吴长天还是用车载电话拨通了郑百祥的电话，简短地，用近于暗语的表达，告诉他李大功已经东窗事发。郑百祥此时还在参加一个会议，在电话里沉默着没说一句话，吴长天也辨不清他这是镇定还是吓傻了。从整件事情的始末过程来看，局势能走到今天这一步，郑百祥才是真正的始作俑者。

他在电话里没有多说，车载电话不方便也不保密。他和郑百祥约了第二天见面的时间地点，约了一切话等见面后再谈。

然后，他给儿子打了电话。儿子的手机关着，他又呼他。他把车子往香山的方向开，接近颐和园时儿子回电话了，他问儿子能不能到香山来一趟，他想见他一面。

儿子答应了，说马上过来。

他到了香山，雨停了，但天还未晴。他先去了碧云寺，他觉得自己突然变成了那种善男信女，突然渴望找个如来观音什么的拜一拜。也许人到走投无路的时候就希望有个依赖和寄托，至少找个对象来倾诉几句。他提醒自己拜佛时一定要全心全意，要虔诚，也许正因为自己是个六根不净的人，所以今天才这样身陷苦海。

和其他庙不同，碧云寺门前看不到卖香的小贩。走近山门，看到一个扫地的老人，一问，才知道碧云寺已经关门下班。他心里立即笼罩了一层不祥和茫然。有种被罪贬而且被拒之门外的失落感，不知是自己已不可救赎，还是根本就没有佛缘。

他的心情极其暗淡，开车至香山饭店。用信用卡开了一个房间，然后把房间号呼在了儿子的 BP 机上。

儿子到得很快。见了儿子他又不知该说什么，甚至不知究竟为什么叫他来。也许仅仅是想再见见他吧，他是他在这世上唯一的亲人！在他这二十多年的事业奋斗中，妻子和儿子都离他很远，他和他们的亲密远远不及那些和他朝夕相处的同事。但是，当一个人穷途末路厄运临头的时候，让你戚戚然想起来的，让你感到温暖贴心的，还是你的亲人！

他和儿子，似乎都受不了客房里的狭小和闷气，他们走出来，沿着潮湿的山路向上盘旋。没有方向，没有目标，也没有太多的语言。吴长天没对儿子说起自己和李大功的这件杀身之祸，他只言片语地，说了些吴晓小时候的往事、趣事，一些现在说来很亲切的事，以及吴晓妈妈的一些旧闻。儿子只是听，沉默不语。绕了一圈又回到饭店门口，路灯已经燃亮。

他本来计划留儿子一起吃饭的，这也许是父子间最后的晚餐，但心情的低落让他放弃了这个打算。他和儿子告别：

“你回去吧，不要对林星说我在这儿。她已经带公安局去抓李大功了。”

他看到了儿子眼睛里的震惊和难堪，他又说：“你回去吧。爸爸究竟做错了什么，你会知道的，如果爸爸让你丢了脸，那爸爸……向你道歉。”

吴长天的声音几乎要哽咽，他连忙转身向饭店的大门走去。他不想让儿子看到他失魂落魄的这份凄惨，在儿子的心目中，父亲一直是个名副其实的英雄。

儿子叫住了他，递过来一个信封。他打开来看，原来是一张机票：北京至广州。啊，他想起来了，他本来计划去广州的。他冲儿子笑了一下，他有意要求自己对儿子笑的。他说：

“你还记得那个大河滩吗？你小的时候我带你去过好多次的那个大河滩，我在那儿学开车的，你记得吗？”

儿子点头，“记得。”

他说：“再求你一件事好吗，你明天早上七点钟到那儿去，找我。我想让你陪我去一个地方，好吗？”

儿子点头："好。"

他说了这话，听到了儿子的应诺，心里突然安静下来，轻松多了。好像又有一个新计划、一个新目标，心里不那么茫然无措了。他冲儿子挥挥手，然后转身。

晚上，他没有吃饭。坐在没有开灯的客房里，吸烟，想过去的事情，漫无边际。夜里他居然还模棱两可地睡了一会儿，做了一个杂乱无章的短梦。醒来时记着那梦的个别场面，梦的情节却模糊不清了。天微微放亮的时候，他离开了饭店，驾车驶离了雨后溪水潺潺、满坡郁郁葱葱的香山。

他驱车向北，一直向北，驶入北京远郊的阳关大道。在一个没有路标的岔口，拐进了一条伤痕累累的小路。太阳尚未升起的时候，到达了一个废弃不用的堤坝。他下了车，眺望着坝下荒涸的滩涂，视线中没有一个人，也看不见远处的村庄。他迎着东方，等待着清晨日出的那一片壮丽的红晕。

朝阳尚未现身，废堤一端的晨雾中，出现了一辆宽大的奔驰轿车，在吴长天的注视下颠簸起伏地开过来，一直开到他的眼前。吴长天拉开车的后门，坐了上去。车里只有李大功一人。李大功回过头来，满目期待地叫了一声："吴总！"

吴长天不想看他，面无表情地望着窗外，说了句："等一下老郑。"

他们就这样默默地坐在车里，谁也不说话，等着郑百祥的到来。十分钟后，郑百祥驾驶着一辆银灰色的本田颠簸着来了。他们默默地看着他停好车，上了他们这辆奔驰的前座。这时，太阳终于在他们的前方跳出了地平线，红彤彤的光芒把吴长天的脸辉映得绚烂无比。但郑百祥和李大功的面孔则暗得分不清眉目，他们不约而同地都转过身来盯住了后座上的吴长天，脸上因此笼罩了一片深深的阴影。

吴长天的声音，在四野的寂静和清晨的荒凉中，显得既孤单又空灵：

“事情就这样了，已经走到了这一步……”他语句僵滞，说不下去。

李大功和郑百祥目光紧张地盯着吴长天，似乎在等待那句都已知道结果的宣判。但吴长天没有再说。郑百祥咽着气问：“老吴，她毕竟是你的儿媳妇，怎么会这么无情？”

吴长天冷冷地说：“我早说过，我们中国人的本性，凡事首先都是为自己考虑的。这毕竟是杀人抵命的事，她凭什么要为我们担着！”

郑百祥面色阴鸷，自顾沉思，好一会儿才自言自语道：“还是靠自己吧，得自己给自己找条路了。”

李大功六神无主：“对，吴总，郑总，你们赶快想条路吧，要不咱们可没时间啦。”

吴长天说：“我已经约了我的儿子，让他陪着我，去自首。这是唯一的路。”

李大功似乎还没有完全理解吴长天这句话的含义和后果，傻傻地问：“那，我怎么办？”

吴长天看他：“大功，你也一样，只有这一条路。”

李大功愣了半天，愣了半天终于哆嗦起来：“吴总，我可是……死罪！”

吴长天低头叹息了一声：“你不去自首，那就快点儿走吧，换个名字换个地方，重新做人。可你又能走到哪儿去呢？”

郑百祥的脸色从来没有这么难看过，但仍未放弃挣扎：“吴总！事情还没到这一步，我们好好想想办法，还来得及的！那天让林星看见的，只有大功一个人，对你她也只是怀疑，没有证据。我们可以想办法把大功弄出国去。只要公安局抓不到大功，咱们的事就不致暴露。”

“出国？”吴长天摇头，“可能吗？根本来不及了。”

郑百祥以一种在吴长天面前从未有过的放肆，大声反驳说：“来不及可以让大功先躲起来，咱们慢慢再想办法，你一去自首，不是一切都完了吗？”

吴长天严肃地盯住郑百祥，他不想再受他摆布！他主意已定："百祥，我们别再自作聪明了。这件事一步一步走到现在，都是因为我们自作聪明，结果反被聪明所误了！"

郑百祥面色僵冷，阴鸷地沉默下来。也许在李大功看来，郑百祥的沉默预示了事情已无可救药。于是他哭了起来："郑总，你给我想个办法吧，你办法多。吴总，郑总，我李大功跟你们二十年了……"

郑百祥皱着脸，几乎也要哭出来了，他的语言已经注入了怨恨："老吴，你去自首不是把我们都害了吗！"

"我害你们？"吴长天连摇头的心情都没有了。如果把这件事从头说起，究竟谁害了谁呢？他不想辩论。他和他们是二十年的战友，福祸共担的朋友，他对他们没有怨恨。无论是活路还是死路，都是他自己的双脚走出来的，怨不得别人。他只是想好了自己下一步要走的道路，一切都要从头开始了。也许他要坐很多年牢，但总有一天，他还是会和现在一样，生活在灿烂的阳光下。他坚信那时候，他的儿子吴晓，会一样地爱他！

李大功哭得悲悲切切，他的精神看上去已经濒于崩溃，只是不停地重复着："我不能去自首，我不能去自首，我不能去自首……"

郑百祥发了半天愣，突然说："大功，别哭了，我来想办法！你愿不愿意听我的？"

李大功流着泪点头。现在谁出主意，他都会点头的。

郑百祥说："你首先要躲一阵，你的枪带了吗？先把它处理掉，这是能证明你死罪的唯一物证。"

李大功收住了哭泣，郑百祥的话像打了一针强心剂，让他颤巍巍地镇静了片刻，手忙脚乱从右边的车斗里，拉出一只黑色的皮包，又从皮包里慌慌张张地，取出了那支凶器。火红的朝阳猛烈地照射在枪身上，使得吴长天竟看不清它的本色。

郑百祥接了这个“罪证”，检查了一下枪里的弹夹，哗啦哗啦地拉动着枪栓，显示了过去当兵时的那份利落。出人意料地，他突然把枪抬起来，一下子顶住了李大功的头部，随即“砰”的一声，扣动了扳机。李大功头部剧烈地摆动了一下，整个身子顷刻间歪下来。吴长天看见了左侧的车窗上，喷溅了一摊浓浆一样的血花。他刹那间就明白发生什么事了，几乎不能相信文质彬彬的郑百祥会有这样的果断和无情。他的心被那砰然炸响的枪声震得失去了知觉。但头脑还清醒着，他清醒地看到郑百祥又将那粗粗的枪口指向了自己。

他面目平静，他知道一切求告都是多余的。他们这些人，全都无可救赎！郑百祥真是聪明绝顶，他在刚才那样慌乱的情况下还能迅速地把事情想得如此透彻：在通天湖杀人事件中，林星所能告发的，只是李大功和他吴长天，如果他们自取灭亡——凶手杀了主谋者然后自杀——那这桩凶案岂不是可以圆满告破了吗！没有人会再追究到郑百祥的头上。这些吴长天也想过，但他的下意识里，还冷藏着多年以前积存下的那一点儿道德，所以他注定就不能有郑百祥这样迅速和残酷的决断。人和人真是不同的。他依然不想再憎恨谁，不想憎恨一切人。

在等候死亡的短短的瞬间，他脑子里飞速闪过的，是二十年漫长的光阴，是从那个破败的小厂一起走出来的每一个伙伴，每一个不眠之夜，每一个疲惫不堪和激动人心的时刻，每一个记忆犹新的场面和面孔，它们组合在一起，扑面而来。他微微地笑了，他仿佛又听到了儿子吹奏出的美妙的《天堂之约》，那深沉宁静的旋律给了他最后所要的归宿和告解，而郑百祥变形的唠叨还在企图破坏他此刻想要留恋的一切：

“老吴，是你说的，咱们中国人的本性，都是以自己为中心的，我对不起你了。”

这就是吴长天人生五十年，所听到的最后的语言！接下来他的眼前火星一闪，额头上像被重锤用力地敲了一下，世界顿时一片黑暗。没有痛感。

这个清晨正是1999年7月的最后一天，人类并未如预言般地毁灭。太阳照旧在这条黄土毕露的河谷里，朝气勃勃地升起来，并且投给吴长天最后的一瞥。

二十三

整整一天，吴晓没有回家，雨停之后，林星几次站在街口去等他。她急于告诉他公安局那两位便衣警察对她说的那些话，在中山公园的荷花水榭，他们对她说的关于人的良知和法律责任的那些话。

她不知道告发了李大功是不是就等于告发了吴长天，她不知道她这样做吴晓是不是会生气。吴晓的沉默始终让她心悬在喉，她猜不出他是自己悄悄找他爸爸去了还是有意躲着不肯回家。

吴晓很晚很晚没有回来，半夜里林星蜷在沙发上不知不觉睡着了。醒来时已是第二天的上午。她惊惶地发现，吴晓不知何时肯定回来过。原来放在床上的那件上衣外套已然不见了。她跑出去呼他，他不回。他们从相爱到结婚有半年了，她一直以为自己和吴晓早就天经地义地成为一个亲密无间的整体，可到今天才发觉自己并没有真正地了解他！

那吴晓了解她吗？

她给他乐队的哥们儿打电话，问他们吴晓在哪儿。乐队的哥们儿说不知道，昨天吴晓就没来。从林星的语气上他们肯定知道她和吴晓之间发生了不快，他们问林星怎么啦，你们是不是吵架啦？林星说不是不是，我有个急事要找他。

她真想到大街上去找他，可到哪儿去找呢？北京城这么大！而且，她不敢再离开家了，怕吴晓万一再回来，再阴差阳错地走了岔。果然，到中午吴晓回来了，像一宿没睡似的，脸上很脏，双目赤红。他一进屋林星就感觉有点儿不大对头，她从未见过吴晓有如此难看的脸色：不笑、不怒、不言、不语，像是要哭，却没有眼泪。

她心碎地问："吴晓，你这一天一夜上哪儿去了？我真的急坏了。"

吴晓站在窗前，背对着她，她问了半天他才出声。他的声音不知怎么变了形，他的语言犹如一个疯人混乱的呓语，他的每一句话，都让林星全身战栗!

"我去找我爸了。昨天下大雨……我爸约我今天早上到大河滩去，去找他，他说今天要我陪他去一个地方。……那大河滩，我小时常跟我爸去玩儿的，他总爱在那儿开车……在那儿开车最开阔了。我就去了。大河滩上的太阳特别特别的，漂亮。我爸已经在那儿了，我看见了他的车，就停在那儿，那儿除了太阳什么都没有，只有两辆车，早就停在那儿了。我去找我爸，我说爸你在这儿吗……"吴晓抽泣起来，抽泣得几乎说不下去了，"他在，他在车子里……他叫我去的，他本来说叫我陪他去一个地方的。他肯定不想死，要不然他不会，不会不跟我说再见的……"

吴晓双手掩面，压抑着汹涌的泪水。林星吓坏了，她隐隐听懂了他的呓语。那一刻她恐惧得全身麻木，她觉得她和吴晓，他们的家，已经走上一个即将崩塌的悬崖。

她隐隐听懂了可她还是要问："吴晓，你说什么？你说你爸怎么了？"

吴晓泣不成声，林星上去抱他，他躲开了。他哭着说："你为什么要害他？”

林星也哭了：“吴晓，我没有，我没有害他，你可不能这样说呀……”

透过眼泪，林星仿佛看见，在她和吴晓之间，正裂开了一道深深的地缝。她同时听到，地缝裂开时发出的轰轰的声音。她的身心，恐惧到极点。那声音越来越大，把她从麻木中震醒，她听出原来是有人敲门。

他们都忍了哭泣，在敲门声中木然地站着。还是林星首先擦干了眼泪，手脚迟钝地把门打开。她还没有反应出是怎么回事，屋里已经进来了好几位从未见过面的持枪的警察。

警察对着满脸是泪的吴晓问：“你叫吴晓吗？”

吴晓不答，直瞪瞪地看他们。

警察也不再问，宣布道：“现在你被拘留了！”

林星一阵嗡嗡的耳鸣，几乎站不稳脚跟：“为什么，你们为什么拘留他？他怎么啦，他犯了什么法？”

她被警察挡在角落里，她看见他们在桌子上展开了一张小小的拘留证，让吴晓签字按手印。她惊呆地问吴晓：“吴晓，你到底怎么啦？他们为什么要抓你？”吴晓没有理她，弯下身子机械地签字画押。她挣扎着扑上去想阻止他：“吴晓，你不能随便签啊！”警察拽住她，冲她喝道：“哎哎，我们是在执行公务，请你配合一下，妨碍公务是犯罪，知道吗！”

她眼睁睁地，看着警察们带走了吴晓。她要跟他一起走，但被警察拦住了。她问警察：你们要把他带到哪儿去呀？没人回答她。看着吴晓被他们押上汽车，她下意识地叫他：“吴晓！”吴晓没有回头，也没有给她留下一个眼神或者一句话。

警察的车开走了。围观的人都瞪着眼看她，她在数不清多少道目光的尾随下，跑到电话亭给那个老便衣打电话。老便衣听了她语无伦次的求救之后，平静地说：“你来一趟吧，我正好有事要找你呢。”

她当街叫了车，去找老便衣。老便衣上班的地方她是去过的，那地方和司机一说都知道。在一间接待室里，她见到了老便衣和他的年轻搭档。他们的神态和以前一模一样，老的和蔼可亲，小的不苟言笑。

老便衣先说："你做得很对。看来我的话没有白说。"他拿出一个硕大无比的金戒指，给林星辨认，"是这个吗？"林星点头。他便微笑着说，"谢谢你啦。"

林星对这位老便衣寄予了无限期望，她急不可待地想把情况告诉他："吴晓给一群警察抓走啦，您知道吗？您能告诉我干吗要抓他吗？就因为他是吴长天的儿子？他天天和我住在一起，他爸爸的事他一点儿都不知道的。"

她的话立即被那位小警察记在纸上，她看见了可是她不怕！老警察心平气和地问："我问你啊，他爸爸和李大功涉嫌杀人的事儿，吴晓到底知道不知道？"

林星说："他不知道，后来还是我告诉他的。他一直在大连拍 MTV 呢，他回来我才告诉他的。"

老警察问："你是哪天告诉他的？"

林星脑子都乱了："昨天，不……是前天告诉他的。"

老警察用微笑缓解她的紧张："你再好好想想，到底是昨天还是前天？"

林星说："前天，是前天晚上，他从大连回来以后我告诉他的。我们说好了一起劝他爸爸到公安局去自首的。"

小警察记录之余，还抬头插嘴："你们劝了吗？"

"我们第二天找他爸爸去了，可没找着。你们那天早上不是在他爸爸的公司看见我们了吗？"

这次小警察做完记录，居然还表示负责地把记录拿给她看："你看我记得对不对？对，你就签个字认可一下吧。"

林星签了。她说："我签了他就能出来了吗？"

老警察说：“小林同志，有些情况，你不一定清楚。我想你也不一定完全了解你爱人吧？”

林星从老警察严肃的态度上，预感到事情已很难挽回。她哭了，有点儿语无伦次：“他到底怎么了？难道我找了你们，我把我知道的都告诉了你们，你们反倒来抓他，那干吗不一块儿把我也抓走呢……”

老警察说：“这是两回事。你把你知道的情况告诉我们，是一个公民应尽的举证义务，我们当然表示感谢。但是那天我也跟你说了，这本来就不是一个多复杂的案子。那个阿欣，她死的时候身上裹着的毛毯和绳子，我们已经查到出处了。我们上次拜访吴长天的时候，还在他的办公桌上看见了巨额的银行存款利息清单，这说明他这几天真是取了不少钱啊。还有，李大功杀刘文庆，他不可能一点儿痕迹都不留吧……这案子有那么多的物证，又有完整的犯罪现场，所以要查清楚并不难的。而且所有的疑点从一开始就都指在同一个方向上。你就是不检举凶手，这个案子也不会拖得太久。”

林星对这些分析已经不感兴趣了，她从老警察和小警察的脸上，已经看不到能救出吴晓的希望。后来他们又对她谆谆开导了些什么话，她一点儿没听清楚，不知怎么就失魂落魄地走出了公安局。站在大街上，看着远处的晚霞，看着街上川流不息的汽车，她觉得自己已无家可归。

她懵懵懂懂地在街头流浪，漫无方向。直到天黑之后才擦干眼泪。她告诉自己要坚强，因为吴晓这时候是最需要她的。她不能一味悲伤，她必须鼓起勇气，全力以赴救出吴晓！

吴家的权势和影响已经和吴长天的生命一起突然中断，连回响余音都戛然而止，要救吴晓只有靠她一人！

信念让她把痛苦抛在脑后，她去找了天堂乐队的哥们儿，求他们救吴晓。乐队的人听了个个目瞪口呆，在他们眼里，吴晓一直是个少言寡语无是无非的小弟弟。乐队的哥们儿个个奉公守法，谁也不接触公安局的人，不认识法院检察院的人，整个天堂乐队过去只有吴晓一人攀得上权势二字。

林星又去找她的老师，找同学，把自己的故事向他们哭诉，但每个人都是万分同情，爱莫能助。林星是个孤独惯了的人，从未和谁有过铁杆的交情，她那几天急不择路地到处奔走呼号，却找不到一个能够拔刀相助的朋友。她甚至硬着头皮去了长天公司，但没人愿意和她谈这件事。她直接闯进了现在主持公司工作的副总裁郑百祥的办公室，几乎要给他下跪，也没有用。郑百祥过去在吴长天面前是何等的忠诚恭顺啊，林星是亲眼见过的，现在却是一派公事公办的官腔。而且在他们谈话时还故意叫了两个干部在场，避嫌似的。他说吴长天父子的问题，公安部门正在调查，现在我们无权说话，不能干预司法。你的心情我们可以理解，但要相信政府相信党，党和政府不会冤枉一个好人，也不会放过一个坏人。吴家父子到底有没有问题，有什么问题，总有一天会大白于天下。

林星这才懂得什么是中国人的世故，才懂得什么叫作人情冷暖、世态炎凉，几天之前，吴长天这个名字在这个集团公司的上上下下，还是那样地不可一世！

因此她想，在做人的本质上，他们比她还要孤独呢，因为他们已不能够真心地去爱什么人，已不能够心甘情愿地为什么人做出牺牲。她比他们要充实和幸运多了，因为至少她心里还有个吴晓，还有真实的喜怒哀乐。

她给吴晓送去了换洗的衣服，送去了他爱吃的东西，还送去了钱。除了吃的东西，拘留所的警察都答应替她转交。但第二次她再去的时候，警察把那些东西都原封不动地退给她了。退给她的理由很简单：是他自己不收的。

“他为什么不收？”林星问。

“这我们不知道。”警察答。

“他知道这都是他家里给他送的东西吗？”

“我们说了，他不收。他说他没家。你是他什么人？是姐姐还是妹妹？”

“我是他爱人。”

警察上下打量她，对她的年龄有些疑问：“你们已经结婚了吗？还是在谈朋友？”

林星没有回答，她抱着吴晓的衣服，回了家。回家后，还是抱着这些衣服，一个人哭。

难道他还在恨她吗，还不能原谅她吗？这是林星最最害怕的，这个打击她承受不了。

这天晚上，她发起了高烧，她已经好多天没去做透析了，也没有认真吃过一顿正常的饭了。她躺在床上全身剧痛，心里朦朦胧胧地，想着就这样让自己死了吧。可她扔不下吴晓啊，她无论如何也要活着再见到他。于是她滚下床，一步一晃地挨到楼下，坐在马路边上叫出租车。出租车都不敢拉她。路过的人都绕着走，绕着看她。终于有个老头儿过来问你怎么啦？她哑着嗓子拼尽全力才说出话来：“我病了，想去医院……”老头儿这才张罗着拦车子把她送到医院去了。

她没死。她在医院躺了好多天。还是肾的毛病。

除了天堂乐队的一个钢琴师外，没人来看过她。那钢琴师是乐队里年纪最大的。他和鼓手一起托了关系去看守所见了吴晓一面，给他送了些东西，然后带了些吴晓的情况到医院来见林星。他说吴晓在里边挺瘦的，但没生病。可能最近就要开庭审理他的案子了，他自己没请律师，法院就给他指定了一个。听那律师说，吴晓的罪名是“包庇”。

林星问：“你们给他送什么东西了？”

钢琴师说：“衣服，吃的，还有一千块钱。”

林星问：“他收了吗？”

钢琴师说：“吃的警察不让收，衣服和钱他都收了。”

林星愣愣地，半天半天都说不出一句话来。终于她问：“吴晓，他问我了吗？”

她看着钢琴师的嘴巴，她害怕他说没有，她不知道自己能不能承受这两个字。那钢琴师面色沉闷，目光回避，迟疑了好一会儿，才说：“没有。”

林星扭头看窗外，她不想面对这个残酷的回答。

钢琴师也沉默了一会儿，站起来说：“那我走啦。”他看见林星低了头，双手掩面，想劝她：“他可能认为……他们都说……是你出卖了他。我来看你，没有告诉乐队的那两个人。不过我想还是应该把吴晓的情况跟你说一下，如果你还想知道的话。反正就是这么个情况，他在里边还可以，听说也没挨打。”

钢琴师走了。林星捂着脸，想哭却不敢出声。这病房里住了六个病人，还有来来往往的护士和家属，她不想让别人过来注意她，关心她。

几天后钢琴师又给她打了个电话，告诉她吴晓开庭的日期，他说你最好别去旁听了，受刺激。但开庭那天她还是从医院跑出来去了法庭。因为她特别想见见吴晓。

法庭比她想象的要小。拥挤的旁听席坐得满满当当。她在人群中看到了残缺的天堂乐队，乐队的三个人也看见了她，但没人和她打招呼。从身边听众的议论中她知道，今天来旁听的大部分都是吴晓的乐迷。

吴晓被带出来了，林星的眼睛几乎不敢看他。他的头发从来没有剃得这么短过，毛茸茸的只剩下可怜的一层。短头发使他有一种很委屈、很幼稚的样子，唯有神情老成麻木。烦琐的开庭程序之后就是公诉人宣读诉状，控告吴晓在李大功杀人一案中知情不举，并且企图协助其父逃逸，犯有包庇罪，建议法庭依法惩治。诉状之后是律师答辩，虽是法院指定的律师，但也慷慨激昂，据理力争。主要论点是被告并不知道其父犯有罪行，不存在包庇犯罪的主观故意。接下来开始法庭调查，双方各自呈上自己掌握的人证物证。在这个法庭上林星知道，警方在吴长天尸体上搜出一张从北京去广州的飞机票，而公安局在民航售票处调查时发现，购票底单上的购票人一栏里，填写的名字是吴晓，留的一个联系电话，也是吴晓的。

这还不是铁证如山吗？

林星这才知道了为什么那一整天都找不到吴晓。她这才知道那一天他是跑去和他爸爸单独见面了。

律师对自己的角色还是忠实的，列举了一系列证据来说明吴晓在帮他父亲买票时并不了解其父的罪嫌。针对这个辩护，公诉人请书记员当堂宣读了公安机关的一段讯问笔录，不仅搞蒙了律师，也震惊了全场。

这段笔录让林星几乎疯了！她没有想到她和老警察的那一段谈话，竟被制成了正规的证言，而这证言竟成为定罪吴晓的关键一环。

问："……他爸爸和李大功涉嫌杀人，吴晓到底知道不知道？"

答："他不知道，后来还是我告诉他的。他一直在大连拍 MTV 呢，他回来我才告诉他的。"

问："你是哪天告诉他的？"

答："昨天，不……是前天告诉他的。"

问："到底是昨天还是前天？"

答："前天，是前天晚上，他从大连回来以后我告诉他的，我们说好了一起劝他爸爸到公安局去自首的。"

问："你们劝了吗？"

答："我们第二天去找他爸爸，可没找到……"

林星站起来，她想叫喊："不是这样的！"可她喊不出来，因为她和那老警察的对话，就是这样的！她脑子里轰轰隆隆的一片呜响，双腿支撑不住，还没有等那位女书记员宣读完毕，就往前一头栽了下去，额头磕在前排的椅背上，"砰"的一声，她就什么也不知道了。

她醒来时是在一个陌生人的背上，那人穿着法警的制服。他们背着她跑出了法院，叫了汽车，把她送到附近的医院，给她打针、输液。医生问她怎么了，是什么感觉，哪儿不舒服，她双眼不停地流泪，一句话不说。

输完了液，她彻底清醒了，要走，可身上的钱不够了。医院的人让她打电话叫家里人送钱来。她想了半天，呼了天堂乐队的钢琴师。

钢琴师来了，替她交了医药费。两个人站在医院的门口。钢琴师又给了她五十块钱，说："你现在还住友谊医院吧？你打个车自己回去吧。"

钢琴师说完，叫住了一辆出租车，上去了。在他把车门关上之前，林星叫了他一声："大哥！"

钢琴师没有下车，在车里看她。

她问："怎么判的？"

钢琴师不冷不热地说："你不是跟警察说得很清楚了吗？他这个罪名还跑得了！"

林星顾不得脸上的羞耻，继续问："判了几年？"

钢琴师顿了一下，才说："判他的罪名成立，但情节比较轻微，判了免予刑事处分。我们早就算过命的，吴晓的命最好。无论碰上什么灾，他都能躲过去！"

林星没听明白似的："免予刑事处分？"

钢琴师说："他不过就是帮他爸买了一张飞机票吧。吴晓这个人，对人很重感情的。当然他不像你这么讲原则，这可能是我们搞艺术的和你们当记者的区别吧。"

林星知道他说的是什么意思。整个天堂乐队，包括吴晓在内，都把她当作了一个告密者，都认定是她出卖了自己的公公和丈夫。从公理上讲，谁也说不出什么，从私情上论，谁都接受不了她了。但林星并不想再解释什么，说明什么，当钢琴师"砰"的一声把车门关上的时候，她急得双手拉住那就要起步的出租车，高声问道：

“那他们什么时候能放了他？”

钢琴师平静地说：“已经放了。”

“啊？那他在哪儿？”

“他说他要回家去，你要想见他，就回家看看去吧。”

林星放了钢琴师，她疯狂地跑到马路当中拦出租车。盛夏已过，白天比过去短了。她赶到扬州胡同自己家的时候，天已擦黑。初秋的傍晚有了几分凉爽，但整个气氛还是夏天的。

林星气喘吁吁地上了楼，打开家门的刹那心里已经有一点儿凉了，因为屋里没有开灯，而且静无一声。

她打开了灯，怀着最后一丝希望先去卧室，但床上是空的。又看了厨房和卫生间，甚至还去看了尘封的阳台，肯定没有吴晓。她打开衣柜，拉开桌子上的抽屉，想分析吴晓是否回来拿过东西。她看到衣柜里吴晓的衣服，抽屉里他们两个人的钱，一针一线、一分一毫，全都没有动过。

她傻傻地，站在屋子里，心里笼罩了一个最痛苦的判断：他说回家，难道是回了京西别墅？

她几乎连门都没锁就跑下楼去，叫车直接奔往京西别墅。京西别墅已经物是人非，门前的气氛透着几分凄凉败落，路灯都是灭的。与不久前林星来时的境况相比，有种恍若隔世的陌生。开门的人也不是那个保姆了，换了个男的，穿着西服像个干部，一脸公事公办的样子问你找谁？林星说：“吴晓在吗？”那人说：“吴晓，哪个吴晓？”林星指指里面：“他原来住在这儿的。”那人好像明白了：“噢，是原来那个……是那个谁的儿子吧？来了，拿了他的东西又走了。”

终于找到了吴晓的踪迹，林星兴奋极了，一切疲劳困顿都挥之而去。她来不及去想这干部模样的男的仅仅是一位看房子的工作人员还是这里已经彻底换了主人，就连忙打着车又匆匆往回赶。赶回扬州胡同一看，她几乎精疲力尽地瘫在地上：屋子还是黑着的，一切如旧，没人来过。

她跑出去打电话，先打给友谊医院。问值班的护士："有人来看过我吗？"护士答今天没有。她又打电话给天堂酒吧，问酒吧的服务生："天堂乐队的吴晓来了吗？"服务生说天堂乐队来了，吴晓没来。她拿着电话无声地恸哭起来。

吴晓，你原谅我吧！你干吗要这样惩罚我啊？

在这个从内心深处发出来的绝望的恸哭中，她意识到，她一直恐惧的那件事，那件从她与吴晓相爱的第一天起就开始忧心忡忡的事，终于来了！——她终于被吴晓抛弃了！

他抛弃了她，离开了她，连句分手的话都没给她留下！

二十四

吴晓就这样失踪了。

他离开了林星，离开了天堂乐队，离开了扬州胡同和京西别墅。也许，在他走出法庭的第一个夜晚，他就离开了北京，不知去向，从此销声匿迹了。走得有些悲壮，也有些残忍。

在吴晓失踪的第二天，林星就结清了友谊医院的全部费用，搬回家中。只有家，她这个新婚的小屋，是一个可以承载悲痛的掩体。因为这里还留着吴晓的笑声和气息。每件东西，都和他在的时候一模一样，仿佛一切都没有发生过似的，让人这样感觉。这些东西渗透和积沉着那么多不能忘却的情感，让林星坚信吴晓总有一天会被思念带回到这里，毕竟他们共同拥有着一段生死相依的日子。

头几天，她几乎足不出户，偶尔出去买东西，回来时都是心惊肉跳的，不知吴晓是否已经在她出门上街的片刻回到家里。楼梯上的脚步声每天此起彼落，一次一次地折磨和摧毁着她的神经。她甚至忍不住像以前那样，傻傻地站到扬州胡同的街口引颈眺望，幻想着在熙熙攘攘的人群中，突然出现他的身影。她每天晚上都要跑到天堂酒吧、月光酒吧、金丝鸟酒吧以及三里屯、学院路以及遍布北京大街小巷的许许多多有乐队演出的酒吧歌厅和夜总会去，凡是不收门票的地方她都走遍了，希望能突然听到一首熟悉的萨克斯曲……但每一次都让她饱尝失望。吴晓真的走了，这个城市再也听不到萨克斯管了，再也听不到那沙哑忧伤的动人的声音。

她终于跑不动了，身体状况渐渐恶化，她感觉很明显的。但透析必须从每周三次减至每周一次，因为她没有钱了，这是很现实的问题。如果不是为了等吴晓，她早就丧失了治病求生的兴趣。至于吴晓要是真的回来了会怎么样，是爱她还是恨她都已经是其次的事，只要他还回来，她唯一的愿望就是此生还能与他再相会一次。林星有时甚至会疯狂地想到，就是多少年后，她如果知道吴晓死在了什么地方，也要赶去和他一起，实践他们的那个“天堂之约”！

终于有一天，她的房门响起来了。这是在吴晓走后第一次有人敲响他们的家门。那敲门声庄重老实、简单无华，风格上很有些吴晓的写意。她行将熄灭的希望之火轰一下复燃起来，她早想到这么久了吴晓早不知把家门钥匙丢到哪儿去了，她甚至还听出那敲门的声音含了些悔恨和歉意。她从床上跳下来，赤着双脚奔过去，激动不已地拉开门。她几乎喊出了吴晓的名字！

门外站着的，不是吴晓，又是那一老一少，两个便衣。

希望之火一下子又熄灭了，甚至变成了一股怒气。她想关门，动作慢了，那老警察用手一挡，同时把一只脚跨了进来。

“哎哎，怎么不认识啦，是我们。能进来吗？”

林星退回到卧室里，卧室和客厅之间的门敞开着，她隔着门框听老警察的寒暄。

“没出去呀，最近身体好点儿了吗？听说吴晓不在北京了，去哪儿了？”

这是这么多天来，第一次有人向她问起吴晓，那不失亲切的口气，让她百感交集，竟忍不住抽泣起来。

老警察奇怪地问：“怎么啦？”

她说：“我不想谈吴晓。”

老警察说：“好，不谈吴晓。我们来，还是想找你了解两个问题。”林星止住抽泣，她觉得在他们面前失声落泪是没有骨气的。

老警察问：“今年七月，吴晓爸爸过生日的那天晚上，你去京西别墅找吴晓的时候，在那儿都见着谁了？”

林星说：“见着吴晓的爸爸了。”

“还见着谁了？”

“还有保姆。”

“你见没见到郑百祥？他也是长天集团的头头，和吴晓的爸爸总在一块儿的。”

“没有。”

老警察沉吟了一下，又问：“刘文庆死之前不是和你说过他赢了一笔钱吗，他说赢了多少？”

林星说：“我不想再谈这个问题了，这件事都过去了，我早把它忘了。”

老警察面不改色地再问：“他说赢了多少？”

林星沉默了半天，才回答：“他没说。”

老警察说：“据我们现在掌握的情况，在刘文庆死前不久，吴长天从银行里分几次一共取出了八百三十万元人民币现金，这大概是他个人的全部财产。刘文庆说他赢了一个富翁的钱，是不是就是这些钱？”

林星瞪着两眼，回答不出。

老警察又说：“可我们在刘文庆的身上，只找到了几千块钱，加上他交到通天湖度假村的租房押金，一共不到一万块钱。这一万块会是他赢的那笔赌注的八百分之一吗？”

林星说：“你们就是为这笔钱来找我吗？那我告诉你，我从没见过刘文庆的这笔钱，如果你们不信，那把我也抓起来不就完了吗？”

老警察笑笑：“这钱已经查明是吴长天的个人财产。他已经死了，法院并没有对他做缺席审判，包括罚金或者没收财产这一类的判决，都没有。所以，这笔钱唯一的合法继承人，应该是你的爱人吴晓。可以说，我们要是能搞清这笔钱的下落，受益的也是你们。”

林星看着老警察那张沧桑的脸，喃喃地说：“我不要钱，我只要我的爱人，我只要我的爱人！”

老警察用片刻的沉默表示出一种同情，他说：“我们也不要这个钱，但还是得找到它，找到这笔钱了，才好结这个案。除非我们能在参与这两桩案子的罪犯中，找到一个现在还活着的人，也许能帮我们彻底搞清这案子到底是怎么回事。”

林星没动声色，心里却震惊了一下：“什么？还有活着的罪犯没抓到吗？”

老警察淡淡地笑笑：“我想应该还有吧。”

他们走了，还是以前告辞时总爱说的那句话：“要想起什么来就呼我们。”林星不知道自己还能再想起什么，只知道她绝对不想再见到他们。

第二天，她去了杂志社，去取工资。她这段时间一直没有上班，一个月的工资七扣八扣，已剩不下几斗谷子。主任见到她，关切地问起她的病，林星简单说了，然后问他社里能不能报销一点儿医药费。主任挠头说：“我可以帮你去财务科问问，估计够呛。我上次拔牙的钱还没报呢，我都在这儿干了二十多年了，你才来几天。不过听说现在社里正在联系参加社会上的大病统筹呢。按规定早就该参加了，主要是咱们一直拿不出钱来。”主任转了转脑筋，说：“这样吧，你也不容易。要不然我给你找点活儿，帮其他报纸杂志或者什么单位写点儿稿子，挣点儿稿费怎么样，你现在的身体还能写吗？”

林星点头。虽然她的身体好像随时就能倒下去再也起不来似的，早就不允许再干任何脑力和体力的重活儿了，可她还是感激地点了头。不写怎么办呢，她需要钱治病。

主任说：“你前几个月不是采访过长天集团吗，现在他们那个总裁吴长天出事了，你知道吗？他因为什么丑闻自杀了。社会上想知道点儿内幕的人肯定很多，你不妨写写这个，我可以帮你联系投到其他杂志去。你自己也可以去投。咱们这种太严肃的刊物登不了，其他刊物对这种稿子还求之不得呢，稿费也出得高。你反正手上有不少吴长天的资料，对长天集团也熟，再找公安局和长天集团的熟人了解了解内情，写起来应该很方便。不过要写就必须快，这种题材让别人占了先，再写可就没价值了。”

林星不置可否地向主任告了辞出来，她依然没有对主任说自己和吴家的关系。上一次主任还力主把采访长天集团的文章改成吴长天的个人英雄传。不过几个月的工夫，又变成了这样一个形式不变而内容相反的动议。

她想，一切都可以理解，人人都需要赚钱。

她也一样，现在必须找到钱，找到钱去做透析，做了透析好活下来，活下来等她的吴晓！

主任的话提醒了她，她可以写点儿东西去投稿。除了写东西她一无所长。可是写东西又能挣多少钱呢？她夜以继日地写，一边呕吐一边写，发着三十七八度的低烧也照样写，写了稿子往外寄，有点儿关系和没有关系的报纸杂志都寄。一连寄了七八篇稿子，散文、杂文、消息、评论，都有；两三百字到两三千字，都有。总的来说成绩不错，虽不是有投必应，但也有将近一半的稿子被采用了。也有稿费寄过来，但总共不过几百块钱。她想，这么挣钱还是一个死。

唯一能支持她一周做一次透析的，就是她在静源里的那套空房子。艾丽和阿欣都不在了，她可以再租出去。她在报上很便宜地挤上了一条只有几个字的租房广告，然后又去静源里收拾房子。艾丽和阿欣在这里还留了不少东西，没用的都处理掉，有用的都归拢好，打进了几个大包裹和纸箱子，连同她自己的一些不舍得扔的，统统堆到了封闭的阳台去。这样就可以把三个房间都腾出来租出去，她每个月大概就能收到两千五百元到三千元的租金。

阳台本来就是个储物间，存放的都是些长年不用的杂物，平时很少有人进来，积年累月的尘土让人难以插足。林星把那几个大包和纸箱搬进来之前，需要先把阳台上原有的东西挪挪窝，好腾出一些空间。这是一件很脏很累的活儿，对她来说犹如一场艰苦的战争。她挪了几件便体力透支，不得不坐在一个看上去还算干净的电视机的纸箱上，干呕一阵，恢复一阵，然后再接着动手。那个干净些的纸箱子也是所有东西中最沉的，于是就成为这场战争中最艰难的一役。她挪了几下心里忽然怀疑，这箱子怎么这么新呢，显然不是一件尘封经年的旧物。她撕开上面也像是新贴上去的塑料胶纸，打开箱盖，里边是几件旧衣服。奇怪的是，竟都是些男人的衣服。她把衣服一件一件拿出来，一层一层翻下去，手指突然触及一种不软不硬的东西。阳台肮脏的玻璃上射来秋天的阳光，把箱子的内壁框成一个方正的阴影，在那阴影的深处，她看到了一片朦胧的颜色，她被那阴沉的、罪恶的、每一个人都肯定会熟悉的金钱本色，彻底地惊呆了！

她惊呆了很久才让自己相信，她眼睛看到的，确实是整整齐齐码放了几乎大半个箱子的不计其数的人民币！这些人民币显然是从银行取出就从未动过的，一万元一捆，封条井然。

封条上红色的出纳印记，还那么新鲜触目。她压制着激烈的心跳——不是惊喜，而是恐惧——粗粗地清点了一下，越点到后来她的双手越是发抖：一共是七百九十九万元整！她也知道少了的那一万元去了哪里。

她也知道，这就是吴长天、李大功、刘文庆为之搏杀殒命的那笔巨额赌注。

这也是吴长天以生命为代价，留给儿子吴晓的最后遗产！

这箱钱让她在刹那间洞悉了包藏在刘文庆和吴长天那么多闪烁其词背后的全部秘密，她仿佛已经看到了这部拍案惊奇的全部谜底！

二十五

林星现在才真正意识到什么叫作病入膏肓了，她发觉自己已经站在一个生命历程的十字路口，已经看得见那座凄风苦雨的阴阳牌楼。这并非仅仅是听信医家危言，连她自己的感觉，也证明了这一点。除了恶心呕吐的症状日渐加重，她还常发低烧，肩部像中了风湿似的寒疼难忍，血压也高得极不正常。医生说：“这都是因为肾。”

像是为了呼应这些症状，她验血验尿的各项指标——尿素氮、肌酐等，全都破位上扬。按照这种情况，透析必须立即恢复到每周三次。有条件的话，最好每天一次。再有条件的话，应该马上做一个肾移植的手术。这个病不难治，治疗的方案都简单明了地摆在那儿了，唯一的问题还是那句老话：钱呢？

医生说：“你爱人到哪儿去了？你叫他到医院来，我们得和他谈谈，这不是闹着玩儿的，怎么他现在不露面了？怎么那么不负责任！”

林星遮掩：“他出国了，出国有事去了。”

医生说："出国，那更应该有钱了。"

林星草草地解释："我怕他担心，所以没敢告诉他。"

医生搞不清他们夫妻之间发生了什么事，不便刨根问底，于是换了方向："那你们单位呢，让你们单位来人，单位知道你的情况吗？"

林星也只能编造："我没跟单位说，单位知道我有这病该不要我了。"

医生说："要这样的话，那别怪我嘴里不吉利，你是不想活了吧？"

林星想："单位谁会来呢，来了以后又能怎么样呢？"

她现在每个月能拿出来的钱，维持每周一次的透析都难以为继了。虽然静源里的房子租出去了，每月稳收两千五，而且租户一次就付了半年的租金。但她住的扬州胡同的房子，每月也要一千七，半年一付的租金也该交了。按说她现在的情况，肯定是住不起这样的房子了，但她不能搬，扬州胡同的这两间小屋是她和吴晓唯一可能相逢的地方。所以她必须坚守在那里，等着吴晓，等着他有朝一日终于回来，哪怕只是回来看上一眼，只是回味一下昔日的生活……她都想过了，有心理准备。吴晓失踪的时间越长，她和他重新开始的奢望就越渺茫。

但她不能搬走。她一旦从扬州胡同搬走，吴晓就真的找不到她了。他回来敲门的时候，看到一个陌生的面孔，然后转身下楼离去……这样的情景对他们来说，无疑是一种彻底的离散。

除了用刚刚收进的房租减去马上就要付出的房租所剩的那点儿租差外，她每月从单位里还能领到三百多块钱的病休工资，她写稿子投回的稿费一个月估计也能有四五百块——如果她以后的身体还能让她继续写下去的话。这些钱加起来，显然，除了一个月最低限度的吃喝穿用之外，是不够支付每周一次的透析费用的，更不用说每周三次和每天一次了，更不用说换肾了，想都别想。

也许这都是她自找的，其实每一条或迂回或便捷的生路，她都可以走，她完全可以毫不费力地选择并承担任何一种方式的治疗。在扬州胡同她的柜子里，锁着一叠崭新的存单，有中国银行的、有工商银行的、有建设银行的，还有招商银行的，一共七百九十九万元整。但那不是她的，每一张存单的户主一栏里，都写着吴晓二字。

她是发誓至死不动这笔钱的。她与吴晓的关系是相爱，而不是金钱！如果说这个世界上还有一件真实的东西，还有一件没有杂质的东西的话，那就是她对吴晓的爱。她想，如果她连这个魂都没有了，那还治这个病干什么？还要这个病入膏肓的魄干什么？还不如早点儿死了早点儿投生还阳重新做人呢。

除了租房和咬牙写稿子之外，她还能用什么方法挣到钱呢，常常在街上，看到漂亮的女孩开着漂亮的车子；还有那些情调浪漫的酒吧、那些富丽堂皇的饭店、那些像“阿伊鲍鱼”那样一掷千金的地方，都能看到一个个漂亮女孩子浓施粉黛的面孔。谁会相信漂亮的女孩子会像她一样过着这种穷困潦倒甚至生死煎熬的日子？某一天她从医院出来，过街的时候，一辆白色的凌志擦身而过，停在了前方的路边，车上下来一个时髦的美人，尖声叫她：林星！

她定神一看，原来是多日不见的艾丽。车上又下来一个男的，四十来岁，摘了墨镜看她。也许因为艾丽这个名字似乎一直和她的厄运相连。她想躲开她可她已经跑过来了，寒暄得相当亲热。林星应付地问她：“过得还好吗？”艾丽说凑合吧，就那么回事吧。然后她回头挥挥手叫那男的：“你先走好了，晚上我再呼你。”那男人眼睛看着林星，嘴里回答艾丽：“你们要去哪儿，我送你们。”艾丽挥手说不用不用。

那男的开走了凌志。艾丽拉上林星问长问短，还硬拉着她去了附近一家大饭店的咖啡厅。艾丽要了提神醒脑的爱尔兰咖啡，为林星要了一份暖胃的热红茶，然后就开始叙旧。艾丽问林星是不是还在那个死气沉沉的杂志社上班，问林星的病治得怎么样了，看脸色可不怎么样。林星并没有多问艾丽，因为她从她那一身名牌的衣着行头上，已经看出她依然如故，而且越来越好。

她们自然地，谈到了吴晓。艾丽说："听说你和吴晓分开了，算是离婚了吗，还是没离？"

林星问："你听谁说的？"

"听天堂乐队的那帮人说的。他们没了吴晓的萨克斯管，又找了个弹电吉他的，味儿都变了。"

"他们说没说吴晓现在在哪儿？"

"没说，他们也不知道他上哪儿去了。怎么，你还想找他？你知道他爸爸出事了吗？赶明儿有空的话，我把这个故事慢慢讲给你听。你说他爸爸当初也真是，有那么多钱干吗不帮你治病，结果到现在弄得家破人亡、人财两空。我现在是想通了，有钱不花，丢了白搭，再说还不知道能活到哪一天呢。趁着我现在还没像你这样整天往医院跑，及时行乐吧。哎，你现在一个礼拜去几次医院？"

林星说："一次。"

"不是一周三次吗，是不是好了？"

"吴晓不在了，我那点钱，一次还不够呢。"

"咳，"艾丽笑笑，"别跟我哭穷，再穷我也不会把钱借给你的。你看见饭店门口那些要饭的吧，他们跟我要钱我还给呢，一次给十块呢。可你就是跟我借一块钱我都不会借的。我凭什么借你呀，你这么漂亮，还怕挣不到钱花？你是能挣不挣！你档次高，玩儿纯情，守着吴晓一个人，结果怎么着，到最后也没套着他爸爸的钱吧。这也怪你自己的命不好。怎么样，你现在要是真缺钱我给你介绍个男朋友怎么样？可不是吴晓那种青春少年啊，也不是一本正经认认真真的那种。有钱的男人你是不能认真的，他们也不希望你认真。再说对吴晓你认真了又怎么样，还不是把你给甩了！”

艾丽关于吴晓的话，她可以不当真，但艾丽说到了挣钱，林星动了一下心，她用半开玩笑的口气问：

“你给我介绍的男朋友，他要是给我钱治病，我就得跟他怎么样？”

“什么怎么样？怎么样都行啊，看你们俩了。”

林星问完了又后悔，她想，干吗要问这个，这不是废话吗！这种男人给你钱，还能是热心救助贫困青年吗！

艾丽看出她的潜意，说：“你要是什么都不想干又想挣钱的话，那就找个夜总会去坐台吧，只要事先跟老板说好你不出台的，也行。坐台虽然比较低档，但是简简单单，陪客人喝喝酒、聊聊天，客人给你点儿小费，高兴了给你三百五百，不高兴一分钱不给，什么人都有。对了，你这个病恐怕不能喝酒吧？不过你要愿意的话我给你找个有熟人的地方说说，看人家老板同意不同意。人家老板的钱就是要靠这些坐台的小姐一杯一杯地喝出来，你不喝酒可能够呛。”

林星想，她怎么能干这种事呢。可又想，现在又能干什么？她总得活呀。艾丽见她低头犹豫的表情，说：“这样得了，今天晚上你跟我去狂欢之都夜总会，我把我朋友介绍给你认识认识，就是刚才那个开凌志的，人还挺大方。你就陪他聊聊天，聊完了给你个五百一千的对他是个稀松平常的事。”

林星想了半天，试探着点了头。

艾丽又说：“不过你要去的话可得好好化化妆，你现在脸色真不好，可真比以前差远了。”

晚上，林星按照约定的时间，等在了“狂欢之都”夜总会的大门口。等了不到五分钟她就知道，像她这样的女孩子是不能在这儿独自等人的，至少有三个半醉不醉的男人粗俗地上来和她搭话，问她想不想进去玩儿。他们把她当“鸡”了，不是“鸡”一个人站在这儿干什么？于是她就换了个地方躲在边上，盯住门口。过了一会儿，艾丽从“狂欢之都”里边跑出来，站在台阶上四下张望，她这才跑过去叫艾丽。

艾丽上下打量她，她今天穿了她最好的衣服，可艾丽还是皱眉说她的衣服太严肃了，到这种地方玩儿就得穿得邪一点儿，太正经了不行，又不是到国务院上班；妆嘛化得还凑合……

虽然她知道艾丽一向口无遮拦，是那种典型的东北人性格，但听她这样肆无忌惮地评论自己的衣着打扮，林星还是有一种做“鸡”的罪恶感，很别扭很不习惯的。她跟着艾丽往夜总会里走，这种地方以前不是没有陪朋友来过，但今天的感觉绝对不同。迎面有人来她便低了头，谁也不敢看，遮颜过市地跟着艾丽进了一个房间。

她本以为只有她和艾丽及艾丽的朋友三个人呢，一进去才知道包房里早就男男女女坐了一大群，有说有笑有人唱歌。林星一进去就被一圈贪婪的目光盯上，连那正在唱卡拉OK的男人都一边唱一边斜眼把她目送到座位上。艾丽安排她挨着的那个四十多岁的男人，正是白天在医院门口开着凌志的那位。艾丽介绍了他的名字，林星没有听清就紧张地点头，这屋里的气氛和她今天的角色都让她局促不安。艾丽对那男的说这位是我朋友小星，大学生，今天晚上没事所以我叫她过来一起玩儿玩儿。

那男人是外地口音，那腔调是哪个省的林星也分辨不清。他热情地笑着，很殷勤地帮林星倒酒。艾丽攀着那人的肩膀说：“嘿，我们小星可是滴酒不沾，你不是说今天绝不欺负人吗，就别让她喝了吧。”那人随和地说好，那就不喝。他还体贴地叫小姐过来帮林星点了杯饮料。

然后就是唱歌、聊天。歌林星是唱了，唱歌并不失身份。天也聊了，有问必答。她只有点儿讨厌那人老是问她多大岁数、家住在哪儿、家里有什么人、有没有交过男朋友等。她差点儿说有啊，我都结婚了。可艾丽抢着回答说：“老板你别问了，我这朋友还嫩着呢，你一上来就问这个别把人家吓着。”那人笑着做分析：“是吗，我觉得星小姐很成熟嘛，一看就是见过大世面的，说话很有水平，很有水平。”

无论说好说坏，林星就是赔着笑。

到了晚上十二点多了，这群人还不见要散的意思。林星身体实在支持不下去了，她已经跑到厕所里呕吐了两次，于是俯耳对艾丽说想自己先走。艾丽也没强留，向她“男朋友”打了招呼，说小星明天还有事，所以要早点儿回家。那人便一起和艾丽送林星出来。林星看见他塞给艾丽一叠钱示意艾丽给她，艾丽走出“狂欢之都”夜总会大门，等那人和林星说了拜拜返身回去了才把钱拿出来。可这时不知为什么林星反倒不想接了，她觉得自己今天的行径实在太丑恶了，对不起吴晓，对不起死去的爸爸妈妈！

但艾丽还是把钱塞给她了，艾丽说：“师傅领进门，修行在个人，以后我可不管了啊。挣钱的路子我反正都告诉你了，挣不挣看你自己了。”

艾丽返回“狂欢之都”接着狂欢去了。林星走在冷清的街上，走了一会儿才把钱拿出来一张一张地数。那男人给了她两千块钱。她确实不明白为什么陪着聊聊天唱唱歌就能给她两千块，这不是和扶贫赈灾差不多了吗？

但第二天她或许就明白一些了，因为第二天那男的就开始呼她。BP 机号码显然是艾丽给的。她无法埋怨艾丽，因为从本质上说，是那男的花了两千元从她这里把号码买去的。

那男的呼她，约她吃饭。

吃饭就吃饭，吃饭这种事更是在她良心允许范围内的。和男人吃吃饭不算什么，以前也吃过。于是她就如约去了。可吃完饭男的又提议要不要去他那儿坐坐？他那儿是哪儿，林星问都没问就一口谢绝了。她说不去了，以后有机会。男的说那咱们再去唱歌好不好？林星犹豫了一下就答应了。她想如果还像昨天那样聊天唱歌然后就能得两千元报酬的话，干吗不要呢？

她就和那人去了一家歌舞厅。那歌舞厅地处偏僻，档次不高。那人进去要了一个单间和她并排坐在沙发上唱歌。他让她唱，她看在钱的分儿上勉强唱了一支《东方之珠》，唱到一半感觉那男的越坐越近了，她不由全身都僵直紧张起来，唱得结结巴巴。那人又把手放在她的背上，从下往上摸到脖子，她唱不下去停下来，身上起了一层鸡皮疙瘩。男的说："怎么啦，唱啊。"她躲着他说："您别弄我痒痒。"男的说："那我用点劲儿你就不痒了。"说着用力把她搂过来，她尖叫一声站起身子，磕磕绊绊往门口躲。男的愣住了，说："你这女的什么毛病？"林星面色惨白，喘着气说："我……我得走了。"男的瞪着眼问："你他妈耍我是不是？"林星说："我，我真有事……"男的皱眉挥手："滚吧滚吧，你以为你是什么好货，你瞧你那脸色，跟他妈抽了大烟似的，我还怕你有病传染我呢！滚滚，别他妈让我再看见你！"

林星拉开门跑出去，跌跌撞撞地，哗啦一下碰翻了一个服务员手里的大果盘。她全身发抖，欲哭无泪，跑出了这家灯光暧昧的歌舞厅。她想她怎么走到这一步啦，任人侮辱，可这都是她自找的！她居然天真地以为聊聊天就能赚钱呢，她以为天下有这样的好人，好人有这样的好心。她的天真其实就是一种无耻，她无耻到想靠自己那张打了粉的脸，靠逢场作戏的假笑，靠没话找话的东拉西扯，就能从男人手中骗钱！如果吴晓知道她是这样下贱恶心，怎么还会回来！想到吴晓，她的眼泪终于滚下来了，那一哭便哭得无地自容，哭得心灵与肉体都疼痛难忍。她明确地感觉她快要熬不下去了，她已经好几天都没去透析，她想自己大概真的熬不到吴晓回来了。

前边横着一条宽宽的马路，夜行的汽车一辆一辆开得争先恐后。她想过去，刚一走下路沿儿就眼前发黑。坚持走了几步，突然当街呕吐起来。这一吐把她最后的一丝力气吐净了，觉得天昏地旋的。她想蹲下来，不料整个身子都失去支撑地趔趄了一下，便摔倒在马路上了。但她的意识还未完全丧失，她能感觉到那些过往的汽车在她身边减速绕行时地面发出的振动。没有一辆车停下来搭救她。就是好人也不敢停车。好人坏人都怕遭遇讹诈。终于，有辆车毫无社会经验地停下来了。有个人傻乎乎下车弯腰看她，用英文问她要不要帮忙。是个外国人。她一句话都说不出，不知过了多久，她的身子飘飘忽忽地离开了冰凉坚硬的地面，那老外身上的香水味道带出一种薄荷的气息，给她麻木的头脑沁入一丝细微的刺激，使她的意识稍稍恢复了少许。她意识到她被人抱起来放进了汽车，之后，她终于完全没有知觉了。

她是在中日医院的一间病房里苏醒的，第二天又被转到了友谊医院。那位救她的老外留下了一束鲜花，并且为她支付了这一天的治疗费用，然后就再也没有露面了。从护士的口中她知道他是某个大使馆的一位外交官，留着整齐好看的接近于马克思式的大胡子。

但他肯定不是马克思，共产主义离林星也还很远。她住到友谊医院之后，只做了一次透析就想出院，她知道自己已经没钱在这里住下去。出院的要求提出后，值班医生告诉她，主任要找她谈一谈。

她被带到主任的办公室。主任一见到她就说："听说你想出院啊，是不是不信任我们？"

她低头，说："没有。"

主任说："我告诉你呀，你这回不但不能出院，而且，还要住很长一段时间。直到我们把你的肾脏移植手术做完了，让你养好。然后，让你高高兴兴地出院！你没意见吧？"

她抬头，看主任，看不出他是在开玩笑还是说真的；是幽默还是恶作剧。她笑了笑，想核实一下自己的听觉：

"手术？"

"对呀。"泌尿科的这位主任有五十多岁了，一向不苟言笑，是那种很典型很老派的知识分子。他重复说："我们要把你那个坏死的肾换了。"

"换肾？"

主任的助手，一个年轻些的医生插嘴说："再不做这个手术你就完了，不是吓唬你，赶快做吧。”

主任说：“第一阶段，我们要把你的身体全面检查一下，不过你的情况我们都了解。然后，要选择合适的器官源……”

林星只能怀疑自己尚未睡醒，她故意放大声音来刺激自己的知觉：“主任，我没说过换肾呀，我没说过要换肾！”

主任看着她，说：“你想知道你这个情况再拖下去会是什么后果吗？你下次再昏过去可就不一定能抢救过来了。”

林星鼻子一酸，眼圈立即红了。自她得了这病之后，从没有任何人，包括医生，也包括主任，跟她说过一个死字。做医生的人也许都是刻意回避这个字眼的。刚才主任说到了死，但也没用死字。她想，她没有父母没有亲人，吴晓也离她而去，这个世界对她已经没有一丝挽留了，她不怕自己说出这个字来：

“主任，我知道我快死了，我也没想我还能活多久……”

主任和他的助手对视一眼，大概没想到他们会把林星的情绪弄得如此伤感。年轻医生笑一下说：“别这么悲观呀，你才多大。”

主任也鼓励说：“那是以前，以前我不敢说什么，现在既然你有能力做这个手术了，我们一定会把你治好的。我们有信心，你也应该有信心！”

林星不明白。

年轻医生说：“手术的费用你的朋友已经替你付了，你放心好了。”

林星不敢相信地问：“谁？我的朋友？”

二十六

早上七点整，林星上了担架车，被护士们推着，穿过拐来拐去的长长的走廊，往手术室去。她盖在棉被里的身体是赤裸的，就和二十一年前她来到这个世界上的时候一模一样。现在，她正沿着这条漫长而昏暗的走廊，走向自己的新生，或许，走向最终的死亡。她已经被医生郑重地告知手术可能存在的失败和风险，她连想都没想就毫不犹豫地在应当由亲属签字的地方，签上了自己的名字。她找不到任何亲属为她签这个字。

签字时她心里还是有种异样的痛苦和恐惧，尽管她在这世界上是如此的孤独，却难说一句“赤条条来去无牵挂”这样的豪言壮语，因为她毕竟还有一个放弃不了的牵挂——如果手术失败，如果发生了意外，她就再也见不到吴晓了，她想吴晓能知道她的最后一刻还在等着他吗?

在手术的前夜，她非常郑重地，悄悄写下了自己的遗书。遗书的抬头写着“亲爱的吴晓”几个字，工整规矩，而正文的笔画则控制不住地潦草和激动起来。千言万语拥挤在笔端，落墨之后才发现不知该说些什么，心情的哀伤让她的诀别变得极其简单：

亲爱的吴晓：

明天，我可能就要永远离开你了。现在，我心里特别孤单。我们在一起的时间太短了，你带给我的快乐我还没有报答呢。如果人死之后还有灵魂的话，那我真想看到你又有了幸福的生活，又有一位比我好的女孩爱你！也许你以后会养一只很懂事的小猫，那就是我变的。

让我再吻一下你的名字吧，吴晓！

林星

这些告别的话让她掉泪了，收笔的刹那她突然又想到了那笔钱，于是在自己的署名下面，又写了一行小字：

“你的一些东西，我锁在咱家的衣柜里了，你一定去拿。”

写完，她又想了一会儿，想不出还有什么需要交代嘱咐的。接下来她在自己的嘴唇上涂了红红的唇油，然后在遗书上长久地一吻，让自己的双唇和几滴饱满的眼泪，一起印在了吴晓的名字上。她封好了信封，信封上写了钢琴师的姓名，并写明转吴晓收。最后把信封压在了枕头的下面。

上午八点，手术正式开始。麻醉针是从后背打进去的，她感到了疼痛，整个呼吸都收紧了。有人在她身后问：“疼吗？”她摇头，说不疼。那人便说：“深吸气，别紧张。”她照着做了。让自己的注意力集中到身边不知什么仪器发出的嘟嘟的响声上，那嘟嘟的响声像是在数分读秒似的，给人一种时光流逝的失落和空茫。

她听到了手术器械的叮当声，间接着医生们的话语：这个纱布拿掉……一号尖嘴钳……吸引器，吸引器，准备血管钳，快点儿。……血压一百四——九十五，给毕主任找个脚凳来。把床稍微再放低一点儿……她知道今天是主任亲自操刀。虽然视线不及，但她能听出身边的医生很多很多。

事前医生并没有说明是全身麻醉还是局部麻醉，但手术开始不久她就昏然睡去，睡得很死，没有做梦。醒来时手术已经结束了，她已经躺回到病房里，医生护士尚未散去。她想叫主任，主任不在。那位年轻些的医生俯身看她，问："醒了吗？感觉疼吗？"她的声音在胸口上郁积着，老是找不到发出来的位置。费了半天劲儿才说："不疼。"气韵微薄。医生要求："大声说。"她用力发声："不疼。"医生见她终于发出了声音，放心地笑笑，说："手术很好，你放心，那个肾脏已经活了！"

她全身没有一点儿劲儿，软得几乎找不到知觉，但她还是忍不住把最后一点儿力气推向舌尖，向医生确认：

"活了吗？"

"活了，接上以后颜色很好，没有黑，也没有花掉，说明循环很好。你看它已经帮你排尿了。"

林星哭了。她知道她得救了。

手术后她在医院住了很久，等着身体完全康复。医生和护士都对她很好，还专门找了一个特护员给她喂水喂药，晨昏伺候。她想，她是什么时候积了这份德呢？尽管她在手术前就一再追问，可医生始终也没有告诉她，究竟是什么人，承担了这一切的费用。

在手术后第一次能够下地独自行走的时候，她就去了泌尿科主任的办公室。她说："主任，我好了，我来谢谢您。"主任说："谢我干什么，我们就是干这个的。"她说："主任，请您告诉我，是谁让您救我的。"主任说："人家要求我们保密的。这样吧，我再和这个人说说你的心情，最好还是让他自已告诉你。”

然后就没了消息，几天后她听说主任出国考察去了，一去就是很多天没有回来。她把特护员退了，她很难心安理得地享受这种按小时收费的昂贵的护理。还有术后恢复性的透析，还有医院病房的床位，还有药，还有一日三餐……所有这些每天都在发生的、像滚雪球一样越滚越大的开支，难道不需要她用什么方式，来一一偿还吗？

冬天到了。下第一场雪之前她出了医院。扬州胡同的家里，还没有供暖，屋里的冰冷和尘土，给人说不尽的萧瑟凄凉。她出院后的第一顿饭没有在家做，家里什么都没有，冰箱里的东西早已腐败不堪。她出了门，坐公共汽车去了一条小街，那街上有一家她只来过一次就永生难忘的小饭馆，那饭馆的名字叫作“小四川”。

饭馆里人挺多，但她结婚那天用的小单间还空着，桌椅依旧，陈设宛然。她进去点了一个锅巴肉片，这是那天婚礼上吴晓最爱吃的一道菜。虽然时过境迁，但那个晚上的一切，都还历历在目，使人依依。那个没有伴娘没有伴郎没有司仪没有双方亲属甚至没有任何程序的婚礼，是她此生度过的最最隆重最最喜庆也最最神圣的时刻。很久以后他们才听说按规矩婚礼的时间应该选在中午，晚上举办婚礼的，一般都是二婚。

她想，难道就是因为选错了时间，他们的幸福才这么短暂？

她又想起键盘手当时喝醉了，酒后真言地说过皇历上记着这是不宜嫁娶的一天，难道就是因为冲撞了这些灵验的规则，他们的幸福才这么短暂？

她看看单间外面就餐的人们，都是谈笑风生、兴高采烈的样子。也许是快要过年的缘故。现在，是这一年中最后的几天了，也是这个世纪最后的几天了，也是这个千年最后的几天了。按照某些西方宗教的说法，这不仅仅是纪元的终结，而且是人类的末日。但看看眼前这些人们，一个个多么地轻松快乐，带着过节的心情。由此可见，西方宗教在中国远未深入人心，中国人还是相信龙年大吉，连这小饭馆的墙上贴着的葡萄酒广告，都醒目地写着千禧龙三个喜洋洋的大字。林星想，她也应该高兴的，她终于能够健康地走出医院，重新走进生活，走进新的世纪。在这个新的世纪里，她还可以走得很远很远。

1999 年 12 月 31 日，全世界都没有第二件事情，都在狂欢着送别这个时代最后的几个小时，迎候那一线崭新的曙光。无论哪一个国家，无论哪一个民族，无论信奉什么宗教，无论是不是敌对的双方，在这个人类共同面对的时刻里，心情全都一样了。电视上，全世界的政治领袖们、科学家们、作家们、明星们，都在激动不已地回顾过去展望未来。普通人也一样，在辞旧迎新的时候总要浮想联翩，许下种种期待和心愿。林星想：但愿她的好运会在几个小时之后的钟声里，重新回来。

在最后的这个夜晚，全世界每座城市，肯定都有一个中心，像一个祭坛那样，让那些领导人和各界精英在神圣的仪式中代表人类迎接两千年的第一个黎明。小人物们、老百姓们，在让精英们代表着与时代进行壮丽对话的同时，也想和亲人、和朋友、和素不相识的陌生人，找个地方聚在一起，为自己的一点儿凡人俗事、内心隐私、事业钱财、儿女情长，而衷心祝祷。林星想，她去哪里呢？和谁呢？祝祷什么？

她一个人，在扬州胡同那两间没有开灯的小屋里，待到晚上十点，还是下楼上了街。街上都快没人了。人们此时果然不是合家相聚辞旧迎新，就是参加各种活动去了。到处都有正式的和非正式的、官方的和民间的、有组织和自发的形形色色的庆祝活动。没有人还像她这样在空旷的街上踽踽独行。她想起以前和吴晓还讨论过千年之交的时候他们在哪儿过呢，他们说过世纪坛、长城和其他一些伟大的地方，但都知道那不是他们所能去的，她记得他们最后确定还是到他们第一次见面的地方去，那就是天堂酒吧。

她就去了天堂酒吧。

天堂酒吧已经人山人海。几乎都是年轻人，也来了不少外国人。大家都有点儿奇装异服，在衣着打扮上像约好了似的有点儿要革命的意思。台上演奏的还是那支天堂乐队，那支没有了萨克斯管的天堂乐队。他们一首一首地演奏着各个国家二十世纪有代表性的经典曲目，使人感到连这样小小的角落都没有游离在全世界的回顾浪潮之外。林星没找到座位，就靠墙站在灯影里。今天很多人都站着，站着聊天、喝酒、看电视，等着钟响。

离钟响还差一个小时，音乐停下来。天堂乐队的钢琴师走到麦克风前，即席讲话。他说："各位朋友，请大家静一静，静一静，请允许我讲几句话。我们今天的演出马上就要结束了，待会儿就要转播世纪之交的庆典活动。在这个一千年才有一次的无价的时刻，在这个人人都满怀理想尽情展望未来的神圣的时刻，可能也有一些人非常怀念过去，怀念过去那许许多多美好的时光和许许多多知心的朋友。我也一样，我想起了我们天堂乐队的过去，想起了我那个吹萨克斯管的兄弟。很多喜欢天堂乐队的朋友常向我们问他，可我们不知道他在哪里。半年前他在一次常人难以承受的感情挫折之后就不知去向了。我想他是不会再回来了。我们只能祝愿他永远像过去一样，快乐、帅气、善良。我有个提议，让我们大家再听最后一遍我们共同许下的《天堂之约》吧，算作我们天堂乐队在 1999 年向各位朋友最后的告别。让我们下个世纪再见！"

他说得很动情，含着热泪。在掌声中，《天堂之约》那熟悉的旋律响了起来。钢琴师和整个天堂乐队也成了听众，大家都静静地看着悬挂在各处的电视机里，那个 MTV 的精美画面。林星知道，画面里的蓝天碧海都是今年夏天在大连拍摄的。吴晓面对着海上初升的太阳，吹起流畅委婉的萨克斯管。整个天堂酒吧都静下来听这首最后的《天堂之约》。

在音乐的高潮中，林星独自穿过人群，走出了酒吧的大门。街上很静，连出租车都没有了。她步行着，往扬州胡同她的家里走，脑子里还回响着刚才的乐章。她不想再待在那堆拥挤的人群中，她与那些欢笑和喧闹有些格格不入。她只想一个人独自在心中和她的爱人吴晓，一起度过这不同寻常的夜晚。

她慢慢地走着，在心中持续的旋律中，反复想着过去那些温暖的日子，那每一个永记心间的生活场面和平凡细节所带来的伤感，使她的脚下不禁有些踉跄。这时，不知什么地方，隐约传来万众欢呼的声音。她知道，刚才那踉跄的一步，已经迈出了1999，跨入了2000，一个充满梦想的纪元。

二十七

新的时代有什么不同呢？对林星来说，没有。她每天照常上班，采访，写稿子。下了班哪儿都不去，回家，做饭。心里头，依然没有放弃吴晓。对她来说，百年之交、千年之交都是平常的一天，都是人类自己给自己设定的一个心理上的界限。

而这个界限对那些心中存在某种迷惑的人，往往像是一个生命的大限，尤其是那些垂垂暮年的老人。夏卫华就是因为这个从美国回来了，他陪了他的年迈的舅舅，去老家威海的老龙头看千年的日出，了却夙愿。年后他们来到北京，夏卫华自然想办法找到了林星。

他约她去了他们借住的一个郊区的别墅，那是他舅舅的一个朋友在北京的房子，虽然不像京西别墅那样豪华漂亮，但也算清静雅致。他舅舅、舅妈和他一起，在那别墅里请林星吃了一餐挺素的午饭。席间两位老人问了许多关于祖国大陆现时人民生活的情况，对故土乡亲的一切，都极感新鲜。饭后老人要去午睡，林星便也告辞。夏卫华留她叙旧，她推辞说下午还有别的事情要办，没再逗留。

夏卫华送她出来，那别墅前面有个冻住的小湖，湖边栽着枝头枯摇的柳树，他们踩雪踏冰穿过平滑的湖面往公路那边走，彼此的潜意识里都有些久别的隔膜和生疏。林星告诉夏卫华自己结婚了，而且成功地做了肾移植手术，她告诉他的都是喜事和好事。也许正因为看到林星的生活如此顺遂，夏卫华脸上显得别有一番滋味。

他说："那我还得祝你结婚快乐呢，什么时候给我补一顿喜酒？"

林星说："等你毕业回来吧，如果我还活着，就给你补。"

夏卫华说："你不是已经做手术了吗，再活个几十年没问题。怎么样，还要不要我帮你办到美国去留学？或者，去度度假，你应该彻底放松放松。"

林星没有吭声。

夏卫华说："我是认真的。你这么年轻怎么像个农村的地主婆呀，还想守着你那扬州胡同过一辈子？女人结了婚就都这样胸无大志了吗？"

林星站住了，她不知为什么眼睛突然湿润，一句话竟抖抖地脱口而出："可我得守在那儿，我不能让他回来找不着我！"

夏卫华没听明白："谁回来找不着你？"

林星喉咙发堵，无以为答，一颗眼泪滚下来。她受不了这样强作笑颜隐藏悲痛，她毕竟面对着她最信赖的朋友。

"吴晓，他走了，他生我气走了，可他一定会回来的，他气一阵就会回来的……"

林星说不下去，很久以来她没再落泪，没再和任何人述说过她的吴晓。但夏卫华的出现，使她又想起了从前，从前她曾经拥有过的梦一样的恋爱季节。

似乎不需要再解释什么，夏卫华显然明白了一切。他说："星星，我早看出来了，你表面上很坚强，很独立，很专注于事业，实际上你是个特别脆弱的女孩儿，太认真也太认死理，所以我早就估计到你会失败的。你和吴晓，你们都还是孩子，谁都不懂得怎么保护自己，怎么避免互相的伤害和失望。我早就猜到你们长不了。”

夏卫华的批评，让她心里更加难过，但她承认夏卫华说得没错，至少事实证明了他说得没错。

他们已经登上光秃秃的湖岸，走上了公路，走到了郊区汽车的站牌下。夏卫华说：“你叫个出租车吧，我来付钱。”林星说坐公共汽车就可以了。再说，这儿也没出租车。这时她的心情也恢复了平静。她和夏卫华互相注视着，彼此的目光都很亲切。夏卫华再次问道：

“既然这样，你更应该好好考虑一下我的建议了，你需要换一个清静的环境休养一阵，也许你会忘掉那些伤心的事情，重新快乐起来。”

林星低头，没有回答。直到公共汽车来了，她才抬起头来，说：“再见吧。”她第一次主动拥抱了夏卫华，但那是一种告别式的拥抱。她说：“我心里一直是感谢你的，感谢你为我做的一切。我这些年遇到过不少好人，你是让我最感动的一个。可我还是得回去了，家里不能没人。再见吧，好朋友！”

林星跳上汽车，等汽车开动以后她才去看在站牌下呆立的夏卫华。这个车站只有她一个上车的乘客，也只有夏卫华一个送行的人。他孤零零地、一动不动地在那里站了很久很久，一直站到汽车走远他们彼此谁也看不见谁了。

世纪之初，除去照常上班，照常生活之外，就有了这样一个小小的、让林星心情波动了一阵的插曲。她的身体，倒一天比一天好起来了。手术之后，血透析从每天一次减到每周三次，现在又减到每周一次。不是没钱，是医生让减的。按照医生的估计，再稳定一段时间，她就可以彻底不用透析了。

和夏卫华相见的第二天，她的心情就完全平静下来。第二天又是透析的日子，她早早地就到了医院。在医院的走廊上，她意外地碰见了那个她几乎遗忘了的老警察。

老警察到医院不是来调查什么案子，而是陪着他快八十岁的妈妈看病来了。看他扶着老太太一路蹒跚的样子，倒真是一个典型的孝子。林星因为不期然地看到了警察个人生活中的这个动人的片断，便发觉他们其实也都是普普通通的老百姓，生活工作老老小小的也都挺不容易，所以她对老警察的印象，一下倒有了几分亲切。

老警察今天穿的当然还是便衣，见了林星打招呼还挺热情，不知情的人看了准以为他们是老邻居或者林星是他同事的闺女呢。他把他那位老迈昏聩的母亲小心地安置在一排长椅上，就过来和林星说话。他问："最近有吴晓的消息吗？"林星摇头。他又问："没给你来信？"林星又摇头，她没想到这老警察接下去居然说出这么一句话来：

"吴晓倒是给我来了一封信。"

林星呆住了，说不清这一刹那是惊奇还是难过。这是她和吴晓分手后，第一次听到关于他的消息。可他既然能给这位形同路人的警察去信，为什么对等在家里的妻子不置一顾呢?

老警察看出她的惊呆，解释说："我们刚刚把你公公的这个案子彻底破了。你公公不是自杀的，是被一个跟他一起干了二十年而且是他最信任的老部下打死的。唉，人和人之间真是不好说。这案子还没往法院起诉呢，吴晓不知怎么就听说了，给我们写了一封信，一是补充一些他知道的情况，二是对公安机关表示感谢。写得还挺不错的。我想给他回封信，把有些情况跟他说说，也把你当初怎么帮他说话怎么拼命想救他出来的情况，跟他说说。你们小两口不是为这案子闹了些误会吗？我想做做工作，能解开的疙瘩就早点儿解开。"

林星问：“那你写了吗？”

老警察说：“可我写了不知道往哪儿寄呀，吴晓的信上没留地址。不过从邮戳上看，是从上海寄出来的。哎，我过几天要去上海出趟差，要不要我替你找找？”

林星不敢相信地问：“怎么找啊？”

“我可以托上海公安局的人帮忙找找，上海市局我倒是熟人多。”

林星不知说什么好，只有点头鞠躬：“谢谢，谢谢你了！”

每次透析林星都能睡着，但这一次没有。整整五个小时她一直睁着眼睛。她后悔刚才没有向那老警察要那封信看，也许字里行间能看出吴晓现在的境况。所以透析一完她马上就走，她不知道公安局肯不肯把那封信拿出来，也不知道那老警察上午带母亲看完病是回家了还是又去上班。

还没走到医院的大门，她在一个拐弯处无意中看见了泌尿科的主任，他在离她不远的地方正和一个人低声交谈。她蓦然止步，她认出那人就是天堂乐队的钢琴师。主任正在向钢琴师讲解着什么事情，钢琴师一边听一边频频点头。他面向着林星却没有发现她，而他脸上的表情林星却看得清清楚楚，那表情不知为什么给了她一个突然的醒悟！

主任和钢琴师说完话，两人握手告别。主任转身往回走，一抬头的视线不偏不正，撞上了林星。

主任笑着跟她打招呼，但笑得不自然：“哟，林星，今天来透析啊？”

林星盯着主任，用一种肯定而坚决的语气，问：“就是他吗？主任！”

主任一愣：“什么？”

林星目不转睛，盯着主任的脸，问：“我做手术的钱，透析的钱，住院的钱，所有的钱，都是他付的吗？”

主任想装傻：“谁付的？”

林星摇头：“主任，我知道您是知识分子，最纯的那种，所以您不善于说谎，您就别再骗我了。”

主任沉默了一下，回答她：“我看，还是让他自己跟你说吧。”

林星向主任鞠了一躬：“谢谢您了。”

她跑出了医院，跑到了车来车往的大街上，早已不见钢琴师的踪影。她换着公共汽车无轨电车一路急匆匆地往钢琴师的家里走，她以前随吴晓去过他家的。在天堂乐队的几个成员中，只有钢琴师独自住，他在一幢砖木结构的旧式小楼里，拥有一间相当空旷的大屋。这便是天堂乐队的老营，是他们平时排练、侃大山和聚居的地方。

钢琴师不在家，门锁着，林星就在楼下的门洞里等。小风刮着，地上迂回曲折地流窜着小蛇似的尘土。她耐心地等。天傍黑的时候，钢琴师终于回来了，一个人，低头上楼，没看见林星。林星跟上来，在他用钥匙开门的时候，她叫了一声：

“大哥！”

钢琴师回头，有点儿惊讶地说：“哟，林星，你怎么来了，有事儿吗？”

他一边说一边开门。楼道里很暗，他打开灯，想看清林星脸上的表情。可灯一亮林星已经扑通一声冲他屈膝一跪，吓得钢琴师一时慌了神。

“哎哟，怎么了怎么了。”他连忙去扶她。

林星说：“大哥，我林星没钱还你，我也不能用别的法儿报答大哥，我只有一拜！”

她把头叩下去，钢琴师嘴里叫着：“快起来快起来！”但拉不起她来。她想，这笔债她怎么还得起呀！除了磕头她什么都不能拿出来，尤其是对一个男人！这个念头让她的心头重负得长跪不起，直到听见那钢琴师一声无奈的叹息：

“要拜，你就拜它吧！”

她抬头看去，钢琴师用细长的双手，在她眼前展开了一张小小的纸片，她看清那是从一张汇款单上撕下的留言联。她看到上面一行那么熟悉那么熟悉的字体，还没有看清写的什么她就热泪盈眶。

大哥！用这笔钱给林星做肾移植，这是我欠她的。千万别说这钱是我寄的。拜托。

吴晓

她双手抖抖地接过那张留言联，耳边听见钢琴师如释重负的解释："钱是从上海汇来的。一共五十万，我全都入到医院的账上了。也许真是上海那边的钱好挣，他才去了没多久，怎么一下子就发了这么大的财！"

这行熟悉的小字终于重新震醒了林星的爱情理想，她仿佛从地狱一步就升入了天堂。那悲极而喜的感觉大起大落几乎不像是真的，倒像是少年梦中虚构的童话一样。

二十八

乘坐出租车在长虹般的高架桥上穿越上海，就像在浩瀚的建筑森林中凌空遨游。林星从一下火车就心情激荡——不是为了这座城市的壮观，而是为了那个近在咫尺的重逢。

在这期待已久的重逢真要到来的时刻，她反倒越来越深地陷入了一种暗自的惶恐。她始终搞不懂吴晓将近一年的出走，是不是意味着他们之间的夫妻恩爱早就名存实亡。

但无论什么惶恐都不能阻止她满怀希望地登上开往上海的第十三次特快列车，昨天傍晚一拿到那位老便衣送来的字条她就毫不犹豫地赶往车站。那张字条上写着一个清楚完整的姓名和地址，下面还有“回家”两个醒目的大字。那是上海的一个酒吧的名字。林星在看到这张字条时几乎情不自禁地呼喊起来：“回家！”这名字是个多好的兆头！她简直不敢相信吴晓在这半年多的漂泊中，竟会藏在这样一个温情脉脉的字眼儿下无动于衷。这地址肯定是不会错的，这是那热心的老便衣动员了他在上海公安机关的朋友——那些神通广大无所不能的专业侦查员们打探来的。

不到中午她就找到了这家酒吧，很大的地方，装潢考究而富有情调。一提回家二字出租司机马上就能点头知道，可见多少有些名气。中午这里人不多，供应着品种简单但毫不马虎的西餐。林星坐下来要了一份意式烩面，然后故作顺便地向服务生打听：“你们这里晚上有演出吗？”服务生说有的，我们这里的演出很出名的，要是来晚了还找不到座位呢。林星问都有什么节目呢？服务生说很丰富的，你晚上来看看就知道了。林星问有萨克斯管吗？服务生说什么？萨克斯管？这个没有。

林星有些愣，嘴里的面条马上寡然无味了。她心绪不宁地吃完面条，先去附近找了个小旅馆开房住下，然后坐立不安地等到太阳西下。晚上她早早地去了“回家”酒吧，依然要了简单的食物，以便占据一个靠舞台不远而又相对隐蔽的座位。八点整，酒吧的演出终于激动人心地开始了。先是一个摇滚乐队情绪节制的演奏，后有一位流行歌手故作粗野地唱歌。晚上十点半钟，大概进入了整个演出的精彩段落，舞台上灯光齐明，鼓乐大作，几位衣着性感的少女整齐划一地舞动着暴露的肢体，跳起动作简单而节拍鲜明的舞蹈，观众情绪随之振奋，全场击掌助兴。在这段过于吵闹的舞蹈之后，整个酒吧暗下来，唱片里放出的音乐低缓轻慢，松弛着人们的神经。这是客人自己跳舞的时间了，她不知道下面的节目中，还有没有吴晓。

她叫住一个路过的服务生问：“听说你们这儿有个小伙子吹萨克斯管的，待会儿有他吹吗？”

服务生大概是新来的，摇头说不知道，但热心地替她向旁边一位领台的小姐咨询。两人用上海话说了半天，才由那位小姐向林星答复：

“你要找那个吹萨克斯管的吗？他早走了。”

“去哪儿了？”

“好像是去德州夜总会了。”

“你知道那吹萨克斯管的小伙子叫什么名字吗？”

“叫什么不知道，每次他都是吹完了就走，我们和他没有来往的。”

“他长什么样子？”

“个子高高的，很漂亮的。”

林星几乎记不清她是怎样结束了和那位领台小姐的交谈，也许连声谢谢都忘了说就急匆匆地走出“回家”酒吧。她当街拦住了一辆出租汽车，一上车就迫切地说了句：

“德州夜总会！”

她搞不清这个德州夜总会是指山东的德州还是美国的得克萨斯州。好在这“德州”离“回家”不算太远，只隔了几条窄窄的街巷。这里的生意显得比“回家”还好，门前的街道两侧停满了各种汽车。林星没想到她刚刚走进夜总会华丽的门厅，就幻觉般地听见了里边传来一首轻松欢快的萨克斯曲。她呆愣了半天才终于确认，这正是她日思夜想苦苦追寻的那个声音，她的心脏几乎不能承受那一阵突如其来的激动，皮肤都像过了电一样麻木酸痛。她想欢呼，又想稳住，心里却说不出有多慌，慌得连脚步都几乎摇晃起来。

歌舞大厅的入口处被厚厚的人墙堵住了，示意着里边已经人山人海。只能出来一个进去一个，出来两个进去一双。她拼命地往里挤，不顾身后的指责谩骂，反正骂的都是上海话她也听不懂。在这种地方女孩子的漂亮脸盘一般是不会被人轻易忽视的，几位排在前边的客人很乐意地把她捎了进去。但她冲进歌舞大厅时，那激动人心的萨克斯管已经曲终人散，大厅顶篷上的各种灯光正在闪烁启动，头上不知什么地方，也开始嗞嗞作响地喷云吐雾。一个黑人 DJ 用怪声怪调的英文在迪斯科的前奏中不停地饶舌，鼓动着那些早已心痒的舞客。她挤到前边想从舞台一侧的小门往后台去，被一个警卫拦住说这里不可以进的。她说我找人。警卫问找哪个？她说找吴晓。警卫说吴晓？没有没有。她急了说就是刚才吹萨克斯管的那个。警卫说他已经走了，每次都是一吹完就走的。她不信说你让我进去再找找。警卫说走了你还找什么，说了半天就是不让进。这时音乐爆发了，以压倒一切的声势把她的哀求和争执统统吞没！

这时，她看见了吴晓！

吴晓不知从哪儿出现在大舞厅里，和以前一样穿着瘦削有型的衣服，头发用发胶修饰得轮廓优美。走路的步伐配合着迪斯科的节拍，依然像流川枫那样高傲洒脱。他穿过一层层狂舞的人群向门口走去，变幻不定的灯光使他移动的身影忽隐忽现。但林星一眼就看见他了，那么无意那么偶然地看见他了，就像是命中注定天作地合！

她大声地，全力地，扩张着身上的每一根血脉，高喊：

“吴晓——”

吴晓继续向门口走，连一个侧身的张望都没有。在无数音响发出的金属般的打击中，任何高声的呼喊都变成了遥远的细语。但林星仍然拼出了胸腔的全部底气，她甚至听不出自己的嗓子已经哑了。她喊着追过去，紧紧地盯住那个在万头攒动中从容离去的背影，生怕他在眨眼之间沉入人海。

她追到门口，眼神一乱，吴晓果然消失了。她判断不出他是已经出门了还是仍在舞厅里。她的脚步仅仅凭着一种本能的方向感，向舞厅外面追去。舞厅外面仍然挤满了说不清是准备入场还是准备退场的人群。人群中没有吴晓。她继续本能地往外追，追到夜总会门外视野开阔的台阶上，她看到下面停着一辆异常醒目的红色跑车，一个衣着简洁的年轻女人正攀着一个男人的肩头，在他脸上轻轻一吻。林星猛然站住了，她的喉咙像被一只无形巨掌用力扼住，让她窒息得几乎眩晕过去。

那个男人就是吴晓！

她早该想到的，可一直忽略了，半年多来她百思不解的那个疑问，终于有了一个清楚无误的答案，而这个答案看上去竟是如此的简单易懂，如此的合理和必然。

——吴晓一直杳无音讯，是因为他在千里之外，爱上了另一个女人！

她眼睁睁地，看着吴晓沉默地拉开了那个女人的车门，她彻底绝望了，可还是下意识地喊出了声音：

“吴晓——”

吴晓听见了。这个他肯定熟悉的声音让他的身体震了一下，抬头向上看去：他看见了空荡荡的台阶上，孤零零地站着他的初恋情人，他的结发之妻！

二十九

也许在厄运临头之前，幸运来得太过集中了——她不仅治好了病痛，又探得了吴晓的行踪。一切梦寐以求的东西都奇遇般地接踵而至，使她对那些本应预见而没有预见的事情，毫无半点儿心理防备。所以，当林星在德州夜总会门前的台阶上看到那令人痛心的一幕时，一切都显得那么突然和残酷！

她跑开了，像逃命一样。哭泣让她呼吸困难，步履蹒跚。上海拥挤的街道和高楼大厦，压迫得她头晕目眩。

这里显然离著名的外滩很近，她很快就看见了那条灯火璀璨的大街，看见了黄浦江对面那光芒耀眼的“东方明珠”。这壮观的夜景令她更加痛不欲生，因为一切美丽的东西都已离她太远。但她还是下意识地止步回首——在灯火阑珊的街边，果然站着追来的吴晓。委屈、愤怒、憎恨，一切都有，但统统地，被积蓄了那么多不眠之夜的思念压过。她还是不可控制地扑上去，紧紧地抱住了他。她只集中了一个念头，那就是她怀抱里的这个人是她的爱人，是她的丈夫！

相逢的泪水沾湿了吴晓的肩头，这样的相逢让林星不知该说什么。她也看见了吴晓眼中欲落未落的眼泪，那眼泪给了她巨大的精神安慰。

那个开跑车的女人开着跑车跟过来了，站在路边，面无表情地看他们。林星说：“吴晓，你跟我回家，咱们回家吧！”吴晓没有回答，慢慢地松开她，问：“手术，做得好吗？你现在还难受吗？”林星说：“我全好了，我一点儿都不难受了。我知道你还爱我，我一直知道的！”

吴晓轻轻地推开她，转过身去，往外滩的岸边走，不知是想躲开她还是躲开那开跑车的女人。他说：“你的病好了，我就没什么牵挂了。”林星听不懂他是什么意思，她在他身后说：“吴晓，可我牵挂你，这么多天我没有一天不在想你。”吴晓站住了，不回头，不看她，说：“我把欠你的，都还上了。我现在要去还别人的，我欠了别人。”

林星隐隐明白了。那回避的眼神，闪烁的言辞，麻木的面容，还有路边等候着的跑车和美女，难道她还不明白吗？但她依然想挽回一切。她说吴晓你还在恨我吗？你认为我背叛了你吗？吴晓不语。你认为我出卖了你吗？吴晓说那都是过去的事了，我不想再提。林星流泪：“我们的过去有多好啊，我永远永远都不会忘记的。你都忘记了吗？”

跑车的喇叭响了两下，那女的开始催他了。这两声喇叭阻止了吴晓刚刚试图进入的回忆。他看见那女的向他们走过来了，不由一脸紧张。他以逃避的态度，仓皇地做出告别的表示：“你住哪儿？明天我来找你。”

他的声音很低，像是怕那开跑车的女孩听见似的。这副没种的样子更让林星伤心欲绝。

那女孩过来了，大大方方毫不扭捏。她站在他们两人的中间，眼睛看着林星，声音向着吴晓，问：

“你太太？”

吴晓没答，尴尬地冲那女孩说：“你先去车里等我。”

林星的心像被什么东西猛刺了一下，他居然不敢向这个女人承认林星是他的妻子！那女孩看上去也不需要他的招认，她甚至对林星展开了微笑攻势：“我叫阿青，咱们能认识一下吗？”

吴晓马上打断她，他的声音，听不出是恼火还是哀求：“你先上车里等我一会儿好吗？”

那女孩没动，目光平静地看着他，她的微笑和镇定就像是故意的挑战，不是对吴晓，而是对林星。林星此时的伤心，已经转化为愤恨，她恨那女孩的嚣张，更恨吴晓的懦弱。他在情人面前竟不敢承认自己的妻子！算什么男人！这个场面让林星的心也狠下来，她的声音因此而激动变形：

“吴晓，你是要去这个女人那里吗？”

吴晓脸色发白地解释：“不，我自己住，她是送我回去。你住哪儿我明天再来找你。”

林星嘴唇颤抖不止，但她终于放开了声音：“吴晓，我住在北京扬州胡同我的家里，那是我恋爱结婚和幸福生活的地方。你真想找我，就去那儿吧！”

林星含泪说完了这几句话，转身跑开。她心里清清楚楚地知道她这一跑，对她和吴晓来说，很可能就是永别。但她的精神已经虚弱疲惫，伤痕累累，已无力再与那位开着跑车的阔妞进行一场你死我活的肉搏。而且，她是吴晓的妻子，是吴晓法定的妻子，她要是在一个插足进来的情妇面前去哀求丈夫，等于丧尽了做人的尊严。

她拼命地跑，直到看不见吴晓。外滩沿街那一片都市之焰的灯火，也陆续熄灭了，整个黄浦江都沉入昏暗中等候黎明。她在黎明之前才回到自己的住处。太阳升起来的时候，她离开了让她身心交瘁的上海。

一路上她让自己心情平静，沉默地看着火车的窗外那一个个移动的乡村城镇。沿途数不尽的高山和平原，不知不觉地把她从一个狭小微观的情感空间，带入一个开阔宏大的现实天地。让她感触到世界的巨大和生命的永恒。而她自己，自己死去活来的一切，不过是万顷海洋中的一个转瞬即逝的浪花。但她还是固执地想，这朵浪花对于海洋来说不算什么，可有可无，而对她自己，却是整个大海，难以超脱和无视。

她回到了北京，回到了扬州胡同，回到了曾经承载了他们那么多温情和悲伤的小屋。屋里的一切让她牢固地相信她确实拥有过一段刻骨铭心的爱情，过去的一切恍若昨日。尽管，她此时在这屋里显得那么形单影只。

一个人面对厄运也就面对了自己的胆怯，面对胆怯就能发现自己的脆弱，但是，在惊慌失措无路可逃的绝境中，你总有镇定下来的那个时刻。就像和平的人突逢战争，幸福的人忽遭不幸，迟早都会把心态调整到一个新的位置，都会在自己的身体里重新找到力量的源泉，人的生存本能其实总有你未曾意识到的惊人潜力。

她还记得，在她爱得最深切最幸福的时候，她也曾有过非常宽广的胸怀和非常达观的心态。她那时就想到即便吴晓真的移情别恋她也绝不恨他。命运和生活曾经那么慷慨地把世间最美好的爱情和最动人的男孩都赐给她了，她还不满足吗？曾经拥有就代表了永恒的体验，永恒本来就只存在于人的内心，存在于内心那永不磨灭的记忆和感动！

这样一想，她就认识到自己得到的东西还是很多的。在这个时代里，最让人趋之若鹜的就是金钱和权力，而在通向金钱和权力的必经之路上，又布满了让人异化的陷阱荆棘。异化，她想，这是一个很哲学的词。在心理学类似的概念中，常用的词叫变态。她想，现在要做一个正常的人反倒不那么容易了。要能守住正常人的情操和气节，无论热恋和失恋，富足和贫穷，都保持一颗平常的心，那已经很高尚了，很不容易了。她想，她还有很多的事可做。

她有一个她喜欢的工作，她今后可以去采访更多的普通人，然后忠实地写下他们，和他们一同喜怒哀乐。这是一个能让人非常充实和有所寄托的事业。

于是连她自己都没料到，她只用了一两周的时间，整个儿心情就安静下来，不再那么痛不欲生了。心里想起吴晓时，都当作了怀念，一种幸福大于哀伤的追思。她依然会去天堂酒吧、月光酒吧、金丝鸟酒吧、小四川餐厅和静源里的那间小小的咖啡馆，以及所有过去和吴晓共同相聚的地方，找一个僻静的座位，听听音乐，喝杯饮料，点一两样吴晓爱吃的东西。

她甚至想着吴晓二十三岁生日就快到了，他过去还抱怨过她没好好弄花样给他过生日呢，林星就计划这次给他好好过一过。吴晓，过去的吴晓，成了她的一个精神上的爱人。现实中的吴晓她不去想了，她不知道他离她已经多么遥远。所以，当有一天她的房门被人敲响时，她不再像过去那样激动地以为是吴晓回来了。她平静地拉开房门，看到一个西装革履的中年人。那中年人问明她的姓名之后，自我介绍是个律师，代表他的当事人来和她谈谈。谈什么？林星在意外之余，几乎犹豫要不要让他进来，要不要让他来打破自己得来不易的宁静。

但那律师还是走进了她的屋子。当听到她问："你是吴晓专门请的律师吗？"他便递上了一张名片，然后回答：

"我是上海德州夜总会的特聘律师。"

林星马上起身中止了谈话："对不起，我和德州夜总会没有任何关系。"

律师叫住她："请等一等！我能找到你可太不容易了，请你让我把话说完。"他从皮包里取出了一份委托书，落款处赫然写着吴晓的名字。他把委托书放在桌子上，说，"吴晓，是你丈夫吧？我是受他的委托而来的。"

林星看那委托书，她心慌意乱想看清上面的内容，但满纸只有吴晓二字。她的口气明显退却下来：

“他……委托你什么？”

律师又从皮包里拿出一份协议书，摆在了林星的面前，他说：“委托我代表他和你协商你们离婚的事宜。”

林星仿佛被一片黑暗罩住，她说：“什么？”

律师的回答不疾不徐：“鉴于你们夫妻双方感情不和，长期分居，因此我的当事人提出与你协议离婚。你们都很年轻，没有子女，双方婚姻关系存续期间的财产也不复杂，因此，我当事人希望与你在互相尊重、互相体谅的基础上，友好地分手。关于财产分配问题，我当事人愿意将你们二人现有的全部财产，包括家私、物品、银行存款等，全部归你所有。另外，鉴于你的身体状况，我当事人愿意今后每年负担你一定的医疗费用，具体数额双方可以协商……”

林星愣了半天，几乎没有去听律师关于离婚条件的阐述，她的思绪早被另一个问题抓牢：

“德州夜总会的老板，是个年轻的女人吧？开一辆红色的跑车……”

律师也愣了，林星的话在他听来有点儿风马牛不相及。但他还是礼貌地解释：“我想你可能是说德州夜总会董事长的女儿吧，她是开着一辆跑车。你们见过面吗？”

林星不答，反问：“吴晓就是想和她结婚吗？”

律师笑笑：“噢，这与我的受托事宜无关。我不太清楚。”他看看林星眼里打转的泪水，又额外补充了一句，“据我知道，不会吧，至少短期内不会。”

林星问：“为什么不会？你知道吗，你的当事人是个很冲动的人，他要喜欢上谁，会迫不及待的。”

律师又笑笑，脸上的气氛比刚进屋时轻松随意多了。“是吗？这和我的印象可太不一样了，我想肯定和上海所有人对他的印象，都恰好相反。我们恰恰觉得他是一个缺少激情的人，不爱说话，整天睡觉，对女孩子没有兴趣。只有在吹萨克斯管的时候，才有点儿年轻人的生气。也许我们不像你那么了解他，你们毕竟夫妻一场嘛。不了解他的人肯定都会觉得他太古怪，长着一张青春偶像的脸，喜欢的东西却都死气沉沉的。他最喜欢吹的一首曲子据说就是一首送葬曲，真是不可思议。”

林星说：“如果我不同意离婚呢，他们怎么办？他和那个开跑车的女人，他们是不是不结婚也照样在一起呢？”

律师说：“据我知道，目前他们并没有在一起。我今天来主要是代表吴晓和你协商你们两人终止婚姻关系的问题，我看我们的话题没必要再去涉及第三人了吧。”

林星说：“他要和我离婚就是因为有个第三人，为什么不许我涉及？好，那我告诉你，我不同意离婚！你去跟那位开跑车的小姐说，我不离婚！吴晓永远都是我的爱人！”

律师说：“婚姻是双方自愿的，如果一方已经不愿再把另一方当作爱人，这种婚姻关系是难以维持的。今天我来，是希望你们两位能心平气和地协议离婚。我不希望你们通过法律诉讼解决问题。但是，如果没有别的选择，我们也只有诉诸法律，由法院来判决。不过这对双方都是一种无谓的伤害。”

林星说：“我没有一点儿过错，法院凭什么判？难道法律会支持那些第三者？”

律师说：“法院审判是根据《中华人民共和国婚姻法》和其他相关法律。按照《中华人民共和国婚姻法》的原则，凡夫妻感情确已破裂的，可以判离。在审判实践上，如果对当事人的感情是否确已破裂难以认定的话，一般会看他们的实际婚姻关系是否已经解体。你和吴晓已经分居半年多了，一般可以认定婚姻关系已经破裂。即便法院考虑到你的要求不予判离，一年之后一方再行起诉要求判离时，法院是肯定会判离的。对那种名存实亡而且不可能恢复的婚姻关系，法律是不主张强硬维持的。”

林星早就看清了，她和那位开着跑车的阔妞争吴晓，和这位包揽诉讼的律师谈法律，怎么可能是他们的对手？仅仅一两个回合她就走投无路了。她不知道她和吴晓怎么就走到了这一步，也不知道在这位陌生的律师面前，该怎样隐藏自己心中的沮丧和伤痕。“他要和我离婚，为什么不能来当面和我谈谈呢？我和他，曾经那么，那么相爱……”林星几乎说不下去了，她仰起脸，想把眼泪倒进肚子里，“难道人和人都是这样的吗？爱得那么快，那么深，可转眼又消失得那么急，那么绝情，连再见一面谈谈都不行了吗……”

律师表示同情地点点头，但仍从职责出发，为他的当事人辩解：“正因为你们有一段非常幸福的爱情，所以，我当事人才不愿意回首往事。而且我当事人马上就要到美国得克萨斯州的音乐学院进修去了，他正在忙于准备工作和出国的各种手续。在现代社会里，当事人把这种个人事务委托律师代理是很正常的民事行为，不能一概地说是什么绝情吧。”

林星捂住脸，她不想让这个律师回去向吴晓转述自己的眼泪，可她还是忍不住浸湿了两只滚烫的掌心。律师沉默了一会儿，大概看出今天的协议显然难以达成，于是说：“我看这样好了，这份协议书可以留在你这里，你可以再详细看一看。也可以对有关条款提出你的修改意见，我们可以改天再谈……”

在他说出这番结束语准备起身时，他完全没有料到林星会突然抬起头来，哗啦一声拿过桌上的那份协议，几乎带着点儿粗暴地打断他的告辞：

“不用再谈了。我同意，现在就要签字吗？”

律师反应了半天，才慌忙打开自己的钢笔，递了过去：“你可以再仔细看看，不用着急，不用着急。”

林星没有再看，便在协议上签上自己的名字。她把林星两个字写得很大很大，大得不合规矩。她想让吴晓好好看看这两个字，这是他曾经那么爱护过的名字。她的泪珠噼噼啪啪地掉在协议书上，在写完最后一画的同时，心里也知道这一画就标志着她曾经拥有的幸福到此为止，她无数个日夜的痴心等待，等来的竟是这一纸休书！

这休书一式二份，她都签了字。律师验证完了，收好，最后问道："你还有什么话需要我转告吗？"

林星说："没有。"

律师说："过几天我可能还会来，有些手续恐怕还得再来麻烦你。"

林星说："我也有件事麻烦你，吴晓有些钱还存在我这里，都是他爸爸留给他的，你替他带回去。"

律师笑道："刚才你签的协议上已经写明了，你们夫妻双方在婚姻关系存续期间的全部财产收入，包括任何一方在这期间得到的遗产收入，都归你所有，所以这钱你可以自己留下。"

林星想都没想就回答道："请你替他带回去，这钱我不会要的。"

她起身走进卧室，从柜子里取出了那只装着八张存单的信封，放在了律师的面前。但律师依然是一副劝解的口气：

"你是不是还在跟他赌气呀？其实完全没必要嘛，你留下这笔钱也是按双方的协议嘛。现代社会的民事协议实际上就是一种双方当事人都……"

林星再次打断了律师："我们早就另有协议的。我和他，我们从一开始就有一个双方都决心遵守的约定。"

律师摘下眼镜，用手擦了擦，然后饶有兴趣地眨着视力不清的眼睛，愿闻其详地问："什么约定？"

林星的目光移向一边，停在了墙上她和吴晓的合影照片上，在那张照片上，两人笑得都很天真。那和谐一致的笑容已经说明了他们那个约定的内容："彼此相爱，别无所求。"

律师将好奇的神色收敛起来，不知是感动还是惊讶，脸上有了几分严肃。林星又说："你知道他为什么喜欢吹那支送葬曲吗？那也是我们的一个约定：不求同日生，但求同日死，百年之后我们还有一个天堂之约的。我们都是善良正直的人，我们是不会下地狱的！"

律师默默无话，像是在聆听一段醒世恒言，直到林星说："你给我签个收据吧。"他才突然惊醒，急忙低头在皮包里找纸，然后看着林星打开那个信封，他问："一共多少？"

林星把八张簇新的存单扇面一样在桌上展开，平静地说道："这张，九十九万，其他七张都是一百万，你清点一下，一共七百九十九万元整。"

律师以为听错，手忙脚乱地戴上眼镜，仔细看，然后抬了头，不敢记。他惊恐地瞪圆了眼睛：

"多少？"

三十

自从林星在那份简短的离婚协议上签字之后，她终于渐渐相信了这个事实，她相信吴长天的死和她在法庭上的那份证词，确实给了吴晓深深的误解和怨恨。爱情就是如此的脆弱和感性，一旦破损很难被理智和原则修复。正是基于这样悲观的看法，林星才不愿再与吴晓继续纠缠下去，才下了决心在那一纸协议上签了自己的名字。

签字之后，她很想试验着过一段安静平淡的独身生活，试验着和任何人都不再提起吴晓。所谓平淡是真，沉默是金，大概就是这样的意境。可不知为什么她还是很难控制住对那些往事的回忆：那些两相厮守的日子，那些快乐缠绵的话语，连他们过去吵嘴斗气的情景，都不分昼夜地在她头脑中一一复活，不动声色地统治着她的喜怒哀乐。她有时甚至都搞不清这些回忆对她来说，究竟是幸福，还是不幸。

终于有一天，这些喜怒哀乐给了她一个意想不到的启示：难道吴晓就没有这些回忆吗？

他们相依为命的生活，难道就不能给他带来哪怕是一个片断的留恋？如果理智和原则无法修复爱情的话，那么是不是也无法破坏爱情呢？爱情既然是感性的，而这感性的爱情如果还能被吴晓偶尔记起的话，那么他怎么会连见她一面的心情都没有？也许那个律师的话并不是吴晓的本意，而是他自己一时的搪塞而已。

天堂乐队的钢琴师给她打来一个电话，从这个电话里她知道吴晓刚刚到了北京，和那位香车美女一道，都住在中国大饭店里。钢琴师告诉她吴晓马上就要出国了，出国前会找一个晚上去天堂酒吧旧地重游，与他过去的这帮哥们儿最后聚聚。钢琴师想必还不知道他们已经离婚的情况，但也没有劝林星到时候过来。但那天晚上林星还是早早地去了，她在一个不显眼的角落里坐着，想着两年前她在这里第一次见到吴晓的情形，那情形清晰得仿佛就在昨日。

晚些时候吴晓果然来了，和天堂乐队那几个哥们儿一起走进酒吧。没有人注意到角落里的林星。她看到其他人都有说有笑，唯有吴晓沉默不语，偶尔应景的笑容也都是硬挤出来的，完全没有即将出国留学的意气风发和兄弟阔别重逢的激动不已。晚上八点，乐队准时登台演奏，吴晓坐在台下喝着啤酒。林星也就一直坐在远处一声不响地看他。十点钟左右，酒吧的客人坐满了，吴晓才上了台。钢琴师照例充当乐队发言人的角色，他说：“朋友们，我们天堂乐队最早的成员，我们最年轻的兄弟吴晓回来了，但很快，他就要离开我们到很远很远的地方去了。现在，就让原来大家都熟悉的那支天堂乐队最后再相聚一次吧！”全场掌声，激动人心。林星的心头很热，眼睛湿了。

吴晓走到台前，面无表情，粗粗的声音对着麦克风，缓缓地只说了一句：“献给我最爱的人。”然后开始吹起了那支沙哑的萨克斯管。林星猜到了，他吹的正是那首《天堂之约》。当那熟悉的旋律和熟悉的感觉喷薄而出的刹那，林星怎能不热泪横流？吴晓吹萨克斯管的样子太美了，林星双手掩目，不敢看他。她想，这是她对吴晓的最后一哭！

她听完《天堂之约》的最后一个音符，在满堂热烈的掌声中悄然退场。她穿过天堂酒吧门外的林荫路走向灯光明亮的大街，似乎每一步都意味着自己已开始迈向新的人生。

但她依然忍不住要去咀嚼吴晓刚才那惜字如金的话语："献给我最爱的人。"谁呢？是那位开跑车的女孩吗？那女孩的气质挺不错。她试图强迫自己连这个情敌也不要憎恨，恨也没用。还试图让自己相信，在这场爱情中她并没有失去什么。如果说激情相爱都是短暂的，而对爱的向往和赞美才算是永恒的话，那么，她得到了永恒。所以用不着后悔，也用不着憎恨，而且，她还应该让这场爱情善始善终。就像对待她亲身经历创作出来的一件作品那样，每个细节、每个人物，她都应当让他们有个完整的结尾和最后的交代。

于是她首先去公安局找了一次老便衣，告诉他吴长天那近八百万元的私人财产是怎样在静源里的阳台上被发现的，现在又合法地交到了谁的手里。她知道老便衣一直在寻找着这笔巨款的下落，好让他主办的这个案件不致留下任何悬念和遗憾。老便衣对她能主动来提供情况表示了感谢，照例做了笔录以便存档。他还表示这个情况还需要向吴晓核实才算最后认定。林星便告诉他吴晓现在就在北京，就住在中国大饭店里，住哪个房间不知其详。老便衣问："他还在为他爸爸的事怨恨你吗？他是个男的干吗心眼儿这么小！"林星没有说出她和吴晓已经离婚的事，大概有点儿家丑不可外扬的心理。她对老便衣的同情和愤慨报以感激，但她说她理解吴晓，不怪吴晓。

吴晓的生日快要到了，林星自制了一张生日卡，送到了中国大饭店。她去前台查询吴晓的房号，前台说他们可以帮她接通吴晓房间的电话，但不方便提供客人的房号。她没有让他们接通电话，她不想让吴晓尴尬。她把生日卡封好，托服务台转交。在那张生日卡上她学了吴晓的手法画了一男一女两个小人。男的背着行囊挥手说再见。女的说生日那天再回你过去的家来看看吧，我去上班，家里没人。你不想再回来看看吗？这个家会祝福你一路平安，永远平安的！

她把家门的钥匙放进了信封。

吴晓二十三岁生日那天，林星非常守信地躲出去了。她上午在社里上班，下午出去采访，晚上去京天娱乐城的台球厅看几个小伙子打台球赌钱，并且让这里熟悉的员工替她在职工食堂打来一份盒饭，坐在台球厅里狼吞虎咽地吃了。很晚，她才回家。她上楼和开门时都小心翼翼，倾听着屋里的声音，直到估计屋里确实没人才打开房门。她打开房门拉开电灯之后，眼泪哗的一下就下来了，她清楚无误地看到，她特意挂在天花板上的二十三个彩色气球都被扎破了！她的二十一岁生日吴晓就是这样挂了二十一个气球然后让她用针扎破当鞭炮听的！

今天吴晓用同样的方式接受了她给他预备的这个礼物。这是不是说明他已经不恨她了？说明他和她，依然可以用共同的回忆，保持着某种情感上的沟通和联系？

在吴晓生日的第二天，那位老警察呼了林星，说有急事要见见她。林星正在历史博物馆采访呢，老警察就说那我赶过去。老警察急切的态度使林星心里紧张起来，她不知道是不是那个案子又发生了什么事情。

他们在历史博物馆的外面见了面。这几天没有展览，历史博物馆的门前几乎没有人。高大的廊柱与对面的人民大会堂遥遥相望，镇守着天安门广场开阔的东隅。从这里不仅可以看到广场上的游人和风筝，还可以看到长安街上潮流滚滚的车行，但，这里又是出奇的安静。

老警察并未带来他那位年轻的搭档，他的神情既严肃又安详。他没和她谈那件案子的事，见面的第一句话就说："昨天晚上，我见到吴晓了。"

林星哪想到他会为这个而急着找她，她心里感激，却又害怕他说出什么。她沉默着没做反应，老警察果然问道：

“你和他离婚了，是吗？”

林星迟疑了一下，说：“是他和我离的。”

老警察沉闷了片刻，说：“昨天我骂他来着，我不知道他干吗要这样！你对他那么好，现在病也治得差不多了，他干吗要离婚！我本来以为还是因为他爸爸的那个案子呢，我把当时我们找你的情况都跟他说了。当时你对他、对他爸爸，真是仁至义尽了。如果再受到指责，就没有天理了，吴晓是个通情达理有文化的孩子，我想不至于这么狭隘吧。可我昨天才知道，他不是因为这个。以前他确实是生了你的气，他爸爸的死让他精神上受了点儿刺激，毕竟他是亲眼看到那个死亡的现场了，然后他自己又被拘起来关了一阵子，精神上受不了啦，所以离家出走。这都可以理解。可是现在，问题有点儿复杂了。大概你也知道了，他身边又多了一个女的，是他在上海认识的，是一个美籍华人的女儿。她爸爸在上海有些投资，她去年刚刚在美国念完大学，跑到上海来玩儿，就爱上吴晓啦。那女孩完全是美国人的性格，比较直率外露。我昨天也见了她一面。这半年来她给了吴晓很多帮助，现在又帮他办好了去美国留学的一切手续。另外，还给了吴晓五十万块钱，说是给你治病的，有这回事吗？……那五十万块钱的条件，就是吴晓必须和你离婚。”

林星一声不响地听着，心里有一个蒙蔽了很久的大门，一点儿一点儿地像要打开了。老警察的话让她对吴晓这半年多来的状态和心情，有了一个全新而深刻的理解。她知道吴晓是个十分感性化的人，别人对他好，是很容易把他感动的。那么他的离婚，会不会是那个女孩儿和她的父亲用金钱和人情，双管齐下逼出来的？她看着老警察那张沧桑的脸，期待着他能以侦查员特有的敏锐，解答这个疑问。林星最关心也最不敢肯定的是：“吴晓爱那个女孩儿吗？”

老警察也看着她，看了她半天才说了句：“他在报答她。”

林星愣着，似已明白。

老警察说："一个男人，得了一个女人那么多的好处，又欠了人家那么多钱，他肯定要还的，这是一个男人的自尊心。吴晓昨天对我说，自从他长大以后，连他父亲的钱他都没有随便花过。当然我不了解是不是他说的这样。"

林星似已明白可仍然不敢确定地追问："他到底是报答她，还是爱她？报答和爱可是完全不同的！"

老警察思索一下，像分析案情似的回答道："照我看，他和她，他们之间不像是爱吧。可男女之间的关系，有时候简单了说不清楚。那个女孩子对吴晓像是挺投入，我看也是全心全意的。所以吴晓即便是报答她，恐怕也不仅仅是因为欠了她的这笔钱吧，应该说，也欠了她不少情分吧。所以吴晓对她，也不可能完全无情吧。至于说是不是爱情，这怎么说呢……"老警察停顿了片刻，说，"我这个岁数的人对你们年轻人谈情说爱的方式，有时候也看不准啦。我们谈恋爱的那个年代，男女之间是爱情还是友情还是什么情，都是清清楚楚的，可现在的年轻人都混着，什么都有点儿。"

"那您怎么知道他不爱她，他是怎么跟您说的？"

"他没说不爱她。他只是让我告诉你，你的病治好了，他就放心了，他欠你的债就算还了，他现在得去还另一个人的债。"

林星眼圈一红，她想用笑来掩饰，却笑得很不自然："不，他还没还完呢。他欠我的，我欠他的，我们之间有一辈子都还不清的债！"

老警察说："后来我问他了，我问他：'你还爱林星吗？'"

林星使劲儿盯着老警察的嘴，几乎不敢眨一下眼睛。这是她最终要等的话。她看着那张棱角分明的嘴紧闭了一会儿，终于又张开了：

"他哭了，他说他不想说这事了。"

林星的眼泪忽地一下跟着涌上来，可她心里说不清从哪里来了股希望和勇气，像是什么东西死灰复燃似的。因为她知道吴晓是从来不哭的，她只记得在他父亲死时，他才掉过几颗眼泪。她说："如果吴晓不爱她，他可以把钱还给她，他现在不是有钱了吗？他可以加倍地还给她，用不着再去卖身！"

老警察说："这也是我急着找你的原因，我昨天去，主要是请吴晓证实一下那笔钱他已经收到了，可他说他从未收到过他爸爸留下的任何财产。如果他没撒谎的话，说明那个律师根本就没把钱给他。你那天给我看的那张收据，确实是那个律师当面写给你的吗？"

林星几乎叫起来："是他当面写的，我可以和他对质。"

老警察说："因为吴晓今天就要和那个女孩子还有她的父母离境去美国了，是中午的飞机。所以我必须马上把这事再跟你核实一下。昨天晚上我查了饭店的记录，那个律师已经离开了饭店，可能回上海去了。因为这笔钱不属于我们公安机关必须追缴扣押的赃款，只是你们当事人之间民事性质的收付，所以我们只能日后通过上海市公安局再去找这个律师查问清楚，看看这笔钱到底哪儿去了。这个女孩子和她父母今天中午带吴晓离境，我们就不能限制了。但我想，如果你自己愿意的话，可以以你个人的名义，到机场去找他们，当面问问清楚。如果你愿意的话，时间还来得及。"

林星愣了半天，似乎一时反应不清这是怎么回事，她愣了半天才说："我愿意。"她与其说是要对那笔巨款的下落负责到底，不如说是对突然出现了这样一个能与吴晓当面告别的机会而深感意外和兴奋！

她说："我愿意！"

老警察鼓励地报以微笑："走！"他果断地向历史博物馆宽大的台阶下面走去。林星快步跟了上来，她坐上了老警察的车子，飞快地往机场开。路上她问："叔叔，"她第一次称老警察为叔叔，"我想知道，您干吗对我们这么好，我想知道怎么才能谢谢你。"

老警察笑笑，又不笑了。他说："谢什么，你是不是觉得这个年头人都太自私了，谁要帮谁干点儿事反倒挺可疑？"

林星说："过去吴晓他爸爸跟我说过佛教的'无缘大慈，同体大悲'，我不信。其实他也不信。他更相信儒家的人伦关系。他对什么人好，什么人对他好，肯定都有原因的，都是因为和自己有某种关系，不可能无缘无故，天下同体。所以我想，您这么关心我和吴晓，肯定也有什么原因吧？"

老警察说："你说得没错，做任何事都是有原因的。但你要是认为一个人做事的原因都是为自己考虑的话，那就太绝对了。在我的这一生中，看到的舍己为人的事，还是挺多的。人活着都是图个快乐、图个面子，快乐和面子既有物质上的又有精神上的。我敢说高尚的人肯定比自私的人活得快乐、活得自由，你信不信？我关心你和吴晓，就是觉得你们之间的感情挺高尚的。也许是我年龄大了，所以老是爱回忆我年轻那会儿的事情，喜欢看到那种特别纯的东西。你和吴晓，虽然我不赞成你们结婚这么早，但你们还是挺纯的。人为什么都喜欢纯洁的爱情呢？因为纯洁的爱情都是付出，而不是索取，一点儿不自私。《泰坦尼克号》那个电影为什么大家都爱看，都受感动？还不就是那小伙子为了爱情而牺牲自己。这就叫真爱！你真爱吴晓你也不会有私心。吴晓也一样，为了拿那五十万救你的命，他得抵押自己的感情，这一点我很感动。现在的年轻人做到这一点不容易。"

老警察的话无意中鼓动了林星的胆量，让她敢想过去所不敢想的事情：为什么不能把吴晓夺回来呢？她突然肯定吴晓还是爱她的，那五十万换肾的钱就是证明！

她的胆量和陡起的信心使心情变得万分急迫，无奈他们的车子堵在了东三环路上寸步难行。老警察费力地把车子抢来拐去已经竭尽所能，但眼看着时间一分一秒无情地过去。太阳升到了头顶，他们的汽车才开上了机场高速公路，老警察加足油门，发动机的轰鸣和车前玻璃上的风声，代表了林星势不可当的激情。他们很快赶到了机场，奔跑着冲进了新建的候机大楼，分头在人群中紧张地寻找。但没有找到吴晓。从离港航班显示屏幕上他们看到，前往美国的飞机很快就要起飞了，说不定正在检票。老警察情急之下跑去找机场的公安分局说明情况。说的当然是有一笔与案件有关的款项需要确认下落。在这个理由下机场的公安人员带着他们从一条内部通道进入了卫星厅。但是，林星一直担心的事终于发生了，前往美国的乘客此时已经全部登机，虽然飞机尚未起飞，但从老警察无奈的表情上，她知道他拿不出任何正规的法律手续进入机舱去查问乘客，更无权延误这架国际航班的准点起飞。

他们眼睁睁地，看着这架波音宽体客机缓缓离开登机桥，向跑道的方向滑行而去。少顷，他们就听到了它直冲蓝天的轰鸣声，并且眺望了它越来越小的身影，就像一个隐向天空的银色句号，逐渐被刺目的阳光吸收吞并。

归程的路上，林星没说一句话，老警察安慰性地一再表示要帮她找到吴晓在美国的地址，因为涉及吴长天案中的七百九十九万元人民币下落不明，所以公安机关完全有权依法与吴晓取得联系。第一步要做的，就是请上海公安局找到从林星手上拿走了全部存单的那个律师。

林星此时的思绪，已听不进这些话语，已飘飘地随着天空中的那一点隐约的银色，走得很远。在老警察开车把她送到扬州胡同的时候，她想吴晓这会儿说不定已经看到阳光下一望无际的太平洋了。

林星猜想，她家客厅黄色的墙壁上，此时也一定投满了同样的阳光。她甚至天真地检讨自己，如果当初把这面墙按吴晓的意愿涂成红色就好了，如果以前事事顺着吴晓，他可能也就不会跑掉了。

于是她把那墙壁想象成了红色，在阳光下红得那么热烈和激越。这时她听到了有人在吹着一支萨克斯管，在吹那首委婉动人的《天堂之约》。她踩着《天堂之约》的旋律慢慢地上楼，越接近家门越发现这声音离自己很近，过去从未有过如此清晰逼真的幻觉。她走到家门口，清楚地听到那支曲子就是从她家的门里发出来的，她像做梦一样愣了半天，那深沉沙哑的音乐让她全身从头到脚都燃烧起来了！她想呼喊，却发不出声音：

“……吴晓！”

她站在门口，用燃烧的身心静静地倾听，直到乐曲带她走进辉煌灿烂的尾声，才推开家门。她真的看到了吴晓，看到吴晓在午后的太阳下吹完了最后一个音符，看到他眼里泛着一片闪闪发亮的泪花。他想冲她笑一下，还未笑出却低了头，用粗粗的嗓子，用最最平常的声音，说了一句：

“我回来了。”

三十一

吴晓是从一个几乎彻底垮掉的精神状态中侥幸归来的，他目睹了父亲的暴亡，经历了牢狱的压抑，但林星终于证实：吴晓的“心死”，还是因为爱人的“背叛”。他一直认定父亲的死和自己的罪，全都是由于林星的告发！

如果这一下他就真的不爱林星了，那反倒是一种最简单不过的短痛。但当他说不爱时才发现这个爱已深深植入他的骨髓、刻进他的灵魂里了。这种伤口不能愈合的煎熬是最难忍受的。林星现在才理解为什么吴晓要逃到另一个遥远的都市，要把自己藏进一片陌生的人海，也许他那时所能想到的唯一解脱，就是躲开这个给了他失望和灼伤但又无法彻底忘掉的爱情。

这时候，他遇上了那个来自得克萨斯州的华裔女孩，这时的吴晓已身无分文，白天找一些临时需要苦力的小店小铺去做小工，晚上到一些酒楼在食客桌前吹萨克斯管。这种演奏就和要饭差不多。酒楼是不给钱的，他的收入完全靠客人的小费，常常吹一晚分文未得还要遭人白眼。那天女孩正和人吃饭，看到邻桌一帮人听完一曲非但不予施舍反倒羞辱奚落，小伙子不卑不亢地听着，脸上的清高不着形迹但相当深刻。女孩被他偶像式的面孔和金子般的沉默迅速征服。她请他过来吹了一曲，然后出手阔绰，但出乎意料的是，这位萨克斯少年在重赏之下竟显得相当淡漠。尽管女孩的美貌、热烈和富有以及良好的气质和教养，同样也可以让任何男人为之心动，但连吴晓自己都搞不清楚，为什么在他把林星恨之入骨的时候还会悄悄地思念她；他不清楚林星是否已经占据了他心灵中最软弱的那个深处。多少次夜深人静，躺在上海里弄的那间小旅馆闷热难当的木板床上，他默默想着的，总是林星。她贫病交加谁去照顾？没有人照顾她会死吗？这个可怕的情景不止一次在梦中把他吓醒。他恨她，可一想到她这样孤独地死去他心里还是像刀割似的，他们毕竟有过生死相托的经历和约定。他与那得州女孩一直是远近适度亲而不昵的，可他向她提出的第一个求助，竟然是五十万元这样一笔令人瞠目结舌的数字。

得州女孩一口承诺了，她以美国式的直率和狂热，表达了对吴晓的爱。同时，在她的父亲和律师的操作下，又以美国式的商业规则，安排了自己的这笔感情投资。五十万元现金很快汇入了吴晓指定的地址，在为他偿还此项巨额“债务”的同时，一份授权律师办理离婚事宜的委托书上，也签下了吴晓的名字。就像当初吴长天在潭柘寺塔院里提出的方案一样，林星多情的生命总是离不开无情的交易。

也许正是因为她的生命是如此的多情，才会吸引那么多日月之光天养地护。在一个麻木的黄昏，吴晓终于看到了那位老警察寄来的一封信，信上说了有关他父亲的一些情况，但更主要的，说了林星。说了那个事件的始末及林星对他的炽爱、保护和援救。吴晓找了个没人的地方，把信反复读烂，然后悄悄地哭了一场。当他想回家时，却发现已经身不由己了。他已经被人用五十万元买走，他已经在离婚协议书上签上了名字。那得州女孩对他全心全意，一片真情，他若毁约弃诺什么都不认了，不仅要背上良心和道德的重负，可能还将承担某些法律的责任。他的法律知识本来就少得可怜，让那律师三言两语就能弄得张口结舌。他唯一的办法就是不让他们找到林星，以致那个离婚协议他签了字也无法办成。他向他们交代的家庭住址是京西别墅，律师专程赴京到京西别墅来找林星，当然一无所获。在吴晓嘴里，离家出走下落不明的并不是他自己，而是他的妻子林星。所以那个晚上林星在德州夜总会的突然现身，几乎等于自投罗网。

林星的出现使那位得州女孩一下子看清了事情远非她想象的那么简单，外滩的灯火让她清楚地看到了林星与吴晓相逢时的动情。于是她紧锣密鼓以最快的速度安排好吴晓的出国事宜，并且暂时瞒下了律师交来的那笔巨额遗产，女孩子的心肠在这个时候比谁都狠。

这就是吴晓的故事，是一个八天八夜也讲不完但两句三句就能概括下来的故事，这故事的结尾就是吴晓终于回来了。那位老警察在他赴美前夜的造访，策动了一切。他使吴晓有条件能在登上飞机之前，用七百九十九万元现金，居高临下地将自己的爱情一举赎回。

林星和吴晓的幸福生活又重新开始了。扬州胡同的小屋里，又有了袅袅炊烟。吴晓又回到了天堂乐队，仍然有许许多多的乐迷，包括那些年轻的女孩子，满心爱意地迷他。但吴晓已经习惯了他自己的家，习惯了只爱一个人和只被一个人所爱。

在一个风和日丽的中午，他们收到了一张汇票，一张金额为七百四十五万元的巨额汇票。得州女孩寄回了应当属于吴晓的财产，扣下了她为她的爱情而支付的数目，以及相应损失的利息，一分不多，一分不少。随票附有银行同期贷款的利率表为证，公平清楚。

一下子变得富有的他们将怎么生活呢？林星还没有来得及一一规划，她和吴晓到底能够相爱多久，就更没法提前规划了。永恒的爱是没有的，林星已经能够平静地提醒自己。但她还是那样全心全意地，不留余地地爱着吴晓。她享受着每一天相爱相守的过程，过程就是她的目的。她不去顾及她的爱情在今后难以预测的某一天，会出现何种意想不到的结局。

后　记

我们的灵魂需要阳光的照耀

海　岩

很多人都说，人的本性就是自私，我想这大概和我们的传统文化的影响有关。

中国传统文化以儒家思想为主脉，而儒家文化的根基就是“人伦”的观念。儒家关于君臣、父子、夫妻、兄弟、朋友之间的人伦关系，演化出忠孝仁义礼智信的道德规范。众所周知，这个文化体系对中国社会的稳定，对民族意识的形成，都发生过积极的历史作用。

但是，我们的传统文化也有消极的一面。比如“人伦”，实际上就是以自己为中心，然后一圈一圈地推出去，做每件事情，常常要先看这件事和自己关系的远近亲疏，再决定怎么做。忠是忠自己的主子，孝是孝自己的双亲，爱孩子先爱自己的孩子，自己的父母子女有吃有穿了，再管别人。这些道理规范适应于以家庭为主要社会细胞的漫长的小农经济的封建社会，在世俗生活中很容易被俗化为先顾自己再管别人的自私品行。我们看到，为个人利益而不顾家庭，为家庭利益而不顾团体，为团体利益而不顾社会、不顾国家、不顾天下者，自古以来并不少见。即使千年的斗转星移，在历史远离了小农耕作，经历了大工业时代，并且迈向了全球经济一体化的今天，我们身上某些深入膏肓的痼疾，却并不能随着世纪之交的那一声钟响，而突然痊愈。

《你的生命如此多情》讲述了一段纯粹的男女爱情，这个爱情在现实中遭遇了某些无法回避也难以两全的利益冲突。我们年轻的主人公在自己的生命中表现出来的多情多义，实际上代表了一个人对他人和社会所应当具有的那种无私和责任，让人觉得非常美丽。这美丽在闪耀着我们中华民族传统道德的精华之光时，又与其糟粕相冲突，这是我在写作此书时觉得最有意义的地方。

在我看来，小说中男女主人公对自身行为的最终选择是非常浪漫的，因而也应该是非常动人的，如果读者不为所动，那只能责怪我没有把他们写好。我在艺术上的仓促可能使一个本应动人的故事变成了一个不切实际的说教。但是，如果撇开这部小说实际可能达到的效果而仅仅追求文以载道的话，那么在我们为构建社会主义道德体系并且为我们民族未来的精神文明而继往开来的今天，接受一点儿这类说教，接受一点儿理想主义的浪漫阳光，也许是必要的。尽管，浪漫主义的文学时代已经过去。